Die alte Kogge KHMS* hat endlich den Heimathafen erreicht, höchste Zeit, dass die Ladung gelöscht wird.**

***(Kull´s Hanebüchene Märchen-Sammlung)**

****(helfende Hände sind gefragt)**

Bibliografische Information der Deutschen Nationalbibliothek

Die Deutsche Nationalbibliothek verzeichnet diese Publikation in der Deutschen Nationalbibliografie; detaillierte bibliografische Daten sind im Internet über http://dnb.dnb.de abrufbar.

Bibliographic information published by the Deutsche Nationalbibliothek

The Deutsche Nationalbibliothek lists this publication in the Deutsche Nationalbibliografie; detailed bibliographic data are available in the Internet at http://dnb.dnb.de.

Telemannstraße 1 · 38678 Clausthal-Zellerfeld
www.papierflieger.eu

1. Auflage, 2024

ISBN 978-3-86948-986-5

Trilogie

Was Das Leben So Auftischt(e)...

...sehr persönlich gesehen – vielleicht deswegen...

...(fast) alles aufgegessen und ausgetrunken bekommen...

Oma. Magst Du Leber. Sag Nein.

ISBN 978-3-86948-526-3 (2016)

...ein Kaleidoskop - aus Schnipseln und Schnitzeln im Leben...

Erklär Du Mir Die Welt...

ISBN 978-3-86948-682-6 (2019)

...am besten inner- und außerhalb von Küche und Keller...

Auch Das Noch...

ISBN 978-3-86948-986-5 (2024)

...Kull´s hanebüchene Märchen-Sammlung...

...kleine Häppchen - für Weicheier und Hartgesottene...

Kull´s Hanebüchene Märchen - Sammlung

Inhalt / Reihenfolge

Natürlich könnt ihr es nicht wissen…

…aber bis vor nicht allzu langer Zeit war ich wirklich felsenfest davon überzeugt gewesen, dass Kinder die sie prägenden Erfahrungen nicht schon beim Spielen (egal wo, ob auf Schulhöfen oder gar in verkehrsberuhigten Straßen) machen, sondern erst, wenn sie alles tagsüber Erlebte und Gehörte beim Träumen in der Nacht hatten verarbeiten können (selbst märchenhafte Geschichten, und zwar egal, ob die noch analog erzählt oder bereits digital vorgeführt worden waren). Und möglicherweise eine etwas sehr naive Vorstellung, denn immerhin soll es Personen geben, die versuchen*, später daran noch etwas zu verändern.

(beispielsweise wenn Vertreter einer älteren Generation mit einfachen und nicht immer passenden Fakten „…du weißt schon, dass wir früher…" jungen Menschen mit erklärenden Tipps glauben weiter helfen zu müssen)

Aber vielleicht verständlich, weil in und aus einigen Medien bekannt geworden war, dass immer mehr jüngere Menschen zwar mit ausreichend vielen Kalorien in Form von Fastfood und Refills, ansonsten aber weitestgehend allein gelassen bzw. nur vom Mobiltelefon, einer Spielkonsole, einem Laptop oder einem Flat Screen als Begleitung haben (bzw. werden) aufwachsen müssen.

Hoffentlich nicht dieselben jungen Menschen, die heutzutage, dank Anspruch auf einen Platz im Kindergarten und weiter geltender Schulpflicht, die Zufuhr wichtiger Nahrungsmittel nur in Form einer Kita- bzw. Schulspeisung und (trotz *Googles* Hilfe) eine eher Basis orientierte Einführung ins Lesen, Schreiben und Rechnen erleben dürfen und (etwas weniger wahrscheinlich) wohl auch nicht mit anderen Erlebnissen, wie beispielsweise dem Lesen von Büchern oder dem eigenhändigen Schälen und Braten von (vorwiegend festkochenden) Kartoffeln, werden kompensieren können.
Eine Auffassung, die so gar nicht in eine postmoderne (derzeit mit Gendern und mutierenden Corona-Viren sehr beschäftigte) Zeit zu passen scheint (wie ich an dieser Stelle nicht ohne eine gewisse Scham zugestehen muss), aber vielleicht zu erklären durch ewig langes Herumsitzen** am ausgezogenen Esstisch.

****(für Männer eine gute Gelegenheit, ihre alten und längst überholten Ansichten noch vorm Essen der Familie in Form von nervender Besserwisserei zu servieren)***

Doch gilt das auch für die fast zur selben Zeit entstandene (und später geradezu lieb gewonnene) Vorstellung, dass eine Essensaufnahme in erster Linie den

Hunger stillen und dabei auch noch besonders gut schmecken (und keinesfalls zum Kompensieren negativ empfundener Gefühlslagen da sein) sollte?

Und stimmt es, dass frühkindliche, geradezu nervtötende Nachfragereien nicht bei allen **Märchen-Vorleser*innen** ein vages Gefühl von *„zwar lästig, aber wohl unvermeidbar, um ein junges Gehirn zu trainieren"* hervorrufen werden?

Absolut keine Ahnung, aber beginnen, darüber nachzudenken* werde ich erst nach einer besonders guten Mahlzeit – mit einem Glas Wein im Abendlicht auf der Terrasse sitzend in ~~**paffender Entschlossenheit**~~** passender Begleitung.

(genauso wie über die fast abgeschlossene Entwicklung, dass Fußball einerseits kein Spiel mit ungewissem Ausgang mehr sein darf, sondern (trotz Einführung eines sog. Videobeweises) in eine pyrotechnisch aufgepeppte Event-Veranstaltung zum Beschimpfen von andersfarbig gekleideter oder aussehender Menschen verwandelt wurde, andererseits das gewissenhafte Generieren von immer mehr Geld für wenige Vereine und nicht immer ihre Leistung abrufenden Spieler wohl als unvermeidbares Kollateral-Geschehen hingenommen werden müssen)
*****(beachtet bitte die durchgestrichenen Stellen nicht weiter; betrachtet sie eher als Gedankenhaufen, die (wie Deiche an der Nordsee) helfen sollen, um Geschriebenes oder Gesagtes vor auflaufenden*** ~~*Springfluten*~~ ***Cancel Culture Tsunamis zu schützen)***

Und wahrscheinlich wäre es auch nur so was wie das Ergebnis einer veritablen Schaffenskrise oder gar eines schleichenden Konversionsprojektes, wenn einem beim beiläufigen Erwähnen einer texanischen Restaurantkette namens *TGI Friday`s* als erstes nicht mehr das nahende Wochenende oder „Freitags wieder mal Fisch" einfallen, sondern ein Food-Truck als rollende Kantine der „Fridays for Future" Bewegung am inneren Auge vorbeifahren würde.

Aber nicht nur das, neulich fiel mir Kaffee trinkend unvermittelt ein, bei einem Besuch in Weimar in einer Aufzählung von Goethes vielen Talenten, den Begriff „Synästhesie" gelesen (und nicht verstanden) zu haben.
Glücklicherweise ist so was heutzutage aber kein großes Problem mehr, einfach die Tasse abgesetzt, kurz gegoogelt und schon war klar, dass damit Menschen gemeint sind, die „Wörter schmecken" und/oder „Töne sehen" können (was wohl durch die Kopplung verschiedener Sinneseindrücke hervorgerufen wird).

Allerdings hatte ich keine Zeit gehabt, ein Labor aufzusuchen, um das Ganze kernspintomographisch durchleuchten zu lassen.

Wer unbedingt mehr darüber wissen möchte, kann sich gerne (sofern er/sie als Kassenpatient überhaupt einen erlebbaren Termin erhält) mit einem/einer privat abrechnenden Neurowissenschaftler*in unterhalten (oder im virtuellen Netzwerk heraus zu finden versuchen, ob diese außergewöhnlichen, vielleicht sogar nützlichen Eigenschaften bei Internet affinen Personen bzw. dort Einfluss suchenden Social Media Profis zur Grundausstattung zu gehören haben?

Von daher ist es mir ein wirkliches Anliegen, alle (und zwar wirklich alle) mit einem derartigen Talent gesegneten Blogger oder Youtuber zu bitten, kurz vom Lieblingsthema abzulassen und seinen oder ihren Followern die in nachstehend abgebildeter Speisekarte* vorkommenden Wörter/Begriffe** geschmacklich zu übersetzen:

(Restaurant „Purs“ in Andernach)
*****(schon im Voraus recht herzlichen Dank und noch mehr Likes dann hinterher)***

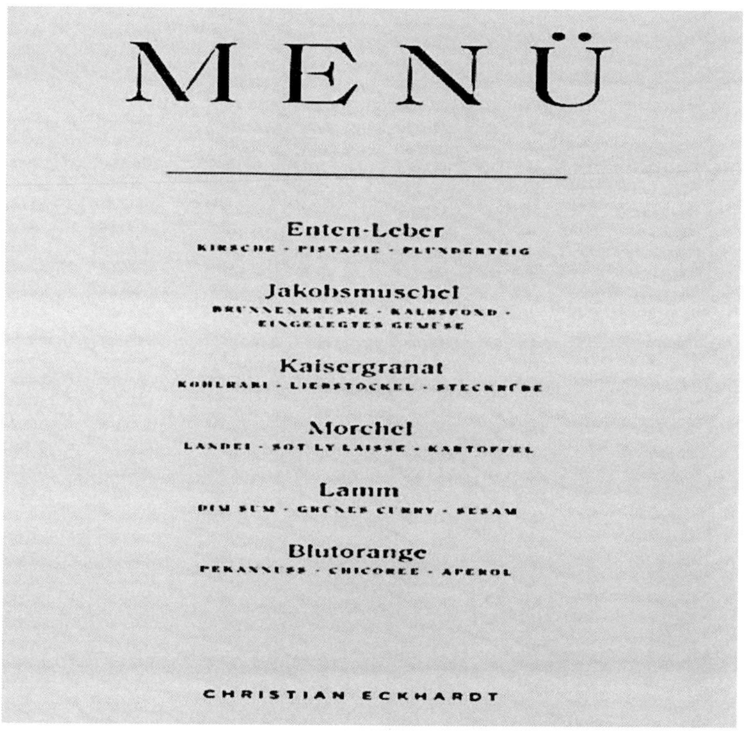

MENÜ

Enten-Leber
KIRSCHE - PISTAZIE - PLUNDERTEIG

Jakobsmuschel
BRUNNENKRESSE - KALBSFOND - EINGELEGTES GEMÜSE

Kaisergranat
KOHLRABI - LIEBSTOCKEL - STECKRÜBE

Morchel
LANDEI - SOT LY LAISSE - KARTOFFEL

Lamm
DIM SUM - GRÜNES CURRY - SESAM

Blutorange
PEKANNUSS - CHICOREE - APEROL

CHRISTIAN ECKHARDT

Aber damit auch genug der einleitenden (Wort)~~Spieler~~ Spinnereien (und zwar egal ob märchengleiche Begrifflichkeiten oder märchenähnliche Erfahrungen), denn nichts und niemand hat das Recht auf ein Ende wie in einem Märchen. Worauf sich Leser*innen tatsächlich vorbereiten sollten, das ist der Umgang mit vielen mehr oder weniger phantasievollen Geschichten, die zwar nicht zur Bettruhe mahnen, dafür stets vollkommen satt machend und auch noch Durst löschend herüber kommen werden (jedoch ohne Mindesthaltbarkeitsdatum und Nutri-Score, d.h. politisch und/oder ökologisch nicht leicht einzuordnen); einige überdies so schlicht, dass sie anderen *„Autoren“* wohl kaum hätten über den Weg laufen oder als gebratene Ente auf den Teller fliegen bzw. als weißer oder roter Wein ins Glas gekippt werden können, d.h. zusammengefasst für alle tapfer Weiterlesenden:

„Stellt euch unter der Ladung des ziemlich alt anmutenden Schiffes einfach nur etwas schrecklich Schönes wie ein schriftstellerisches Mehrgänge-Menü vor, das mit hoffentlich nicht allzu sehr den Magen belastenden märchenhaften Erzählungen bzw. Fake Oldies vor allem mit mal mehr, mal weniger dazu passender, dafür sehr einfacher (weil immer noch analog hergestellter) Hausmannskost überraschen möchte (und das alles auch noch zubereitet mit mehr oder weniger frischen Zutaten aus früheren Erntejahren).“

Versucht also vielleicht, es euch einfach nur schmecken zu lassen (bzw. tut wenigstens so) oder folgt gleich diesem Hinweis aus dem Beipackzettel:

„Sollten einige Geschichten bzw. Gerichte, z.B. wegen zu wenig Tiefe, einer zu bitteren Note oder zu viel Schärfe (obwohl vom Koch gewollt), inhaltlich nicht zusagen bzw. geschmacklich nicht überzeugen, so kann frau/man/divers versuchen, durch gezieltes Durchstreichen und/oder beherztes Wegschneiden der schlimmsten Stellen, den Rest doch noch ess- und verdaubar zu machen.“

Streich durch! ~~Schöne~~ **Märchen** _____ Schneid weg!

Und haut dann mal so richtig rein
(aber bitte nur, wenn und so lange es euch schmeckt).

Auch das noch...

...so mein erster Gedanke...als beim Kaffeetrinken eine eigentlich sehr nette Person mich ziemlich unvermittelt ansprach und wissen wollte, ob auch ich zu den Leuten gehören würde, die immer noch Kinder (Enkel) durch Vorlesen von höchst grässlichen Geschichten aus höchst merkwürdigen Büchern zur Ruhe oder zum Einschlafen zu bringen versuchen (während zur selben Zeit am Tisch neben uns völlig ungestört weiter diskutiert werden durfte, ob sich eine links-grün gestartete Bewegung tatsächlich in eine staats-grün tragende Volkspartei verwandeln könnte).
Eine sehr deutliche Ansage zum Gehalt (bzw. Inhalt) vieler Märchen (-Bücher).
Und wahrscheinlich nicht gemacht, um einen Großvater vor den dort lauernden bösen Handlungen, erzählt in einer wenig korrekten, häufig diskriminierenden Sprache, zu bewahren.
Wohl eher der Versuch, genau diesem Mann (also mir) klar zu machen, dass viele Märchen nicht nur überholte Geschlechterrollen weitergeben, sondern (zu) häufig auch von Menschen und anderen Wesen berichten, die vor aller Augen (das mit der Unschuldsvermutung lassen wir mal beiseite) öffentlich vorgeführt (bzw. sogar an den Pranger gekettet) wurden.
Ein Ordnungs- bzw. Weckruf allererster Güte!
Dabei hatte ich noch gar nicht angefangen, darüber nachzudenken, was ein ungelernter Großvater bei einem Einsatz im Babysitter (Haupt- bzw. Neben-) Gewerbe so alles mitbringen müsste, um überhaupt erzieherisch korrekt tätig werden zu können.
Mir wurde schnell klar, dass nahe liegende Aktionen wie einfach mal einen Flachfernseher einzuschalten oder *ALEXA* zuzurufen: ***„lese ein Märchen vor“*** nicht die richtige Wahl sein würden, um mittel- bis langfristig einem veritablen Shitstorm entgehen zu können.
Es würde sicher besser sein, möglichst viel an aussagekräftigem Material und fragwürdigen Fakten zusammenzutragen, daraus eine Watch- bzw. ToDo-Liste zu basteln, um wenigstens die schlimmsten (Anfänger-) Fehler beim Vorlesen oder Erzählen von Geschichten vermeiden zu können:

- Wie sollten wir digital kaum integrierten Alters-Naivisten und Ignoranten des anbrechenden KI (AI)-Zeitalters in der heutigen Zeit die Auswahl eines Märchens, einer Lügengeschichte oder gar eines Fake Oldies (neu-englisch für Fairy Tale) Mainstream tauglich und Klima neutral angehen?

(*Bild: Variation der Zeitwaisen von Michael Knop*)

- Gibt`s überhaupt eine allgemein verbindliche Definition für diese Art von (Vor-) Lesestoff – vielleicht in einem Berliner Untersuchungsausschuss überprüft und höchstrichterlich und vor allem EU konform entschieden?

- Könnte es sein, dass selbst Kritik hervorrufende Themen bzw. Thesen noch nie auf Aktualität und Nachhaltigkeit durchleuchtet wurden? Falls doch, wo*, wann, von wem und aus welchem Anlass eigentlich?

(hoffentlich nicht in einem von den viel zitierten, zwar maut- und gebührenfreien, aber offenbar Leak anfälligen Hinterzimmern im politisch entzweiten Berlin)

- Wäre die eigene Erinnerung (trotz offensichtlich bereits vorhandener Fehlstellen im Klein- bzw. Großhirn) überhaupt der richtige Ort, um nach konstruktiven Beiträgen zu derart komplexen Themen zu suchen?

- Werden sich tatsächlich, trotz mehrerer Umzüge, Aufräumaktionen und Internetzugang, irgendwo im Haus durch akribisches Suchen (und viel Glück) noch **Märchen-Bücher** (und/oder Kassetten) auffinden lassen?

- Sollte man sich nicht besser vor Ort, d.h. in einer Buchhandlung oder Bibliothek, vielleicht sogar in einem Museum oder einer Gedenkstätte, ein umfassenderes Bild von diesem speziellen Genre machen?

Und zum Abschluss ein wichtiges ***„last but not least“***:

- Gibt`s in diesen märchenhaften Erzählungen eigentlich was Ordentliches auf die Gabel (wichtig wenn sich bei Leserinnen oder Zuhörern kein unangenehmes Hungergefühl im Bauchbereich breit machen soll)?

Alles in allem ein ziemlich umfangreicher Katalog an Fragen, aber leider nicht die allerkleinste Lust vorhanden, mit nachdenklichem Suchen nach politisch korrekten Antworten auch tatsächlich loszulegen.

Und das, obwohl festgestellt werden konnte, dass *Speisen und Getränke** in vielen europäischen Märchen eine wichtige Rolle spielen.
Denn ganz egal, ob alle Geschichten am Ende auch gut ausgehen werden, sie wollen ein sattes Gefühl zurück lassen.

***(Ausstellung im Biosphärenreservat Flusslandschaft Elbe Brandenburg zum Thema Ernährung in den Märchen der Brüder Grimm „Du bist, was Du isst" (Dr. Sven Rannov 2013); ganz ähnlich von Prof. Dr. H.-J. Uther auf einer Veranstaltung der Evangelischen Akademie Villigst im Mai 2016 thematisiert)**

Allerdings hatten wohl nicht alle Gerichte dekodiert und (zum Nachmachen bzw. Nachkochen geeignet) niedergeschrieben werden können (was zwar nicht schlimm ist, aber doch Ansporn genug, dies selektiv nachzuholen).

Probieren wir als Einstiegshilfe einfach mal einen Appetit anregenden Aperitif aus (bitte nicht mit Einstiegsdroge verwechseln), essen dazu vorsichtshalber eine klitzekleine Kleinigkeit und warten geduldig ab was passiert:

Holunder - Wermut - Aperitif

Zutaten:

100 ml Weißwein (z.B. Gutedel)
10-20 ml Holunderblüten-Sirup
1-3 Spr. Läuterzucker / Wermut-Saft (selbstgemacht)
Limettenscheibe/-spalte
1 Zweig Minze
Eiswürfel
Mineralwasser

Zubereitung:

Flüssigkeiten (außer Wasser) direkt in ein mit Eiswürfeln gefülltes Glas geben und umrühren (gfls. mit Mineralwasser nach Geschmack auffüllen), eine Limettenscheibe hinzufügen, mit Minze (falls frisch zur Hand) dekorieren und sofort trinken*.

(und siehe da, auf einmal sieht selbst die große, weite Welt der unzählbaren Märchen-Sachen nicht ganz so unzugänglich aus, wie zuvor angenommen)

Immer wieder erfreulich, persönlich miterleben zu dürfen, wie sich mit simplen Zutaten (in einem Glas verrührt und schlückchenweise getrunken) sehr positive Gefühle erreichen (und mit `ner herzhaft belegten Stulle* tatsächlich auch noch verlängern) lassen.

(und vergleicht diese schön dick geschnittene Scheibe Land- bzw. Schwarzbrot bloß nicht mit der blass-weißen Stiefschwester (alias „Miss Toastbrot"), welche vor einigen Jahren (vermutlich ungefragt) einem gewissen John Montagu, 4. Earl of Sandwich während eines Kartenspiels zugeführt worden sein soll)

Eine Stulle als Imbiss

Zutaten:

für das Schwarzbrot:
1,4 kg Backmischung (inkl. Rezept von der *Mosenmühle* im Brohltal)
1 l Buttermilch, 150 g Rübenkraut,
2 Pck. Trockenhefe, 2 Tl Salz

für den Aufstrich:
ca. 50 g Frischkäse, 1 Kugel Skyr (ca. 100 g abgetropft), 4-6 Radieschen (geputzt), ca. 140 g Thunfisch (Dose, Natur, abgetropft), 3 Tl Kapern (Joghurt)

Zubereitung:
Die Zutaten für das Brot zu einem dickflüssigen Teig verrühren, in 2 mit Backpapier ausgelegte Kastenformen füllen und bei 150 °C ca. 2,5-3 h backen, danach mindestens 12 h ruhen lassen (ein Brot einfrieren).

Für den Aufstrich Radieschen, Skyr und Kapern im Mixer zerkleinern, dann mit Frischkäse und Thunfisch zu einer Creme (schön crunchy) verrühren (ggf. mit Joghurt Konsistenz einstellen) und mit Pfeffer u. Salz abschmecken.

Nun aber frohen Mutes und innerlich gestärkt nichts wie ran an eine (fast) selbst ausgesuchte und (fast) nur von **Märchen-Sachen** handelnde Fleißarbeit:

Definition

Zwar lassen sich viele gemeinsame Merkmale finden, doch eine allgemein verbindliche und rechtlich abgesicherte Definition für diese Art „Text" gibt es offensichtlich (immer noch) nicht.

Aber ganz egal, ob im Einzelfall unter einer alles inkludierenden Überschrift...

Märchen

oder vorsichtshalber bei eingrenzenden bzw. typisierenden Varianten wie...

Haus- und Volksmärchen

Ammenmärchen

Lügengeschichten

Räubergeschichten

Seemannsgarn

Angler- oder Jägerlatein

Wahlprogramm

Manifesto

...nachgelesen, immer werden unglaubliche, wundersame, gar übernatürliche Begebenheiten, aber auch beklagenswerte Umstände oder wünschenswerte Entwicklungen beschrieben - bei denen ganz zum Schluss all die Guten belohnt und allein die Bösen bestraft werden (sollen).
Für die herausragenden Rollen wurden und werden praktisch ausschließlich junge Menschen sowie mehr oder weniger interessante bis hin zu obskuren und anonym bleibenden Persönlichkeiten wie Hexen, Prinzessinnen, Feen, Zwergen, Riesen, Drachen, Fröschen und sonstigen Zauberwesen gecastet (während sich in Nebenrollen auch dekorative Chargen aus dem Volk sowie des niederen, manchmal auch höheren Adels tummeln dürfen).
Über die Anwesenheit von gaffenden bzw. schweigenden Vertreter*innen aus irgendeiner Zivilgesellschaft wird hingegen in den Erzählungen an keiner Stelle

berichtet (genau so wenig allerdings von seriösen Politikern, uneigennützigen Lobbyisten, selbstlosen NGO- Vertretern und festklebenden Aktivist*innen).

Machen wir uns daher von Anfang an nichts vor:
Es gibt bessere Ausgangspositionen für lustvolle Recherchearbeiten, wenn am Ende märchenhafte Glücks- und/oder Bauchgefühle stehen sollen.

Erinnerung

Geschafft, nach einer langen (sehr langen) Phase des Nachdenkens (auf dem Balkon in der Sonne sitzend) tauchen doch tatsächlich Bilder von ein paar märchenhaften Büchern von Autoren bzw. Herausgebern wie den *Brüdern Grimm, Ludwig Bechstein, Wilhelm Hauff, Christian Andersen* oder mit dem Titel *„Aus 1001 Nacht"* aus der Kindheit leicht zerfleddert vor meinen halb geschlossenen Augen wieder auf (darunter zwei Märchen, nämlich *„Die Bremer Stadtmusikanten"* sowie *„Der gestiefelte Kater"*, die in einer kindlich verklärten Vorweihnachtszeit auf dem Lande im Bremer bzw. Bremerhavener Stadttheater hatten live und in Farbe miterlebt werden können).
Schöne Erinnerungen von Ende der 50er/Anfang der 60er Jahre an zwei durch ca. 50 km Weser getrennte Städte aus dem kleinsten (und stets SPD geführten) Bundesland.
In der Bildung heute ganz hinten zu finden, damals aber ganz vorne dabei (nicht nur bei den hanseatischen Groß- und Kleinbürgern, auch bei den Einpendlern), wenn die heute auf den Wiederaufbau sowie die Arbeitsplätze (Handel, Hafen, Werften, Fischerei) und das Angebot an Kultur zurückblicken.

Fundsachen

Damit sieht es (trotz intensivster Suche in allen Ecken und Winkeln des Hauses) leider auch nicht besonders gut aus.
Aber immerhin, eine vollständige Ausgabe *„Kinder- und Hausmärchen" der Brüder Grimm (Winkler-Verlag 1949)* sowie ein leicht zerfleddertes Exemplar von *„Bechsteins Hausmärchen" (Loewes Verlag Ferdinand Carl, Stuttgart 1961)* und ansonsten ein Band mit Rhein-, Wein- und Wandermärchen *„Waldmeisters Brautfahrt" von Otto Roquette (Verlag Cotta, Stuttgart 1866)* haben es geschafft, unruhige Zeiten und einige Umzüge zu überstehen.

Wobei ich zugeben muss, dass es das Büchlein vom Wandern und Trinken nur einer spontan eingeführten Quote zu verdanken hatte, neben den beiden viel bekannteren Märchenbüchern liegen zu dürfen.
Besser gesagt, weil es aus Rosi´s Familie stammt und überdies mit so schaurig-schönen Passagen wie der folgenden aufwarten kann...

„Drauf wird auf`s Neu Gutedels Stimme laut,
Und rufend führet er die Traubensöhne
Des Ahrthals her in ihrer dunkeln Schöne.
In tiefem Purpur, fast violendunkel
Tritt her die Schaar, durchströmt von Gluth und Feuer,
Aus ihrem Auge blitzt Rubingefunkel,
Und stolz sind sie zu schaun, die um`s Gemäuer
Der Wolkenhöh`von Altenahr sich schlingen,
Und rankend zu des Adlers Horste dringen,
Und die dort von Wallporzheims Felsenstufen
In ew`ger Fülle zum Genusse rufen.“

...die ganz offensichtlich einen reichlich merkwürdigen Wanderverein* auf einem Selbsterfahrungstrip in Nach-Napoleonischer Zeit beschreiben sollen.

(dessen veröffentlichte Tagebucheintragungen wohl eher nicht für die Ohren von kleinen Kindern geeignet oder als Einschlafhilfe für größere gedacht waren)

Und auch der allem Märchenhaften neutral gegenüber stehende Großvater blickt verwirrt auf, ist er doch recht vielen „Traubensöhnen (und -mädchen)“, aber noch nie einem Gutedel an der Ahr**, und zwar weder am Rotwein-Wanderweg noch am Ahr-Steig, begegnet. Dafür ist ihm diese Rebsorte in Baden-Württemberg und als Fendant bzw. Chasselas in der Schweiz mehrfach über den Weg gelaufen (und eigentlich immer in sehr ansprechender, sprich trinkbarer Form wahrgenommen worden).

****(vor der Hochwasserkatastrophe geschrieben, siehe auch „Märchen-Monat“)***

Auf geht's

Zwar beginnt mit dem Anfang immer auch schon das Ende von etwas. Doch das soll uns nicht schrecken, sondern eher anspornen, Vergessenes, Verdrängtes oder bisher Unbekanntes wieder zu entdecken oder neu kennenzulernen und darüber das Essen und Trinken nicht zu vergessen.
Machen wir uns also auf den mühsamen Weg, Darstellungen und Spuren aus Märchen bzw. märchenhaften Geschichten neugierig zu hinterfragen und mit

der Wirklichkeit zu verbinden - und das alles, ohne an Gewicht zu verlieren oder auch zuzulegen (so viel sportlicher Ehrgeiz muss einfach sein).

Eine gewisse Vorsicht beim Aufschreiben der Erlebnisse werden wir aber walten lassen. Dazu gehört, dass in keinem einzigen Text die üblichen oder möglicherweise sogar vorgeschriebenen Eingangsworte...

Es war einmal...

Es begab sich...

Es wurde berichtet...

Am Anfang war...

Im Namen von...

...zu finden sein, sondern trotz märchenhafter Überschriften sofort erklärende Fakten (ggf. auch falsche) folgen werden ((hingegen auf (eine) tiefer schürfende Exegese(n) ganz bewusst verzichtet wurde)).

Allerdings (1):

Sollte jemand befürchten, auf einige der behandelten Stoffe allergisch zu reagieren, darf zur Feststellung von Wechselwirkungen und Gegenanzeigen selbstverständlich eine Suchmaschine genutzt werden.

Allerdings (2):

Ablegen ohne anzusteuernde Ziele abgesetzt zu haben, ist ein NoGo für alle Seeleute (außerdem unverzichtbar für das später zu führende Logbuch).

Und deshalb war die märchenhafte Herausforderung konsequent und schön neutral angegangen, auch keine externen Berater geholt, stattdessen (mit der Spieltheorie im Hinterkopf) rechtzeitig alle noch im Großhirn vorhandenen Varianten aufgelistet und außerdem ein früher sehr beliebtes Spielzeug (ein einfacher analoger Kreisel) besorgt worden, um den dann solange zu drehen bis sowohl die richtige Anzahl als auch Reihenfolge* der anzusteuernden Ziele bzw. Aufgaben angezeigt wurden (und der eigene Kopf schwirrte).

(tatsächlich ein höchst aufwendiges Navigations-Verfahren, wenn man weiß, dass alle abzuhandelnden Überschriften zuvor auf einer (in der Realität kunterbunten) Zielscheibe mit Roulette ähnlichen Segmenten für das finale Kreiselspiel hatten zusammengestellt werden müssen)

Fürs Nachmachen empfiehlt sich absolute Konzentration, gleich beide Augen auf Sehschlitzstärke zusammenzukneifen, den Kreisel beherzt am Stiel zu packen und den dann zunächst fünfunddreißig (35) und später noch weitere sieben (7) Mal zu drehen, um so...

...aus siebzig (!) zusammen gestellten und von A bis Z reichenden...

Märchen - Wort - Kombinationen*

...mit Hilfe...

...eines analogen Zufallsgenerators...

...zunächst einmal fünfunddreißig (35) geschichtsträchtige Themen auszukreiseln,**

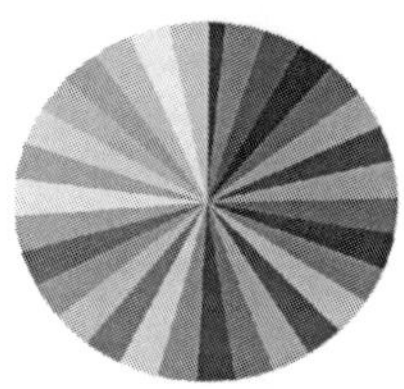

...und von denen dann noch mal sieben (7)...

Märchen - Titel

...einzukreisen*.**

**(tatsächlich alle irgendwo im Text versteckt)*

***(bilden die Überschriften der Märchen-Geschichten)*

****(allerdings erst nach Zusicherung, diesen **Glorreichen Sieben** eine besonders intensive Behandlung angedeihen zu lassen, ohne zu vergessen,auch den übrigen Märchen-Titeln (vom simplen A bis zum gedoppelten Z) ~~zu nahe zu treten~~ den nötigen Respekt zu erweisen)*

Märchen-Abend	**Märchen - Paar(e)**
Märchen-Baum	Märchen-PrinzEssInnEn
Märchen-Berg	**Märchen - Reich**
Märchen-Bild	Märchen-Schiff
Märchen-Braut	Märchen-Schloss
Märchen-Buch	Märchen-Schlucht/Schule/See
Märchen - Film	Märchen-Speise
Märchen - Formel(n)	Märchen-Sprache
Märchen-Frosch	**Märchen - Stadt/Straße**
Märchen-Hochzeit	Märchen-Stunde
Märchen-Jagd	Märchen-Tante
Märchen-Küche	**Märchen - Vogel**
Märchen-La La Land	Märchen-Wald/Wanderung/Weg/Weingut/Wein
Märchen-Lampe/Licht	Märchen-Welt/Zahl
Märchen-Lieder/Songs	Märchen-ZeitZeichen
Märchen-Menü	Märchen-ZZeit
Märchen-Monat	
Märchen-Nacht	
Märchen - Onkel	

Wirklich nicht schlecht:
Aus einer ziemlich großen Anzahl an (fast) ausschließlich subjektiv zusammen getragenen **Märchen-Wort-Kombinationen*** konnten in langen (allerdings viel zu feuchten Sitzungen) mit Hilfe eines Kinderspielzeugs, etwas Geschick und nicht gespieltem Enthusiasmus in einem ersten Durchlauf fünfunddreißig **(35)** Aufgaben ausgekreiselt und im zweiten **sieben** davon eingekreist werden (weil es geheißen hatte, dass **7** einer Spezialbehandlung zu unterziehen wären).

***(die allesamt im auffälligen Cooper Black** Letter-Design unterwegs sein werden – und so was wie ein Statement, weshalb der Schrifttyp auch für andere Überschriften und Hervorhebungen verwendet wurde)**
****(obwohl Cooper Black bei der Einführung (USA 1922) als schwarze Bedrohung aufgefasst worden war, würde ich sie viel lieber als den ersten von vielen noch aufzustellenden Gedenksteinen am langen Weg von NLM (→no lives matter) über BLM (→black lives matter) hin zu ALM (→all lives matter) ansehen wollen)***

Und weil (versteckte) Diskriminierung nun mal ein absolutes NoGo ist, wurde sich nicht nur der sieben **Auserwählten**, sondern selbstverständlich auch aller übrigen **Märchen-Titel** (die sogar Wortkombinationen bilden durften) angenommen (wenn auch nicht mit gleicher Hingabe).
Bedeutete aber, sich wirklich allen Titeln vorurteilsfrei zu nähern, um ganz sicher zu sein, nur ausgewiesene Neuigkeiten in die Welt zu entlassen (zwar noch in Schreibpapier gewickelt und leider nicht alle mit vorgeschriebenem Geburtsgewicht, aber erzähltechnisch schon so ~~schockgeboren~~ aufgeschrieben, dass ein späteres Aufarbeiten möglich sein müsste).
Was aber (alles zusammengenommen: leider) auch zur Konsequenz hatte, dass bei der praktischen Durchführung immer nur Schritt für Schritt und eher selten per Handstreich vorgegangen werden durfte (um sicher zu stellen, dass selbst unwichtige oder uninteressante Details eine faire Chance erhalten).

Dagegen war die Vorgabe, dass alle Geschichten (und zwar egal in welchem Jahr und zu welcher Zeit erlebt) im Buch alphabetisch (griechisch/lateinisch) einzuordnen waren (vermutlich um´s Lesen in Springprozession zu erleichtern) deutlich einfacher zu erfüllen gewesen.
Leider bedeutet das nicht, dass auf den Seiten nichts Unmögliches, sondern ausschließlich intellektuell-theoretisch bzw. sinnlich-praktisch überprüfte oder absolut Plagiat freie Ausführungen zu finden sein werden.
Und auch dieser Hinweis muss noch sein:

Bitte legt dieses Buch keinesfalls vorschnell zur Seite, sondern lasst eure müder werdenden Augen tapfer weiter über die vielen Seiten der nahrhaft endenden Erzählungen und Episoden gleiten, denn (weit entfernt von Wissenschaft und Technik) will „man“ herausgefunden haben, dass diese eigenartige Lektüre in der Wirkung vielen Ein- bzw Durchschlaf versprechenden Sprays oder Pillen gleichkommen soll (vielleicht sogar übertreffen könnte).
Würde also „frau“ dieses Buch auf ihren Nachttisch legen (um z.B. abends drin zu lesen), so hat es (allerdings ohne Gewähr) das Potential, ~~viele~~ wenigstens ein paar unausstehliche Schnarcher in echt mitfühlende bzw. gar liebenswerte ~~Männer~~ Mitmenschen zu verwandeln.
Warum sich aber in nicht wenigen von den Geschichten und Episoden (egal zu welcher Tageszeit und in was für einer Küche sie entstanden sind), so was wie ein leicht negativer Touch hat breitmachen dürfen?
Keine Ahnung - vermutlich wird nicht einmal der immer noch leise vor sich hin köchelnde Schreiberling dazu eine komplett durch gegarte Antwort* haben.

(jammerschade, aber für einen locker-leichten Umgang mit den nachfolgenden Geschichten auch nicht wirklich wichtig oder gar notwendig)

Und auch dieser aller-aller-letzte Hinweis zum Umgang mit den märchenhaften Sachen und Inhalten muss leider sein:
Sollte tatsächlich jemals jemand sich zutrauen oder vorhaben, das eine (oder ein anderes) Gericht aus dem Buch nachzukochen oder ein (in der Wirkung) vergleichbares Getränk (wem auch immer) auszuschenken – der/die/das dieser Leser*innen kann und darf unbesorgt weiter machen:

Vielleicht mag dazu Mut oder gar Überwindung gehören, aber wenigstens braucht man sich keine Sorgen vor zu wenig gelebter Achtsamkeit machen. Kopiert oder plagiiert hemmungslos, es wird ganz sicher niemand wegen...

kultureller Aneignung**

...beschimpft und/oder an einen Pranger gestellt werden.

Und zwar völlig wurscht, welch` teure Töpfe und Geschirr, Energie optimierte Herde oder stylische Kücheninseln beim Nachkochen zum Einsatz kommen könnten (werden).

*****(wobei allerdings von einigen Köch*innen bereits zu hören war, dass sie darüber nachdenken, alle von ihnen neu kreierten Rezepte zukünftig patentieren zu lassen)***

Alle Etappen einer außergewöhnlichen **Märchen-Tour** ohne größere Blessuren überstehen zu wollen, war schon Herausforderung genug (zumal Sterne für die besonderen Momente* auf der Reise nicht verteilt werden durften).

***(kreative ~~Kopf~~ Küchen-Arbeit hatte nicht bewertet werden dürfen)**

Schwer nachvollziehbar, denn einen ausgekreiselten, nicht ganz barrierefrei aufgebauten Parcours über ellenlang aufgelistete **Märchen-Themen** (Sachen und auch Orte) ohne größere Schäden an Leib und Seele zu bewältigen, wäre ohne „die in der Küche zugebrachten Momente" nicht möglich gewesen (sagt der Rücken, der sich beim Niederschreiben aller Reise-Erlebnisse/Erkenntnisse viel zu oft und zu stark hatte verbiegen müssen).
Weshalb es der eigenen Stimmung außerordentlich gut tat, als endlich die (wie Kraut und Rüben durcheinander liegenden) Erlebnis-Schnipsel so übersichtlich hatten angeordnet werden können, dass tatsächlich einige Beiträge in eigener (manchmal auch fremder) Sache daraus entstehen konnten.

Wozu auch der folgende Rückblick auf einen etwas gewöhnungsbedürftigen...

...Märchen - Abend...

...gehört (die Augen also auf einen Tagesabschnitt zu richten sind), den Frau (egal was Mann dazu sagt) ihrerseits mit so was wie ***„mal wieder ein Märchen (vor) zu lesen"***, ~~anderer~~ seinerseits womöglich nur mit ***„Vorfreude auf ein paar schöne Stunden"*** (nach im Homeoffice ~~ver~~ getaner Arbeit) in den eigenen (und fix umdekorierten) vier Wänden in Verbindung bringen könnte.

Und tatsächlich werden wohl beide Varianten (bzw. Möglichkeiten) für nicht so wenige **Märchen-Liebhaber*innen** nicht nur nicht vorstellbar, sondern immer häufiger auch machbar erscheinen (wenn auch anzunehmen ist, dass die erste nicht geeignet sein dürfte für kleinere, früh ins Bett gehörende (Enkel-) Kinder, eher schon für jüngere und hübsch tätowierte Erwachsene auf der Suche nach einem neuen bzw. dem besonderen Kick im (gem)einsamen Alltagsleben) - weil die an einem **Märchen-Abend** vom Typ (**A**) in einer gestreamten Dating Show verfolgen könnten, wie mehr aus- als angezogen präsentierte (und als Bologna-Bachelor/in vorgestellte) Kandidat*innen sich entweder als (Alp) Traum-Frau oder als (An) Alpha (bet)-Männchen (mehr sub- als objektiv) auserwählen oder aussortieren lassen dürfen (manchmal auch anders ´rum).

Für alle Typ (**A**) Anhänger*innen eine geradezu märchenhafte Vorstellung*.

***(trotz oder wegen der Klausel, bei einer erfolgreichen Teilnahme noch eine ganze Zeit lang als jederzeit austauschbares Traumpaar in einer aktualisierten Fassung eines alten Klassikers „Der ~~hantelnde~~ faule Heinz und die ~~gebotoxte~~ dicke Trine" (vgl. KHM 164) in mal mehr, manchmal etwas weniger interessanten Episoden mitspielen zu müssen)**

Während im Gegensatz dazu Menschen vom Abend-Typ (**B**) einen ökologisch nachhaltigeren Platz an einem ***Märchen-Abend für Erwachsene*** (mit Einführung in die Rohkost-Küche und selbst zubereiteten Speisen aus Wildkräutern) bei einem im ~~feuchten~~ schönen Norddeutschland beheimateten Veranstalter (der gfls. zu *googlen* wäre) zu bevorzugen scheinen.

Aber ganz egal, warum eine Variante als die bessere Wahl angesehen wird, mir persönlich hatten am besagten Abend ein paar leichte Häppchen und ein paar Gläser Wein ausgereicht, um gendermäßig absolut (un)voreingenommen (und deshalb schwerlich nachvollziehbar) zu reflektieren, warum die Beschäftigung mit einem...

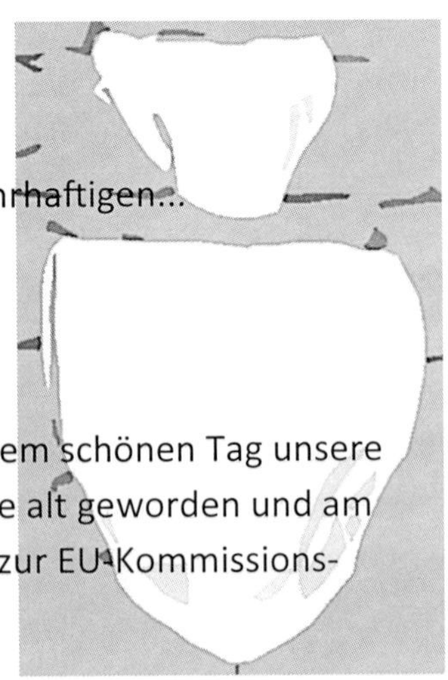

Märchen - Abend

...nicht ohne die Frage nach den Kriterien für einen wahrhaftigen...

Mädchen - Abend

...hatte ausklingen müssen.

Lag mit ziemlicher Sicherheit daran, dass genau an diesem schönen Tag unsere ~~leicht zitternde~~ eisern durchhaltende Kanzlerin 65 Jahre alt geworden und am Abend vorher eine selbstgewisse *Ursula von der Leyen* zur EU-Kommissions-

Präsidentin auserwählt sowie eine ~~politisch~~ kreativ überzeugend, noch dazu sympathisch rüber kommende Karnevalistin (von der Saar) namens *Annegret Kramp-Karrenbauer* zur neuen Verteidigungs-Ministerin ernannt worden war(en).

So wollen wir denn die volle Spannbreite politisch möglicher (diesmal ganz und gar schwarzer) Kompromisse anerkennend zur Kenntnis nehmen, um uns rein platonisch (d.h. ohne ein früher durchaus nicht ungebührliches Stößchen) von einem ganz besonderen...

mädchenfreien Märchen - Abend

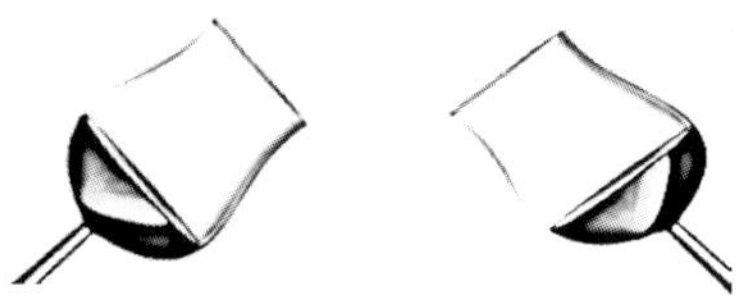

...in einer Küche* zu verabschieden.

(denn was nicht vergessen wurde, war, sich ein ganz klein wenig Appetit für die Stunden danach aufzuheben)

Ach ja, und dann sei all jenen Mädels (ganz gleich, ob sie Märchen oder lieber gar nichts lesen), die fürchten müssen, bei anderen abendlichen Höhepunkten zu kurz oder viel zu spät zu kommen, noch gesagt, dass geschmacklich nichts dagegen spricht, ein paar vegane Fruchtgummis (egal ob beim *Aldi* im Norden oder dem im Süden) zu besorgen, um (Ver-) Lustgefühle einfach wegzukauen.

Aber ganz egal, was die Mädels machen oder sagen werden, bei mir war der Appetit bereits vorm Abendessen gekommen (und der Vorrat im Keller groß genug, um ein paar richtig nette Kleinigkeiten für (m)einen ganz besonderen **Märchen-Abend** herzurichten).

Aber seht besser selbst:

Märchenhafte Kleinigkeiten
(nicht nur für leichte Mädchen)

Die folgenden Informationen zu den Rezepten sind keinesfalls politisch zu verstehen, sollten aber beim Nachmachen ökologisch korrekt* ein- bzw. umgesetzt werden.

(aus kontrolliert ökologischem Anbau bzw. Erzeugung)

Scheibchen vom Baguette mit schamrotem (*LID Ł*) Aufstrich

Zutaten:

1 Dose MSC Dorschleber *(99 % in eigenem Öl u. Saft, Speisesalz)*, 1 Dose Bio Sandwich-Creme *(Wasser, Palmkernfett*, Zwiebeln* 7%, Reismehl*, Nährhefe*, Sonnenblumenöl*, Kartoffelstärke*, Palmöl*, Hefeextrakt*, Tomatenmark*, Gewürze*, Karotten*, Pastinaken*, Knoblauchpulver*, Meersalz, Johannisbrotkernmehl*, Bourbon-Vanilleextrakt*, Zitronenöl*)*, 1 Glas Bio Leberwurst *(Schweinefleisch* 57%, Schweinekopffleisch* 22%, Schweineleber* 16%, Zwiebeln*, Meersalz, Gewürze*, Kräuter*)* und 1 Glas Bio Holunder Gelee *(Holundersaft*, Zitronensaftkonzentrat*, Zucker*, Geliermittel Pektin / mit 55% Frucht- bzw. 63% Gesamtzuckeranteil)* (alternativ Granatapfel Gelee), 1 Bio Apfel, 1 Bio Limette, 1 Bio Joghurt, Pfeffer*, Salz* sowie 1 Bio Baguette

Zubereitung:

Aus dem Inhalt der Konserven und dem Gelee 3 unterschiedliche Aufstriche anrühren, Mischungsverhältnis ca. 2/3 zu 1/3 (bzw. nach Gusto), mit geriebenem Apfel, Limette, Joghurt, Pfeffer, Salz abschmecken, auf schön schräg geschnittene Baguette-Scheibchen verteilen und als Appetizer reichen.

Knallrote Kartoffel-Möhren-Suppe mit hellen (Wachtel) Eier-Spitzen

Zutaten:

750 g Kartoffeln*, 400 g Möhren*, 250 g weiße Zwiebeln*, 1 Quitte* (oder Apfel*), 1 Stück Sellerie*, 4 El Rapsöl*, 400 ml Gemüsefond*, 330 ml RoteBete Saft*, Zitrone*, Zucker*, Pfeffer*, Salz*, 12 Wachtel (6 Hühner) Bio Eier

Zubereitung:

Gemüse schälen bzw. putzen und klein schneiden; in einem großen Topf die Zwiebel in Öl anschwitzen, das übrige Gemüse zugeben und ebenfalls anschwitzen; mit dem Fond aufgießen und garen; das Ganze mit dem Stab pürieren, den Rote Bete Saft zufügen, einmal kurz aufkochen lassen und mit Zitrone, Zucker, Pfeffer und Salz abschmecken; Konsistenz ggf. zwischendrin mit etwas heißem Wasser regulieren; parallel die Eier wachsweich kochen. Die Suppe in leicht angewärmte Teller füllen, jeweils 2 bzw. 4 Eier so hineinsetzen, dass sie wie kleine Rundlinge appetitlich herausragen, und alles heiß servieren.

Leicht (un)verschämter Milchreis

Zutaten:
250 g Milchreis*, ca. 1100 ml Flüssigkeit (770 ml Milch*, 330 ml Bio Cranberry Direktsaft), ca. 80-100 g Zucker*, 1 Vanilleschote*, 1 Prise Salz*

Zubereitung:
Flüssigkeit aufkochen, Reis einrühren und ca. 20 min leicht köchelnd aufquellen lassen, dann ca. 10 min im Topf mit Deckel ruhen lassen, in Portionsschälchen abfüllen und noch warm (mit z.B. Kirschen*) servieren.

Und dazu vielleicht was Anregendes,
z.B. einen trockenen Spätburgunder Rosé namens

Turmalin*

einem *Nordheimer Vögelein* vom
Weingut *Roman Schneider, Nordheim (Franken)*

(dessen zart rosa Farbe und eine weich femine Art - laut Etikett - sich im Geschmack wieder finden lassen)

(der Name „Turmalin“ (übrigens das singhalesischen Wort für bunte Schmucksteine) bezeichnet kristallisierte Ring-Silikate mit komplexen chemischen Zusammensetzungen in vielen Varianten (rot-, grün- und blau-, manchmal auch schwarz und braun gefärbte); sehr helle Steine mit dunkler Spitze wurden früher als (igitt, igitt man glaubt es nicht) „Mohrenkopf-Turmaline“ herausgestellt)

Eins möchte ich von vornherein klarstellen:
Auf gar keinen Fall sollte man in diesen heißer gewordenen Zeiten einfach mal in ein nahe gelegenes Waldstück gehen, um einen (vielleicht auch noch einen anderen) viel zu flach wurzelnden und inzwischen nicht (mehr) als ökologisch nachhaltig eingestuften...

...Märchen - Baum...

...an einer von hungrigen Käfern rindenfrei gefressenen Stelle seines Stamms zu umarmen.
Und das aus gleich zwei guten Gründen:

- die Bäume stehen in einem Wald, weshalb (wie in den Jahren zuvor) ein sicheres* Verweilen nicht erwartet werden kann

  ***(nach Waldbrand-Gefahrenindex Stufe 1-5)**

- und weil die Wege dorthin weniger einem netten Traumpfädchen, eher schon dem Weg in den Vorhof der Hölle zu gleichen scheinen

Schließt einfach mal beide Augen und lasst folgendes Bild (rein virtuell) auf euch wirken:

Zu sehen eine funktional nachhaltig gekleidete, dahin wandernde ~~**Herde**~~ Gruppe von ~~**Rentieren**~~ Ruheständler*innen (wie immer ehrenamtlich geführt) Seit` an Seit` mit ausgehungerten Borkenkäfern (gfls. auch Eichenprozessionsspinnern) ~~**im Gleichschritt**~~ strammen Schrittes...

...unterwegs im wenig (trotz vieler knorriger, leider nicht mehr voll im Saft stehender Bäume) märchenhaften Wald.

Und alle Teilnehmer*innen (vermutlich) von ein- und demselben Gedanken vorwärts getrieben, nämlich alle noch stehenden Stämme ein aller-aller-letztes Mal zu umarmen (und auf dem Rückweg am Klima neutralen Hexenhäuschen einem (Einfalts-) Hänsel oder einer (Aufschreck-) Gretel zu gedenken).
(Vgl. KHM 15 Hänsel und Gretel)
Ein wichtiger Moment für jeden **Märchen-Baum** (der eher mit einem Trupp Holzfäller gerechnet und mich bereits zu Bildern von Bäumen auf die Internet-Seite des Unternehmens ***Efteling*** (NL) geführt hatte, um mir (Corona sei bei uns) einen (eingetopften) **Märchen-Baum** namens ***Ficus*** erbarmungslos nach Hause liefern zu lassen).
Und zwar seiner besonderen Früchte wegen.
Und selbstverständlich angeliefert in einem von diesen Umwelt freundlichen (wenn auch am Markt wenig erfolgreichen) *Street-Scootern.*
Und selbstredend bis ins Haus (ok, mindestens bis an die Haustüre); d.h. fast bis an den Arbeitsplatz des bereits unruhig herum rennenden und auf essbare Früchtchen für (s) eine Koch-Show wartenden Küchen-Chefs.

Aber eben nur fast, denn leider hat dieser sehr, sehr dekorativ ausschauende Feigenbaum trotz aller um Hilfe bettelnder Aus- bzw. Anrufe (vorsichtshalber mit allen in Erinnerung gebliebenen Zauberformeln)...

Abrakadabra   Hokus Pokus Fidibus   Simsalabim   3x Schwarzer Kater*

...auch nach oftmaliger Wiederholung mit immer lauter werdender und immer verzweifelter klingenden Stimme, Baumart bedingt, dem Koch keine Vitamin reichen Früchte für ein Gewissen beruhigendes Abendessen liefern können.

****(selbstverständlich werden euch viele der schönen Zauberformeln aus dem Kindergarten oder der Grundschule bekannt sein, und einigen sicher auch ihre Herkunft aus (vor) jüdischen, christlichen oder muslimischen Schriften und Gottesdiensten; weniger bekannt dürfte hingegen sein, dass die drei Schwarzen Kater tatsächlich viel später (aber mit an Sicherheit grenzender Wahrscheinlichkeit deutlich vor dem Beginn der MeToo-Bewegung) in von Frauen dominierten Kitas eingeführt worden waren, womöglich um die Wirkung der älteren Zauberformeln zum Nutzen aller zu verstärken; schließlich werden selbst ~~Frauen~~ kleine Menschen lernen müssen, dass konstruktive Beiträge (egal ob Kita oder Küche) weder von einer Zauberformel noch von einem (wenn auch schnurrenden) männlichen Wesen***

zu erwarten sind - obwohl manch Schwarzer Kater als Mäusefänger oder als Likör ganz gut zu gebrauchen sein soll)

Was dem Koch letztlich aber egal war, denn der hatte (ohne sich weiter zu beschweren) entschieden, seinen speziellen **Märchen-Baum** (sehr vereinfacht gesagt) nurmehr als willkommene Anregung für eine kleine, leicht zu machende Zwischenmahlzeit anzusehen.

Und tatsächlich sollte jedermann* sich jederzeit eine Auszeit nehmen dürfen (z.B. um Tomaten und Mozzarella zu besorgen), um danach unter Verwendung der Früchte eines sog. **Märchen-Baums** einen keinesfalls feigen, dafür mit viel Basilikum dekorierten und sehr ansehnlichen Imbiss-Teller herzurichten.

(weiß man, ob „Jedefrau" jemals in Salzburg aufgeführt werden wird?)

Nein?
Na gut, doch ob wirklich jeder selbst ernannte Mann der (guten) Tat sich die Zeit genommen hätte, sein Geist ~~**volles**~~ loses Gendern zu unterbrechen, in (s)einen Umwelt schonenden Kleinwagen zu steigen und loszufahren, um ein paar erntefrische Zutaten (und dazu noch einen passenden Wein) für ein (fast schon zu stark) von einem unbekannten **Märchen-Baum** inspiriertes Gericht heran zu karren – ich weiß es nicht.

Aber seht selbst:

Feige-Mozzarella-Salami

(im Kreis unterm Märchen-Baum sitzend serviert?)

Zutaten:

(pro Person)

1 frische Feige, 1 Mozzarella di Buffalo, 1 Stück Salami, Oliven-Öl, Limettensaft, Aceto, Honig, Meersalz, Pfeffer, Basilikum

Zubereitung:

Schale der Feige vorsichtig abziehen; Feige, Mozzarella und Salami in (möglichst gleich große) Scheiben schneiden und abwechselnd im Ring auf einem Teller anrichten; aus 3 El Olivenöl, 2 Tl Limettensaft, 1 Tl Aceto (di Vincotto al Lamponi), 1 Tl Honig, Pfeffer und Salz ein Dressing rühren und über die Scheiben träufeln, mit Basilikum dekorieren.

Dazu passen ein Stück Landbrot und ein paar Gläser Wein...

...wie beispielsweise eine...

...weiße Cuvée **„Hensel und Gretel“**
vom *Weingut Hensel, Bad Dürkheim (Pfalz)...*

...oder ein...

...(nicht ganz trockener) Rotwein namens **„Hokus Pokus“**
vom *Weingut Wolf, Ungstein (Pfalz).*

Jede empor ragende (vom Wohnort leicht erreichbare) Erhebung als einen...

...Märchen - Berg...

...anzusehen, mag zwar zulässig sein, könnte aber selbst geübte Erzähler*innen vor große Herausforderungen stellen – vor allem jene, die vorhaben, bis zum Gipfelkreuz aufzusteigen und die Tour (mittels ausführlicher Beschreibung oder gar in einem Fotoband) tatsächlich allen leicht in die Jahre gekommenen, ~~hirn~~ hüftgeschädigten Best-Agern* zugänglich werden zu lassen.

(dürfen Anglizismen eigentlich einfach so gegendert werden – oder muss vorher ein analoges Oxford Dictionary aus dem Bücherregal konsultiert werden?)

Und genau deshalb sollte (am besten bevor es losgeht) geklärt werden, welche Art von Berg da eigentlich erklommen werden wird.
Schließlich gibt es (noch) keine jährlich stattfindenden Wettbewerbe um den Titel des schönsten oder attraktivsten **Märchen-Bergs** – nicht bei uns bzw. in anderen Ländern der EU der 27 und (so weit mir bekannt) auch nicht darüber hinaus.
Außerdem sollte man sich rechtzeitig über die anzuwendenden Kriterien verständigt haben, also z.B. darüber, ob auch solche eine Rolle spielen dürfen, die nicht allen Juror*innen einleuchten werden.
Denn schließlich (und was sich später auch nicht mehr groß ändern lässt) wird sehr häufig bereits in Kindertagen festgelegt, was so alles unter einem „Berg" zu verstehen ist (auf einigen Erhebungen in der näheren Umgebung kann sogar gespielt werden).

Erfahrungen, die nicht selten dazu führen, dass sehr viel Stolz auf und noch mehr Verantwortung für jeden noch so kleinen Hügel entstehen werden.

Und was wir ja tatsächlich heutzutage immer mal wieder miterleben dürfen.

Beispielsweise wenn sich lokal verankerte Gruppen in die Pflicht genommen sehen, den eigenen Haus- bzw. Lieblingsberg vor dem tiefen Tal der dicken Krokodilstränen zu bewahren.
Zwar gibt es für Berge keine einheitliche Definition, aber als Erhebung sollten sie schon wahrnehmbar und (etwas) höher als ein Hügel sein.

Und genau deshalb zählt jeder einzelne Dezi- bzw. Zentimeter.

So wie neulich im Harz, wo aber der Versuch, einem verhexten Blocksberg (anderswo im Land als ***Brocken*** bekannt) die bei einer Neuvermessung verloren gegangenen Zentimeter (zur alten Höhe von 1142 m) mittels Hinaufschaffen von ausreichend dicken Steinplatten wieder zurück geben zu wollen, leider keine offizielle Anerkennung fand.

Mehr Erfolg war vor einigen Jahren einigen Briten bei ihrem Versuch, dem Rest der Welt die Geschichte vom...

„Engländer, der auf einen Hügel stieg und von einem Berg* herunter kam“
(eine Erhebung, die bis dahin ein weitgehend unbekannter Hügel in Wales war)

...mittels einer Art Doku in Spielfilmlänge näher zu bringen, beschieden.

Immerhin war das Verwandeln eines Hügels in einen Berg nicht nur literarisch eine Überraschung, sondern auch ein kommerzieller Erfolg im Kino.

****(möglicherweise ein wichtiger Grund, weshalb die Waliser 2016 (anders als Schotten und Nordiren) mit ihren englischen Nachbarn für einen (reichlich unausgegoren wirkenden) Brexit gestimmt haben)***

Aber auch der Rückblick auf die eigene Kindheit kann auf einen Gipfel führen.

Wie in folgender Geschichte aus dem kleinen Dorf Westerbeverstedt im Kreis Wesermünde (heute als Lunestedt im Kreis Cuxhaven zu finden).

Eine Gemeinde, in der nie ein Bergdoktor praktizieren wird, aber offensichtlich schon damals alles vorhanden gewesen war, um auswärtige Bergfreund*innen neugierig werden zu lassen:

Wir hatten in den Sommerferien Besuch vom (Groß) Cousin Thomas aus Überlingen am Bodensee (auch Schwäbisches Meer genannt) bekommen.

„Was wollen wir denn heute unternehmen?“...

...war eines Morgens absolut berechtigt gefragt worden, um (in der Erinnerung) wie aus der Pistole geschossen mit...

„Warum spielen wir nicht mal wieder Verstecken am Berg“...

...beantwortet zu werden.

Nur wenig später ging´s hinaus ins Feld in Richtung Reithorn, hin zu diversen Hügeln, Sandgruben, Büschen, Sträuchern und Gräben und einer Fülle an Möglichkeiten für Verstecken spielende Kinder.

Und wichtigen Erkenntnissen über individuell durchaus unterschiedliche Ein- bzw. Zuordnungen von lokalen Erhebungen:

„Wo ist denn hier der Berg?"...

...fragt der mit gleich 7 Churfirsten und einem stattlichen Säntis vor Augen aufgewachsene Besucher aus dem Südwesten.

„Na wir stehen doch schon drauf"...

...antwortet daraufhin verwundert eine/r aus der Gruppe derer, die damit groß geworden waren, jeden Erdhügel, der es mit den Deichen an der Nordseeküste aufnehmen konnte, als Erhebungen von außerordentlicher Höhe einzustufen.*

****(selbst gemachte Erfahrungen (inklusive frühzeitig und eigenhändig gepflanzter und gut bewässerter Vorurteile) sind zweifellos ganz wichtige Ratgeber fürs Leben)***

Ähnlich lehrreiche Erkenntnisse könnte auch das (virtuelle) Erklimmen einer schwäbischen (inzwischen vermutlich grün-schwarz abgedimmten, also eher sparsam schimmernden) Erhebung mit sich bringen - sofern man sich denn einließe auf ein paar...

Märchen aus dem schönen Stuttgart

(von E.G. Stockinger, Verlag Frankh-Kosmos).

Eine anfänglich klitzeklein anmutende Herausforderung, die (trotz oder wegen Corona) in Form eines gebrauchten (später weiter verkauften) Buches recht günstig (0,97 € + 3,00 € Versandkosten) vorbereitet und (erst einmal hinauf gekraxelt und trotz viel zu kurzer Verweilzeit auf dem Gipfel und viel zu wenig an geposteten Kurz-Kommentaren) auch noch mit einem kleinen Gewinn abgeschlossen werden könnte.

Eine ganz andere, vielleicht sogar alternativlose Alternative (weil sie mir als Arbeitsansatz deutlich besser zu Pass kommen würde) wäre, erneut, also ein weiteres Mal das lichte Netz zu nutzen, um schnurstracks und online bei...

islieb.de

(krakelige Comics übers Leben, die Liebe & und den ganzen behämmerten Rest)

... auf den/die gezackten Gipfel eines ganz anderen **Märchen-Bergs** zu klettern (am besten, ohne Sinn bzw. Zweck des Geschäftsmodell verstehen zu wollen).

Aber vielleicht würde bei diesem leicht gefährlichen, weil alle Höhenängste ignorierenden **Märchen-Titel** allein schon das Zeigen eines schwarzweißen Bildes eines in der Abendsonne geradezu ***gülden*** schimmernden, früher wohl eisbedeckten Bergs in Alaska oder Island bzw. auf Grönland oder Spitzbergen ausreichen, um (trotz einsetzender Untergangsstimmung) ein klein wenig Appetit auf einen einfachen Imbiss in einer etwas weniger hoch gelegenen Umgebung aufkommen zu lassen.

Ach ja:

Und auch all jenen, die weiter oben viel lieber *golden* statt *gülden* gelesen hätten (beispielsweise so was wie *KHM 92 „Der König vom goldenen Berg“*), sollten sich ein einfaches, leicht zu machendes Gericht* als gesundes Mittags- oder Abendessen nicht entgehen lassen:

(einen richtig knackigen Eisberg-Salat mit ausreichend vielen Eismeer-Garnelen, dazu etwas mit salziger Butter bestrichenes Knäckebrot sowie einen passenden Sauvignon Blanc von einem der höchst gelegenen Weinberge in Deutschland und selbstverständlich mit Ausblick auf Säntis bzw. Churfirsten in der Schweiz)

Guten Appetit.

Eisberg-Salat

Zutaten:

ca. 250 g (½) Eisbergsalat, ca. 225 g TK-Garnelen, 4-5 Tl Alba-Öl, 1 Limette (Saft), 2-3 Tl Aceto Balsamico weiß, 2 Tl Holunderblüten-Sirup, Zucker, Pfeffer, Salz

Zubereitung:

Eisbergsalat waschen, trocken schleudern und klein schneiden;
Wasser aufkochen, Salz zufügen, die nicht aufgetauten Garnelen hineingeben und sofort Temperatur abschalten;
fürs Dressing alle Zutaten mischen, mit dem Öl aufschlagen und mit Zucker, Pfeffer und Salz abschmecken;
lauwarme, abgetropfte Garnelen ins Dressing geben und dann alles gut mit dem Salat vermischen;
Knäckebrot mit leicht gesalzener Butter bestreichen

Getränk

Dazu vor oder auf einer Rückfahrt vom Bodensee
einen kurzen Halt beim
Weingut Vollmayer in Hilzingen/Singen (Hohentwiel)
einlegen und einen 6er Karton

Sauvignon Blanc

mitnehmen.

Eine auf den ersten Blick simpel erscheinende Aufgabe, nämlich so was wie ein paar aussagekräftige Vorlagen für ein später frei zu wählendes...

...Märchen - Bild...

...unter Rückgriff auf alte, längst bekannte Erzählungen und neuere, politisch motivierte Verheißungen zu skizzieren, mag zwar gut gemeint gewesen sein, hatte dann aber beim Ausführenden zunächst nichts als Frust ausgelöst.

Was (erstens) daran lag, dass außer möglichst ~~vielen~~ kreativen Skizzen für das (später zu wählende) **Märchen-Bild** tatsächlich auch noch ein möglichst viele Leute satt machendes Eintopf-Rezept sowie ein paar dazu passende Tröpfchen für die (wohl absolut überflüssige) After-Wahl-Party vorzustellen waren.

Und weil (zweitens) aus wahltaktischen Gründen eine Überprüfung politisch motivierter und bis kurz vor der Wahl durchgestochener Absprachen* nicht opportun schien, dann lässt sich erahnen, welch (moralisch) hoher Druck auf allen teilnehmenden Pinselschwinger*innen gelastet haben wird.

(angeblich Sinn stiftendes Kollateralgeschehen fürs vorgegebene NGO (Nicht Gerade Ordentliches) Bewertungsprozedere – nicht schön, aber auszuhalten)

Und da (drittens) der allabendliche Versuch des federführenden Pinselhalters, durch eifriges Herumblättern in alten und zerfledderten **Märchen-Büchern** einen schnelleren Zugang zum Thema zu finden, nichts gebracht hatte (wegen zu wenig bebilderter Geschichten und fehlender Rezepte für einfache, aber gute Hausmannskost), gab`s zunächst keinen Erfolg zu vermelden – aber zum Glück auch kein Desaster, weil sich nämlich relativ schnell herausgestellt hatte, dass erfreulicherweise nur sehr übersichtliche, d.h. leicht (er) zu bewertende Bildentwürfe eine Chance** auf den Sieg haben würden.

****(ein offizieller Grund für die Einschätzung wurde zwar explizit nicht angegeben, allerdings könnte sich herum gesprochen haben, dass nur wenige Menschen alle ihnen vor die Nase gehaltenen Märchen-Bild-Entwürfe würden verstehen können und bewerten wollen - übrigens für mich sehr gut nachvollziehbar, allerdings nicht für kleinere und größere Zeitgeister, die leben von ihren Märchen-Bildern)***

Weshalb beim besten Willen nicht weiter davon ausgegangen werden konnte, dass eine Mehrheit unter den Mitwählenden mit bzw. nach einem spontanen und begeisterten...

„Mon Dieu*, jetzt habe ich endlich eine ungefähre Vorstellung von einem

Märchen - Bild

und was beim Entwerfen so alles hatte berücksichtigt werden müssen"

...die einzig richtige (weil vom Pinselschwinger bevorzugte) Wahlentscheidung treffen würden.

(übrigens, allen divers gendernden Leserinnen sei unbenommen, dem eigenen Gefühlsausbruch ein charmant alternatives „Ma Déesse" voranzustellen)

In alten Büchern nach aussagekräftigen Bildern zu suchen, ist eine spannende Angelegenheit, vor allem, wenn sich herausstellt, dass die Zahl der Märchen, in denen von einer guten und glücklichen Zukunft die Rede ist, groß ist und viele sich, trotz ***„Gefühle verletzender Rollen-Besetzung"*** oder der in Krisenzeiten äußerst zwiespältigen Botschaft ***„Eile mit Weile"***, als sehr spannend zu lesende Lektüre entpuppen (*vgl. z.B. KHM 184 „Der Nagel" oder auch KHM 197 „Die Kristallkugel")*.

Und was schließlich dazu führte, dass eine einzige Herangehensweise übrig blieb, und die verlangte, Realistisches und Kreatives so zusammenzustoppeln, dass schlussendlich wenigstens zwei bis drei (auch wie improvisiert wirkende) Entwürfe eingereicht werden können.

Was wohl ein bzw. der Hauptgrund gewesen sein wird...

- **weshalb ein erster Entwurf (trotz umfangreicher Informationen bzw. Statements, inklusive einer vermeintlich klaren Botschaft) nicht als der Prototyp für ein Märchen-Bild (z.B. für ein richtig grünes Happy End` zu taugen scheint**

„Wenn der Gebrauch natürlicher Brennstoffe eines Tages durch die Freisetzung von genügend Kernenergie ersetzt werden sollte, hört auch die Freisetzung von Kohlendioxid auf, vielleicht, wie man hofft, ehe es messbare ökologische und klimatologische Wirkungen hinterlassen hat."

(aus: Die Grenzen des Wachstums (1972), Seite 61)

- **und der zweite Entwurf für ein Märchen-Bild sicher nicht geeignet ist, einen Hans und dessen Gretel von so etwas Schrecklichem wie einer sehr billig daher kommenden Extrawurst zu überzeugen**

- **während im dritten Akt der grob skizzierten Märchen-Bilder tatsächlich so was wie (ökologisch günstigere) Alternativen aufzutauchen scheinen**

...wobei sich das alles unter einem einfachen Arbeitstitel abgespielt haben soll:

Wie schön könnte eure Zukunft ohne unsere Vergangenheit sein!

vor 1968

Entwicklung Erdbevölkerung
vor 1700 ca. 0,5 Milliarden
um 1820 ca. 1,0 Mia.
um 1870 ca. 1,5 Mia.
um 1920 ca. 2,0 Mia.
kein Wachstum ohne ganz viel qualmende Schlote

um 1970

Erdbevölkerung ca. 4,0 Mia.
die Grenzen des Wachstums (Club of Rome, DVA)
Energie für die Zukunft (AAAS, DFG, Umschau-Verlag)
Energie aus fossilen Brennstoffen, Kernenergie, Erdwärme, Sonnenenergie, **Windenergie wird nicht erwähnt**

50 Jahre später um 2020

Erdbevölkerung ca. 8,0 Mia.
nach Vereinbarungen von Rio, Berlin, Kyoto, Paris soll der Ausstoß an Treibhausgasen reduziert werden, um den Ø Temperaturanstieg auf 1,5 -2 °C zu begrenzen
Energie aus fossilen Brennstoffen, Kernenergie, Erdwärme, Sonnenenergie, Windenergie

in 50 Jahren um 2070

Erdbevölkerung ca. 10,5 Mia. (Vorhersage UN)
Energie aus Sonne, Wind, Erdwärme, Kernspaltung (SMR), Kernfusion (?)
wirklich keine Energie mehr aus fossilen Brennstoffen?

danach

Erdbevölkerung wächst weiter ?
die Erde wird zwar nicht untergehen, aber es wird sicher verdammt eng und ungemütlich warm werden
na dann liebe Erde, mach`s gut

Märchen - Bild (Entwurf 1)

Untertitel: „die Würste Mannheims"*

**(aus der Metzgerei Mannheims, Brudergasse 2, 07318 Saalfeld)*

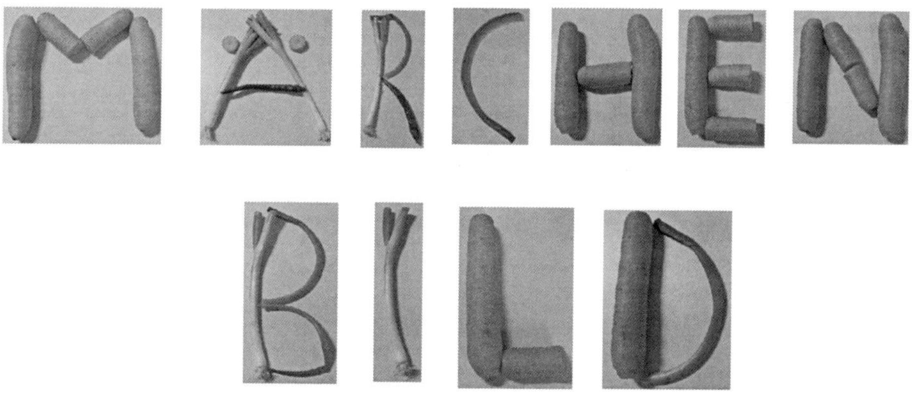

Untertitel: „a Veggies day"**

***(Gemüse vom Schopphof bzw. aus Schneiders Scheune
zum Kleinschnibbeln für ein spätes Abendessen)*

Märchen - Bild (Entwürfe 2a und 2b)

Damit wir uns aber mit den (gerade noch termingerecht) eingereichten Vorschlägen für das...

Märchen-Bild des Jahres 2022 (und folgende)

...überhaupt näher befassen können bzw. dürfen, brauchte es - wie nicht anders zu erwarten war - die helfende Hand einiger (nicht allzu überge-) wichtiger Handlanger*innen, um schön neutrale (obwohl von Vorurteilen nur so wimmelnde, dafür hübsch verpackte) Bewertungen notieren zu können.

Und siehe da, schon sehen wir sie in Reih und Glied brav aufgeschrieben vor uns stehen; oben die mit mehr, weiter unten die mit den wenigen Prozenten. Trotz ganz unterschiedlicher Charaktere fest vereint in ihrem Bemühen, uns bei der Wahl mit positiv konnotierten Narrativen zu unterstützen.

Aber seht euch die hilfreichen Tröpfchen ganz einfach mal an:

- eine möglicherweise verzauberte Flasche (Bier) *„Okult"* aus den uns benachbarten großherzoglichen Ardennen
- oder die etwas fülligere und *„Wandel"* verheißende Flasche aus einer benachbarten (Wein) Gegend an der Sauer (Region Mosel)
- daneben eine (von wem auch immer) nicht ganz ~~gelehrte~~ geleerte Flasche *„Clausthaler"* (deren verschmähte Reste geschmacklich leicht abgestandene Noten von studentischen Bierfesten an einer ehemaligen Bergakademie, aber vor allem den ~~vertrauten~~ vertrockneten Geruch von abgestorbenen Fichten im Oberharz bewahrt zu haben scheinen)
- weshalb ein eigens eingestellter Gleichstellungsbeauftragter partout nicht davon abzubringen war, aus dem Zufalls-Trio durch Hinzufügen einer *„Hey"* sagenden Flasche *„Fürstsecco"* ein alkoholisch ausgewogenes Quartett werden zu lassen

Aber damit auch genug der sinnlosen Ansichten auf (je nach Blickwinkel) viel zu wenige (oder einmal mehr viel zu viele) gehaltvolle aber inhaltsleere Flaschen (und sonstigen Geist ~~vollen~~ losen Erzeugnissen), dafür ein sehr wichtiger, weil alle Zukunfts-Spinnereien beendender Hinweis:

Zwar hatten die Sondierungen aus Zeitgründen vorzeitig beendet werden müssen, aber immerhin gibt´s eine gemeinsame Abschlussnote (die jedoch weder ökonomisch noch ökologisch zu überzeugen vermag).

Und das trotz der vielen märchengleichen Geschichten, die von früh bis spät und von vorn bis hinten und mehr oder minder freiwillig hatten begutachtet, d.h. durch geackert und weg geeggt werden müssen.

Fazit (1):

„trotz erheblicher Bemühungen aller Beteiligten hat sich kein* für alle Teilnehmer** verbindliches **Märchen-Bild** skizzieren lassen"

**(die individuellen Wunschvorstellungen sind einfach zu verschieden)*

(mit ziemlicher Sicherheit ein zwar bitter schmeckendes, doch Bewusstsein erweiterndes Erlebnis für sehr viele Leser*innen, auch wenn nicht alle zu diesem Ansehen versprechenden Wettbewerb eingeladen (allerdings etwas später als „Nichtteilgenommenhabende" von einigen Medien benannt) worden waren)*

****(ob allerdings gendernde Teile so einen Verweis werden goutieren können? Keine Ahnung und auch egal - weil die Zeit, wo tatsächlich alles, was auf den Tisch kommt, auch gegessen werden muss, bekanntlich seit längerem vorbei ist)*

Fazit (2):

„ein halbgares **Märchen-Bild** wird zur letzten Brotzeit****
für viele der zu spät einkehrenden Erd ~~männchen~~ menschen"

*****(je später der Gast, desto abgestandener das kulinarische Katastrophengericht)*

Fazit (3)

„während sehr einfache Tröpfchen sich besser den Tisch
mit einem noch viel einfacheren Töpfchen teilen sollten"

Die zerschnibbelten Bildchen bitte ins Töpfchen

Zutaten:

ca. 1200 g Gemüse (Möhren, Pastinaken, Petersilienwurzel, Sellerie, Kohlrabi, Frühlingszwiebeln), ca. 750 g Kartoffeln, Riesenbohnen (1 Dose), Knoblauch (2 Zehen), 1 Zwiebel (rot), 2 Tl. Paprikapulver (scharf+mild), 1 Tl. Kümmel (gem.), Salz, Pfeffer, ca. 800-1000 ml Gemüsebrühe, Pflanzenöl, glatte Petersilie, für Vegetarier bzw. Veganer Sojawurst*, für Flexitarier** 4-6 Mettwürste (z.B. *Metzgerei Mannheims, Saalfeld* oder *Windolf, Sinzig)*

Zubereitung:

Gemüse, etc. putzen, waschen und klein schneiden; die Brühe erhitzen; in einem großen Topf Zwiebel mit Knoblauch und Paprika in Öl glasig andünsten; Gemüse mischen und einfüllen, nach Geschmack würzen; die heiße Brühe bis knapp unters Gemüse angießen, alles ca. 20-25 min leicht köcheln lassen (bissfest); noch mal abschmecken (gfls. mit etwas Sahne o.ä.); mit gehackter Petersilie bestreuen und servieren

und die versammelten Tröpfchen ins ~~Kröpfchen~~ Mündchen

„Okult" (Brasserie Simon)
Pinot Cuveé „Wandel" (Weingut Fürst, Metzdorf)
„Clausthaler" (Radeberger Braugruppe)
„Hey! Fürstsecco" (Weingut Fürst)

(für grüne Veggies aus dem Rheinland ein absolutes Muss, denn immerhin war es ein gewisser Konrad Adenauer (1. Bundeskanzler der BRD), der bereits gegen Ende des 1. Weltkriegs (1918) für eine Sojawurst ein Patent angemeldet und nach dem 2. Weltkrieg (in den 50ern) den Bau einer Seilbahn von Rhöndorf in Richtung Drachenfels erfolgreich verhindert hat)

*****(Flexitarier*innen dagegen sollten beachten, dass „kurze, dicke und heiße" häufig besser schmecken als „zu lange, zu dünne und zu kalte" Würstel)***

Vorbemerkung:
Personen, die absolut nichts mehr von Beziehungen zwischen Paaren erfahren wollen, die haben´s gut, denn die dürfen hier mit dem Weiterlesen aufhören. Dabei werden nicht nur sie, sondern viele andere Frauen und Männer bereits wissen, dass über wenig anderes emotionaler geredet wird wie über geplante Verpartnerungen. Besonders dann, wenn sie, endlich rechtlich fest gezurrt, mit einer märchenhaften Hochzeitfeier ~~enden~~ beginnen sollen (und für den Part der Braut - angelehnt an eine scheinbar immer noch geltende Tradition – nur äußerlich stark herausgeputzte bzw. auch sonst best möglich hergerichtete Exemplare in Frage kommen).
Wusstet ihr eigentlich, dass in den zurückliegenden Jahren Geschäfte für Brautbekleidung (allerdings auch für Küchen-Utensilien) zahlreicher und die Verkaufsflächen immer größer geworden sind?
Nein?
Dabei sollte man akzeptieren, dass praktisch bei allen in, häufig noch vor so einem Schau-Fenster stehenden Männern sehr schnell und sogar vorhersehbar ein zwischenzeitlich etwas in Verruf geratener Reflex einsetzen wird, nämlich unverhohlen einen grob musternden Blick auf eine im Kleiderladen weilende (probehalber) prächtig ausstaffierte, ihm daher nicht vertraute...

...Märchen - Braut...

...zu werfen (und dies sehr wahrscheinlich, ohne einen einzigen Gedanken an so was Banales wie Beziehungsstress zu verschwenden).
Dabei wäre äußerste Vorsicht geboten, denn (zu) lange Blicke können nun mal zu reichlich kurzen Beziehungen in amerikanischen (d.h. ohne Besucher-Ritze) Betten und (immer häufiger) zu längeren Streitereien vor Familien- oder Zivil-Gerichten führen (gegrüßt sei Johann der Depp).
Zwischenbemerkung:
Grundsätzlich gehören Risiken dieser Art zur Privatsphäre aller irgendwann für volljährig erklärten Menschen (naiv denkende Männer und intelligente Frauen eingeschlossen); d.h. man sollte sie ihnen zur freien Verfügung überlassen (und selbst frau hat sich da besser raus zu halten).
Wie flüsterte neulich noch ´ne flotte Jeckin dem alten Jeck ins Ohr:

„Man(n) muss auch mal jönne könne“

Was aber wäre gewesen, wenn ***„er"***, vom Schicksal (und einer kleinen Hexe) geleitet, eine eigens für ihn groß gezogene und ganz besonders appetitlich angerichtete und ursprünglich sogar gefiederte (auf gar keinen Fall von Hand geschuppte) **Märchen-Braut** hätte freien dürfen?
An einem unvergesslichen Abend. In trauter Zweisamkeit. Um die Braut am Ende hungrig zu vernaschen. Mindestens aber anzuknabbern.
Und das vielleicht nur, weil ein unbefähigter und dazu unglaublich unfähiger Brautführer bzw. semiprofessioneller Hochzeitplaner meinte, so ein Ereignis auf einem gülden glänzenden Teller servieren zu müssen?
Weil er in einem Buch gelesen haben wollte, dass nicht jede überirdisch schön hergerichtete **Märchen-Braut** ein durch und durch menschlichen Wesen sein muss (jedenfalls nicht immer).
Und was vermutlich auch gar nicht anders ginge, denn sonst wären ja praktisch alle **Märchen-Bücher** (in denen es von in tierische bzw. phantastische Wesen verwunschenen Prinzen und Prinzessinnen nur so wimmelt) nichts als reinste Fiktion (also eher vergleichbar mit drauflos getwitterten Fake News in sozialen Netzen – neben alten Märchen eine neue Spielwiese für gruselige Erzählungen jedweder Couleur).

Hat man früher nicht häufig genug...

...mein lieber Schwan...

...sagen müssen, wenn man was außerordentlich Beeindruckendes oder Unglaubliches zu sehen oder zu hören bekam?
Oder dass einem aus zusammengekniffenen Lippen* auch heute noch ein Aerosol behaftetes...

...da brat mir doch einer ´nen Storch...

...heraus rutschen könnte?

(weil die eigene Gesichtsmuskulatur es nicht mehr schafft, alles bisher nicht für möglich Gehaltene klein zu kauen und verdaubar zu machen)

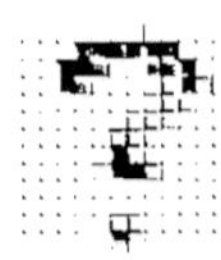

Um auf diese Weise einer Konfrontation aus dem Weg zu gehen?
Nun, so in etwa war es neulich noch bei mir.
Doch genauso wahr ist auch, dass leider der richtige Umgang mit Bräuten jedweder Art (und zwar egal ob aus der Hetero- oder LGBTQI+ Community bzw.

jener Gruppe stammend, die von sich glauben bereits die Mensch/Tier-Barriere überwunden zu haben) nirgendwo in einer moralisch und politisch korrekten Sprache nachgelesen werden kann (selbst in alten **Märchen-Büchern** oder den offiziellen Verlautbarungen der großen und kleineren Religionsgemeinschaften nicht).

Dabei lassen sich in nicht wenigen der niedergeschriebenen phantastischen oder mythischen Erzählungen (*vgl. KHM 57 „Der goldene Vogel“*) ein paar durchaus anmutige und Stil prägende Tierbräute in den unterschiedlichsten Rollen finden.
Darunter auch allerlei als Tiere verkleidete Hochzeiter*innen, die in aller Regel mit einem Kuss (oder einem Biss) von irgendeinem festsitzenden Zauber hatten erlöst oder befreit werden müssen, um für`s gute Ende der Geschichte sorgen zu können.
Also her mit einem von den besonders attraktiven, weil gefiederten Schwanen- oder Storchen-Vögeln. Selbstverständlich in allerbester Bio-Qualität und dazu der Natur ökologisch korrekt entnommen.

Tatsächlich wurden wilde Schwäne bis vor nicht allzu langer Zeit den jagdbaren Schwimmvögeln zugerechnet. Insbesondere das Fleisch junger Tiere galt als ausgesprochen schmackhaft.

Möglicherweise der Grund, weshalb in Großbritannien alle unberingten Höckerschwäne auf offenen Gewässern der britischen Krone gehören (daher auf der Themse einmal im Jahr Inventur-halber gezählt werden müssen).
Allerdings, zubereitet und auf güldenen Tellern serviert (bzw. als hausgemachte **Märchen-Speise** mit Appetit gegessen), werden die am Hofe einer in Windsor wohnenden, royalen britischen Familie in diesen Tagen wohl eher nicht mehr (aber vermutlich nur aus Rücksicht auf Leserinnen der englischen Yellow Press oder Verfolgern von Harry, Meghan und Archibald bei *Netflix* in Amerika).

Dabei hört sich die Zubereitung nach Art südamerikanischer Indianer durchaus interessant an:

...„sie nehmen das Gescheide heraus, füllen das Innere mit Beeren und sonstigen Früchten, begraben das Tier samt Gefieder und lassen es 8 Tage unter der Erde - es soll dann am Spieß gebraten vorzüglich schmecken“...
(aus ***Ich kann kochen****, Ullstein & Co, Wien 1909)*

Jetzt höre ich die/den eine/n oder die/den andere/n Lesende/n schon sagen:

Vergiss den blöden Schwan einfach, lach dir lieber eine ~~klapprige~~ klappernde Storchen-Braut an.
Hätte ich tatsächlich auch wirklich gerne gemacht - wenn nicht 2017 das Jahr des *Martin Luther* gewesen wäre.
Und ich nicht in einem Artikel auf eine alte Luther-Bibel (von 1545) aufmerksam gemacht worden wäre, in der klar gesagt wird, dass (u.a.) Schwäne und Störche keinesfalls gegessen werden dürfen.
Und woran ich mich auf jeden Fall halten möchte.
Nicht um dieses (weitgehend unbekannte) Verbot aus innerer Überzeugung zu befolgen, sondern um Luthers Verdienste als Übersetzer zu würdigen.

Denn schließlich war es ganz besonders sein Werk, einen Sammelband (und als Buch der Bücher oder Bibel bekannt) mit religiösen Schriften (unter Rückgriff auf altgriechische, lateinische, ja sogar aramäische Texte) für seine nur Dialekt sprechenden Mitbrüder und Mitschwestern in ein verbindendes, weil lesbares „Deutsch" übersetzt zu haben.

Eine außergewöhnliche Leistung und ein unglaubliches Geschenk an uns alle, wären wir doch sonst weiterhin gezwungen, ohne eine gemeinsame (Hoch-) deutsche (Schrift-) Sprache* zu kommunizieren.

(es uns so ähnlich wie Luxemburgern oder Schweizern ergehen könnte – kaum zu verstehen, dafür aber ökonomisch erfolgreich und schon mehrsprachig unterwegs)

Bliebe aber immer (oder nur) noch die Aufgabe, an einem (bzw. für einen) schönen Abend eine möglichst unkomplizierte **Märchen-Braut** zu daten:

Unschuldig.
Nicht zu fest und nicht zu weich im Fleisch.
Wohl schmeckend.

Oder als gequält märchenhaft gereimte Zusammenfassung:

...ich wollt, ich hätt ein Huhn,
dann gäb es was zu tun,
ob weiße Pute oder schwarze Feder,
schön gebraten mag die Henn´ ein jeder...

Aus küchentechnischen Gründen (Größe und Gewicht), aber auch um einer möglichen „Metabolischen Heimsuchung“ zu entgehen
(denkt bloß mal an die viele Linolsäure im erotischen Fleisch einer Pute)
haben wir uns für ein immer wieder gern gegessenes...

Brathuhn

...entschieden und auf zweierlei Art zubereitet.

Zutaten:
ca. 1,5-2,0 kg (4x Schenkel und 2x Brust mit Haut und Knochen vom Schwarzfeder-Huhn,
(andere Hühner tun es auch, für Alleinstehende z.B. auch ein Perlhuhn)

plus Schalotten, Knoblauchzehen, Chilischoten, Stück Ingwer, Bio-Zitronen (Saft und Abrieb), Oliven-Öl, Aceto Balsamico weiß, Honig, Löwensenf, Sahne, Dattel oder Zuckerrüben-Sirup, Pfeffer, Salz, Rosmarin, Thymian, Salbei sowie diverses, klein gewürfeltes Gemüse (z.B. Möhren, Knollensellerie, Pastinaken, gelbe Rüben)

Zubereitung Schenkel:
aus geschälten, kleingehackten Schalotten, Knoblauch, Ingwer, Chilis, Olivenöl, Dattel-Sirup, Senf, Aceto, Pfeffer und Salz eine wirklich raffinierte, aufreizende Marinade rühren; die abgespülten, abgetrockneten Schenkel gut damit einreiben und einige h kühl stellen; auf das gewürfelte Gemüse legen und im vorgeheizten Ofen bei 180°C (Umluft) ca. 70-80 min braten (immer mal wieder mit Marinade übergießen), kurz vor dem Herausnehmen die Haut gfls. knusprig bräunen (Grillfunktion).
Vor dem Servieren mit frischen Kräutern bestreuen.
Baguette und Salat dazu reichen.

Zubereitung Brust:
Die Brust waschen, gut abtrocknen, mit Pfeffer und Salz einreiben und in eine Ofenfeste Form legen; aus je ca. 100 ml (oder g) Oliven-Öl, Senf, Honig, Zitrone, Sahne, Pfeffer und Salz eine Sauce rühren und über die Teile von der Brust gießen; bei 180 °C (Umluft) ca. 70-80 min garen (ev. Grillfunktion, damit die Haut schön braun und knusprig wird).

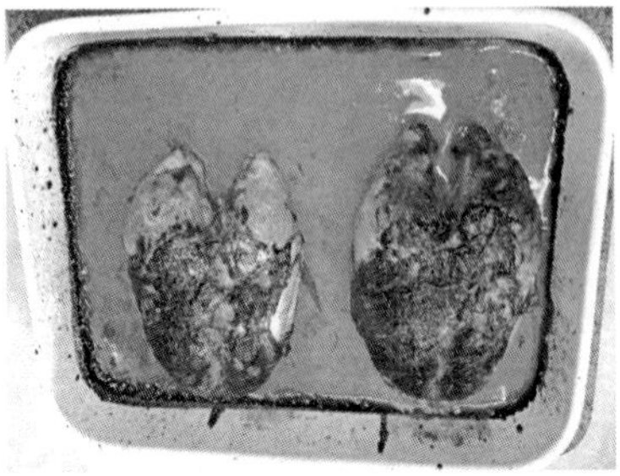

Getränke:

Aus gegebenem Anlass* kamen als passende Begleitung
nur betont fruchtig-frische Weine in Frage.

****(der leicht frivol-pikant-zerrupften Aufmachung der Braut wegen)***

Genau deshalb wurde ein leicht wildes Hochzeits-Duo überredet,
die schön herausgeputzte Braut auf ihrem letzten Gang zu begleiten,...

...und zwar eine weiße Cuvée (30% Sauvignon Blanc, 70% Scheurebe)
sowie ein eher leichter Spätburgunder
(beide vom *Weingut Bunn Strebel* aus Nierstein in Rheinhessen),
die unter dem gemeinsamen Familiennamen...

Wild Wedding

...bekannt geworden sind.

Vermutlich werden es einzelne Schnell- oder Quer-Leser auf den ersten Blick noch gar nicht haben erkennen können (oder wollen), was für ein äußerst merkwürdiges und mit hanebüchenen Geschichten vollgestopftes...

...Märchen - Buch...

...sie da gerade in ihren zarten Händchen zu halten bekommen haben.
Aber egal, denn wahrscheinlich würde selbst ein zweiter Blick nicht ausgereicht haben, um sicher sein zu können, dass am Ende dieser Geschichte nicht nur alle Gut~~mensche~~n, sondern auch jene, die sich überwinden und einen ~~im Buch~~ frei herum hüpfenden Frosch küssen, ´ne Mahlzeit als Belohnung erhalten werden.
Von daher kann ich nur sagen: reißt euch* gefälligst zusammen und verliert ja nicht euren Appetit, denn...

- **etwas zu essen und zu trinken wird´s auch dieses Mal wieder geben**

(ihr lieben hungrigen und durstigen Leser*innen)

Schließlich handelt es sich bei dem Machwerk inhaltlich ganz eindeutig und bar jeden Zweifels (wenn auch mit ein paar Ausnahmen) um ein...

...Märchen - Buch für Erwachsene.

Viele werden es vielleicht nicht (mehr) wissen (wollen), aber tatsächlich waren einige der bekanntesten Märchen in ihren Urformen im Grunde genommen nichts anderes als Erzählungen über Verführung und (recht derber) Erotik.

Aber damit wollten die *Grimms* nichts mehr zu tun haben.

Bei ihnen wurde aus einem geilen Wolf „bloß" ein (alter) böser Wolf, der ein (junges) unschuldiges Rotkäppchen zwar schon zum Fressen gern haben, aber vorm Essen leider nicht mehr noch rasch hatte entjungfern dürfen.

Doch auch nach anderen, noch unappetitlicheren Inhalten wird man in diesem speziellen **Märchen-Buch** lange suchen müssen.

Widersteht also der Versuchung, nach heran gekarrten, (zu) knapp bekleideten weiblichen und Sixpack bewehrten männlichen oder sonst wie posierenden Celebrities Ausschau zu halten.
Akzeptiert einfach, dass dieses Sammelsurium an Geschichten und Gerichten

alle (wenn auch nicht exklusiv) selbstbestimmt und selbstbewusst erwachsen gewordenen Erwachsene* erreichen möchte.

(i.w. Rentner*innen und Pensionist(inn)en , die sich nicht (mehr) von Märchen versprechenden Werbe(aus)sendungen und echten Wölfen (sorry, kein * - wegen unbekannter Frauen- und viel zu hoher Gewaltquote) erschrecken lassen)

Ein klarer Vorteil, nur „bereits voll ausgewachsene Personen" als Zielgruppe anzusprechen, liegt darin, dass bei diesen Mitmenschen (und zwar bereits vor Lesebeginn) auf ein gerüttelt Maß an Lebenserfahrung in Verbindung mit ein klein wenig hart erarbeiteter Demut und dazu selbst bestimmter Achtsamkeit gesetzt (wenn nicht sogar vertraut) werden darf.

Und sich deshalb die Frage, warum das Buch genau auf diese und nicht auf andere Leser/innen setzt, praktisch von selbst beantwortet:
Weil nur die sich nicht gleich wegen fehlender Warnungen vor unvermittelt auftauchenden, dazu nicht wenige Geschichten fast ungenießbar machenden Feststellungen, wie beispielsweise...

Ende gut, alles gut

alternativ

Ente gar, alle da

... werden hinreißen lassen, sich spontan (wenn auch vermutlich von einigen aufgebrachten Mithörer*innen begleitet) zu einer vermeintlich Frust und Wut abbauenden Autorenbeschimpfung auf dem Marktplatz einer benachbarten Kreisstadt einzufinden (und dies womöglich noch, ohne vorher auf die innere Uhr und einen hundertjährigen Kalender geschaut zu haben).

Denn derart ungefilterte Meinungsäußerungen sollten vernünftigerweise nur noch von montags bis donnerstags* stattfinden dürfen, weil - wie uns einige Medien weiszumachen versuchen - an allen Freitagvormittagen genau an solch zentral gelegenen Orten engagierte Heranwachsende aufzutreten pflegen, um sehr lautstark die von diesem Schreiber und dessen (aber beileibe nicht allen) Leser*innen angerichteten, (zu) CO^2 heißen (egal ob übergart oder flambiert) Zukunftsängste** allen zur Wiederwahl bereit stehenden Politiker*innen in die parlamentarischen (rein gelisteten oder frei gequoteten bzw. von einem Ausgleichsmandat getroffenen) Hände zu legen.

(aber bitte ab März 2020 unbedingt daran denken, Anzahl und Ausrüstung der Teilnehmer_innen AHA mäßig zu überprüfen; immerhin ist anzunehmen, dass auch recht viele von diesen kürzlich zugewanderten Corona Viren SARS-CoV-2 auf der Suche nach geeigneten Wirtsgeschöpfen munter suchend unterwegs sein werden)

*****(02. August 2019 ((Bericht im öffentlich-rechtlichen Fernsehen über Treffen der F³ (Fridays for Future) Bewegung)): Frage an einen ca. 12 Jährigen***, was er sich von dem Treffen erhoffe. Antwort: „...damit mein jüngerer Bruder später einmal Enkel haben kann...")***

******(einfach krass, fehlte nur das Bild eines Helfers beim Versuch, diesem heran wachsenden Naturliebhaber den Akt der Schöpfung mit divers daher kommenden Enkel*innen in einfacher und trotzdem genderkorrekter Sprache zu erklären)***

Und vermutlich wären es wohl Aufmärsche, die (zeitlich gesehen) auch mit lieben alten Gewohnheiten brechen müssten, d.h. nicht erst mit dem Ertönen einer nach Schulglocken klingenden Sirene beendet werden, sondern weil kurz nach Mittag praktisch immer erste (in aller Regel an kreativen Hemdchen erkennbare) für ein langes Wochenende billig zugeflogene junge Gesell(inn)en zu erscheinen pflegen, um sich feuchtfröhlich in ein zwar selbst ausgesuchtes, leider (viel zu) häufig nicht sehr lang währendes, dafür oft heiß endendes Familienleben zu verabschieden.

Wo war ich noch mal stehengeblieben? Ach ja, vorm Bücherregal (nicht bei *Thalia* in Hamburg, denn da heißt es: ***„Es war einmal"***). Um eine außergewöhnlich **Märchen-Geschichte** wiederzufinden. Aber wie war bloß noch der Titel?
Und bei welchem Buchstaben sollte ich zu suchen beginnen?
Dabei erinnere ich mich gut, dass der Name absolut nichts mit einer Rapunzel aus dem Bioladen *(vgl. KHM 12 „...lass dein Haar herunter...")* und auch nichts mit einem Doktor Allwissend *(vgl. KHM 98 „...zu viel Verstand ist einfach nur hinderlich...")* zu tun hatte.
Besser ich klappere als erstes die lange Reihe aller schon ewig nicht mehr in die Hand genommenen Bücher auf direkt ins Auge springende Hinweise ab.
Zum Glück kann ich mich erinnern, dass es gar kein Märchen aus dem Umfeld von *Jacob und Wilhelm Grimm* war. Und auch nicht vom dritten Bruder (von Fünfen) einer damals sehr bekannten Familie in bzw. aus Hanau.

Dabei hätte dieser *Ferdinand* durchaus etwas mehr Aufmerksamkeit verdient gehabt. Aber (s)ein (kolportiertes) Coming-out passte seinerzeit wohl noch nicht in eine ~~**groß**~~ urdeutsche **Märchen-Sammlung**.

Doch halt, jetzt fällt mir der deutsche Titel des Buches wieder ein. Tatsächlich spielt die Geschichte überhaupt nicht im alten Europa, sondern in den USA. Und sie handelt von einem erleuchteten, auf die wahren und wirklich wichtigen Dinge im Leben fokussierten Gärtner, dessen kleine Statements zu den großen Fragen seiner Zeit nicht nur den Repräsentanten aus der Welt der Finanzen, sondern auch Politikern (*innen, wenn´s schon wichtige gab) und sogar dem (allerdings fiktiven) Präsidenten gefallen hatten (vermutlich wegen der Chance, statt teure Berater einen preiswerten Gärtner konsultieren zu können).
Manch eine/r wird sich erinnern:

„Chance“*

...antwortete der Gärtner, als er nach seinem Namen gefragt wurde.

(im Original „Being there“ von Jerzy Kosinsky (1970), später (1979) von Hal Ashby verfilmt mit (u.a.) Peter Sellers und Shirley MacLaine)

Aber zu so etwas wie einem „Heilsbringer“ sollten ihn erst die Mitmenschen machen (und was es ja auch heute immer mal wieder noch geben soll).

Ganz offensichtlich ein modernes Märchen, möglicherweise aber auch nur eine naiv vorausschauende Realsatire über das Zusammentreffen von hinreichender Intelligenz und politischem Wollen.

Mit interessanten und (fast schon überlebens-) wichtigen Botschaften, wie:
I like to watch
(inzwischen zum geflügeltes Wort - und nicht mehr nur im Film - geworden)
Life is a state of mind
(letzte Zeile im Film und Inschrift auf dem Grabstein von Peter Sellers, der genau sieben (!) Monate nach der Uraufführung (19.12.1979) verstarb)

Von daher kein Wunder, dass dieses Buch des aus Polen stammenden Autors *Jerzy Kosinsky* insbesondere allen englischsprachigen Käufern nicht selten über die Herausstellung der Figur des *„Chance“* ans tapfer amerikanisch schlagende Herz gelegt worden war, genauer gesagt als:

The Man of Tomorrow

Ein wirklich nachvollziehbarer, weil häufig Kauf entscheidender Hinweis für so manchen im sortierten Buchladen nach Futter suchendem US-Lesehungrigen*.

***(ganz ähnlich war´s mir übrigens im Laden von Morisse in Bremerhaven ergangen)**

Und wahrscheinlich musste es genauso kommen. Aus dem „Mann von Morgen" wird der „Mann von Heute". Vielleicht noch keine Vorsehung, aber schon so etwas wie eine Vorahnung. Denn tatsächlich schaffte es im Land des Gärtners einige Jahre später (mit ~~**himmlischer**~~ russischer Hilfe) eine Tweets spendende Figur als „Trumpf As" in ein großes Weißes Haus einzuziehen – und mit ihm ein paar zwar gern verdrängte, aber insbesondere bei häufiger Wiederholung nicht (miss) zu verstehende Botschaften, wie...

Make America Great Again
oder auch mal
Donald ~~Duck~~ **First** or **You Are fired**

Tatsächlich sehr starke Sprüche für einen vielfachen Handaufleger und hohe Steuern hassenden Mundwerker (genauso wie die für den einen oder anderen Europäer gewöhnungsbedürftigen Auftritte vor seinen oftmals großkalibrig behängten Anhänger*innen.

Aber wie sagte schon - als „Chance" als möglicher Kandidat für die anstehende Präsidenten-Wahl vorgeschlagen wurde - der (fiktive) aus dem Amt scheidende US-Präsident im Buch (frei assoziiert):

„...der Gärtner hat keinen Hintergrund (in Washington), er ist eine respektable Erscheinung, drückt sich verständlich aus und kommt im Fernsehen an.
Und was sein Denken angeht, scheint er einer der Unsern zu sein. Das wäre es.
Es ist absolut klar, für was er nicht steht.
Deshalb ist der Gärtner unsere einzige Chance..."

Da empfiehlt es sich fast von selbst, alles stehen und liegen zu lassen, um sich ein weiteres Mal einfach nur ums Essen und Trinken zu kümmern.
Und dabei vielleicht ganz, ganz leise vor sich hin zu hoffen, dass im großen Spiel der Spiele kein (vor) auszuwählendes Trumpf Ass jemals wieder als die größte bzw. einzige Chance angesehen wird, um einen alles entscheidenden Stich ins politische Herz seines Landes zu setzen.

Wie auch immer, die Zukunft wird es zeigen.

Glücklicherweise blieb vorm geplanten Abendessen genügend Zeit, um im benachbarten (Nutz-) Garten nach gärtnerischen Erfolgen zu suchen (was die Wahl eines Gerichtes dann doch stark vereinfachte).

Und ein leicht nachzukochendes Rezept gab`s auch noch; allerdings erst nach dem Versprechen, Zutaten und Zubereitung niemals (auch nicht bei von Kerzen erhellter Dunkelflaute)...

- ...auf sozialen Kanälen wie ~~Twitter~~ **X**

oder

- ...im ~~Gesichtsbuch~~ Facebook

umher zu pusten

Kartoffelgulasch

(was auch Kleingarten-Liebhaber*innen gefallen sollte)

Zutaten:

2 kg Kartoffeln (vorw. festkochend), 3 große Zwiebeln, 2 rote Spitzpaprika, 2 x 400 ml Gemüsefond, 3 El Tomatenmark, 8 El Öl, 4 Lorbeerblätter, 2 El Paprika (scharf), 2 El Paprika (edelsüß), Pfeffer, Salz, Petersilie, Zitrone, (+ 250 g Creme Fraiche für Nicht-Veganer, + 250 g Lyoner für Flexitarier)

Zubereitung:

Öl im Topf erhitzen, geputzte und gehackte Zwiebeln und Paprika darin glasig anschwitzen, Tomatenmark einrühren, die geschälten, grob gewürfelten Kartoffeln hinzufügen und ca. 2-3 min anbraten, mit dem Fond ablöschen, mit Pfeffer, Salz, Lorbeer, Paprika und Zitrone würzen, aufkochen und ca. 25 min köcheln lassen, Konsistenz überprüfen (ggf. Flüssigkeit nachgießen oder mit Kartoffelstärke binden, Nicht-Veganer rühren jetzt Creme Fraiche ein, während Flexitarier in Scheiben geschnittene Würstchen zugeben dürfen), das Gericht ohne zu köcheln heiß werden lassen, dann noch mal abschmecken und mit frisch gehackter Petersilie servieren.

Getrunken werden kann alles, was schmeckt.
(von Bier bis Wein – jedoch kein Cola-Getränk, egal ob light oder zero)
Und wir werden diesem amerikanischen Präsidenten keinen Stinkefinger zeigen, sondern vernünftigerweise einen (besser zur Haarfarbe) passenden Goldfinger mit Namen **AURUM** aus dem eigenen Keller holen.
(einen Sekt vom *Weingut O. Schell, Ahr)*

Ein paar selbst aufgenommene und passend bearbeitete Video-Sequenzen im von Glasfasern bestimmten und digital geführten Leben einem anonymen, weil Daten geschützten Publikum als Highlights aus dem neuesten...

...Märchen - Film...

...(klammheimlich) zu ~~verkaufen~~ streamen - davon träumen kreativ veranlagte Mitbürger*innen nicht nur, tatsächlich schaffen es immer mehr von ihnen, sich spontan online in kurzen oder völlig ohne Hemdchen (künstlerisch durchaus ambitioniert) in einem weit gespannten Netz zu verewigen.

Wäre ja vielleicht auch gar kein so schlechter Ansatz, wenn kulturell besetzte Begriffe wie „Film“ oder „Filmschaffende“ in Hinkunft noch etwas groß- bzw. freizügiger ausgelegt werden dürfen als bislang schon üblich.

Schließlich ließe sich dann leichter begründen, weshalb mit einem Netz* nach bisher unentdeckt gebliebenen, epochalen Meisterwerken gefischt wurde.

(wobei es keine Rolle spielt, ob alle ins Netz gelangten Werke frisch gekocht oder doch aufgebacken wurden, denn sie dürften nicht für einen Filmpalast bestimmt gewesen sein – schließlich bedeutet ~~hardware~~ hardcore mäßiges „Onlinern“ nichts anderes, als dass alles (und zwar wirklich alles) unverzüglich (außerdem völlig unzensiert) im (ver)trauten (Eigen) Heim (allerdings nicht selten Mutterseelen allein) konsumiert werden darf)

Ich sprech`s wirklich nicht gerne an, aber könnte es sein, dass digitale Naivisten (wie ~~**wir**~~ ich) die neuesten und innovativsten Kreationen vermutlich nie von Angesicht zu Angesicht zu sehen bekommen werden?

Weil „man“ mental (noch) nicht bereit war bzw. ist, um Laptop (oder iPad), Smart- (oder iPhone) sowie funktionierende Netze bzw. Netzverbindungen (mit Ausnahme des Netzes der DB ~~**Netz**~~-InfraGo) als unverzichtbare Basics fürs eigene Leben zu akzeptieren und selbstredend auch so zu nutzen?

Was aber vielen jungen Menschen völlig egal sein dürfte (wenn denn all die vielen Netze, auch das vom ÖPNV, flächendeckend funktionieren würden).

Ob aber der Anstieg an hauseigenen und z. Tl. handgemachten Produktionen, die wie auf roten Teppichen ins Ewige Netz zu rollen scheinen, vor allem die anwachsende Sucht nach individueller Bestätigung* oder doch eher mit der Suche nach finanzieller Anerkennung erklärt werden kann? Ich weiß es nicht.

(allerdings ohne einklagbaren Rechtsanspruch - was selbst für Formate gelten soll, die mit wenig bis gar nicht ~~verschleierten~~ bekleideten Film(stern)chen und wenig bis gar nichts aussagenden Inhalten zu punkten versuchen)

Sei`s drum.

Denn ich hätte es sowieso vorgezogen, mich zunächst über einen höchst selbst durchlebten...

Märchen-Trink-Film

...(mit freiwillig beidhändig zugeführtem Riss) auszutauschen bzw. auszulassen, musste aber (trotz zweifingrig eingetippter Schnellanfrage) schlussendlich leicht enttäuscht zur Kenntnis nehmen, dass dieses Format nicht mehr oder noch nicht wieder angeboten wird (jedenfalls beim *Google* nicht).

Stattdessen wurde ziemlich weit oben auf der aufploppenden, sehr langen Liste an möglichen bis unmöglichen Alternativen eher beiläufig auf die Kategorie...

Märchen-Trick-Film

...hingewiesen.

Vielleicht auch nicht schlecht (so ein erster Gedanke).

Aber wenn schon ***„tricksen statt trinken"***, dann bitte gleich mit einem Film aus der Großfamilie der besonders schrägen Streifen.
Was dazu führte, mit ganz viel Herz (und wenig Verstand) in eine ~~**Motten**~~ Kiste zu greifen, um vom (inzwischen gedämmten) Dachboden einen von den gut abgehangenen (sogenannten dry-aged) Filmen der berühmt-berüchtigten 60/70er Jahre** des vergangenen Jahrhunderts herunterzuholen.

*****(darunter Jahrgänge, die seinerzeit (jedenfalls im bundesrepublikanischen Deutschland) unter ~~uns~~ KulturbeflissInnen keine große Freude ausgelöst hatten - trotz der Mitwirkung von mal mehr, mal weniger bekannten Regieführenden, Schauspielern und Schauspielerinnen - die allerdings ein- und dasselbe Ziel einte: Irgend ´nen Film zu drehen, um finanziell irgend´wie über die Runden zu kommen)***

Waidmanns Heil und Petrus sei Dank, am Haken hing tatsächlich eine alte Filmrolle*.

***(auf dem Zelluloid ein bunter Fantasyfilm** aus dem Jahr 1969 (Regie: Rolf Thiele, ~~Rezept~~ Konzept: vermutlich Märchen-Brüder)**
****(gesehen während des Praktikums in den ersten Semesterferien in Hannover, in der Woche nach Berichten im Fernsehen über die erste Landung auf dem Mond)***

So was ähnliches wie ein sexistisch vorgegarter Eintopf (Konsistenz leicht glitschig, mit viel Klamauk und reichlich derb geratener Erotik) unter dem anmachenden Versprechen...

„Grimms Märchen ~~für~~ von lüsternen Pärchen"

Der Inhalt ist schnell erzählt:

*„Zwei Handwerker (u.a. Walter Giller) durchqueren einen äußerst merkwürdigen Wald in dem sie auf bekannte Märchen-Figuren stoßen, die nacheinander ((z.B. als lüsternes Aschenputtel (Eva Rueber-Staier), als geiles Dornröschen (Gaby Fuchs) oder als nacktes Schneewittchen (Marie Liljedahl) mitsamt ihrer scharf gestellten Schwiegermutter (Ingrid van Bergen)) versuchen, zwei (eigentlich allen) durchreisenden jungen Gesellen (egal welchen Gewerbes) den Kopf zu verdrehen (d.h. den Jungs Nächstenliebe in möglichst vielen ~~**Häppchen**~~ Akten zu servieren, um weniger märchenhaften Angeboten keine Chance mehr zu lassen)."*

Respekt und ein großes Dankeschön ans Marketing des Filmverleihers, auf solch einen traumhaften **Märchen-Titel** muss man erst mal kommen.
Sicher nicht einfach, geliebte, wenn auch alt gewordene **Märchen-Figuren** zu neuen ~~**Höhepunkten**~~ Gipfeln zu führen. Aber so was soll´s ja schon immer mal wieder gegeben haben.
Denn auch mir war dieser Filmtitel erst wieder eingefallen, als beim ~~**spät**~~ all-abendlichen Herumzappen (Februar 22) ein Programmhinweis des deutsch-französischen „~~**Kult**~~ Kultursenders" ***ARTE*** aufploppte und eine Doku aus Anlass des 50. Jahrestags eines amerikanischen Skandalfilms*** angekündigt wurde.

*****(weil das Aufbaustudium im (gegenüber Clausthal) viel größeren Braunschweig stattgefunden hatte, wäre es grob fahrlässig gewesen, sich damals den Streifen nicht in einem der Kiez-Kinos (mit rötlicher Beleuchtung) anzusehen - wie bzw. wo sonst hätte ~~man~~ Mann Handlung und Botschaft des Films kennenlernen können)***

Und zwar eine *Arte* gerechte „Reminiszenz“ an den Streifen *„Deep Throat“* (aus 1972, Hauptdarstellerin *Linda Lovelace*) mit einer überaus plakativen (weil längst verblichene Erinnerungen ins Abendlicht zerrenden) Überschrift:

„Als der Porno salonfähig wurde“

Wenn an dieser Stelle auch auf Unterschiede in der körperlichen (überwiegend Rollen bedingter) Präsenz zwischen den Darsteller*innen in einem (bundes-) deutschen **Märchen-Film** und denen in einem amerikanischen Skandal-Film aus Gründen des (verinnerlichten) Datenschutzes nicht weiter eingegangen werden darf, so lohnt es sich doch, einen kurzen Blick auf das spätere Leben der mehr aus- als angezogen agierenden KünstlerInnen zu werfen.

Liebling Linda drehte tatsächlich noch ein paar Filme ähnlichen Zuschnitts (die aber nicht mehr als kreative Akte sexueller Befreiung angesehen, sondern ins seinerzeit* analog aufgestellte Darknet abgeschoben wurden), um sich dann einige Jahre später als Vorkämpferin gegen die Be- und Ausnutzung von Frauen in einem von Männern dominierten Genre auszuzeichnen.

(hätte ~~man~~ Mann an dieser Stelle nicht besser „ihrerzeit“ eintippen sollen? nein? werden wie immer die lieben geschätzten ~~Lektor~~ Leser*innen entscheiden müssen)

Der westdeutsche **Märchen-Film** dagegen hielt für (fast) alle Mitwirkend*innen ein weit glücklicheres Ende bereit:

Einer blieb ein erfolgreicher Schauspieler, ein anderer wurde ein erfolgreicher Bildhauer, ein weiterer brachte es zum Professor für Ethnologie.
Unser liebes Aschenputtel (und ehemalige Miss Austria) durfte gleich 3x die Sekretärin von Gogol (sowjetischer Gegenspielers von James Bond) spielen.
Allein die böse Schwiegermutter vom Schneewittchens sollte ihrer destruktiven Rolle treu bleiben und ein paar Jahre später (im öffentlich bekannt gewordenen Drogenrausch) einen nahen Freund erschießen.

Überhaupt fällt im Nachhinein auf, dass viele der Darstellerinnen (allerdings nicht die Schwiegermutter) aus benachbarten (jedoch nicht EWG) Ländern** wie Österreich und Schweden stammten.
****(keine Ahnung warum das so war, aber das erste „Oben-ohne Go-Go-Girl“ in Deutschland (im Buch „Kaleidoskop“ S.60) war ja seinerzeit (1968) auch aus dem ~~hügeligen~~ hyggen Dänemark in die Disco „Top Ten“ nach Cuxhaven gekommen)***

Fazit:

Muss tatsächlich eine außergewöhnlich kreative und tolle Zeit gewesen sein (was aber auch mit dem Alter zusammen hängen könnte – damals wie heute).

Und? Was kommt jetzt noch?

Hoffentlich eine klare Antwort auf die wichtige Frage:

Gibt`s auch nach solchen Streifen was zu essen und zu trinken?

Wirklich? Und was genau und warum?

Mal scharf überlegen?

Gab`s damals auf den Leinwänden wirklich nichts Kulinarisches zu entdecken? Keine klitzekleinen Anfangsszenen in den beiden Filmen, die hätten hoffen lassen, außer recht herber Erotik und von Männern angemixter Pornografie noch ein paar dazu passende ~~Fress- und Sauf-~~ Ess- und Trink-Gelage serviert zu bekommen?

Nein, nein, diese Art von Lust vor vollem Buffet wurde noch nicht angeboten. So was gab`s bei uns tatsächlich erst einige Jahre später im Film *„Das große Fressen"* (1973) zu bestaunen.

Und um ein keusches, pietistisch angelegtes Gastmahl wie *„Babettes Fest"** miterleben zu dürfen, musste bis in die 80er Jahre (1987) gewartet werden.

(nach der Novelle „Babettes Gastmahl" von Karen Blixen (eine dänische Autorin, 1885-1962), deren ~~Gerichte~~ Geschichte/n in der heutigen Zeit nur noch mit einem frisch gewokten Küchenhandschuh angefasst und serviert werden sollte/n)

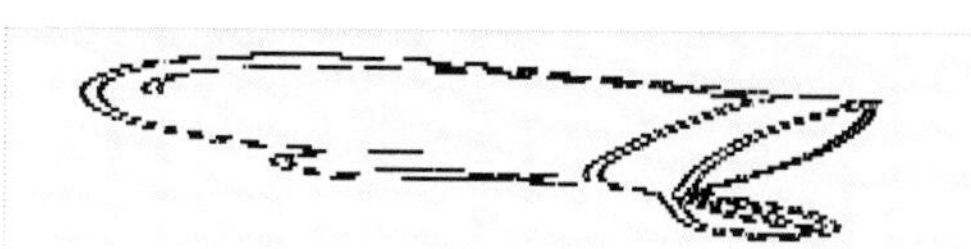

Oder in kulinarischer Einfalt zusammengefasst:

Den Kinogänger*innen reichte in der damaligen Zeit eine Tüte Popcorn, d.h. außer Spannung musste im Film nichts Nahrhaftes mehr aufgetischt werden - außer in Westernfilmen, wo aber ein paar ausreichend große Portionen...

„Steaks von freilaufenden Prärie-Rindern an Bohnen und ähnlichen Sattmachern“

...ausreichten, um Gewalt liebende Carnivor*innen kulinarisch ruhig zu stellen (andererseits allerdings die Namen der jeweiligen Kochkünstler*innen nie im Abspanntext hatten nachgelesen werden können).

Weshalb ich (nach reiflicher Überlegung) vorschlagen möchte:

Stellen wir uns (ausnahmsweise) einfach mal vor, was wäre, wenn das alte französische Festmenü von *Babette* neu aufgetischt würde....

- ...also genau jene Speisen und Getränke*, die einige Norweger (im 19. Jahrhundert im Buch) und Dänen (im 20. Jahrhundert im Film) geradezu verzückt hatten

***(und im 21. Jahrhundert womöglich selbst deutschen (wenngleich nicht allen) Gaumen noch gefallen könnten)**

Aber so einfach** lässt sich das Menü nicht mehr nachkochen,...

- ...denn es hieße ja, sich völlig ~~**unfiltriert**~~ ungeniert mit einer (vermutlich) „blass-weißen“ dänischen Autorin (trotz deren zweifellos interessanter Vergangenheit im kolonialen Outfit) gemein zu machen
- ...weil die eine französische Migrantin dazu gebracht hatte, mit geradezu vorrevolutionärem Eifer ein ***Vier-Gänge-Überraschungs-Menü**** inklusive dazu passender Getränke******* zu komponieren, bloß um es mit nachrevolutionärem Enthusiasmus in Norwegen **!?** einigen evangelischen Kirchgänger*innen heiß zu servieren

*****(wenn man vorhat, einem Zeitgeist gesellschaftlich auf den Fersen zu bleiben)***
******(zuerst eine „Schildkrötensuppe“, danach „Blinis (eigentlich Oladji) mit schwarzem Kaviar“, gefolgt von richtiggehenden „Wachteln mit Foie gras“ und als Dessert auch noch „Baba au rhum mit exotischen Früchten“)***
*******(Sherry Amontillado, Burgunder Clos de Vougeot, Champagner Veuve Cliquot, Tresterbrand Marc de Champagne)***

Gar keine Frage.

Dieses Menü ist so was von NoGo.
Und deshalb eine (letzte) Bitte an alle verdienten Küchenhelfer*innen:

Leistet bloß keine Hand- und Spanndienste* bei irgendwelchen Kochevents, die keinerlei Rücksicht auf Gefühle verletzende Gerichte und Getränke zu nehmen scheinen (ja noch nicht einmal davor warnen wollen).

~~*(und falls doch, dann bitte nur im kleinen Kreis in einer nicht renovierten Küche)~~

Was aber bleibt dann noch groß?

Vielleicht der Film ***„Das große Fressen"*** (La Grande Bouffe) unter der Regie von *Marco Ferreri* aus 1973.
Wo in den Hauptrollen** vier des Lebens überdrüssige, schon etwas gesetztere Männer zu sehen sind, die sich verabredet haben, ein allerletztes ~~**Mahl**~~ Mal zusammen zu kochen, um später (in weiblicher Gesellschaft) die aufgetischten Leckerlis bis zum ~~**süßen**~~ bitteren Ende allesamt ~~**zu vernaschen**~~ auf zu (fr)essen.

*****(Marcello Mastroianni, Philippe Noiret, Michel Piccoli, Ugo Tognazzi + dekorativ mitspielende *INNEN - darunter eine Andréa Ferréol in großartigem Format)***

Eine Völlerei mit einem großen Abgang, sicher nicht jedermanns Geschmack, dafür aber mit ein paar Highlights, die es wert sind, um sich an sie zu erinnern...

- ...zwar nicht unbedingt an jedes einzelne der offensichtlich schwer im Magen liegenden Speisen, wohl aber an besondere Zubereitungen
- ...dargeboten in einer kulinarisch eher selten zu sehenden Üppigkeit, die (jedenfalls bei mir) nachhaltige Eindrücke*** hinterlassen haben

******(hier und heute werd´ ich´s verraten: bei mir waren´s die Hummer-Nummer und ein Busen-Pudding)***

Weshalb wohl davon auszugehen ist, dass ein einfaches Gericht begleitet von einem noch sehr viel einfacheren Getränk ganz sicher ausreichen werden, um ein paar ~~**jugendliche**~~ jung gebliebene Sehnsüchte nach ~~**mehr**~~ Meer mit ein paar inzwischen alt (und grau) gewordenen Gefühlen fürs ~~**platte Land**~~ einzigartige Landleben in Einklang zu bringen.

Wollen doch mal sehen, ob`s mit folgendem Rezept funktioniert:

Gefüllte Tintenfischtuben

Zutaten:

ca. 800 g Kalmare (6-12 Stück / TK ok); 2-3 rote Spitzpaprika, 2 Schalotten, 1-2 Zucchini, 3 Knoblauchzehen, 1 kl. Dose Thunfisch (Natur), 100 g Schinken, 3 El Kapern, 1 El Tomatenmark, ca. 125 g Oliven (o.St.), ca. 500 g passierte Tomaten, 1 Bund Petersilie, 1 Zitrone (Saft), Pfeffer, Salz, Olivenöl

Zubereitung:

Kalmare säubern, trocknen; alle Gemüse etc. zerkleinern, in Öl anschwitzen; 1/5 Tomate zugeben, gut mischen und abschmecken; Kalmare füllen und mit Zahnstocher verschließen; Auflaufform einölen, restliche Tomate u. Füllung sowie Kalmare rein geben; Form in den vorgeheizten Ofen stellen (für 35 min bei 180 °C Umluft), Grill einschalten und ca. 10 min bräunen; die weißen Tuben werden sich prall aufwölben und in der tomatig-roten Sauce aus Füllung und ausgetretenem Saft appetitlich anzusehen sein.

In der Auflaufform schön heiß mit etwas Baguette bzw. Ciabatta servieren.

Zu trinken gibt es eine üppige Kleinigkeit an Landwein, und zwar...

...entweder einen ganz einfachen...

Zinfandel „8“ Bagatella, Puglia

...oder einen deutlich besseren...

2017 Primitivo di Manduria DOP Riserva

(Antica Masseria Jorche, Torricella/TA)

Habe fertig.

Wäre der Versuch, in einer realen Welt alles (oder wenigstens vieles) mit einer einzigen (oder jedenfalls wenigen) und dazu leicht anwendbaren...

...Märchen - Formel(n)...

...erklären zu wollen, überhaupt ein sinnvoller, weil zum Ziel führender (noch dazu moralisch akzeptabler) Lösungsansatz?
Und sollten nicht alle Formeln vor Anwendung auf Verhältnismäßigkeit geprüft plus die Frage geklärt werden, was die ***SIE´s*** und ***ER´s*** zu tun hätten, um nicht zu viele (zu) persönliche Angaben preisgeben zu müssen?
Schon um sicher zu gehen, nicht ständig mit falschen Daten gefütterte Formeln (bzw. Formulierungen) von eingenetzten Spaßvögeln lesen zu müssen?
Also Posts, denen kein Löffelchen bissfeste Ernsthaftigkeit mitgegeben wurde?
Denn worum geht es vielen von uns Menschen wirklich?
Vielleicht doch nur darum, auch unnatürlich oder rätselhaft aussehende Dinge (wie grüne Smoothies) durch beherztes Herunterschlucken auf direktem Wege zu verstoffwechseln, und zwar ohne Gefahr zu laufen, von heilig gesprochenen Argumenten und falschen ~~**Hasen**~~ Fakten in die Irre geführt zu werden.
Oder auf (m)eine ganz eigene Formel gebracht:
Summa Summarum (Σ) ist dies ein (nicht ganz nebenwirkungsfreier) Versuch, Leser*innen ein allerletztes Mal auf die wahrhaft nahrhaften Dinge im Leben hinzuweisen.
Weil unser aller Dasein zwar viel komplizierter geworden, aber immer noch viel zu kurz ist, um mutterseelenallein schlecht gekühlten, vom Alkohol befreiten Wein trinken oder in geselliger Runde ernährungsphysiologisch zwar wertvolle, doch leider alt aussehende Fleisch + Fisch-Ersatzerzeugnisse essen zu müssen. Oder gar beides.
Eigentlich hatte ich bereits vor einigen Jahren entschieden, mich weniger mit ~~**Formulierungen**~~ Formeln zu beschäftigen (möglicherweise eine direkte Folge der immer langweiliger verlaufenden Rennen auf dem Nürburgring), doch so ganz genau weiß ich das nicht mehr - was für viele keine Überraschung sein wird (und für mich keine Entschuldigung darstellen soll).
Das heißt aber nicht, dass man aufgeben sollte, nach kulinarisch wertvollen Formeln zu suchen, um sie wie motorisierte **Märchen-Geschöpfe** mit Vollspeed (d.h. nicht angepasster Geschwindigkeit*) in die Küche zu lenken.

***(außer in Zeiten von Corona und Klimawandel - aber da sind andere zuständig)**

Schließlich kann nicht ausgeschlossen werden, dass eine Zeit heraufziehen könnte, in der es normal wird, selbst in der kleinsten Einbauküche wichtige und Rezept kompatible Formeln griffbereit liegen zu haben.

Formel für Zitronensäure (sinnfrei): 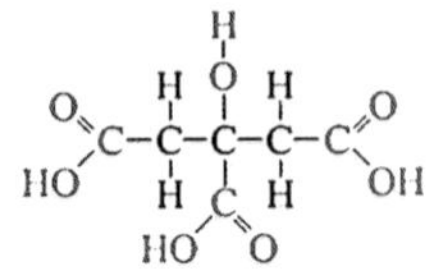

Formel für Wasser (sinnvoll): 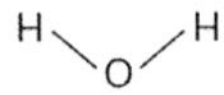

Formel für Alkohol (sinnlos): 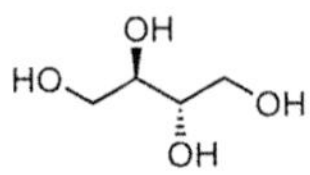

Womit sich eine allererste Erkenntnis formulieren lässt:

Formeln sind dazu da, um wichtige (und weniger wichtige) Sachverhalte und Zusammenhänge aus dem ~~**Märchen**~~ MINT*-Universum unter Verwendung von Buchstaben, Ziffern und Strichen (o.ä.) in möglichst kurzer und übersichtlicher Form darzustellen.
Funktionen werden genutzt, um Beziehungen zwischen (mindestens zwei) Variablen (Definitions- bzw. Werte-Mengen) zu beschreiben und deren (z.B. zeitlichen) Verlauf standardmäßig in einer XY-Grafik abzubilden.

(Mathematik, Informatik, Naturwissenschaften, Technik)

Gar nicht mal schlecht, hätte es nicht (am Tag 1 nach zu viel Wein) eine mit viel Überwindung erarbeitete weitere Erkenntnis gegeben, die da lautet:

Zwar ließe sich durch bewusstes Nicht(vor)lesen von angehaucht rassistisch rüber kommenden Märchen *(wie „Die weiße und die schwarze Braut" KHM 135)* vermutlich Zeit gewinnen, um noch mehr Fragen zu Formeln stellen zu können - allerdings ohne jede Gewähr, darauf auch intelligente Antworten zu erhalten.
Und dies vor dem Hintergrund, dass wohl viel mehr Menschen (einer nicht repräsentativen, weil nicht durchgeführten Umfrage zufolge) als bisher bekannt geworden, ebenfalls aktiv danach gesucht haben sollen.
Von daher gilt (bis auf weiteres) die einst in einem klein gehaltenen Kreis von Teilnehmer*innen in einem der hinteren Zimmer ausgekungelte Vereinbarung, dass alles getan werden muss, um wenigstens nach außen hin den Anschein aufrecht zu erhalten, dass mit Hochdruck nach entsprechenden Formeln (bzw. Funktionen) gefahndet wird – weil sehr viele der auf Rezepte (fürs Nachkochen bestimmter Gerichte) angewiesenen **Märchen-Liebhaber*innen** (sogar in einer Nach-Corona Zeit) danach zu verlangen scheinen.

Fahndungsaufruf...

...gesucht werden Formeln - mehr Schein als heilig

- (**A**) eine **Exponential-Formel**,
  die zeigen soll, wie schnell sich eine (vorgegebene) Fläche mit weißen oder schwarzen Spielfigur*innen bei variablen Reproduktionswerten füllen wird

- (**B**) eine **Unvereinbarkeits-Formel**,
  die besagt, dass es keine gute Idee ist, graue (nach weiß und schwarz sortierte) Kamele mit **2+2 =/≠ 4** Weinflaschen zu beladen, um sie eine vom Zeitgeist bestimmte Ödnis durchqueren zu lassen

- (**C**) eine am Gaumen prickelnde **Genuss-Formel**,
  deren Anwendung allerdings erst mit Rückbesinnung auf Mamas (bzw. Omas) Küche sowie Rückgriff auf ein paar ~~ausgekochte~~ ausgesuchte Kochbücher möglich zu sein scheint

- (**D**) eine **Sättigungs-Formel**,
  die vorschlägt, nicht alle spät gereichten Gläser Wein auch zu trinken

➢ (**E**) „die“ **Genussausgleichs-Formel**,
deren Kenntnis verhindern könnte, (viel zu) durstige oder (zu) hungrige Teilnehmer*innen an Kochkursen zum Einkaufen los schicken zu wollen

und zu guter Letzt*

(von Politiker*innen gerne als „last...not least“ und fast immer ohne das wichtige „but“ vor unwichtigen, weil nichtssagenden Antworten in Talkshows verwendet)

➢ (**F**), eine rein zufällig an einem Eifel-Maar entdeckte (obschon in einem Gespräch eines Paares gut versteckte) **Schleifchen-Formel...**

...Sie (mit Schleifchen im Haar und der rechten Hand am Lenker):
„Irgendwie komisch, ich glaub wir sind doch nicht da, wo wir vorhin losgefahren sind und wieder ankommen wollten.“
Er (versucht eine Schleife am Schuh fester zu binden):
„Warum komisch, wir sind ja nicht mit dem Riesenrad unterwegs gewesen“...

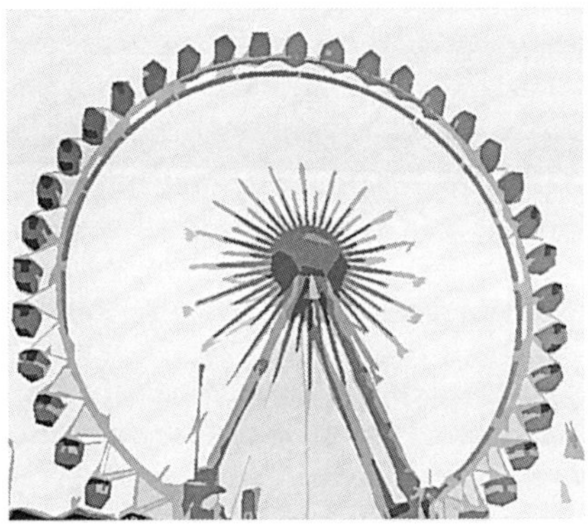

Warum es allerdings nur sechs (6) Formeln statt märchenhafter sieben (7) in die Geschichte geschafft haben, entzieht sich schlechterdings meiner Kenntnis. Vorauf ihr euch aber unbedingt einstellen solltet, ist, dass die nachfolgenden Erklärungsversuche für die 6 Formeln mal wieder strikt alphabetisch gereiht* (beginnend mit dem A bis runter zum F) hatten aufs Papier gebracht werden müssen.

(allerdings gilt die Reihenfolge nicht fürs Lesen – das könnt ihr von mir aus so angehen, wie´s euch am besten in den Kram passt)

Bei Formel **(A)** stellt sich als erstes eine Frage, nämlich, was eine Exponential-Funktion und ein R-Wert auf einem Schachbrett zu suchen haben?

Nun, tatsächlich ist die einfache Antwort, dass sie...

...bei diesem (A) Teile einer Märchen-Geschichte* sind.

(in einer Erzählung aus dem indisch-arabischen Raum will ein Herrscher den Erfinder des Schachspiels mit der Erfüllung eines freien Wunsches belohnen; der Erfinder, ein weiser Mann, erbittet sich Weizen, und zwar ein Weizenkorn für das erste Quadrat auf dem Schachbrett, zwei Körner für das zweite, vier für das dritte, acht für das vierte, sechzehn für das fünfte, zweiunddreißig für das sechste und so weiter; der Herrscher, der das kleine Schachbrett mit seinen 64 Feldern vor sich liegen hat, willigt huldvoll lächelnd ein (und freut sich innerlich wie Bolle, wieder einmal billig davon kommen zu können))

1	2	3	4	5	6	7	8
9	10	11	12	13	14	15	16
17	18	19	20	21	22	23	24
25	26	27	28	29	30	31	32
33	34	35	36	37	38	39	40
41	42	43	44	45	46	47	48
49	50	51	52	53	54	55	56
57	58	59	60	61	62	63	64

Der innovative Entwickler des (ziemlich analogen) Schachspiels wird zwar möglicherweise ein „weiser“, aber sehr wahrscheinlich kein „weißer“ Mann gewesen sein, sondern eher so was wie ein *„mouc“ (man of unknown colour)* oder gar ein verfrühter *„nerd“ (alles darüber hinaus wäre reine Spekulation)*.

Und er war offensichtlich nicht nur rechentechnisch gut entwickelt, sondern auch gewillt gewesen, einer Obrigkeit zu demonstrieren, dass es Ereignisse gibt, die, obwohl zu Beginn sehr klein, selbst dem/der mächtigsten Herrscher/in auf dieser Welt über den Kopf wachsen können.

Doch um das nachvollziehen zu können, sollte man wissen, dass sich die Menge an Weizen mit folgender Exponential-Formel berechnen lässt:

$$\sum_{i=0}^{n} 2^i = 2^{n+1} - 1$$

(wobei die Anzahl der Felder mit ***n = 64-1*** *und als* ***R****-Wert die Verdoppelung der Weizenkörner pro Feld mit dem Wert* ***2*** *berücksichtigt werden müssen)*

Und bei dem Ergebnis würden dann selbst Frauscher*innen keine Chance haben, ihre huldvoll ausgesprochene Zusage* einzuhalten.

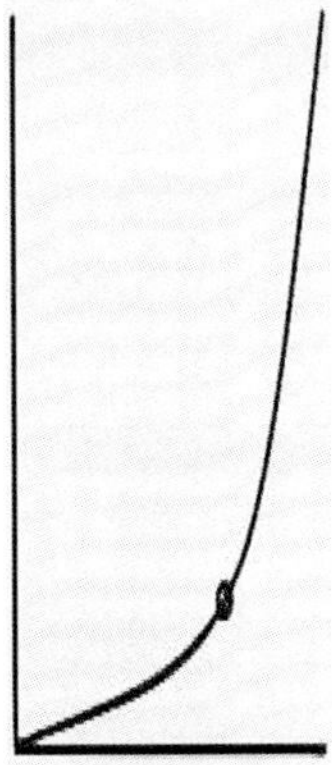

(weil die Zahlen einfach riesengleich anwachsen werden, von 1 Korn auf ca. 18,5 Trillionen Körner, was ca. 730 Milliarden Tonnen Weizen (bei einer Welternte 2020 von ca. 775 Millionen Tonnen) entsprechen würde)

Aber was könnte heutzutage in ganz ähnlicher Weise einigen Herrschenden gesagt werden?

Vielleicht so etwas wie:
Wenn es um die Verhinderung der exponentiellen Zunahme an Corona infizierten Menschen (meinetwegen auch Weizenkörner fressenden Ratten) geht, dann sollten Männer/Frauen sich nicht (nur) mit Inzidenzen und Reproduktionsraten befassen, sondern in erster Linie dafür sorgen, dass möglichst wenige der (potentiellen) Virenträger*innen aufs erste Feld (bzw. in Alten- und Pflegeheime) und dann auf die weiteren Felder des **~~Bretts~~** Landes gelangen können.

Aber entspräche das nicht genau dem Ansatz, den einige der im Umgang mit der COVID 19 Pandemie anders agierenden Länder einzuschlagen bereit gewesen waren?
Tatsächlich gilt mein ernstes Mitgefühl allen minimal „weiser agierenden" Politiker*innen und Einwohner*innen aus ziemlich weit entfernten Ländern* (wie Taiwan, Südkorea, Japan, Neuseeland und Australien), die immer nur sehr kurze und regional begrenzte Lockdowns haben kennenlernen dürfen.

Wenn die wüssten, wie viele interessante Kochrezepte sich in endlos dahin schleppenden Lockdowns (in den Küchen bzw. Herden der alten Welt) haben ausprobiert werden können, manche wohl auch müssen. *Miele* sei Dank.

(China gehört nicht dazu, weil dort häufig Prinzip mit Ideologie verwechselt wird)

Und jetzt auf zum zweiten Event, einer Vortragsveranstaltung (nicht digital, d.h. nicht über ***Zoom*** verfolgbar) mit dem unvergorenen Titel:

Unvereinbarkeits-Formel (B)

(Reise in die Zukunft für richtige ~~Kerle~~ Kamele und Rechenkünstler*innen)

Aber wo um Himmels willen würde ein von Corona besessener Zeitgeist solch eine analoge Veranstaltung derzeit überhaupt stattfinden lassen wollen?
Etwa in einer Wüste bei den echten Kamelen?
Oder eher an wichtigen Universitäten der amerikanischen Westküste?
Und über was könnte hinterher medienwirksam berichtet werden?

Hoffentlich nicht nur darüber, was im Vorfeld alles zu essen und zu trinken angeboten worden war.
Oder von AHA* geprägten Erkenntnissen, ähnlich solchen, die Besucher*innen im *Mathematikum* in Gießen mit ihren (Enkel-) Kindern (die sie vorher mit reichlich Pizza und Cola-Light haben motivieren müssen) zu finden hoffen?

***(AHA: der Ausruf des Verstehens, neuerdings Abstand, Hygiene, Alltagsmaske)**

Und trotz der feiertagsfrohen Beleuchtung des Gebäudes:

Warum soll es ausgerechnet in der Welt der Mathematik Ergebnisse oder Vereinbarungen geben, die gleichermaßen für alle Menschen auf der Welt zu gelten haben?
Werden doch viel zu viele der statistisch in der Bevölkerung nachgewiesenen Unterschiede gerne als Fakten vorgestellt, während sie sich bei näherem Hinsehen nicht selten als von Individuen oder Gruppen auf Grund bestimmter Präferenzen beeinflusste Vorurteile entpuppen.
Was, auf Bildungseinrichtungen übertragen, wohl dazu führen wird, dass irgendwann selbst ~~**weiße**~~ weise Menschen nicht ungeschoren davon kommen dürften, wenn aktuellere und moralisch gerechtere ~~**Mutanten**~~ Varianten an angewandter Mathematik im Schulunterricht ihrer Kinder und Enkel*innen Einzug halten werden.
Zwar gilt an den meisten (Hoch) Schulen vermutlich noch die zu früheren Zeiten getroffene Vereinbarung, dass im Display des Taschenrechners beim Eintippen von ***2+2 (oder 2x2)*** einzig das Ergebnis ***= 4*** zu erscheinen hat, während weltweit die Bereitschaft größer wird, gfls. auch leicht davon abweichenden (ev. farbig

zu kennzeichnenden?) Ergebnissen wie beispielsweise ***2+2 = 3,9** oder auch **2x2 ist ≈ 4,5*** (*keinesfalls aber = **exakt 4***) den nötigen Respekt* entgegen zu bringen.

(fehlt nur eine Info, wie und in welcher Form (Taste, Ziffern oder Buchstaben) die neue Unvereinbarkeits-Formel auf dem Rechner aktiviert werden kann)

Denn schlussendlich (wie wir inzwischen gelernt haben sollten) mattert alles – d.h. auch ein weißer (kein weiser) Mann sollte wissen, wann es Zeit ist, den Platz am Herd zu räumen und die gemeinsame Küche zu verlassen.
Seine weitere Anwesenheit dort könnte die Umsetzung einer erst kürzlich vorgeschlagenen neuen (Koch) Mützen- und (Küchen) Schürzen-Ordnung für neu eingestellte *„coacs" (cooks of all colours)* unnötig hinauszögern.

Apropos Kamele:
Bitte versucht gar nicht erst auszurechnen, wie viele Flaschen Wein echte Kamele für die erfolgreiche Durchquerung einer Wüste als Belohnung erwarten; gebt ihnen rechtzeitig aufgeklärtes Wasser zu saufen und folgt ansonsten den seit Jahrhunderten bekannten Routen zwischen den Wasser spendenden Oasen.

Vorläufiges Fazit:
Diese Unvereinbarkeits-Formel beschreibt eine schiere Unmöglichkeit, nämlich gleichzeitig „weiß" und „schwarz" fühlen und leben, ja existieren zu können (außer vielleicht im Alter - aber da wird die Farbe ja auch „grau" genannt).

Und so werden wohl weiße Menschen weiterhin in der Welt der traditionellen Mathematik ausharren müssen, während ihre schwärzeren Kolleg*innen in die schöne neue (bunte) Welt einer Ethno-Mathematik eintauchen dürfen, um dort nachzusehen, wie aus einer alten, leicht paradoxen Floskel...

„Weniger kann manchmal mehr sein"

...ein vom Zeitgeist beförderter Aufstieg werden kann:

„Weniger muss immer mehr sein"
*(wenn alte weiße Mathematiker weniger, aber dafür immer mehr jüngere Ethno-Mathematiker*innen Rechenkünste vorführen werden)"*

Sieht tatsächlich aus wie eine Überschrift (so mein erster Eindruck), die dazu einlädt ***„mal wieder einen längeren Aufenthalt in der Küche einzuplanen“*** – auch wenn der Titel...

(C) Genuss-Formel

...so allgemein gehalten ist, dass durchaus auch anderes als „märchenhafte Ess- und Trink-Erlebnisse“ hätten gemeint sein können.
Doch weil mir glücklicherweise noch eingefallen war, dass zum Thema *Kochen, Aromen, Geschmack und Genuss* wenigstens ~~sieben~~ fünf Bücher* irgendwo im Regal noch zu finden sein müssten, blieb es bei Küche und Kochen:

***(Kochen – eine Naturgeschichte der Transformation (von Michael Pollan), erschienen im Verlag Antje Kunstmann, München 2014)**

***(Feuer Fangen – wie uns das Kochen zum Menschen machte“(von Richard Wrangham), erschienen bei DVA, München 2009)**

***(Genießen – eine Ausschweifung (von Gero von Randow), erschienen im DTV, München 2003)**

***(Lexikon der Aromen- und Geschmackskombinationen (von Karen Page und Andrew Dornenburg), erschienen im AT Verlag, Aarau und München 2012)**

sowie

***(Die Genussformel – Kulinarische Physik (von Werner Gruber), erschienen im Ecowin Verlag, Wals bei Salzburg 2008)**

Aber aufgepasst, nicht zuletzt aus Mangel an Platz und Zeit wurde entschieden, nur das letztere Werk etwas näher zu betrachten.

Denn dessen Autor, ein ziemlich bekannter österreichischer Physiker, hat mit Akribie (und offensichtlichem Vergnügen) alle wichtigen und für den Garungsprozess in Frage kommenden physikalisch-chemischen Zusammenhänge, Mechanismen und andere, den Geschmack beeinflussende und fürs Gelingen von Gerichten (landläufig unter „Kochen“ subsumiert) wichtige Faktoren aus einigermaßen wissenschaftlicher Perspektive zusammengetragen.

Kein Zweifel, die von ihm ausgesuchten bzw. untersuchten Rezepte einiger (überwiegend) österreichischer Speisen, seine vielen kleinen Geschichten rund ums Essen und die dabei aufgestellten bzw. verwendeten Formeln haben die Qualität, Leser*innen* dazu zu bringen, über Entstehen und Empfinden von „Genuss“ anhand eigener Erfahrungen nachzudenken.

***(und wer noch mehr wissen möchte, der/die soll bitte selbst im Buch nachlesen)**

Jedenfalls werden beim Anwenden der (im Buch beschriebenen) Genuss-Formel...

G = (1 + f*m*) x (1 + f*e*)

...folgende zwei Faktoren einen ganz entscheidenden Einfluss ausüben:

- Faktor 1 – Geschmackseindrücke aus Mamas (bzw. Omas) Küche und
- Faktor 2 – eigene Genusserlebnisse (ganz woanders gemacht)

(wobei die beiden Variablen **f*m*** bzw. **f*e*** von **-1** (sau_schlecht) **bis +1** (sau_gut) reichen können).

Hier als Einstieg ein paar Beispiele aus eigenem Erleben (sonst wär’s ja reinste Theorie und kein reales online Grau):

f*m* -1 bedeutet bei mir ***„kleine Stückchen von dicker, fetter, schlabbrig weich gekochter Haut von alten Hennen in einer am Montag wieder aufgewärmten Suppe“***
(60er Jahre, bloß nicht runter schlucken, Hand vorn Mund und ab zur Toilette)

f*m* +1 entspricht einer ***„perfekt rosa gebratenen (Flug-) Entenbrust, z.B. an einem Sonntag im frühen November“***
(Ende 50er – Mitte 60er Jahre, als die Geschwister noch klein waren, Oma und Papa Flügel und Hälse der zwei gebratenen jungen Enten bevorzugten und Mama ihren Kindern niemals was weggegessen hätte)

fe -1 entspricht *einem **„in der Pfanne gebratenen, nach Ammoniak riechenden Stück Rochenfilet (skate)"***

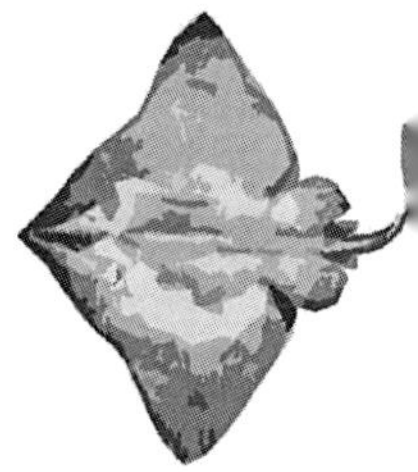

Vollendet serviert (aber nicht gegessen) bekommen im Restaurant eines (im Country Chippendale Stil eingerichteten) Hotels in den Cotswolds, England (Ende 80er Jahre, völlig überteuert dank amerikanischer Hausgäste)

fe +1 bedeutet ein ***„wundervoll zartes, perfekt rosa gebratenes und nach frischen Kräutern duftendes Lammkarré (rack of lamb)"***
Serviert bekommen an einem warmen Spätsommerabend auf einer Gartenterrasse von *Thornbury Castle*, England (Mitte 80er Jahre, absolut angemessener Preis trotz amerikanischer Gäste)

Zur Illustration ein kleiner Kontrollcheck anhand zweier Beispiele:

„Bitte eine Portion Rührei mit Bratkartoffeln und Krabben"
*(als **Wremer Fischerfrühstück** bekannt geworden)*

Genauso bestellt und serviert bekommen im „Bistro" eines Kaufhauses in Bremerhaven (zweite Hälfte 60er Jahre; ca. 4,20 DM/Portion).
Die Eier-Masse schmeckte nach Meer (die Hühner waren wohl mit Fischmehl gefüttert worden), viele der krossen Kartoffelscheiben hatten bereits schlapp gemacht und einigen Krabben war die frische Brise nicht gut bekommen.
Bewertung: G = (1+(-1)) x ((1+ (-1)) = 0 x 0 **= 0**

„Heute hätte ich gerne das zweite Tagesgericht"
(Kotelett mit breiten Bandnudeln in Pilzsauce und dazu grüner Salat)

Mittags bei der Haustochter in einem kleinen Hotelrestaurant in Laufen in der Schweiz geordert (Anfang der 70er Jahre; ca. 5,60 SFR/Tellergericht; Achtung: damals 1 Franken = 0,80 DM).
Perfekt gegarte Bandnudeln, in einer frisch gekräuterten Pilz-Rahmsauce gewendet, dazu ein saftiges Schweinskotelett (aus der Metzgerei im Haus) sowie ein kleiner grüner Salat.
Bewertung: G = (1+1) x (1+0,75) = 2 x 1,75 **= 3,5**

Versuchen wir spiel- und spaßeshalber mal eine Tabelle für die so einfach aussehende Formel **(G = (1 + fm) x (1 + fe)** mit möglichen Bewertungen zu füllen (um es im richtigen kulinarischen Leben nachempfinden zu können).

Weil aber die Mathematik mit im Spiel ist, werden (individuell erlebte und in viertel (1/4) Stufen bewertete) Genuss-Ereignisse immer zu vielen, meistens gebrochenen **Zahlen zwischen 0 und 4** (siehe Tabelle, auf 2 Nachkommastellen gerundet) führen:

fe/fm	-1	-0,75	-0,5	-0,25	0	0,25	0.5	0,75	1
-1	0	0	0	0	0	0	0	0	0
-0,75	0	0,06	0,13	0,19	0,25	0,31	0,38	0,44	0,5
-0,5	0	0,13	0,25	0,38	0,5	0,63	0,75	0,88	1
-0,25	0	0,19	0,38	0,56	0,75	0,94	1,13	1,31	1,5
0	0	0,25	0,5	0,75	1	1,25	1,5	1,75	2
0,25	0	0,32	0,63	0,94	1,25	1,56	1,88	2,19	2,5
0,5	0	0,38	0,75	1,13	1,5	1,88	2,25	2,63	3
0,75	0	0,44	0,88	1,31	1,75	2,19	2,63	3,06	3,5
1	0	0,5	1	1,5	2	2,5	3	3,5	4

Eine tolle, aber leider reichlich unübersichtlich aussehende Tabelle (vermutlich um alle Nicht-Naturwissenschaftler*innen zu verwirren).
Vernünftigerweise (sehr wahrscheinlich um die Aussagekraft der Formel zu verbessern) war weiteren Zusammenhängen zwischen Geschmacksrichtungen, Aromen-Vielfalt, Mundgefühl (Konsistenz) und individuellen Vorlieben nachgegangen worden, um mit großer Freude feststellen zu können:

Genuss-Erlebnisse beginnen bei 0 und enden wegen der nach oben offenen Bewertungs-Skala im kulinarischen Himmel (jedenfalls manchmal).

Oder bewusst form- und funktionslos nachgetreten:

Wäre es möglich, dass selbst ziel- und planlos ausgeführte Berechnungen mit den vorgestellten Formeln allen *poacaaa`s* (people of all colours and all ages -

Normalos, Frauen, Kinder und Kamele selbstverständlich eingeschlossen) helfen könnten, mit heiler Haut durch unsere an so manchen Stellen bereits wüstenähnlich aussehenden kulinarischen Genuss-Welten zu kommen?

Vielleicht, wenn man sich erinnern könnte, wo es einem mal wirklich gut geschmeckt* hat/hatte?

***(gerne unter Zuhilfenahme eines kulinarischen Bermuda-Dreiecks – kürzlich (wieder) entdeckt von einem vor sich hin köchelnden Schreiber(lehr)ling, der zu wissen schien, ob und was es später alles zu essen und zu trinken geben wird)**

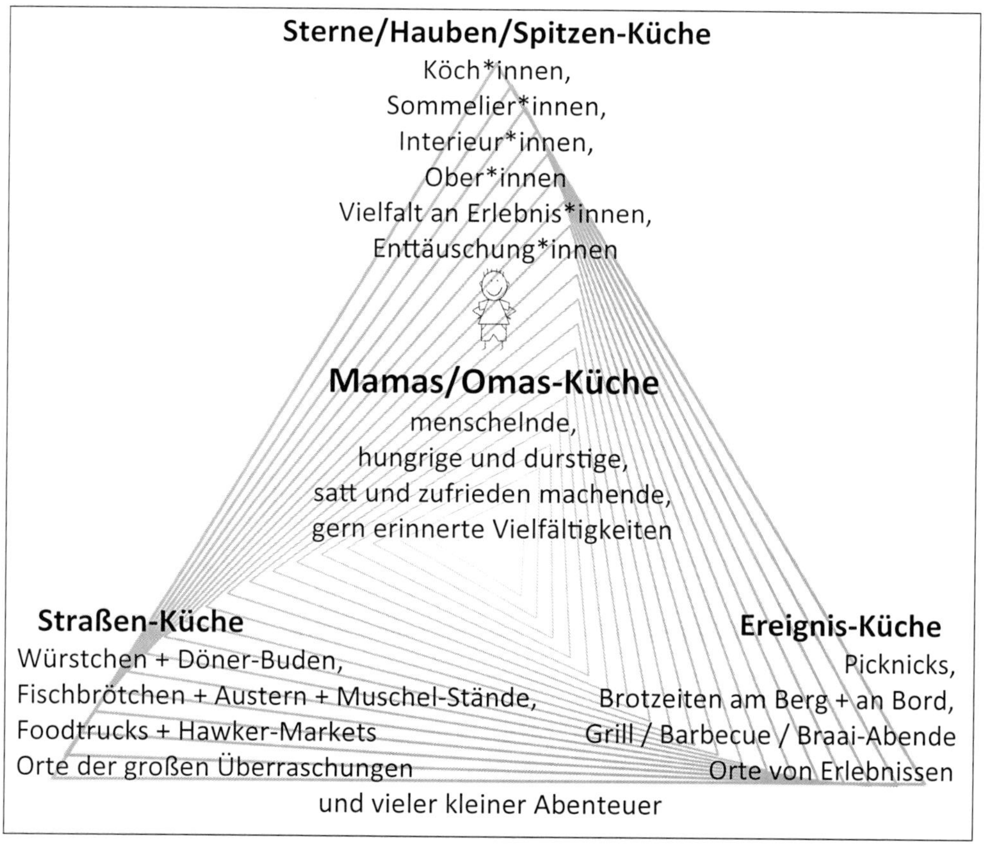

Also bleibt bitte neugierig (und geht nie hungrig ~~ins Bett~~ einkaufen).

Es bietet sich geradezu an, die folgenden beiden Herausforderungen, nämlich

die Sättigungs-Formel (D)

und

die Genussausgleichs-Formel (E)

von Anfang an als verpartnert anzusehen und sie als doppelte (oder auch flotte) Lottchen allen einsam vor sich hin köchelnden Menschen ans Herz zu legen. Denn immerhin lassen sich die beiden Formeln (bzw. Gesetze) auf einen (heute fast) vergessenen deutschen Nationalökonomen* zurückführen.
Und obwohl die Feststellungen vom **„abnehmenden Grenznutzen"** sowie zum (rechten) **„Genussausgleich"** zwar alt sind, aber definitiv von einem nicht sehr alt gewordenen weißen Mann formuliert wurden, kann ihnen auch heute noch ganz Wichtiges in Sachen „Essen und Trinken" entnommen werden.

(einem gewissen Hermann (Armand) Heinrich Gossen, *1810 Düren – ƚ1858 Köln)

Warum das so ist?

Weil das **erste Gesetz** besagt, dass es Konsumierenden wenig bis gar nichts an zusätzlichem Nutzen bringen wird, wenn sie immer weiter und immer noch mehr essen und trinken (obwohl eh` fast nichts mehr reinpasst) - außer einem immer größer werdenden Aufwand an Kosten und Zeit (bei mehr Gewicht und weniger Gesundheit).

Talkshow Teilnehmer*innen könnten in dem Zusammenhang vielleicht sogar ungefragt auf den **„abnehmenden Grenznutzen"** jedes einzelnen, zusätzlich konsumierten Glases Wein (oder was auch immer) zu sprechen kommen.

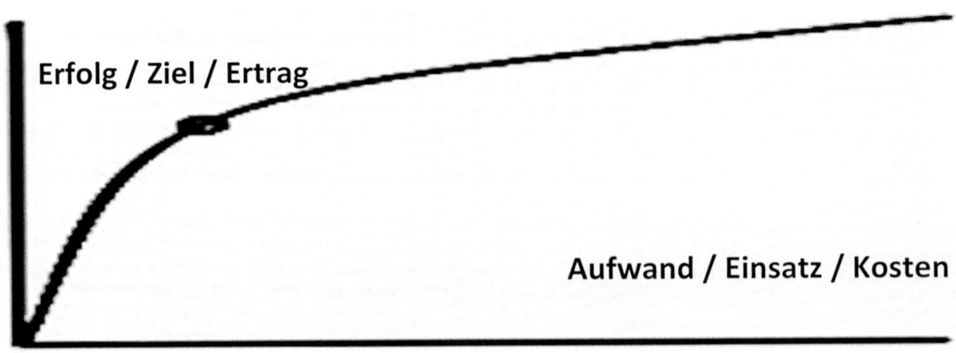

Und weil seit dem **zweiten Gesetz (diesem „Genussausgleichsgesetz“)** vielen Menschen bekannt ist, dass der Gesamtnutzen für eine kochende Küchen-Gemeinschaft nur dann sein Maximum erreichen kann, wenn der zuletzt getätigte Einkauf für jedes Haushaltsmitglied einen gleich hohen Nutzen, sprich Stellenwert hat,...
...kann ich einerseits absolut nachvollziehen, weshalb es (fast) nur Frauen sind, die von sich aus berücksichtigen, dass es absolut keinen Sinn macht, ja sogar sehr gefährlich sein könnte, einen hungrigen oder durstigen ~~Mitmenschen~~ Mann am späten Nachmittag noch schnell zum Einkaufen zu schicken, denn...

- die angeschleppten 2 Kästen Bier sind nun mal wenig bis gar nicht geeignet, die beiden fehlenden Flaschen Prosecco vergessen zu machen.

...hätte aber andererseits große Bauchschmerzen – sollten die beiden Gesetze in unserer Lebenswirklichkeit tatsächlich immer noch eine Rolle spielen), um folgendes Phänomen als unbedeutenden Kollateralschaden hinzunehmen:

Stark abnehmende Gesundheit bei zunehmender Körperfülle durch grenzenlosen Genuss ohne ausgleichende Nutzung divers eingestellter Sportgeräte.

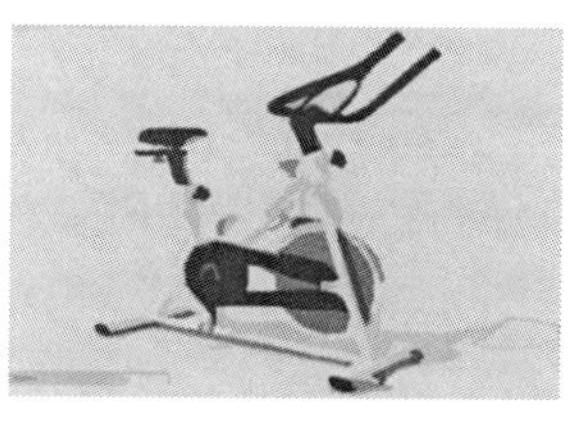

Puuh, fast geschafft.
Fehlen nur noch erklärende Erläuterungen, was es mit einer rein zufällig gefundenen und bisher völlig unbekannten...

(F) Schleifchen-Formel

...auf sich haben könnte.
Wobei aber von vornherein klar sein sollte, dass diese Formel absolut nichts mit „schleifen" im Sinne von „über den Boden schleifen" oder „die Zügel schleifen lassen" oder „eine Festung schleifen" zu tun haben möchte, eher was mit Kurven, Volten, (Um) Rundungen, Wiederholungen und (Rück) Kehren...

- denn im Grunde genommen gilt für vieles im Leben nun mal...

...Ω eine Schleife **Ω** ist meine Schleife **Ω** ist deine Schleife **Ω** ist ihre Schleife **Ω** ist seine Schleife **Ω** ist eure Schleife **Ω** ist unsere Schleife **Ω...**

...und um diesen medium-rare formulierten Beitrag über ein Schleifchen (!?) überhaupt verdauen zu können, sollte man wissen, dass...

- es (erstens) dazu Beispiele bzw. Erklärungen braucht, die vom Anfang bis zum Ende überzeugen können und
- der (oder ein) Ausgang (zweitens) immer auch als Eingang zu benutzen sein sollte (und zwar ohne erst eine Klingel betätigen zu müssen)

Ob allerdings Riesenräder (als Horte großer Ingenieurskunst und sehr guter Rundumsicht bei schönem Wetter) immer wieder bestiegen werden müssen, bloß um sicher zu gehen, dass alles Leben etwas mit Anfang und Ende, Oben und Unten oder Rauf und Runter zu tun hat, weiß ich nicht...
...wohl aber, dass viele ~~Menschen~~ Männer gerne wieder dorthin zurückkehren möchten, wo alles für sie einmal angefangen hatte...
...in eine richtige Küche (irgendwo auf diesem Planeten),
...und vielleicht zu einer ***Venus von Willendorf*** (bzw. einem ***Brazilian Butt*** oder einem ***Kardashian Back***).

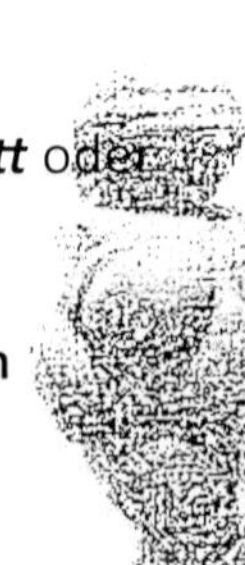

Denn wie sagte schon der alte Trunkenbold an (s)einer Theke im Fischereihafen von Bremerhaven:
Ein starker Hintern sitzt selten lange allein.

Resümee:

Manchmal möchte man Veganer (oder wenigstens Vegetarier) sein, denn die sollen bereits (so hab ich mal gelesen) für die Zubereitung von Genuss versprechenden Speisen eine märchenhafte und dazu...

sehr viel einfachere Formel

...gefunden haben.

Und zwar irgendwo in Amerika und irgendwas mit...

Grain, Green and a Bean

Ganz egal, ob das Rezept bereits mittels Genuss-Formel überprüft wurde, für mich hört es sich nach einem einfachen Gericht aus stärkehaltigem **Getreide**, vitaminreichem **Gemüse** und eiweißhaltigen **Bohnen** an (und wird hoffentlich auch danach schmecken).

Musste nur noch gecheckt werden, ob diese Info Küchen-tauglich ist oder doch besser zum Stapel mit den Fake News gelegt werden sollte.

Aber mindestens genauso wichtig (wenn nicht sogar wichtiger) war, zu formulieren, wie bzw. wonach die Weine für das vorvertraglich vereinbarte Überprüfungs-Abendessen ausgesucht werden sollten.

Die Entscheidung, dies in erster Linie an deren Namen festzumachen, wurde deshalb nicht im luftleeren Raum getroffen, sondern weil dem Schreiberling in einer früheren Geschichte der Zufall zu Hilfe gekommen war.
Beim Googlen nach „Hänsel und Gretel" waren nämlich „Hensel und Gretel" erschienen – kein Tippfehler, sondern ein Projekt der pfälzischen Winzer...

Thomas Hensel (67098 Bad Dürkheim) + Markus Schneider (67158 Ellerstadt)

...die sofort aufgesucht wurden, um mit „Hensel und Gretel" den zarten, mit "Hullabaloo"*, „Tohuwabohu"* sowie „Holy Moly"* (die letzten drei von Markus Schneider) kräftigeren Geschmacksknospen eine Freude zu machen.

(geradezu märchenhafte Namen, weil Hullabaloo „Partylärm", „Viel Lärm um Nichts" oder „Gedöns" und „Tohuwabohu" Chaos oder Wirrwarr, Holy Moly wohl so etwas wie „Heiliger Moses" oder auch „Heiliger Strohsack" bzw. „Heiliger Bimbam" bedeuten könnten – Nomen est Omen, was uns beim Kauf aber sch`egal war)

Grain + Green + Bean Salade

(körnig grüner Bohnen-Salat - eher kleines Genuss-Format - Tk-Winter-Edition)

Zutaten:

250 g Hafer-Reis, 240 g rote Bohnen (Abtropfgewicht), 250 g grüne Erbsen (Tk), 200 g Tofu (Natur), 250-400 ml Kokosmilch (fest/weniger fest), 3-4 gelbe Zwiebeln (fein gehackt), 1-2 Knoblauch-Zehen (sehr fein gehackt), 50 g Petersilie (Tk),
Olivenöl, Pfeffer, Salz, Zucker, 1 Bio-Zitrone, 1-2 El Aceto Balsamico, 1 Tl Hoisin- und 1-3 Spritzer Chili-Sauce

Zubereitung:

Tofu würfeln, Reis nach Angabe kochen und abgießen, Bohnen abspülen;
in einer (Wok-) Pfanne Zwiebeln und Knoblauch in Olivenöl anschwitzen, Tofu zugeben und einige min mit braten, dann (nacheinander) Kokosmilch, Zitronensaft, Aceto, Hoisin- und Chili- Sauce einrühren und die tiefgekühlten Erbsen und Petersilie hinzufügen, alles gut vermischen und einige min köcheln lassen; zum Schluss mit Pfeffer, Salz, Prise Zucker abschmecken;
Reis und Bohnen in eine ausreichend große Schüssel füllen, den Inhalt der Pfanne dazu geben, alles gut vermengen (Konsistenz mit Kokosmilch variieren), noch mal abschmecken und lauwarm oder abgekühlt in einer Bowl servieren

Getränk(e):

(für Namen braucht´s keine Genuss-Formel, lediglich etwas Phantasie)

Lieber kleiner, grün gekleideter und leise quakender...

...Märchen - Frosch...

... ärgere dich nicht oder hüpf gar beleidigt davon, denn ich verspreche, dass eines schönen Tages jemand kommen wird, der/die nur darauf aus ist, dich zu küssen (wenn auch nur, um zu sehen, in was du dich verwandeln wirst).
So in etwa ging es mir durch den Kopf, als auf der allerletzten Geschäftsreise (im Juni 2014 nach Skandinavien) in einem Bordmagazin zu lesen war, dass bei der Eröffnung eines ihr gewidmeten **Märchen-Pfads** (in Linköping) die zwei (2) Jahre alte schwedische Prinzessin *Estelle* sich standhaft geweigert hatte, einen dort wartenden **Märchen-Frosch** als geplanten Höhepunkt und Abschluss einer Veranstaltung (hingebungsvoll) zu küssen.

Gut so, liebe kleine *Estelle*.

Denn Frösche (inklusive ihrer wohl geformten Schenkel) haben nun mal nichts in den Händen oder am bzw. im Mund von kleinen Kindern verloren.

Frösche gehören vielmehr aus Gründen anerzogener Vernunft und angestrebter Ökologie in ausreichend groß dimensionierte und naturtrübe Teiche (und einige Zeit später dann die fleischigen Schenkel der größeren Exemplare in gebratenem Zustand auf einen rustikal eingedeckten Tisch - jedenfalls in Frankreich, China und anderen, kulinarisch ähnlich weit entwickelten Ländern).

Bevor aber auch nur dem ersten der vielen einschlägig bekannten (bereits hungrig aus den Mundwinkeln sabbernden) Liebhaber (und *innen - wenn es solche überhaupt noch geben sollte) erlaubt werden kann, sich wirklich gut entwickelten Beinen zuzuwenden, sind alle aufgerufen, ihr Einverständnis zu erklären, dass von allen (un) heimlichen Froschbewunderern nur diejenigen an einer der vielen festlich eingedeckten Tafeln werden Platz nehmen dürfen, die mit Wort und Bild nachweisen können,...

- bereits einmal das Märchen *„Der Froschprinz" KHM 99a* komplett von vorn bis hinten durchgelesen
  und

- wenigstens ein bis zwei Stunden in ***Wikipedia (oder auch Stupedia*)*** alles sonst noch Wissenswerte über Frösche recherchiert sowie

- mindestens einmal im Leben persönlich ein durch Märchen bekannt gewordenes Städtchen wie z.B. ***„Steinau an der Straße"*** besucht und

- dort höchstpersönlich einem im Brunnen (oder sonst wo) herum hockenden Frosch (ganz anders als *Estelle*) ein Küßchen gegeben

...zu haben.

****(so was wie eine sinnbefreite Enzyklopädie im neuesten Besserwisser-Format)***

Also fangt besser auf der Stelle mit dem Lesen der o.g. **Märchen-Geschichte** an. Und habt bitte keine Angst vor irgendwelchen Kollateralschäden.
Denn wie so viele Geschichten beschäftigt sich auch dieses Märchen mit zwar überraschenden, aber völlig natürlichen Vorgängen bzw. Abläufen im Leben von verwunschenen Fröschen.
Schließlich ist seit längerem bekannt, dass in so manchem Frosch** ein kleiner Prinz stecken soll, der sich (erst einmal wach geküsst) in einen wahren König verwandeln könnte - wenn auch vielleicht zunächst nur in einen Zaunkönig und erst sehr viel später im Leben in einen veritablen Erlkönig.

*****(verwunschenen Fröschinnen wird es hoffentlich leichter fallen, ein eigenes Profil und ausdrucksstarkes Standing zu entwickeln; immerhin scheint in Schweden die Bandbreite der Möglichkeiten bereits von der kleinen, ängstlichen Estelle bis zu einer ganz besonders willensstarken Greta zu reichen - aber da oben war man uns ja schon immer einen klitzekleinen Entwicklungsschritt voraus)***

[redacted] *** [redacted]

******(leider hatten aus Angst vor ~~Tugend~~-Plagiatswächtern die interessantesten (weil intimsten) Details aus dem Liebesleben emanzipiert laut quakender Frösch*innen komplett eingeschwärzt werden müssen - aber so ist`s nun mal im wirklichen Leben: statt `nem lauten Froschkonzert ein unerwartet leises Streichkonzert, danach aber hoffentlich statt `nem schwachen Abendrot etwas Stärkeres zum Abendbrot)***

Konzentrieren wir uns also besser auf die vor uns liegende Straße nach Steinau und freuen uns, einen in einem Brunnen sitzenden Frosch kennenzulernen.

Geschafft. An einem Freitag im Juli. Bei sehr schönem Wetter. Und fast Corona frei.

Aber seht und staunt selbst:

Steinau – Wohnort der Brüder Grimm in ihrer Jugendzeit, Elternhaus ist heute ein Museum

Fassade (überaus märchenhaft bemalt)

Brunnen – hier umringt von (quicklebendigen) Märchen-Figuren

Frösche – die (wach) geküsst werden wollen
- der im Brunnen verlangt nach einem feuchten Kuss, während der Kollege vorm Museum sich mit etwas Trockenfutter zufrieden geben muss

Thron – mit der (ungekrönten) Königin des Spessarts und (glaubwürdigen) Zeitzeugin des (nachzuweisenden) Kusses

Aber damit sollten auch schon alle geforderten Voraussetzungen (wenigstens formal) erfüllt sein, um nach „Froschschenkel“ servierenden Etablissements Ausschau halten zu dürfen.
Blieb nur die Frage zu beantworten:
Wann und mit wem und vor allem wohin? Und wer würde für dies frevelhafte Tun überhaupt Geld ausgeben wollen?
Zum Glück lag da noch dieser Gutschein für ein (Wein) Wochenende auf dem Schreibtisch (allerdings für ein Ziel in Deutschland und noch vorm Jahresende 2021 einzulösen).
Könnte also ein Wochenendtrip ins Badische oder in die südliche Pfalz die Lösung sein? Verbunden mit einem kurzen Ausflug ins benachbarte Elsass. Zwar schon im benachbarten Frankreich gelegen, aber immerhin doch mit reichsdeutscher Vergangenheit.
Und mit viel Erfahrung im professionellen Umgang mit Fröschen und anderen fleischigen Schenkeln.

Und deshalb wurde kurz entschlossen die seinerzeitige Gutschein Schenkerin (und liebe Ehefrau mit Rufnamen ***Rosi***) um konstruktiven Input gebeten - und zack, schon konnte die Geschichte zu einem vergleichbar märchenhaften (und weinseligen) Ende gebracht werden:

- auf einer Fahrradtour zu beiden Seiten des Rheins
- mit Übernachtung in einem ehemaligen Vorbunker der Maginot-Linie
- und einer kleinen Weinprobe in einer Kellerei inklusive Bestellung und Mitnahme von geeigneten Flaschen für die Gegenprobe zu Hause (eine bewährte und gern gelebte Routine)
- sowie dem Besuch eines typisch elsässischen Restaurants nicht weit entfernt

Kann sich in diesen verrückten Tagen überhaupt noch jemand vorstellen, dass es früher einmal eine Zeit im westlichen Deutschland gegeben hat, in der nicht wenige Vertreter der „viel zitierten 68er*innen“ Generation zwar so gut wie gar nichts zu Speisen wie…

- frischen und/oder überbackenen Austern
- Foie Gras (Stopfleber von Ente oder Gans)

oder auch

- Froschschenkeln

... beizutragen wussten...
...andererseits aber überzeugt waren, ihnen unbekannten (also wildfremden) Menschen mit Behauptungen über den bevorstehenden Sieg des (angeblich) von aller Welt geliebten Sozialismus über einen vom Kapital gekauften Erzfeind so was wie klammheimliche Freuden bereiten zu können?
Nein?
Was möglicherweise der Grund war, weshalb sie (älter geworden) versuchten, die Erlebnisse in/mit der italienischen Küche in einem Landhaus in der Toscana als so etwas wie eine neue und revolutionäre Entwicklung darzustellen.

Besser man macht sich nichts mehr draus, das Alter erwischt jeden.

Denn es gab und gibt durchaus viel Interessanteres in einer sehr menschelnden Welt zu tun, als mit leerem Magen früheren (politischen) Selbstverwirklichern nachträglich Beifall* zu zollen.

(was aber keinesfalls heißen soll, dass individuelle (politische) Intelligenz nur in einer italienischen Landküche zu finden sein wird)

Doch damit Schluss mit großer Politik. Und auf der Stelle ganz schnell zurück zu den vielen kleineren und größeren Fröschen im großartigen Teich des Lebens (wenn auch nur zu einigen unvergleichlich wohl ~~geformten~~ schmeckenden Schenkeln - und das am besten bevor das erwartbar einsetzende Hungergefühl unerträglich wird).

Wobei für alle überzeugten Selbstversorger unter den Leser*innen die folgende allgemeine Empfehlung gilt, nämlich das Rezept auf der nächsten Seite vorm in die Küche gehen sehr sorgfältig auf Aktualität zu studieren.

Während für alle bekennenden Selbstfahrer*innen der Besuch in einem (hier beispielhaft vorgestellten und) alteingesessenen Restaurant (Achtung: eine Tischreservierung ist nicht möglich) im elsässischen Roppenheim eine wirklich interessante (weil einfach und schnell zu erreichende) Alternative sein müsste.

Froschkeulen gebacken

(aus *„Ich kann kochen“* Ullstein & Co. Berlin und Wien 1909)

Zutaten:

Froschkeulen, Salz, Pfeffer, Zitronensaft, Ei, geriebene Semmel, Butter

Zubereitung:

„...in den meisten Fällen werden die eßbaren Frösche (der einzige eßbare Frosch ist der grüne Wasserfrosch Rana Esculenta) schon kochfertig zurechtgemacht verkauft. Sonst wird der frisch geschlachtete Frosch abgehäutet, die Keulen abgeschnitten und das Übrige fort getan. Die Keulen werden gewaschen, abgetrocknet, mit Salz und Pfeffer bestreut, mit Zitronensaft beträufelt und so eine Stunde beiseite gestellt. Dann werden sie wieder abgetrocknet, in Ei und geriebener Semmel gewendet und in gebräunter reichlicher Butter zu schöner Farbe gebacken...“

Getränk:

Zu knusprigen Frosch-Schenkeln im benachbarten Elsass braucht´s unbedingt einen zwar einfachen, aber dazu passenden...

Edelzwicker

...wie z.B. diesen hier von der Cave Vinicole in F-67160 Cléebourg

Allein schon die Vorstellung, von einer weiteren...

...Märchen - Hochzeit...

...nicht nur einige wenige Zeilen, sondern gar mehrere vollgeschriebene Seiten lesen zu müssen, kann bzw. wird bei vielen Mitmenschen (trotz einiger anders lautender Darstellungen nach Umfragen*) zu ~~rosigen~~ rasenden Herzschmerzen sowie einer leicht ansteigender Übelkeit (warum auch immer) führen.

Von daher ist es angezeigt, all jene Leser*innen vorm Weiterlesen zu warnen, die (noch) nicht unter negativen Ereignissen bzw. Folgen einer tatsächlich einst als märchenhaft eingestuften Beziehung haben leiden müssen.
Seid also bloß vorsichtig.
Zwar geht's im folgenden Beitrag „nur" über eine selbst gestrickte (obwohl innovativ und nachhaltig angelegt) neue Variante im bekannten Feierformat **Hochzeit wie im Märchen,** allerdings braucht´s eine belastbare Leserschaft.
Oder narrativer ausgedrückt:
Zielgruppe dieser möglichst viele 👍 suchenden Ansprache sind jene tapferen Leser*innen, die bereit und willens sind, sich einen Wumms mäßigen Schluck zu genehmigen, um hoffentlich ganz entspannt** (aber doch erwartungsvoll) der nachfolgenden (wenn auch) inszenierten Darstellung einer mehr außer- als ungewöhnlichen Beziehung *(vgl. KHM 84 „Hans heiratet")* zu folgen.

(hoffentlich nicht nur royal eingestellte Leserinnen von Märchen-Magazinen befragt)
****(weil sie den bescheuerten Rest einfach drinnen oder draußen weggekippt haben)***

Aber wäre darunter tatsächlich jemand, der (die) erklären könnte, was eine eher selten bis nie benutzte Bezeichnung wie ***Sologamy*** oder ***Solo Wedding*** mit einer ganz gewöhnlichen **Märchen-Hochzeit** zu tun haben könnten?
Ohne zu *googlen*.
Wirklich niemand?
Weil es niemanden interessiert hat? Auch jetzt nicht?
Egal, ich werde trotzdem darüber berichten.
Stellt euch bloß mal vor, ihr wäret gezwungen, über eine (erste oder weitere) Heirat (also über eine Hochzeit) nachzudenken.
Beispielsweise weil Eltern, Verwandte oder Freunde das Thema ansprechen (vermutlich des Alters, nicht unbedingt eures Aussehens wegen).

Schließlich sollte jeder Mensch wenigstens einmal im Leben mit seinen Händen (bzw. ihren Armen) nach einem besonderen Los greifen dürfen.

Und das besser nicht erst als Rentner* ***(drinnen)*** im Alters- oder Pflegeheim.

Weshalb klarerweise auch nicht das sonst wieder und wieder aufgebackene Polit-Märchen ***„Die Rente ist sicher"*** in den Fokus genommen werden wird, stattdessen eine Aktivität, die von allen Menschen* Beifall erhalten möchte.

****(weil Heiraten** • Hochzeiten • Kinder kriegen fast alle wollen, LGTBQ+`s und ERSIES eingeschlossen)***
*****(wobei nicht verschwiegen werden darf, dass Heiratsversprechen auch umgesetzt werden müssen, um an steuerliche Vorteile zu gelangen; dagegen der reine Akt der Zeugung immer als (gepaarte) Liebhaberei eingestuft, d.h. in der Praxis steuerlich nicht absetzbar sein wird)***

Daraus folgt, dass für die Bewertung von Hochzeitsfeiern selbstverständlich alle (und gerade auch alternative) Fakten berücksichtigt werden müssen.
Denn eine wichtige Erkenntnis ist, dass alle Hochzeiten (inklusive der damit einhergehenden Feierlichkeiten - auch solcher, die als Event angekündigt und ~~vermarktet~~ gestreamt werden sollen) nicht zur sinnfreien ***Wünsch-Dir-Was-Fraktion***, sondern vielmehr zur sinnlosen Kategorie der modernen ***Haus- und Familien-Märchen*** zu zählen sind.

Ein wirklich schöner Schlamassel. Vor längerer Zeit zugeflogen. Vermutlich durchs offene Fenster. Und tatsächlich wohl nur mit ein paar von den alt gedienten Hausmitteln*** zu bekämpfen.

******(wie Ruhe bewahren • Denkapparat anwerfen • Ausweg suchen)***

Beginnen wir mit der einfachsten (manch einer würde sagen: der dümmsten) aller Fragen:
Wer könnte bzw. möchte mit wem überhaupt über eine so besondere Paar-Beziehung nachdenken wollen?
Noch dazu: in was für einem ~~Ornat~~ Format?
Weshalb bei der Aufklärung von Anfang an inklusiv vorzugehen ist, nichts und niemand ausgeschlossen wird, wirklich alle sprechen dürfen und selbst dann noch zugehört wird, wenn einige ***ERSIES*** über die dramatische Verwechselung von ***Sexus und Genus*** mit ***Sekt und Genuss*** aus eigener Erfahrung zu berichten beginnen.

Und wenn wir dazu noch verbal abrüsten und leise, konzentriert und fokussiert an einer Lösung arbeiten würden, dann, ja dann ließen sich alle möglichen bzw. gewünschten (nicht immer ganz nachvollziehbare) Paarbildungen in einer eher simplen (weil ganz bewusst unvollständig ausgefüllten) **Hochzeits-Matrix** recht übersichtlich zusammenfassen:

- ...aber käme man da in der Sache tatsächlich schneller voran?
- ...und hätte sehr viel bessere, auf Machbarkeit überprüfte Ideen?
- ...vielleicht sogar Konflikt bereinigende, entscheidungsreife Vorlagen?
- ...womöglich schon in Gender neutraler Ausführung?

	Hetm	**Hetf**	**Lesb**	**Gay**	**Bi**	**Trans**	**Inter**	**Qeer**
Hetm	●	x	?	?	?	?	?	?
Hetf	x	●	?	?	?	?	?	?
Lesb	?	?	x	?	?	?	?	?
Gay	?	?	?	x	?	?	?	?
Bi	?	?	?	?	x	?	?	?
Trans	?	?	?	?	?	x	?	?
Inter	?	?	?	?	?	?	x	?
Qeer	?	?	?	?	?	?	?	??

x = geht wohl immer   ● = geht vermutlich nicht   **?** = habe keine Ahnung

?????  ?????

Ach du liebes, dickes Ei.

Auf den ersten Blick nur eine Art von Parkhinweis für Fragezeichen auf einer seitwärts führenden Einbahnstraße zu erkennen.

Aber leider vom Verkehrs-Planer keine bezahlbare König*innen-Ausfahrt zu der nachgefragten und nachhaltigen **Märchen-Hochzeit** vorgesehen.

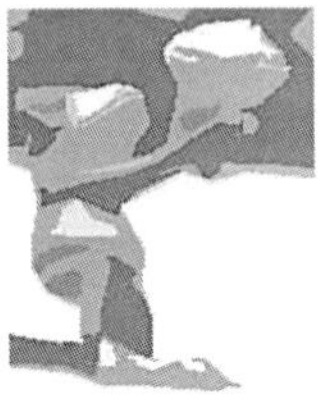

Doch mit zweiten und dritten Blicken eröffnet sich ein rettender Ausweg.
Frauen, Männer und Sonstige könnten vorm nächsten (Verkehrs-) Spiegel niederfallen und um die Hand der darin knienden Person* anhalten.

(oder, falls kein Spiegel zur Hand, alternativ mit einem Hofknicks das „Ja" ultimativ vom eigenen Ich einfordern)

Wie in einigen überregionalen Medien** nachzulesen war, sollen sich in Japan bereits über 200 Frauen für eine **Solo-Wedding** (wahrscheinlich) im Look einer Prinzessin in der (begründeten) Hoffnung auf ein märchenhaftes Happy End entschieden haben.

****(und Wikipedia zu entnehmen ist, dass eine als Sologamy bezeichnete Hochzeit tatsächlich als „halal" hatte eingestuft werden können)***

Damit sollten wir auf der sicheren Seite des Mainstreams unterwegs und (wenigstens für heute) von ein paar (richtig netten) Mitmenschen umgeben sein, die aber sehr wahrscheinlich eher kostümiert (z.B. als selbst verliebte Einzelgänger, potentielle Einsiedlermönche und fremd schämende Narzissten) unterwegs sein werden.

Wie aber müsste im Falle des Falles der Ablauf einer eigenen, feierlich zu begehenden **Märchen-Hochzeit** beispielgebend organisiert werden?

Und was gäbe es Märchenhaftes zu essen und zu trinken?

Glücklicherweise herrschen (derzeit) bei uns ziemlich ruhige, wenn auch manchmal noch AHA+ bewaffnete Corona-Zeiten.

Da wird es sehr wahrscheinlich nicht weiter auffallen, wenn von vornherein auf eine Trauungszeremonie, ein überaus üppiges Bankett und eine größere Schar an Gästen oder Hof-Fotografen verzichtet werden soll, um einen absolut umweltschonenden und noch dazu kostengünstigen Ablauf zu ermöglichen.

Die Zeit des ~~Beschenkens~~ Bedenkens ist vorbei.
Und die ~~Er~~ Lösung ganz nah.
Zwar nicht vom Himmel gefallen,
aber gut sichtbar auf der ~~geschälten~~
gegenüberliegenden Seite des Rheins.

Meine (Solo) **Märchen-Hochzeit** (mit Rosis Erlaubnis)...

...im Anzug, mit Kniefall, gestottertem Ja-Wort und einem unverdienten Hochzeits-Mahl in der Märchen-Suite von *Schloss Arenfels* (andere Rheinseite).

Zutaten (im Geschenkkarton):
1 Dose Jahrgangs-Ölsardinen, 1 Dose Kaviar, 1 Pck. Toastbrot, 1 rote Zwiebel, 1 Limette, Schmand, Pfeffer, Salz, 1 Toaster, 1 Teller, 1 Messer, 1 Flasche Champagner, 1 Sektglas

Zubereitung (auf dem Zimmer):
2 Scheiben Brot toasten, auf die eine Scheibe Zwiebelringe + abgetropfte Sardinen, auf die andere Schmand + Kaviar geben, vorsichtig abschmecken und (von Champagner begleitet) als Hochzeitsmahl vom ***Sologamer*** sich selbst servieren zu lassen.

Fehlt nur, Teilnehmende an der einzig wahren Nächtin unter allen ~~hochzeit~~ hoheitlichen Nächten mit Halali ins jungfräuliche Bett zu jagen, um sie beim ersten Hahnenschrei (selbstbestimmt) ~~umbringen~~ auschecken zu lassen.

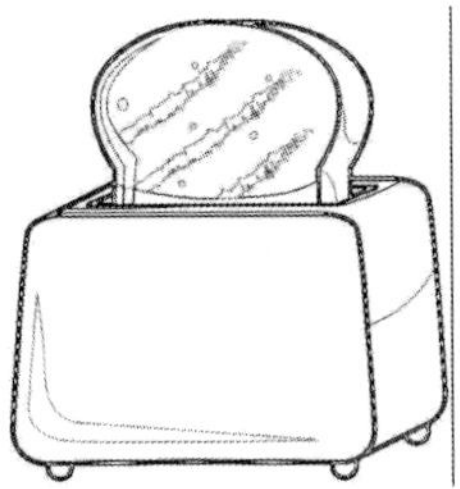

Mit der Überschrift...

...Märchen - Jagd...

...soll keinesfalls die Hatz auf immer neue und/oder noch unbekannte Märchen angekündigt oder gar eröffnet werden (wie eine Diplomaten-Jagd ja auch nicht besagt, dass mit´m Glas Sekt in der Hand vorm Wald stehende Diplomat*innen unisono als ganz passable Trophäen ins Visier genommen werden dürfen).

Allerdings steckt in dieser ausgekreiselten Titelzeile ein Auftrag, und zwar muss (bzw. sollte) gecheckt werden, was die Welt eines Jägers (bzw. Jägerin) mit der Welt eines **Märchen-Erzählers** (einer Erzählerin) verbinden könnte.

Wahrlich keine einfache oder leichte Vorgabe für jemanden, der zwar schon ein paar mal bei einer Treib- bzw. Drückjagd hat mitwirken dürfen (und dann und wann auch heute noch in einem Waldstück verschwindet – allerdings um etwas zu hinterlassen, weniger um etwas aufzuscheuchen).
Und doch gibt es eine Antwort, nämlich: ***„beide lieben märchenhafte Reviere"*** (was aber nicht bedeutet, dass die von allen Leser*innen geteilt werden muss).

Überhaupt war es einmal mehr der Genosse Zufall, der zu Hilfe gekommen war, und zwar in der Gestalt einer Einladung zur Feier der goldenen Hochzeit eines befreundeten Paares - *Brigitte und Franz M.* (und bereits seit vielen Jahren als traditionsbewusste* Jäger im eigenen und anderen Revieren unterwegs).

(weshalb ab hier aufs Gendern verzichtet und dafür gerätselt wurde, ob man Jägern nach 50 erfolgreich absolvierten Ehejahren besser „Waidmannsheil" zurufen sollte oder ob „Herzliche Glückwünsche" ausreichen würden – letzteres war der Fall)

Aber weil´s zur goldenen Feier nach Hessen ins herbstlich bunte Sontra (und Ort des Jagdreviers) ging, war´s - trotz der Erinnerung an eine „Drückjagd" mit „Strecke legen" und anschließendem „Schüsseltreiben" vor vielen Jahren dort - vermutlich doch kein Zufall, dass sich auf einmal ein anderes Bild im Kopf breitmachte - und das hatte mit gemeinsamen Aufenthalten in Tirol zu tun (und einem dort noch anzutreffenden kleinen, scheuen Waldvogel, und zwar dem Haselhuhn**).

****(Gruppe: Raufußhühner, Gattung: Haselhühner, Art: Haselhuhn)***

Wenn man häufiger mit **Märchen-Büchern** und **Märchen-Geschichten** zu tun (oder gar gelesen) hat, dann weiß man, dass darin Wälder, aber auch Jäger* und vor allem wilde (bzw. gejagte) Tiere** eine überaus wichtige Rolle spielen.

(man denke nur an KHM 67 „Die zwölf Jäger"; besser noch an KHM 111 „Der gelernte Jäger", der ein Jagdgewehr (eine Büchse, d.h. ein Gewehr mit einem gezogenen Lauf) besitzt, das immer trifft)

****(wobei in Hauptrollen allerdings immer nur wirklich professionell arbeitende Verwandlungskünstler zu sehen sein werden)***

Wieder eingefallen war mir, dass es vor vielen Jahren ein September in Tirol war, als *Franz* eines Morgens (und viele Stunden vorm lange vorher geplanten Abendessen im Wirtshaus *„Eiserne Hand"****)* die notwendige Zeit fand, um einen Haselhahn aus einem Gebüsch bzw. Waldstück hervor zu locken.

*****(Gasthof in Fieberbrunn)***

Haselhühner sind zwar über ganz Eurasien verbreitet, in Mitteleuropa aber so selten geworden, dass sie streng geschützt und nurmehr wenige Hähne (so auch in Tirol) zum Abschuss freigegeben werden (Wiederansiedlung wird versucht, ist aber bei diesen Standvögeln nicht ganz einfach).

Anders als bei den beiden bekannteren (leider ebenfalls selten gewordenen) Raufußhähnen, Auerhahn und Birkhahn, erfolgt die Jagd auf einen Haselhahn nicht während der Frühjahrsbalz, sondern im späten Sommer, und zwar per Lockjagd, d.h. er wird gerufen (unter Jägern als „Spissen" bekannt und mittels „Pfeifchen" erfolgt).

Was soll ich sagen, es gab einen Ausflug nach St. Johann, wo *Franz* ließ sich einen Haselhahnlocker**** besorgte, um die Stunden bis zum Abendessen spissenderweise an einem Waldstück oberhalb des Gasthauses zu verbringen.

******(leider kann ich nicht sagen, ob es ein sogenanntes Maus- oder doch ein anderes (jedenfalls kein traditionelles, d.h. aus einem Knochen geschnitztes) Pfeifchen war)***

Allerdings sollte sich an dem Tag nicht ein einziger von den Hähnen blicken lassen (und später wohl auch nicht), was aber der Trophäen-Sammlung vom *Franz* nichts ausmachen wird; immerhin ist diese groß genug, um auch ohne einen leibhaftigen Haselhahn als Quintessenz vieler **Märchen-Jagden** akzeptiert zu werden.

Weshalb von der Fahrt nach Sontra gerade das Bild eines kleinen Vogels in meinem Gedächtnis hängen geblieben ist, kann ich euch sagen, und zwar...

- weil mir kurz vor Homberg (Efze) ein größerer Vogel seitlich vors Auto geflogen war (der nach einem Fasan aussah, außerdem das Glück hatte, nicht vom Wagen erwischt zu werden)

- weil ich mich erinnerte, dass Haselhähne (obwohl sie ja auch zu den Fasanen artigen Hühnervögeln gehören) ungern ihr sicheres Versteck* im Gebüsch verlassen – offenbar selbst dann nicht, wenn versucht wird, sie mittels Pfeifgeräuschen heraus- bzw. anzulocken
  und

- weil ich irgendwann später in einem österreichischen Artikel tatsächlich mal gelesen hatte, dass dieses doch sehr spezielle Pfeifen bzw. Spissen** unbedingt eingeübt werden sollte

(es braucht nämlich einen perfekten Klang, und zwar für jeden einzelnen Vogel; wobei die älteren Vögel offenbar bei tieferen Tönen (denke ich mal), jüngere Hähne wohl eher bei helleren (höheren) losfliegen werden)

*****(weshalb inzwischen CD´s/USB Stick´s mit unterschiedlichen Strophen zum Üben verkauft, allerdings wohl noch nicht geklärt werden konnte, ob man die den Vögeln elektronisch vorspielen darf – soweit mir bekannt, sind solcherlei Hilfsmittel für die Jagd verboten – aber vielleicht (noch) nicht der Ruf „Alexa: ~~spiel~~ spiss mir das Lied vom Tod" - für einen kleinen Haselhahn)***

Fazit:

Kein Zweifel, Märchen und Jagd haben sehr wohl etwas miteinander zu tun, denn...

- Märchen ohne Wälder, Jäger und wilde Tiere sind zwar möglich, aber (zu) häufig nicht wirklich lesenswert

- Märchen, in denen zur Jagd (bzw. Hatz oder Verfolgung) geblasen wird, zielen genau aufs Herz, weshalb sie (fast) immer ins Schwarze treffen

- die Jagd auf einen scheuen, kleinen Hühnervogel muss schon deshalb **märchenhaft*** genannt werden, weil nie vorgesehen war (obwohl lange ~~**„gepfiffen“**~~ „gespisst“ und auf Waidmannsheil gewartet wurde), diesen Vogel wie (seinen Cousin) einen Fasan zuzubereiten,

(der Haselhahn könnte da allerdings durchaus anderer Meinung sein)

- **Märchen-Jagd** tut not – denn wie sonst könnte herausgefunden werden, wer oder was sich in den zur Strecke gebrachten Tieren (und völlig egal, ob ganz freiwillig oder eher gezwungen) bisher hatte verbergen können

Ausblick:

Halali, es ist soweit, mit einer eher zufällig ausgekreiselten **Märchen-Jagd** ist´s genau an dieser Stelle aus und vorbei.
Weshalb wir den märchenhaften Wald verlassen werden, um uns voll und ganz ~~**dem Kesseltreiben**~~ der nächsten Küchenschlacht zu widmen.
Denn wie man weiß, verspüren eigentlich alle Menschen nach einer Jagd (auch nach einer **Märchen-Jagd**) großen Hunger und noch mehr Durst, weshalb es wichtig ist, ~~**recht**~~ frühzeitig etwas zu essen und zu trinken bereit zu stellen.
Am besten ein leckeres Wildgericht, und zwar ohne einen Vogel aus der Ordnung *Galliformes* (Hühnervögel) oder gar einen aus der Familie *Phasianidae* (Fasanenartige) braten zu müssen.
Allerdings, Wildbret aus heimischen Wäldern und Flurstücken sollte es schon sein.
Weshalb wir uns nach Blick in den Gefrierschrank (und kurzer Diskussion) für Leber und Keule vom Reh entschieden haben.
Um später dem Keller auch noch drei Flaschen dazu passende Weine zu entnehmen, und zwar

- zur Leber z.B. einen Riesling aus dem Rheingau und

- zur geschmorten Keule z.B.einen Spätburgunder Alte Reben (2009) sowie (für Rosi, die leider keine Barrique gelagerten Weine verträgt) einen Grauburgunder (beide vom Weingut Klumpp)

(Spieglein, Spieglein an der Wand, wer ist die Schönste im ganzen Land)

„Schneewittchens“ (vgl. KHM 53) böse Stiefmutter ist derart eifersüchtig, dass sie einen Jäger beauftragt, die Stieftochter im Wald zu töten und Lunge und Leber als Beweis* zurückzubringen.

(ob allerdings die Schwiegermutter die Leber auch hatte verzehren wollen? Keine Ahnung - müsste gfls. noch nachgeprüft werden)

Rehleber

Zutaten:
1 frische Reh-Leber (ca. 450-550 g), Butter, 3-4 Zwiebeln (fein gehackt), Mehl, 1 El Majoran, Pfeffer, Salz, Apfelessig oder Balsamico (weiß)

Zubereitung:
Leber gut wässern, trocken tupfen, von Haut und Äderchen befreien und in feine dünne Streifen schneiden; Butter in einer eisernen Pfanne zerlassen, Zwiebeln darin anschwitzen, die Leberstreifen zufügen, etwas Mehl drüber stauben und anbraten; Majoran zugeben, mit einem Schuss Essig ablöschen und köcheln lassen bis die Leber weich ist; erst dann pfeffern und salzen

Getränk:

Riesling (Johannisberg Mittelhölle, im Fass gereift),
Weingut Trenz, Johannisberg (Rheingau)

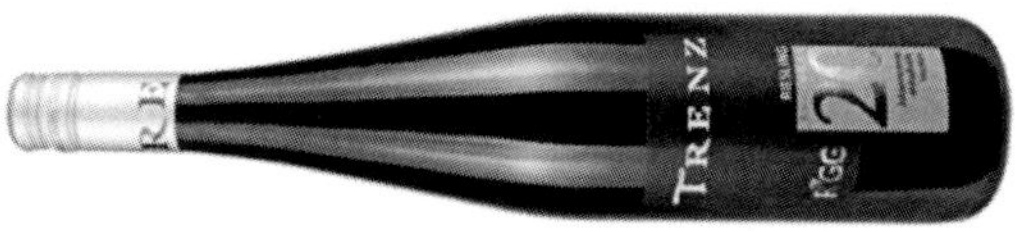

Rehkeule

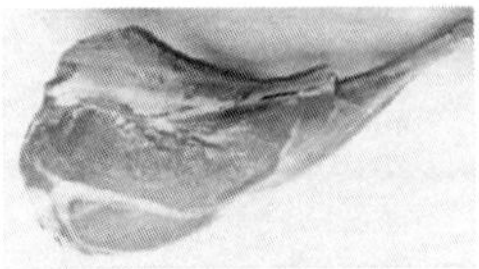

Zutaten:

Rehkeule mit Knochen (ca. 2 kg), 1 kg Gemüse (Möhre, Pastinake, Sellerie, Zwiebel, Lauch, Knoblauchzehe), Gewürze (Lorbeerblatt, Nelke, Piment, Wacholderbeere, Pfeffer, Salz), 3 El Butterschmalz, 3 El Tomatenmark, 400 ml Wildfond, 250 ml Holundersaft, 3 El Holundergelee, 750 ml Rotwein, Mehl/Speisestärke

Zubereitung:

Rehkeule gut parieren (Knochen kürzen) und in einen Folienschlauch (eine Seite geschlossen) stecken; Gemüse putzen und würfeln; Wein mit dem Gemüse und den Gewürzen zur Keule in den Schlauch geben (andere Seite verschließen) und ca. 24 h marinieren lassen (geht auch im Topf); Keule aus der Marinade nehmen und abtrocknen, Marinade durch ein Sieb abgießen und und mit dem Gemüse beiseite stellen; Keule mit Butterschmalz rundum kräftig anbraten, pfeffern und salzen, das Gemüse dazu geben, mit etwas Mehl bestäuben und anrösten, Tomatenmark einrühren, mit der Weinmarinade, Fond und Holundersaft aufgießen, kurz aufkochen lassen und ca. 4,5 h bei 90 °C (Umluft) garen; danach wenden und ca. 0,5 h bei ca. 120 °C fertig garen (auf ca. 70 °C am Knochen, gfls. mit Thermometer prüfen); Keule aus dem Ofen nehmen, abgedeckt im ausgeschalteten Ofen ruhen lassen; Bratensaft durch Sieb in einen Topf streichen, Gelee einrühren, ca. 10 min einkochen, würzen, evtl. mit angerührter Stärke leicht binden, Sauce aufkochen lassen; die Keule möglichst erst am Tisch aufschneiden, mit Beilage (z.B. Kartoffel-Sellerie-Stampf und Rosenkohl) und Sauce servieren

Getränke:

Ein Lagenweine vom *Weingut Klumpp, Bruchsal* sollte passen. (vielleicht der *Rothenberg St. Laurent* bzw. ein *Spätburgunder* oder ein *Blaufränkischer* vom *Himmelreich)*

Wenn eine/r von euch Leser*innen neugierig genug sein sollte, um tatsächlich wissen zu wollen, was in einem kleinen und Geräte-technisch zwar recht gut und ordentlich eingerichteten, aber nicht unbedingt sofort als...

...Märchen - Küche...

...erkennbaren Raum so alles zubereitet, angerichtet und durchgekaut bzw. abgenagt werden kann, dann, aber wirklich nur dann, sollten ***ERSIES**** jetzt tapfer weiterlesen.

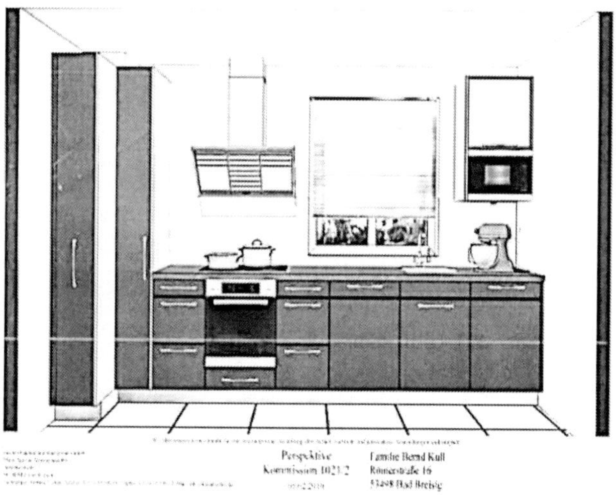

Und bitte ganz, ganz vorsichtig und die Seiten möglichst leise umgeblättert.

Denn immerhin werden - ohne gleich Angst und Schrecken verbreiten zu wollen – tatsächlich Informationen dabei sein, die gewisse Auswirkungen auf´s weitere kulinarische Leben der Leserschaft** haben könnten (beispielsweise wenn sie ohne Anleitung versuchen würden, Topgerichte in nur einem Topf zu garen, bloß um was Weichgekochtes zwischen die Zähne zu bekommen).

(merkwürdigerweise tauchen ERSIES nicht in allen Märchen-Geschichten auf)

*** *(gilt freilich nicht für jene Buchklub erfahrenen Leserinnen, die zwar ein Abo für `ne ökologisch sinnstiftende Kiste mit lokalem Superfood besitzen, d.h. auch Super-Smoothies für den Abnutzungskrieg um den völlig verwahrlosten Herd zuzubereiten in der Lage wären, aber mental noch nicht soweit sind, um diese Superpower gegen Männer in der Küche auch einzusetzen – vielleicht weil ihr eigener darunter ist)***

Eigentlich hatte ich mir fest vorgenommen, das unter Küchenaktivist*innen* moussierende Gerede über einen politisch heißen Brei mit einem Rezept für eine besonders wachstumsfreundliche Nachspeise *(vgl. KHM 103 „Der süße Brei“)* zu konterkarieren (um diesen dann auf ewig weg- bzw. einzufrieren).

(laut Vorlesende checken die Sprechpause beim * am besten mit `ner Eieruhr)

Doch stattdessen werde ich versuchen - wie immer mit ausgesucht frischen und divers vorgegenderten Zutaten und nach Rücksprache mit dem hochprozentig vorbei schauenden ~~Zeit~~ Flaschengeist - auf den in sehr (und zu) vielen Küchen ausgebrochenen Kampf der Gemüter mäßigend einzuwirken.

Wozu streng genommen auch gehört, sich am Esstisch besser nicht in trockene, absichtlich anstandslos geführte Plaudereien über vermeintlich unvermeidbare Küchenkollateralschäden verwickeln zu lassen.

Und selbstverständlich auch von allen märchenverwandten Fairy News, die neuerdings vermehrt aus dem Umfeld von Kitchiteers mit Hang „to tell tales out of kitchen“ (eine englische Mutante) aufzutauchen scheinen.

Beispiele gibt es viele – darunter dieses (bisher unbekannte) dreckige Dutzend:

- Kalter Hund (und kalte Hündin) liegen tot in der Küche – übrigens nicht mehr nur im Fernen Osten

- ganz alleine am Herd ist besser als völlig einsam unterm Tisch - und das gilt besonders in Zeiten von Homeoffice und Homeschooling

- ich hab euch doch alle so ~~satt~~ lieb, rief er noch - dann flog er aus (s)einem Küchenkombinat

- Goa und Kerala findet man sicher irgendwo in Indien, aber wo - um alles in der Welt - sollte man nach Goji und Kaniwa suchen

- aus überschüssiger Milch mach einfach ein nachhaltiges Anti-Aging - selbstverständlich auch für ein paar angeschrumpelte Veganer

- für die Nahrung der Zukunft braucht´s keinen hölzernen Kochlöffel mehr - wozu auch, ~~alte Zöpfe~~ emaillierte Töpfe wurden abgeschafft

- eine nicht gewürzte Speise ist immer noch bekömmlicher als eine nicht zertifizierte Maske - sagt ein COVID, und der muss es wissen

- ein Menü ungetestet mit links essen zu wollen ist auch nicht besser als es geimpft von rechts am Buffet zu versuchen - heißt es in Corona-Zeiten

- mit dem E-Bike geht's leichter zurück in eine fleischlose Zukunft - und vorwärts in die gentrifizierte Vergangenheit (oder war's umgekehrt)

- allein ~~in~~ mit Essen könnten wir unsere kleine Welt retten - wenn sich auch die Größeren mit kleineren Portionen zufrieden geben würden

- selbst die nettesten Aktivist*innen von *XR* kochen ~~nicht~~ auch nur mit Wasser - einen ideologisch-ökologisch abgebrannten Bio-Schmarrn

- ein richtiger Scheiß dieser Zug zum steuerlich absetzbaren Homeoffice - gnadenloses Homecooking sollte deutlich mehr gefördert werden

Und nun?
Was machen wir jetzt damit?
Am besten wie früher, erst einmal gar nichts.
Trotzdem werden wir noch mal nachwürzen.
Boah, schmeckt immer noch nach nichts.
Vermutlich ein totaler Lock-down im Bereich der alten, ziemlich abgenutzten Geruchs- und Geschmacksnerven.
Hoffentlich hat`s den kleinen Appetit nicht auch noch erwischt.

Was aber in diesem speziellen Fall nicht auf Corona, sondern einzig und allein auf die Tatsache zurückzuführen ist, dass am digital programmierten Herd nun mal kein Chefkoch kocht und am analog eingedeckten Esstisch immer noch derselbe alte Schreiberling hockt.

Weshalb es nicht schwer fallen sollte, Gründe zu finden, um kurzerhand die sich hinziehenden Vorbereitungen für die nächste Kochshow zu unterbrechen und die (gesponserte) Küche mit der frisch angelieferten Erkenntnis...

Kitchen Life Matters

...für eine vorher nicht geplante (aber angemessene Pinkel-) Pause zu verlassen.

Aber funktioniert so was tatsächlich auch im richtigen Leben?

Kann man da einfach seinen Kochlöffel abschlecken und beiseite legen, um sich zu vergewissern, einst mit der klaren und eindeutigen Botschaft...

All Lifes Matter

...von der Mutter (und Großmutter) vom Herd aus ermahnt und gut versorgt worden zu sein - um es dann allerdings sofort wieder verdrängt zu haben?

Weil es einem sonst emotional viel schwerer fallen würde, nicht spontan drauf los zu *twi X´n*, wenn auf dieser Welt schon wieder etwas ganz Neues und sehr Wichtiges mattert?
Hab mir zwar das Hirn zermartert, kann es aber trotzdem nicht beantworten.

Dabei hatte ich lange Zeit angenommen, dass das Verständnis für solcherlei Dinge mit zunehmendem Alter tatsächlich immer größer werden müsste.
Tut es aber nicht.
Jedenfalls noch nicht.
Oder möglicherweise nur bei mir nicht.
Aber vielleicht hängt dies auch mit der verinnerlichten Erfahrung zusammen, dass es von Vorteil ist, sehr früh (d.h. rechtzeitig) in Reihen- und Abfolgen zu denken (Prioritäten benennen können schließlich viele, sogar Politiker*innen).

Aber das sind offensichtlich keine hin- bzw. ausreichenden Erkenntnisse mehr, wenn wichtige Prozesse bzw. Projekte nachhaltig unterstützt werden müssten (nur dazu aufzurufen, reicht womöglich nicht mehr aus).

Doch während auf der einen Seite das Bemühen, den eigenen, grummelnden Bauch mit Vernunft unter Kontrolle zu halten, stark nachgelassen hat, steigt offensichtlich auf der anderen Seite die Bereitschaft, solcherlei Gefühle* als postbare Ladungen „Blitzkrieg-mäßig“ auf Unbeteiligte abzufeuern, um sie zu Gleichdenkenden werden zu lassen.

***(haben wohl nichts mit PTBS „post-traumatischen Belastungsstörungen“ zu tun)**

So weit, (wenn auch nicht immer) so gut.
Aber wie könnte überhaupt ein anderer, gangbarer Weg aussehen, um zurück ins prachtvolle Küchenleben zu gelangen?

Vielleicht mit Hilfe einer kurzen, dafür fast märchenhaft rüberkommenden Geschichte* ***(Quelle leider unbekannt)***, die vor Jahren vor der Mittagspause eines unerwartet kurzweiligen Meetings die Runde gemacht hatte:

***(wie das Leben so funktioniert)**

Ein Lehrer (vielleicht ein Kollege von Samuel P.?) steht vor seiner Gruppe und baut ein Experiment auf.
Er nimmt ein großes (Jena´er-) Glasgefäß und füllt aus einem Beutel Boule-Kugeln hinein. Dann fragt er, ob das Glas voll sei. Die Schüler bejahen das.
Nun holt er aus einer kleinen Tasche bunte Kaugummi-Kugeln, rüttelt sie vorsichtig in die Zwischenräume und fragt wieder, ob das Glas voll sei.
Alle stimmen zu. Daraufhin greift er zu einer Dose und schüttet Sand in die verbliebenen Leerräume. Auch diesmal fragt er, ob das Glas denn voll sei.
In der Gruppe nicken alle heftig mit dem Kopf. Daraufhin geht er zum Kühlschrank, greift eine Weinflasche und gießt den Inhalt in das große Glasgefäß bis zum Rand.
Einige Schüler lachen. Der Lehrer bemerkt ruhig:
So könnte es im Leben aussehen.
Die Boule-Kugeln stehen für die wirklich wichtigen und großen Dinge darin, wie Familie, Freunde und Gesundheit.
Die Kaugummi-Kugeln repräsentieren Arbeit, Haus, Sport oder Auto.
Und der Sand steht für all die vielen Kleinigkeiten, die es so gibt.
Solltet ihr allerdings den Sand zuerst ins Glas geben, dann hätten Boule- und Kaugummi-Kugeln wenig bis gar keinen Platz mehr.
Aber so ist das wirkliche Leben nun mal, wird zu viel in Kleinigkeiten investiert, dann bleibt für die entscheidenden Dinge kein Raum übrig.
Eine Schülerin meldet sich:
Und was ist mit dem Wein?
Darauf der Lehrer:
Der soll einfach nur zeigen, dass,
egal wie schwierig das Leben manchmal auch sein mag,
es immer noch Platz für ein gutes Getränk gibt.

Puuh, schon wieder mal viel zu viel unverdientes Glück gehabt.

Und mit heilen Knochen und heiler Seele einen Weg zurück in unsere kleine Küche gefunden.

Aber mit der Idee für ein kreatives und einfach nachzumachendes Rezept:

Wir kochen das Leben in einem kleinen Experiment kurzerhand einfach mal nach.

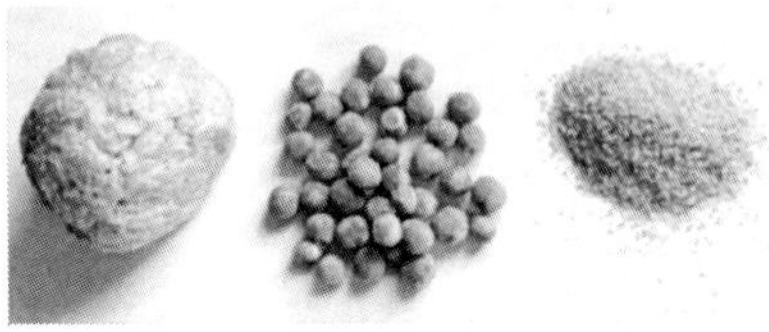

Und so müsste es gehen:

Statt Boule-Kugeln werden handgeformte (Königsberger) Klopse die wirklich großen und wichtigen Ereignisse im Leben repräsentieren,
tiefgekühlte Erbsen nehmen wir für die zahlreichen und täglich anfallenden, nicht aufschiebbaren Tätigkeiten und Dinge,
um schließlich Bulgur als Platzhalter für die vielen, vielen Kleinigkeiten, die ein Leben so mit sich bringt, in die verbliebenen Zwischenräume zu füllen.

Und ganz wie im richtigen Leben werden sich Probleme beim Umsetzen nicht völlig vermeiden lassen.
Weshalb es besser ist, nicht am Rezept zu kleben, sondern zu versuchen, das Ziel (eine halbwegs bekömmliche Speise) über kreativ beherztes Ausgestalten der jeweiligen Anteile zu erreichen.

Noch eine letzte Bitte:
Überlasst den Wein besser eurem (männlichen) Küchenhelfer und schüttet stattdessen eine Cuvée aus Brühe und Sahne zu den Kügelchen und Kugeln des Lebens; denkt aber dran, noch mal abzuschmecken, bevor ihr das Kunstwerk für ca. 60 min bei ca. 200 °C (Umluft) in den Ofen stellt.

Guten Appetit und Na dann Prost

„Mahlzeit“

(1 Karton weiß/rosé vom Wg. Korrell)

Wie überrascht wäre wohl ein ausgewachsener Mensch gewesen, wenn er eines schönen Tages vom Partner oder der Partnerin gesagt bekommen hätte, dass wohl beide, ohne es überhaupt bemerkt zu haben, seit geraumer Zeit in so etwas wie einem ...

...Märchen - La La Land*...

...haben aufwachen und zusammen frühstücken dürfen?

(zu verstehen im Sinne von „being out of touch with reality" und gfls. zu kommentieren mit „lol" = lauthals lachen über so einen Nonsens)

Einigermaßen (vermute ich), was allerdings nicht für die Menschen auf der anderen, der amerikanischen Seite vom Atlantiks gilt, denn die werden dieses Label bereits in TV-Serien und Filmen zu sehen bekommen haben, d.h. sie wissen, dass damit der Bundesstaat Kalifornien an der Westküste und/oder das Märchen- und Celebrity-reiche *Los Angeles* gemeint sind (auch wenn wohl viele Serien von Tech-Giganten aus dem nahe San Francisco gelegenen Silicon Valley übers Internet gestreamt wurden und werden).

Wie aber könnte genau diese Ansage anderswo ankommen?

Beispielsweise in einem weiter östlich gelegenen und reichlich alt gewordenen Teil einer leicht verbeulten Erdkugel.

Also auf dieser Seite des Ozeans, wo außer einigen britischen Cousins und Cousinen der Amis auch noch andere, ***„Freude schöner Götterfunken"*** singende Europäer*innen zu Hause sind, von denen viele (trotz Social Media) bei anglo-amerikanischen Phrasen häufiger *googlen* werden, um so was richtig gut zu finden (aber hoffentlich alle schon *geboostert* sind).

Und weil ein trennender Kanal für Europäer wieder eine größere Rolle zu spielen scheint (persönliche Treffen dagegen weit zurück liegen), kann ich leider nichts dazu sagen, ob Briten und Nordiren bei ***„La La Land"**** an´s eigene (egal ob Mutter-, Vater-, Austritts/Eintritts-, Ab/Zuwanderungs- oder Sonst-wie-Land) denken oder eher an eines aus dem kontinentalen Europa.

(eine Zunahme an fehlendem Realitätssinn bei gleichzeitiger Abnahme an nachvollziehbarer Logik in Statements vieler brav gewählter Politiker*innen ist schließlich überall zu beobachten)

Denn was könnten wir frustriert zuhause in der Küche herum sitzende Bürger auch anderes machen, als uns einzugestehen, dass Überlegungen, etwa den bisherigen Maßnahmen der politisch Verantwortlichen oder den wie bestellt wirkenden Kommentaren in Gebühren finanzierten Medien rund um ein sich endlos hinziehendes (unter ***Brexit*** vermarktetes) Austrittsgeschachere sowie den spätmittelalterlich anmutenden Umgang mit einer globalen Pandemie, durch Vergabe schulischer Kopfnoten die Gefährlichkeit nehmen zu wollen, zwecklos sein werden.
Aussichtsreicher wäre vielleicht gewesen, über ~~Twitter~~ ~~Twix~~ **X** möglichst viele Bürgermeister*innen aufzurufen, endlich einen Nachweis zu erbringen, dass (solar gespeiste) Laternchen in den Händen frei laufender Nachtwächter*innen genügend Licht spenden müssten, um leicht verspäteten Virenschleuder*innen einen sicheren Heimweg zu ermöglichen.
Auf diese Weise erleuchtet worden zu sein, könnte zur Folge gehabt haben, ein **„Märchen-La La Land"** zu suchen, das ähnlich gelagerte Lehr- bzw. Leerstücke ohne „Wenn und Aber" in einer großen und politische Routinen sprengenden Anstrengung genauso gut bewältigen wird, wie es ihre Kolleg*innen aus dem vereinten **D-Schland**** derzeit mit vereinten Kräften sowie bundeseigenen Navigationsinstrumenten (wie dem *„Bevölkerungsschutzkompass"*** und der *„Verhältnismäßigkeitskarte"*** oder dem *„Datenschutzrichtlinienlineal"***) zu schaffen versuchen.

*****(übrigens allesamt eingetragene Warenzeichen eines vor etwas über 70 Jahren zwangsweise gegründeten, inzwischen ordnungspolitisch optimierten Start-Ups namens Deutsche-La-La-Land GmbH & Co KG, Bonn und Berlin)***

Allerdings sollen Schönwetter gestählte Crews auch auf vielen anderen (egal ob föderal oder zentral) so-la-la dahin segelnden Schiffchen im Einsatz sein.

Durch ein paar ältere **Märchen-Geschichten** sensibilisiert, war mir schon bei ersten Hinweisen auf La^{3}nd ähnliche Verhältnisse in einigen der (von 28 so-la-la auf 27 geschrumpften) EU-Länder der Gedanke gekommen, dass nicht alle der dort angeheuerten politischen Fahrensleute die einzuschlagenden Kurse allein mit Blick auf die schroffen Küsten der anzusteuernden Ziele werden absetzen, sondern weil sie an eine Gegend denken, über die bereits vor Jahren in einem **Märchen-Buch** zu lesen war, dass dort auffallend viele Menschen (und Tiere) zu Hause seien, die lauter Dinge machen würden, die sie nicht besonders gut zu beherrschen scheinen.

Was aber damals nicht weiter auffiel, da alle Bewohner*innen zum Glück auf eine kulinarisch (und sicher auch ökologisch) ansprechende 24/7 Versorgung* haben vertrauen können.
Ich nehme mal an, dass es mindestens einige (wenige) Leserinnen geben wird, die mit diesem **Märchen-Titel** noch was anfangen können, im besten Fall die Erzählung in ihren verschiedenen Varianten selbst gelesen oder sogar Kindern erzählt haben (und antworten mussten auf deren Fragen nach der tieferen Bedeutung des Inhalts); ihnen gehört mein ganzer Respekt, allen anderen sei gesagt, dass diese Lügengeschichte ein wirkliches Schlaraffenland beschreibt, eine kulinarisch einzigartig geprägte Gegend, in der Milch und Honig (in Bio-Qualität) fließen und (kross) gebratene (möglicherweise auch vegane) Vögel durch wolkenlose Lüfte fliegen sollen.

Wahrlich ein verheißungsvolles Land, obwohl ich nicht weiß, ob die dort lebenden, tagein, tagaus Erbsen zählenden Q-Affen** bzw. Schlauraffen*** in Zeiten einer Pandemie auch versuchen würden, alle Herausforderungen einzig und allein mit Lockdown ähnlichen Maßnahmen bekämpfen oder mit immer noch mehr Geld**** gesund beten zu wollen.

****(vgl. KHM 158 „Das Märchen vom Schlauraffenland")***

*****(fragt den Märchenerzähler bitte nicht, ob auch Querdenker oder Q-Anonisten von Schlauraffen Unterstützung erhalten oder warum sich Krisen leichter meistern lassen sollen, wenn Maßnahmen bei vertraulichen Treffen in ~~Küchen~~ Corona Kabinetten bzw. in koalierenden Politiker*innen Runden und in allabendlichen Talkshows besprochen werden, statt „rechtzeitig eine arbeitsfähige Task Force" (etwa aus Vertretern des Parlaments sowie Fachleuten und Organisations- und Umsetzungs-erfahrenen Managern) einzusetzen)***

******(und obwohl alle Schlauraffen in direkter Linie von „Slûraffen" (also spätmittelhochdeutschen „Faulpelzen") abstammen sollen, kann eine queere Verwandtschaft mit vinifizierten „Glutmenschen" (eine interessante Cuvée aus verschieferten grün-schwarzen Gut- bzw. Klugmenschen mit frei laufenden rot-braunen, manchmal auch blau-gelben Wutbürgern) nicht völlig ausgeschlossen werden)***

*******(weshalb als Getränk ein paar Flaschen ALBUS, eine Cuvée aus Riesling und Weißburgunder vom Weingut Nelles, Heimersheim (Ahr), auf uns Märchenliebhaber warten werden; sozusagen als haptische, besser gesagt trinkbare Referenz an die nicht weiter thematisierte Währung im Land der Schlau~~raffen~~; vielleicht nutzten sie ja den ALBUS, eine im Spätmittelalter im Rheinland verbreitete (leicht weißliche) Silbermünze und später als „Rheinischer Groschen" fast genauso bekannt geworden wie sein großer Bruder, der „Goldgulden")***

Doch jetzt lasst uns zum Vernünftigsten zurückkehren, was dieses nicht enden wollende Pandemiegeschehen für weggesperrte, potentielle Regelbrecher zu bieten hat:

„zum ökologisch nachhaltigen Essen und Trinken"
(egal ob im, vorm oder außer Haus)

Denkt aber bitte daran:

„big Ordnungshüter is watching you"

Und deshalb werden wir uns vorsichtshalber und als mitfühlendes Zugeständnis an moralisch hochgerüstete (> 2 % des BIP) Zeitgeister von einem nicht nur kulinarisch unausgegoren wirkenden **Märchen-Wunderland** der Schlauraffen ganz und gar fernhalten wollen.

Schließlich gehören wir mehrheitlich (noch) zur Spezies von ***Angelas*** (vom Ende her denkenden) ~~**Glücks**~~ Patenkindern und würden (im Unterschied zu unserer, vom zerzausten ***BoJo*** angeführten Verwandtschaft) niemals im Leben auf die Idee kommen, dass man im schönsten aller ***La La Länder*** ohne eine schriftliche Einladung ein mehr oder weniger gut aufgefülltes Impfbuffet einfach mal so wird aufsuchen dürfen.

Nein, wir erwarten, dass jedem von uns mehrseitige Schreiben mit allgemein gehaltenen und Daten freien Formulierungen von kommissarisch eingesetzten Platzanweiser*innen immer mehrere Tage vorher zugeschickt werden.

Was andererseits jedoch, und konsequent vom Ende her gedacht, wirklich nur bedeuten kann, dass wir uns (trotz oder wegen des Fehlens von passenden rechtlichen Leitlinien) alle einmal mehr auf recht simple und außerordentlich einfach gehaltene (Impf-) Mahlzeiten werden einstellen müssen*.

(und die Schreiben dazu zwar keine Zungenbrecher mehr sind, trotzdem wie das doppelt vermoppelte Gewieher eines Amtsschimmels klingen)

Daher eine allerletzte Bitte an die lieben Köchinnen (und die sie liebenden Köche):
Kramt bitte euren Lirum Larum Löffelstiel hervor, verwandelt das Homeoffice zurück in eine kunterbunte Alltagsküche und unternehmt alles, was Viren frei möglich ist, um wenigstens eine/n frustrierte/n Corona Verlierer*in durch Zufuhr von ganz frisch gekochten sowie nachhaltig gepellten Kartoffeln und ausreichend viel Kräuterquark in eine/n lächelnde/n Impfmärchengewinner*in zu verwandeln.

Eins meiner Lieblingsgerichte –
vielleicht auch für andere La La Land Liebhaber*innen

Pellkartoffeln

1,5-2 kg festkochende Kartoffeln (z.B. vom Hof *Hilt* in Eich bei Andernach) mit ca. 0,5-1 kg Salz in reichlich Wasser ca. 25 min kochen, dann pellen und warmstellen

mit Kräuterquark

Zutaten:
250 g Magerquark, 250 g Skyr, 200 g griechischer Joghurt, 4 Schalotten (fein gehackt), 1 Knoblauchzehe (sehr fein gehackt), 5 El Schnittlauch (fein geschnitten), 2 El Kapern (trocken in Salz, fein gehackt), 1 El Paprikapulver, 1 El scharfer Senf, 2-3 Eigelb, ca. 50 ml Alba-Öl, 1 Tl Kümmel (zerstoßen), 1 Spritzer Chilisauce, Pfeffer, Salz (und ggf. mit 2-4 cl Korn abschmecken)

Zubereitung:
Gewürze bzw. Zutaten mit dem Öl gut verschlagen, in einer großen Schüssel mit Quark, Skyr und Joghurt verrühren, nochmals gut abschmecken und zu den Kartoffeln servieren.

Wer mag, gibt noch etwas gebräunte Butter dazu.

Getränk kommt aus dem Ahrtal

(einer kleinen Weinregion im großen La La Land)

ALBUS
(Weingut Nelles, Heimersheim an der Ahr)

Obschon sehr viele Menschen bereits in kindlich frühen Jahren etwas von oder über *Aladins Wunderlampe* gehört oder gelesen haben werden, so ist damit leider nicht gesagt, dass sie sich in ähnlicher Art und Weise auch mit einer im Finsteren verborgen gehaltenen...

...Märchen - Lampe...

...haben auseinander setzen dürfen (oder gar müssen), einer etwas seltsamen Lichtquelle, die, einmal ins Rampenlicht gezerrt und angeknipst, tatsächlich in der Lage sein soll, ein gleichsam zauberhaftes wie Erleuchtung bringendes...

...Märchen - Licht ...

...auf alle gesellschaftlichen Tiefschläfer*innen dieser Welt zu werfen.
Und was eine wirklich aufregende Nachricht (und möglicherweise das Aus für so manche Talkshow) wäre, wenn bei der berechtigten Nachfrage, ob die Leut` denn auch allesamt ~~erweckt~~ aufgeweckt werden wollen (bzw. sollten)...

...genau an dieser Stelle → ֍ ein sehr helles JA aufleuchten würde.

Tut es nicht, einfach nichts zu sehen, nicht einmal ein abgedunkeltes ***NEIN****.

****(wohl weil bei spontan aufleuchtenden JA`S und NEIN`S alle (Vor) Lesenden (und sogar Schreiberlinge) in sehr erklärungsbedürftige Situationen geraten könnten)***

Man stelle sich bloß einmal vor, was los wäre, wenn bei Fragen (zu welchen Problemen in der Welt auch immer) ausschließlich politisch diffuse Antworten (nicht grell oder hell ausgeleuchtet) übers Auge ins Gehirn gelangen würden? Womöglich auch noch in einer stark verkürzten bzw. verklausulierten Form und (obwohl noch nicht als gefakte Offenbarung vorgekocht) bestens geeignet, um sie als anonyme, dafür wüste Beschimpfungen allen an einer vom Netz (ohne doppelten Boden) bestimmten Tafel Wartenden zu servieren:

- ...eine bleierne Nacht geht (immer noch nicht) zu Ende
- ...der neue Tag wird (wieder einmal nicht) besonders schön
- ...viel Zeit zum Reden (wird's wohl nicht geben)
- ...sind eigentlich alle Menschen gleichermaßen (un) willkommen
- ...oder dieses Mal nur alle (vorher gut) angekündigten

- ...und wer wird Recht ~~**sprechen**~~ bekommen (wenn`s soweit ist)
- ...dieselben Figuren wie in vielen anderen gesellschaftspolitischen Märchen zu finden
- ...in einer ~~**von Gott**~~ vom Strom verlassenen ~~**Dunkelzeit**~~ Dunkelflaute
- ...währenddessen einige andere sehr tief und fest (in ihren geo- und gesellschaftspolitischen Hängematten) weiter schlafen werden
- ...gut beschützt hinter weichen (farbigen) Augenbinden und individuell angepassten (bunten) Armbinden bzw. (unsichtbaren) Ohrstöpseln
- **...???**

Aber vielleicht ginge das Ganze ja auch mal nach hinten - und hoffentlich nicht immer wieder von vorne - los.

Obschon mir einerseits Aussehen, Form und Material dieser besonderen Lampe völlig egal sind, wüsste ich andererseits sehr gerne, was für eine Farbe das von ihr ausgehende, so wunderbar heimleuchtende Licht wohl ausstrahlen würde?

- ...leuchtete es womöglich in einem *Blau* - wie in einem (wie ich finde) äußerst interessanten Märchen mit eindeutig zweideutigem Inhalt* *(vgl. KHM 116 „Das blaue Licht")*

****(das blaue Licht lässt einen kleinen schwarzen Mann erscheinen, der des Nachts unbemerkt die Königstochter als Dienstmagd ** zum eingesperrten Soldaten in dessen Zelle und später wieder zurück ins Schloss bringt)***

*****(~~seinerzeit~~ zu ihrer Zeit ein wichtiger Teil der kritischen Infrastruktur – ob allerdings ausgenutzt und unterbezahlt arbeitend oder aus reiner Liebhaberei unterwegs, kann wegen fehlender Daten leider nicht mehr festgestellt werden)***

- ...oder flackerte das Licht von Zeit zu Zeit noch in einer anderen Farbe, z.B. *Rot, Schwarz, Weiß* und *Grün* (von denen in Märchen ziemlich häufig die Rede ist)

Ich weiß es wirklich nicht.

Allerdings wäre für unser heutiges Ziel schon völlig ausreichend, wenn die für die Beleuchtung verantwortlichen Techniker*innen aus den Farben *Blau* und *Rot* ein zwar etwas vereinfachendes, aber manchmal doch sehr vielsagendes...

LILA***

...mischen würden.

******(übrigens - dieses LILA wird ganz sicher nicht verfilmt werden)***

Schließlich wäre damit sichergestellt, dass es genügend Nuancen gibt, um das Mögliche vom Unmöglichen farblich abzusetzen, völlig Unbedeutendes schön bunt aussehen zu lassen und das Unsagbare (oberflächlich) zu kaschieren.

Außerdem: hat man erst einmal ein **LILA**, dann hat man auch die Geschwister ***Violett, Purpur, Pink und Magenta*** - d.h. man hätte (im Fall des Falles) sich nicht mit einer anderen (alt aussehenden bzw. störungsanfälligen und/oder Krisen verursachenden) Farbe auseinanderzusetzen...

- ...weil **Lila** als Mix aus Blau (beruhigende) und Rot (aufmunternde Wirkung) für Kreativität steht
- ...(als Violett bzw. Purpur) definitiv Macht und Reichtum repräsentiert
- ...zugleich die Farbe für Unbefriedigte oder sexuell Frustrierte sein soll

- ...und weil ein helleres **Lila** sehr viel Eleganz ausstrahlt...
  - ...sollen nicht nur viele der nicht mehr ganz „taufrischen“ Wesen
  - ...sondern ebenso viele „Großstadt liebende Menschen“ (die fürs Lochbohren nie eine Handwerkerin anrufen würden)
  - ...genau diese Farbe bevorzugen
- ...weshalb dieses **Lila** anziehmäßig immer nur mit einer von den sog. Nichtfarben (Grau, Schwarz oder Weiß) kombiniert werden sollte

Damit reicht's dann aber auch mit dem aufdringlichen und viel zu bunten Licht aus einer vermutlich viel zu viel kostbare Energie verbrauchenden alten Lampe (und das am besten nicht nur für heute).

Denn nicht dem (un) vernünftigen Einschalten* oder einem verständnislosen Freischalten, sondern dem argumentativen Ausschalten gilt es nachzueifern.

Weshalb wir genau an dieser Stelle einer zwar farbenreichen (aber zweifellos nicht ganz) reinen Lehre den verlängerten Rücken zukehren und in eine (leider an vielen Stellen zweifelsfrei noch analog blinkende) farbenfrohe digitalisierte Gegenwart zurückzukehren wollen...

...um mit Hilfe eines
lila-roten gute Laune Tellers**
unser leibliches Wohl***
wieder zu finden:

(so soll selbst Goethe ja am Ende nach „mehr Licht“ verlangt haben)

***(hat selbstverständlich absolut nichts mit dem Li-La-Laune Bär aus einer Kindersendung (80er Jahre des letzten Jahrhunderts) zu tun)*

****(als bequeme Alternative könnte von mir aus auch ein Etablissement wie Lila`s Bistro (Stader Altstadt) aufgesucht werden)*

Salat mit roter Beete, rotem Apfel und weißem Käse

Zutaten:

1-2 rote Beete (frisch gekocht oder vorgekocht), 1 rotwangiger Apfel, 1 Kugel Mozzarella, Olivenöl, Aceto Balsamico, Zitrone, Pfeffer, Salz

Zubereitung:

Vorbereitete Beete, Apfel sowie den Käse in kleine Würfel schneiden, Marinade aus Öl, Aceto und Zitronensaft zubereiten, mit Pfeffer, Prise Zucker und Salz abschmecken, etwas ziehen lassen.

Wer´s lieber crunchy mag, kann gern noch 1 Handvoll Nüsse dazu geben (z.B. 40-80 g geröstete, gesalzene Erd-/Cashew-Nüsse)

Dip aus roten Bohnen, roten Zwiebeln und rotem Paprika

Zutaten:

200 g Kidneybohnen (kleine Dose), 1 rote Zwiebel, 2 rote Paprika (eingelegt, geröstet), 1 Knoblauchzehe, Olivenöl, Zitrone, Tomatenmark, Chilisauce, Pfeffer, Salz, Gelee (Holunder oder auch rote Johannisbeere)

Zubereitung:

Bohnen in Sieb geben, abspülen und abtropfen lassen; Zwiebel und Knoblauch schälen und grob kleinschneiden; alles zusammen mit je 1 El Öl, Tomatenmark, Zitronensaft, Gelee in (z.B.) Moulinette geben und pürieren; mit Pfeffer, Salz und gfls. Spritzer Chili gut abschmecken und für mind. 2 h in Kühlschrank stellen

Mix aus roter Zwiebel, roter Beete und geräuchertem

Wildlachs als leckeres Nest für was Gelbes vom Ei

Zutaten:

1-2 rote Zwiebeln, 1 rote Beete (vorgegart), 100 g geräucherter Wildlachs, 2-3 Eier, Schmand, Joghurt, Ketchup, Senf (scharf), Chilisauce, Zitrone, Pfeffer, Salz

Zubereitung:

Zwiebeln schälen und kleinhacken, Beete und Lachs fein würfeln,
Eier kochen (das Gelbe sollte noch etwas flüssig sein);
1-2 El Schmand, 1 El Joghurt, 1 Tl Ketchup und 1 Tl Senf verrühren und mit Zwiebeln, Beete und Lachs mischen; dann mit Chilisauce, Zitronensaft und Pfeffer (gfls. etwas Salz) fein abschmecken

LiLa roten gute Laune Teller anrichten

Einen großen weißen Teller nehmen,
darauf mit dem Zwiebel-Beete-Lachs-Mix ein Nest für ein halbes Ei bauen und daneben den Salat sowie die Masse zum Dippen anrichten.

Diesen dann mit Grissini und/oder Tortilla-Chips an alle anwesenden Angsthasen verteilen.

Getränk:

selbstverständlich in einem ~~trag~~ trinkbaren ***LiLa-Rot***

wie z.B. diese Flasche ***Lisas Lila-Rot***
eine Cuvée vom *Weingut Bunn Strebel, Nierstein (Rheinhessen)*

Warum bloß hätte jemand*, der weder einen Ton halten noch ein Instrument spielen kann, annehmen dürfen, dass ein paar (wie immer absolut willkürlich zusammen gestoppelte) Zeilen über...

...Märchen - Lieder...

...und von ~~Märchen-, Zeit- oder Flaschen~~ Geistern inspirierten...

...Märchen - Songs...

...ein sehr simpler und trotzdem Erfolg versprechender Ansatz sein könnte, um (lesenden) Menschen** bei ihrem allabendlichen Versuch, entspannt ein- und durchzuschlafen, weiter helfen zu können?
Ganz einfach, weil er* fest daran glaubt, dass die ähnlich wie Melatonin wirken.

***(der Autor)**
****(Märchen-Lieder/Songs produzierende Leserinnen, die vorhaben, diese später einmal ihren Enkel*innen vorzusingen, sollten vielleicht „www.universalmusic.de" googeln, um sich über aktuell angesagte Märchen-Hits informieren zu lassen)**

Allerdings soll damit keinesfalls die immer und wohl auf ewig geltende Einfalt in Glaubensdingen in Frage gestellt, sondern lediglich festgestellt werden, dass auch er* absolut keinen blassen Schimmer hat, ob Leser einen solchen Unsinn überhaupt anders beantworten könnten, als mit einem ~~leisen~~ lauten...

„das ist mir doch so was von schiet* egal"**

...weil inzwischen alle gelernt haben, dass bei bedrohlichen Aussagen nur kurze und klare Ansagen weiter helfen werden.

*****(plattdeutsch für ein nett gemeintes „vollkommen")**

Allerdings hatte (trotz der Ansage, weiterhin den Mund, die Ohren sowie beide Hände samt aller zehn Finger von selbst zu performenden Musikstücken fern zu halten) die Titelzeile um einen sehr kleinen, aber wichtigen Hinweis...

„Musik (alisches) in Verbindung mit Speis´und Trank"

...nicht nur ergänzt, sondern sinnvoll erweitert werden müssen, um nicht nur beim ewig hungrigen Schreiberling, sondern auch bei durstigen Erzähler*innen resp. Vorleser/innen ein größeres (kulinarisches) Interesse hervorzurufen.

Schließlich hatten seinerzeit selbst die *Brüder Grimm* unter Überschriften wie *„Der singende Knochen“ (vgl. KHM 28)* oder auch *„Das singende springende Löweneckerchen (eine Lerche)“ (vgl. KHM 88)* solch liederliche Texte zwar noch ansammeln, aber leider nicht mehr zu tiefsinnigen und/oder eingängigen Songs weiter entwickeln* können.

(möglicherweise auch nicht wollen, da von einem ~~Narren tief~~ Narrativ betroffen)

Währenddessen ein paar Bänkelsänger (anders als unsere heutigen Rapper und Techno-DJ´s) damals zwar schon auf Tour, aber nicht mutig und selbstverliebt genug waren, um so was wie...

„...ach du liebes Hirtelein,
du bläst auf meinem Knöchelein,
mein Bruder hat mich erschlagen,
unter der Brücke begraben,
um das wilde Schwein,
für des Königs Töchterlein...“

...zu vertonen und zu versuchen, in angesagten Clubs Applaus zu bekommen.

Weshalb wir besser ein weiteres Mal (und nur allzu gerne) versuchen werden, auf das eigene leibliche Wohl zu achten und ganz nebenbei eine ganz andere, neulich erst als wichtig deklarierte Fragestellung zu erörtern, die da lautet...

...wie sollte beim Essen und Trinken mit Liedern/Songs (bzw. Musik generell und speziell in größerer Runde) umgegangen werden - und was für Vorgaben wären sinnvoll, um ein friedliches Miteinander zu gewährleisten?

Datenschutz hin oder her, wir freuen uns, mitteilen zu können, dass an einer Lösung gearbeitet wird (in analoger Form, aber bereit, Anzahl und Alter jener Frauen und Männer, die aktiv dabei mitmachen wollen, digital festzuhalten).

Vermutlich wären aber schon einsetzende Hunger- und Durstgefühle Grund genug, um (wenigstens) einmal und (mindestens) eine für die Beantwortung der Aufgabe bestens geeignete Gegend aufzusuchen, und zwar...

...die nicht selten musikalisch untermalte Welt der kulinarischen Genüsse - nicht (mehr) allen Menschen bekannt, weil schon in Vergessenheit geraten oder (trotz auf 7% abgesenkter UST für Speisen) fast unbezahlbar geworden.

Eine sättigend schöne Welt, die da vor einem liegen könnte - wenn, ja wenn es denn so einfach wäre, einen Ort darin zu finden, den es lohnte, von innen kennenzulernen.
Im ersten Moment keine locker zu lösende Aufgabe, aber letztlich doch eine Aufforderung, sich schon aus übergroßem eigenen Interesse (also nicht bloß aus Jux und Dollerei allein) auf die Suche nach einem solchen Ort aufzumachen.

Doch bevor es damit losgeht, hier ein paar (eigene und fremde) Erkenntnisse:

(Sehr) viele Frauen haben ja, anders als viele Männer, früh gelernt, wie es ist, an mehreren Dingen (im Umgang mit Kindern, im Haushalt* und sogar in der Küche) gleichzeitig arbeiten zu dürfen (nicht wenige wohl auch müssen).

Und was mit an Sicherheit grenzender Wahrscheinlichkeit ein Hauptgrund dafür sein wird, dass z.B. Mütter bei gleichzeitig bzw. parallel stattfindenden Tätigkeiten (wie essen, trinken, hören, reden bzw. singen) sich nicht sofort überfordert fühlen werden.

Mit anderen Worten (und nur ganz vorsichtig **~~gegart~~** gegendert) gesagt:

Mann stelle sich vor, mehrere Personen versammelten sich um einen Tisch, um etwas zu essen, etwas mehr zu trinken und auch noch miteinander zu reden.

Mann stelle sich weiters** vor, jemand würde auf die Idee kommen, dazu noch etwas aus der Welt der Musik hören (oder selbst zum Besten geben) zu wollen.

(weshalb viele Arbeitgeber (sogar männliche) absolut nichts gegen´s Homeoffice einzuwenden hatten und haben – CORONA Virus Varianten hin oder her)
*****(= östereichisch für „des Weiteren")***

Mann steckte in einem wirklichen Dilemma.

Gleichzeitig zu essen und zu trinken (und nicht zu schlabbern) ginge ja grad noch (Groß-/Mutter sei Dank), aber dabei auch noch der Musik lauschen zu wollen, das wäre dann doch eine **~~sehr~~** zu große Herausforderung (vor allem, wenn dabei auch noch gesungen wird - von Sänger*innen, nicht von den am Tisch Sitzenden).

Ergebnis allerschärfsten Nachdenkens:

Essen und Trinken und auch noch Musik hören zu wollen, ist in der Tat zwar nicht unmöglich - bezogen auf ein vollendetes Genusserlebnis aber nur dann, wenn dabei auf das gleichzeitige und vor allem sehr laute (Vor-, Ab- und Nach-) Singen von Liedtexten verzichtet wird (bzw. werden darf).

Und zwar aus (wenigstens) einem guten Grund:

Es ist nicht vollkommen abwegig oder gänzlich auszuschließen, dass ansonsten ***Er*** (und andere Männer - wenn auch nicht vorsätzlich) sich diskriminiert fühlen könnte(n) - und welche mitdenkende ***Sie*** würde das schon wollen.

Also gilt ein **erster Merksatz**:

*Wenn schon ein lautes **„Ja"** zur Musik, dann wenigstens ein leises **„Nein"** zum Gesang (jedenfalls dann, wenn außer richtig gut zu essen und zu trinken, auch noch fehlerhaftes Gendern in den Liedtexten zu erwarten ist).*

Und ein **zweiter Merksatz**:

*Paare wie **die** Musik und **der** Wein passen in der Wirklichkeit gut zusammen (in Bayern wahrscheinlich auch noch **das** Bier); an eingedeckten Tischen allerdings sollte darauf geachtet werden, dass die Musik nicht gerade dann spielt, wenn klapperndes Geschirr und sonstige Essgeräusche sehr laut herüberkommen.*

Und obendrauf noch eine vinophile Empfehlung* (also **kein dritter Merksatz**):

Egal in was für einer Welt des Genusses man auch immer gelandet sein mag, bitte zum Essen bzw. zu den Gerichten immer nur die dazu passenden Weine.

(neulich wurde tatsächlich ein Konzert der Pianistin Hyelee Clara Chang in Urbar angekündigt, in dem 6 historische Rebsorten hörbar gemacht werden sollten – tolle Idee, leider nicht dabei gewesen, daher keine Ahnung, ob es funktioniert hat)

Erkenntnisgewinn (rein theoretisch):

Sollte zum Essen unbedingt was Musikalisches gewünscht werden, dann bitte entweder nur was rein Instrumentalistisches oder für den Fall, dass Lieder und Songs auch **~~mitgegrölt~~** mitgesungen werden sollen, diese immer als Einlagen zwischen den eigentlichen Gängen vorsehen bzw. servieren lassen.

Überprüfungsvorschlag (ein praktischer):

Einfach mal wieder ein paar Orte bzw. Restaurants aufsuchen, die damit werben oder dafür bekannt sind, Musik und Essen zusammen zu bringen.

Erfahrungsberichte (eigene):

Nach reiflicher Überlegung war entschieden worden, **einen ersten Feldversuch** in einem Restaurant eines Weingutes am Mittelrhein durchzuführen.
Dieser Familienbetrieb eines Opernsängers war (vor Corona) nicht nur für gutes Essen und Weine, sondern auch für musikalische Darbietungen überregional bekannt geworden.
Leider wurde nichts draus, weil (seit Corona) ein anderes Konzept verfolgt wird.

Der **zweite Versuch** führte (Rosi und mich) nach Bornheim-Hemmerich zu...

CHER`S
weinundlebensart

Als Teil der Veranstaltungsreihe **Wohnzimmer - Konzerte** gab`s im Juni 2023 neben kleinen Speisen und netten Weinen (plus anderen Getränken) Musik (Folk und Akustik-Pop) zu erleben, und zwar dargeboten von ***Camille Bloom (Seattle, USA) zusammen mit Jeffrey Thielens (B)***

Ein netter Abend, leicht und easy; noch schöner wäre gewesen, auch der Wettergott hätte mitgespielt, um im Innenhof der Musik lauschen zu können.

Das nächste Mal (**ein dritter Feldversuch**) ging`s nach Remagen-Oberwinter, wo am 31. Oktober 2023 im Restaurant...

SINNFONY

unter dem Motto

...das 9. Jahr des Bestehens mit einem Menü und passender Weinbegleitung sowie herausragenden Musik-Einlagen gefeiert wurde,
(gleichzeitig der 9. Hochzeitstag von Jens Böhlitz und Irma Siemens-Böhlitz - Inhaber/Musiker/Küchenchefin)

Wie kündigten die Musiker das erste Stück an:

„...hören dann auf zu spielen und zu singen, wenn die Speisen serviert werden sollen, fangen erst wieder an, wenn das Geklapper der leeren Teller beim Raus tragen zu hören ist..."

Ein ausgesprochen kurzweiliger und höchst interessanter Feier-Abend, sowohl kulinarisch als auch musikalisch gesehen (und ein praktisches Beispiel für die Sinnhaftigkeit **des zweiten Merksatzes**).

Um einmal ein wahrhaft professionelles...

...Märchen - Menü...

...aus nächster Nähe miterleben und auch noch genießen zu dürfen, hatte ich recht frühzeitig (Sommer 2019) nach einem kurzen Blick in eine *Glas Google* entschieden, im folgenden November für so ein Abendessen nach Meiningen (ein sehr beschauliches Städtchen an der Werra) in Thüringen zu fahren (und zwar ohne mich mit den Brüdern Grimm aus Hanau abgestimmt zu haben).

So weit so gut, aber warum musste es ausgerechnet in jenen Freistaat gehen, der für eingewanderte Politkicker bekannt geworden ist - so werden sich rein politisch interessierte Leser*innen einigermaßen entgeistert fragen?
Und dies mit einem gewissen Recht.
Denn auf dem Bolzplatz im Parlament ist kein besonders gutes Spiel zu sehen, auch wenn das braun besprenkelte Hemd des Stoßstürmers *Björn H.* sowie das hellrote Trikot des Gegenpressing spielenden *Bodo R.* optisch was anderes zu signalisieren scheinen.
Aber leider war es zu jener Zeit eine (fast) alternativlose Wahlentscheidung, wollte ich doch unbedingt ein von Profis gekochtes **Märchen-Menü** miterleben, und zwar vor Ort und als Programmteil einer anstehenden Preisverleihung...

Thüringer Märchen- und Sagenpreis Ludwig Bechstein

...in der ehemaligen Residenzstadt (der Fürsten von Sachsen-Meiningen) zu Füßen des märchenhaften Thüringer Waldes.

Ein wunderschön gelegenes Städtchen, in dem dieser andere bekannte **Märchen-Sammler** (Ludwig Bechstein, geboren 1801 in Weimar, gestorben 1860 in Meiningen) lange Zeit zu Hause war (weshalb der Preis genau dort und nicht etwa anderswo vergeben wird).
So blieb mir tatsächlich nichts anderes übrig, als das Ergebnis der Landtagswahl vom 27. Oktober (Alt- bzw. Westparteien

gemäß) zu verdrängen, mich mutig auf den Weg zu machen, um mir am 15. November tagsüber den Bechstein Brunnen (Bild vorher) im Englischen Garten anzusehen und abends einer **Märchen-Erzählung** mit Menü beizuwohnen und dabei den beiden Vortragenden...

„Antje Horn und Suse Weise bei Feinsinnigem wie Grobkörnigem zwischen den Gängen zuzuhören:

Wenn der Topf aber nun ein Loch hat

Aus dem wirklichen Leben direkt auf den Tisch. Geschichten und Märchen aus aller Welt, mit Schönsprache zusammengezurrt und am seidenen Spinnefaden aufgereiht – lassen Sie sich verzaubern."

Und verzaubern ließ ich mich dann auch – aber erst nachdem ich ein Kärtchen mit meinem Namen an einem alten Tisch in der Ecke entdeckt und auch die für jeden Neuankömmling wohl obligatorische Begrüßungsrunde inklusive einer Art Musterungsprozess durch vier erwartungsvoll blickende weibliche Wesen (positiv wie sich später herausstellte) überstanden hatte:

- einer ökologisch nachhaltig korrekt gekleideten **Märchen-Schreiberin** aus Kärnten in Österreich, die den ganzen Abend bemüht war, sich mit den beiden deutschen **Märchen-Erzählerinnen** fachlich auszutauschen sowie
- drei von der Sprache her einheimischen, im fortgeschrittenen Ruhestand befindlichen (vermeintlichen) Wendegewinnerinnen aus der Stadt bzw. dem Verbandsbezirk Meiningen

Was folgte war ein tatsächlich sehr kurzweiliger **Märchen-Abend** - in einer anregenden Tischrunde und in sehr angenehmer Atmosphäre; mit überaus interessanten Gesprächen, die nach jedem neuen Gang und jeder weiteren Flasche Wein (übrigens alle vom *Thüringer Weingut Zahn, Saale-Unstrut*) intensiver geworden waren. Gespräche, die sich am Ende wie folgt zusammen fassen lassen:

Es war zusammen gekommen, was zusammen gehört -
aber offensichtlich haben nicht alle dabei gewinnen können.

Beispielsweise hatte die individuelle Zuordnung in eine Kategorie, wie z.B....

(Wende-) Gewinnerin

...erst gegen Ende der Veranstaltung nach einer sehr ins Detail gehenden und (ja) zu einem Teil auch kontroversen Diskussion mit 2 zu 1 Richter-Stimmen* getroffen und akzeptiert werden können.
(von drei emanzipierten, ehemals voll berufstätigen, heute politisch verschieden denkenden Frauen, die der Sozialismus nicht gelehrt hatte, korrekt zu gendern)

Aber da hatte ich mich innerlich schon lange festgelegt:

Ein ehemaliges, überzeugtes und aktives SED-Mitglied (ohne Glied) aus der Meininger Stadtverwaltung darf die Aufnahme ihres sportlich erfolgreichen (wenn auch häufig dopenden) Landes namens ***DDR*** in den Geltungsbereich des Grundgesetzes der (ökonomisch gesehen) erfolgreicheren ***BRD*** durchaus etwas anders empfinden als zwei Partei ferne und (später) verwitwete Frauen mit bürgerlichem Habitus (in Gestalt einer Apothekerin sowie einer Lehrerin), die als (Neu) Bürgerinnen der BRD gemeinsam mit ihren Ehemännern die mit der Wende neu gewonnene Freiheit ausgiebig genutzt hatten, um rund um den Globus zu reisen und ihnen unbekannte, weil zuvor verschlossene Länder in der großen weiten Welt näher kennenzulernen.

Ach und noch was:
Das Wahlergebnis vom 27.10.2019 in Meiningen war absolut kein Thema an diesem besinnlichen Abend gewesen.
Warum auch.
Schließlich sollte ich den einzigen Kranz, der am Ort der ehemaligen Synagoge noch zu finden war, erst am folgenden Tag bei einem Spaziergang durch die Altstadt zu Gesicht bekommen (und der war von der örtlichen AFD):

CDU	LINKE	SPD	AFD	GRÜNE
19,2 %	32,2 %	11,3 %	21,9 %	6,5 %

Da sieht man mal, was sich in Demokratien mit Wahlen so alles anrichten lässt.

Bleibt nur noch, ein paar eigentlich unwichtige Details zum abendlichen Menü nachzureichen und allen **Märchen-Liebhaber*innen** zum guten Schluss ganz leise ins Ohr zu flüstern:

Und wären sie nicht aufgestanden, dann tafelten sie wohl noch heute.

HENNEBERGER HAUS

Märchen mit Menü

„Wenn der Topf aber nun ein Loch hat"

Aus dem wirklichen Leben direkt auf den Tisch. Geschichten
und Märchen aus aller Welt. mit Schönsprache
zusammengezurrt und am seidenen Spinnefaden aufgereiht.

Feinsinniges und grobkörniges erzählt
Von Suse Weise
und Antje Horn

Menüauswahl

Was der Herbst so bietet. kommt jetzt auf den Tisch.
Mild. Süß und herzhaft. knackig. würzig. frisch.
* * *
Und die Brüh' sie brodelt. lange vor sich hin.
Witzig kleine Bällchen. schwimmen in Ihr drin
* * *
Edel und Zart so soll es sein.
die fleißigen Männlein tun schnell noch was rein.
Sie zaubern Buntes drum herum.
knusprig wird es dann im Mund.
* * *
Gepflügt. gewaschen. zerschnitten. gekocht
am Kränzchen verziert und mit kaltem serviert
so ergeht es dieser Frucht.
Beißt nur hinein. es wird eine Wucht
* *

Nachträglich eine reichlich merkwürdige, ja geradezu bizarre Vorstellung (und im Rückblick kaum zu glauben), aber noch Ende Juni im 21er Jahr des laufenden Jahrhunderts (bzw. neuen Jahrtausends) hatte ich vorgehabt, nach dem letzten Tag des siebten Monats (immer noch der einunddreißigste) damit anzufangen, ausschließlich positive Ereignisse aus dem eher zufällig ausgewählten...

...Märchen - Monat...

...**Juli** vorzustellen (schon um allen verbliebenen Covid-Viren zu zeigen, dass eine neue Zeit angebrochen ist).

Warum auch nicht, denn immerhin hatte ja ein gewisser *Donald T.* (widerwillig) sein strahlend weiß gestrichenes Haus verlassen (während ein Ersatzsymbol für uns` *Angela`s Raute* noch nicht hatte ~~**bestimmt**~~ gewählt werden) müssen.

Oder anders gesagt:

Die ansteigende Impfquote in der Bevölkerung und die zunehmende Routine durch besseres Wissen bei allen zuständigen Politiker*innen in Bund, Ländern und Kommunen im Umgang mit einem seit über 15 Monaten grassierenden Virus hatten tatsächlich so etwas wie Hoffnung, ja sogar Vorfreude auf ein neues **Sommer-Märchen** im vor der Tür stehenden Sommer-Monat Juli bei vielen Menschen (so auch bei mir) entstehen und in etwa auf die Größe eines Heißluft-Ballons anwachsen lassen...
...leider ohne einen einzigen Gedanken darauf zu richten, dass selbst ein mit eigener Hand aufgeblasener **Märchen-Monat** (ganz ähnlich wie ein selbst gebackener Windbeutel beim Öffnen der Ofentür) in unserer realen Welt komplett in sich zusammen fallen kann.

Man stelle sich die Szenerie einfach mal vor:

- jeden Tag schönstes Bade- und Grillwetter für alle kleineren und größeren Familien

- ein/e deutsche/r Tennisspieler/in (z.B. *A. Kerber* und/oder *A. Zwerev*) gewinnt mal wieder auf dem grünen Rasen von Wimbledon

- eine *Annalena Baerbock* verzichtet zugunsten eines *Robert Habeck* auf die Kanzler*innen Kandidat*innen Rolle bei den Grün*innen

(nach 184 Monaten mit ´ner Frau am gesamtdeutschen Lenkrad vielleicht nicht nur für ein paar ältere weiße Männer eine denkbare Alternative)

- ein *Armin Laschet* hüpft freundlich lächelnd und souverän (in zwar ähnlich aussehenden aber noch nicht völlig ausgetretenen Schuhen) wie früher eine gelernte Physikerin durch einen mitreißenden Wahlkampf

- Länder wie Ungarn und Polen treten freiwillig aus einer ungeliebten Werte-Union aus, Großbritannien (mit Ausnahme von Northern England) dafür wieder ein

- ein umjubelter *Jogi Löw* verabschiedet sich auf dem heiligen Rasen des Wembley-Stadiums mit einem funkelnden Pokal auf dem Kopf und einem Espresso in der Hand in (s)einen wohlverdienten Ruhestand

- in Tokio werden Olympische Sommerspiele beginnen, zwar in fast menschenleeren Stadien, dafür aber bevölkert von attraktiven neuen Sportarten, die da heißen: ***Kinder skaten*** und ***Viren schleudern***

- während am Erhalt der Artenvielfalt* auf der Erde sehr intensiv weiter gearbeitet wurde

(und deshalb für Juli ein neuerliches Zusammentreffen von gleich 7 Harz-Bibern** ~~im~~ am Rhein ins Programm aufgenommen worden war)
*****(entweder im Harz geboren oder an einer Biberstätte aufgewachsen)***

- und immer so weiter

- und noch viel weiter fort

- und sorry – kein *vgl. KHM* zu finden, aber vielleicht kann der ARD-Fernsehfilm *„Das Märchen von den 12 Monaten (2019)“* ja weiter helfen

Doch dann kam leider alles ganz, ganz anders als (auf einer Rücken schonenden Unterlage liegend) im warmen Bett erträumt worden war:

- es wurde nichts aus der Vorstellung, am Wochenende vom 23 - 25. Juli 2021 alle (selbst ernannten) Harz-Biber* von genau diesem **Juli** als dem einzig wahren...

Märchen-Monat

...zu überzeugen.

(ach ja, von den sieben Harz-Bibern waren am 24.07.2021 sechs am Rhein und der siebte Biber (eine *in) als Helferin bei einem Freund im Tal der Ahr gewesen)

Und der Grund war nicht, dass zu wenig Narrative oder dass zu viele Viren gekommen wären (obwohl vorher nichts von denen zu sehen oder zu hören gewesen war - ok, die sind nun mal sehr klein und meistens schnarchen sie auch nicht).

Aber was - um des Himmels willen - war in den paar Tagen überhaupt passiert, das derart brutal hatte verhindern können, nach jedem Wochenende im Juli ein paar schöne Geschichten aufschreiben zu dürfen - vor allem, wenn man weiß, dass der Titel tatsächlich ausgewürfelt und nicht nur rein zufällig vor oder nach einer nächtlichen, inzwischen fast obligatorischen Pinkel-Attacke im Traum erschienen war?

Ich will es euch sagen.

Es war das absolut zufällige, d.h. völlig ungeplante (und nicht immer elementar versicherte) Aufeinandertreffen einer Märchen getriebenen Wunschvorstellung mit einer am Ende höllenähnlicher Wirklichkeit:

- aus einem (zu) trocken erwarteten Juli wurde ein verdammt nasser

- beim Sport gewinnen zwar nicht immer die Favoriten**, was aber nicht heißt, dass am Ende nicht doch ein paar erfolgreiche Teilnehmer/innen da sein werden, die mit um den Hals baumelnden Medaillen als Sieger vom Platz gehen dürfen

(müsste da nicht besser doch ein *inn eingebaut werden?)

- die Politik hat ein paar ganz besondere Geschäftsbedingungen, darunter, dass ein Um- oder Austausch von Kandidat*innen vorm ~~**Zahl**~~ Wahlabend ausgeschlossen ist

- über die Größe von (politischen) Fußstapfen sollte bevorzugt in Damen- bzw. Herren- Abteilungen von Schuhgeschäften gesprochen werden

- während es selbst (oder besonders) in Wertegemeinschaften häufig nur ums liebe Geld zu gehen scheint

- für einen exzellenten Espresso braucht es neben einer funktionierenden Maschine auch die richtigen Kaffeebohnen - und die wachsen nun mal in Brasilien und eher nicht in England (oder gar in Russland)

- irgendwo auf der Welt geht immer was einen ***Bach*** runter, warum nicht auch mal bei Olympia

- ...xxx...der Zensur zum Opfer gefallen?

- ...xxxx...die Quote nicht eingehalten??

- ...xxxxx...im falschen ~~**Film**~~ Geschlecht aufgewacht???

- und dann stand auf einmal kein strahlend blauer Himmel (wie von mir erwartet) über dem nordwestlichen Teil der Eifel, stattdessen ein sehr standhaftes Tief mit dem schönen Namen **BERND**

- und dieser **Bernd** ließ es regnen und regnen und regnen

- leider waren es bei ihm keine Wörter (mit oder ohne Gender*sternchen), sondern ganz einfache Wassertröpfchen, die da mehrere Tage lang in (fast) unendlicher Anzahl vom Himmel fielen und sich sammeln konnten

- um in einer unvorstellbar zerstörerischen Flutwelle durch enge Täler der Eifel zu rauschen und alles zu zerstören, was nicht hoch oder weit genug entfernt gebaut oder abgestellt worden war

- mit tödlichem Ausgang für (zu) viele Anwohner, obwohl die von einer wissenden ***NINA*** (gfls. von deren Schwester ***KATWARN***) hätten gewarnt werden sollen

- doch leider waren rechtzeitige und Praxis nahe Überprüfungen, ob die eigentlichen Adressaten der Warnungen diese auch würden empfangen und verstehen können, von den zuständigen Behörden offensichtlich nicht für nötig gehalten worden (während sich einige analoge ***Sirenen*** bereits Jahre vorher vom Dach gemacht hatten)

- und der Krisenstab (wenn es denn einen gab) noch nie von so etwas wie der Formel $\boldsymbol{E = M * C^2}$ gehört zu haben schien

- warum sollte er auch...

- denn dafür werden ja spezielle Einrichtungen (wie z.B. das **BABZ**, eine oberhalb von Ahrweiler gelegene Ausbildungsakademie des **BBK** (Bundesamt für Bevölkerungsschutz und Katastrophenhilfe, Bonn) und spezielle Kriseneinrichtungen in Bund und Ländern vorgehalten

- und die hätten wissen müssen, dass riesige, in kurzer Zeit niedergehende Wassermengen (**M**) in abschüssigen engen Tälern (**C**) (wie z.B. an der Ahr) derart viel Energie (**E**) mit sich führen, dass Zerstörungen passieren und menschliche Tragödien unvermeidbar werden,...

- **wenn nicht rechtzeitig und verständlich gewarnt wird**

Eigentlich alles Selbstverständlichkeiten (so dachte ich bisher), dass sie in einer märchenhaften Erzählung nichts, aber absolut gar nichts zu suchen haben.

Leider weit gefehlt.

Man kann nur hoffen, dass die vielen Opfer nicht vergessen werden.
Und allen betroffenen Menschen nur wünschen, dass sie sich von den Folgen der schlimmen Ereignisse materiell und vor allem seelisch schnell werden erholen können.

Lehren wird man für unser gesellschaftliches Zusammenleben aber daraus ziehen dürfen und müssen.

Und zwar nicht nur aus der Wetter bedingten Flutkatastrophe, sondern leider auch aus dem Umgang mit einem weiterhin grassierenden und bedrohlichen Virus.

Die den Wassermassen folgenden Tage und Wochen haben zeigen können, dass es im privaten Umfeld, auf der praktischen Ebene des Helfens, d.h. im **Kleinen Deutschland**, geradezu unglaubliche Formen an Unterstützung und tatkräftigem Anpacken durch fremde und zu einem nicht geringen Teil von weit her (und mehrfach) anreisenden Menschen gegeben hat (und auch Monate später noch gibt).

Was für ein Unterschied zu den Verantwortlichen in Politik und öffentlicher Verwaltung im **Großen Deutschland**, wo man leider nicht viel anderes als auf immerwährendes Schönwetter ausgelegtes Verhalten (bis hin zu individueller, unvollkommener Inkompetenz) hat miterleben müssen.
Ein besonders schönes Beispiel war einige Monate später in der Zeitung zu lesen (Nachricht von der Umweltministerin *Anne Spiegel,* Auszug):

...14. Juli 21 16:43 ...angespannte Hochwasserlage in RP...auch wenn kein Extremhochwasser droht...Frau Spiegel „konnte nur kurz drauf schauen, bitte noch gendern CampingplatzbetreiberInnen, ansonsten Freigabe"...

Wenn man das Zeigen von Betroffenheit durch Bilder produzierende Besuche und das plakativ in Aussicht stellen von (immer mehr Steuer-) Geld einmal als das nimmt, was es letztendlich ist, nämlich der Versuch, Schadensbegrenzung im Nachhinein zu betreiben, dann könnte man auf die Idee kommen, dass es Deutschland offensichtlich an Realitäten (an) erkennende und vorausschauend handelnde Politiker*innen* zu mangeln scheint.

(ob wegen oder trotz einer Physikerin an der Spitze in den letzten 16 Jahren werden Historiker aufarbeiten müssen)

Verfügbare Techniken werden ständig weiter entwickelt und die Gesellschaften ändern sich im Zuge von Freizügigkeit und Globalisierung.
Dagegen sind die thermodynamisch ablaufenden Prozesse in der Atmosphäre alle längst bekannt, können aber in Zeiten des Klimawandels viele neue und größere Herausforderungen mit sich bringen, auf die sich die Verantwortlichen in Politik und Verwaltung einzustellen haben.
Und was zuallererst bedeutet, dass das alles viel besser zusammen gedacht bzw. gebracht werden muss, um die Zukunftsfähigkeit eines ganzen Landes nicht unnötig aufs Spiel zu setzen.
Aber genauso wichtig und entscheidend wird sein, dass die zuständigen Akteure auf den unteren Arbeitsebenen, also dort wo es praktisch umgesetzt werden muss, es dann auch umsetzen können und dürfen.
Und zwar mit dem nötigen, aber „angemessenem" zeitlichen und finanziellen Aufwand.
Wenn ich mir allerdings den Umgang der Verantwortlichen mit einer Pandemie wie Corona im und seit dem erhofften **Sommer-Märchen** ansehe, dann habe ich große Zweifel, ob das real existierende politische System in unserem Land dafür überhaupt noch die richtigen Spielregeln hat.

Wem oder was soll es nützten, wenn in zeitlich variierenden Abständen Mails und Briefe an (alle, einige, auserwählte?) Menschen (hier: in Rheinland-Pfalz) verschickt werden, und zwar...

...mit Inhalten, die auf Behörden-Deutsch (zusammengefasst) so was wie...
„Lass dich impfen und boostern"
...sowie ein paar allgemeine Empfehlungen, dafür aber zwei (2) wohl ganz wichtige, weil von oben bis unten voll geschriebene Seiten zum Thema Datenschutz enthalten?
Absolut keine Ahnung.

Aber was es ganz sicher zeigt, ist, dass es keinerlei zentral organisierten und praktisch orientierten Umgang mit einer neuen „Wunderwaffe" namens mRNA-Impfstoff in unserem Land gibt (gegeben hat).

Denn diese Schreiben gingen an Menschen, die (wie meine Frau) bereits 3x geimpft worden waren und an solche, die bereits erste und zweite oder gar dritte (wie ich) Impftermine wahrgenommen oder vereinbart hatten.

Was aber ist mit Menschen, die diese Art von Ansprache entweder nicht lesen können oder nicht verstehen wollen (manchmal auch umgekehrt)?

Sch...egal, denn offensichtlich kommt es ja überhaupt nicht darauf an, eine für die Gesundheit der gesamten Bevölkerung absolut sinnvolle und notwendige Impfkampagne zum Erfolg zu führen, sondern einzig auf den Nachweis, auch alle Datenschutzbestimmungen schön brav eingehalten zu haben.

Mit anderen Worten:

Was hat es uns zu kümmern, wenn ein paar gefährliche Viren weiter gegeben und ein paar Menschen mehr werden sterben müssen.

Wichtig ist, dass all die schönen Daten rund um die Uhr vor uns geschützt werden konnten.

Es gibt diesmal an dieser Stelle* nichts zu essen und zu trinken, denn mir ist der Appetit vergangen, vielen anderen hilft womöglich JABIKO.**

**(aber an einer anderen Stelle, und zwar bei „Märchen-Schlucht/Schule/See)*

***(JABIKO – ein janz billiger Korn - der aber keinesfalls verwechselt werden darf mit einem JABEKO - einem janz besonderen Kornbrand aus der etwas weiter hinten stehenden Geschichte über Märchen-Paare)*

Vom Jahr 2022 waren gerade einmal vier (4) Wochen ins Land gegangen, als es allerhöchste Zeit* für mich wurde, die Überschrift...

...Märchen - Nacht...

...erzähltechnisch mit Leben zu füllen.
Weshalb (erstens) die eigene Großhirnrinde** (nicht der Hippocampus) sowie (zweitens) alle noch vorhandenen alten Unterlagen durchforstet wurden, um thematisch passende, von himmlisch schön bis höllisch schrecklich reichende Erinnerungsschnipsel aufzuspüren.

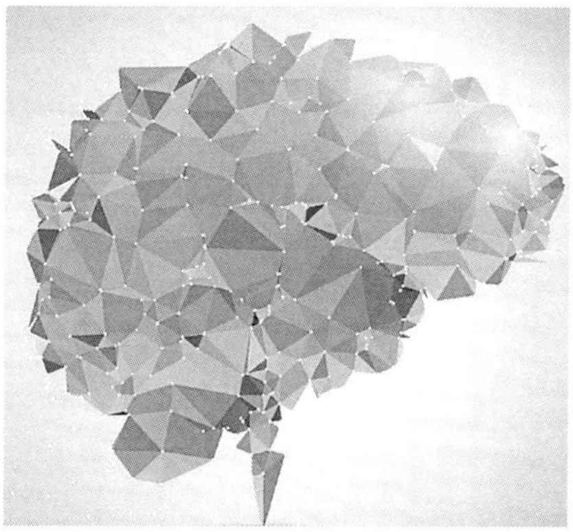

Und das alles nur, um in der Inhaltsübersicht fürs Machwerk ***„Auch das noch"*** ein bis dato noch nicht bearbeitetes Thema noch einigermaßen termingerecht als „erledigt" abhaken zu können.

***(weil sich sogar viele von den Coronaviren vom Acker gemacht hatten)**
****(weil es hieß, dass sich dort das Langzeitgedächtnis für unter- bzw. miteinander verknüpfte Sinneseindrücke befinden würde)**

Aber leider konnten nur sehr wenige Beiträge (bzw. Ideen) in hinreichender Qualität im Kopf (bzw. in einem ebenso alten Karton) aufgefunden werden...

- darunter eine höchstselbst ~~**durchlebte**~~ durchzechte sehr lange Nacht im Karneval (denn egal, ob vorher auf Kundenbesuch oder auch nicht - wer an Schwerdonnerstag einen Zug im Kölner Hauptbahnhof verlässt, der muss wissen was er sich damit antun könnte)
- oder die schlaflos schrecklich lange Nacht in Clausthal (denn egal, ob ein Wildschwein über einem Lagerfeuer oder nur in einem Herd gebraten

wurde - wer allzu viel davon isst, der wird erfahren wie lang (s)ein Bauch braucht, um das Ganze komplett zu verstoffwechseln)

- weshalb ernsthaft in Erwägung gezogen wurde, eine ganz andere Nacht vorzustellen*/** (und das möglicher- bzw. schrecklicher-weise auch noch *Tausend-und-Ein-Mal (1001)* hintereinander)

****(am besten in kurzen, zusammenfassenden Sätzen – aber das auch erst nach Blick in einen seit Kindertagen im Bücherbord unbeachtet herumstehenden ziemlich dicken Wälzer***)***

*****(vgl. „Märchen aus 1001 Nacht" – nicht KHM zertifiziert)***

******(also aus einem Buch, das unter seinem völlig abgegriffenen Deckblatt sehr viele neugierig machende und daher spannend zu lesende Geschichten aus einem etwas älteren (d.h. nicht dem heutigen) Orient bereit hält; interessante Geschichten, die sowohl von Kindern als auch von vielen Erwachsenen**** heiß geliebt zu werden scheinen)***

*******(darunter bestimmt ein paar, die sich bei dem Titel auch noch an den erotisch aufgeladenen Film „Il fiore delle mille e una notte" (FSK 12) von Pier Paolo Pasolini erinnern werden)***

Leider kam dann alles ganz anders, als ich es mir so schön ausgedacht hatte. Weil es da nämlich diese eine Nacht im Februar gab, die mich zunächst auch nicht an so was wie ein Märchen, sondern eher an etwas absolut Unwirkliches erinnerte, und zwar an etwas, das in seiner praktischen Umsetzung bei uns in Europa so nicht mehr für möglich***** gehalten worden war.

********(tatsächlich nicht nur von mir, sondern auch von ganz vielen anderen Menschen, und zwar inklusive fast aller der mit Ämtern ~~betreuten~~ versorgten Politikberater*innen)***

Aber was hatte geschehen müssen, um eine Nacht im Februar 2022 zu meiner ganz persönlichen **Märchen-Nacht** werden zu lassen?

Auf den ersten Blick tatsächlich absolut nichts Märchenhaftes.

Allerdings waren zur selben Zeit ein paar andere, mit Märchen verknüpfte Fragestellungen in den Fokus geraten....

- ...handelt es sich bei (Kapitel) Überschriften, wie z.B. **Märchen-Nacht**, eigentlich um sogenannte Zwillingsformeln, wie z.B. „Spiel der Spiele“, „Nacht der Nächte“, „Mann und Maus“ oder „Krieg der Worte“?
- ...oder könnte es sein, dass alle „Märchen“, die ohne Tief- bzw. Hinter-Gründinges daherkommen, im engeren Sinne womöglich keine wahren bzw. richtigen Märchen sind?
- ...und wurden bzw. werden in märchenhaften Erzählungen (auch über eine **Märchen-Nacht**), die von Gewalt (und Gegengewalt) handelnden Teile eigentlich immer nur deswegen ganz an den Anfang gelegt - weil irgendwo und irgendwann von irgendeinem **Märchen-Erzähler** (rechts) verbindlich festgelegt wurde bzw. wird, dass, trotz brutaler Gewalt am Anfang, ganz zum Schluss wie in allen Märchen einmal mehr wieder „Friede, Freude, Eierkuchen“ zu herrschen haben?

?

Nachdenken muss zu den guten Sachen im Leben gehören (selbst wenn nicht immer Gutes dabei rauskommt), denn nur so lässt sich ein Kopf trainieren, um später auf neue Herausforderungen reagieren zu können.

Ginge es allein nach der Literatur*, dann brauchen Erzählungen (und zwar egal, ob ausschließlich von Kindern oder auch von Erwachsenen konsumiert) unbedingt eine Art von Notlage oder ein größeres Problem, um als richtige Märchen anerkannt zu werden (weil ja sonst nichts da wäre, das es – gerade auch mit Hilfe übermächtiger Kräfte – für ein gutes Ende zu lösen gilt).

(keine Einzelangabe möglich, einfach zu viele Stellen in der Literatur zu finden)

Ein gutes Ende zu finden ist niemals einfach oder leicht; und es funktioniert in allen wahren Märchen auch immer nur deshalb, weil die Herausforderungen allesamt eindimensional (d.h. flächenhaft und ohne Tiefe) daherkommen, d.h. glücklicherweise auch genau so eindimensional gelöst werden können.

Aber gilt dies auch für diese eine Nacht im Februar, bloß weil die zu meiner ganz persönlichen **Märchen-Nacht** geworden ist?

Tatsächlich schien diese Nacht (vom 23. auf den 24. Februar 2022) zunächst einen ganz gewöhnlichen Verlauf zu nehmen.

„Mann“ schaute am Abend vorher Nachrichten und versuchte, sich über die positiven zu freuen und die negativen zu verdrängen (denn nichts ist schlimmer als sich nachts ~~**hungrig und durstig**~~ grübelnd im Bett herumzuwälzen).

Aber schon beim Hören und Sehen der ersten morgendlichen Nachrichten war klar geworden, dass mit dem (zwar angekündigten, trotzdem nicht erwarteten) Einmarsch von Putins Russland in die Ukraine nicht nur ein neuer Tag, sondern auch eine neue (wohl eher: überholt geglaubte alte) Zeit angebrochen war.

So schrecklich all die vielen Nachrichten und vor allem die späteren Bilder auch waren, es war tatsächlich Putins Versuch (vielleicht, um später als „der Große“ im Geschichtsbuch zu stehen), durch eine Luftlandeoperation auf den Flugplatz Hostomel die demokratisch gewählte Regierung der Ukraine im nahegelegenen Kiew praktisch schon am Tag nach dem Einmarsch im Februar 2022 zu stürzen, gewesen, der die Nacht davor zu **meiner ganz persönlichen Märchen-Nacht** hatte werden lassen.
Und warum?
Weil erst diese schreckliche Nacht kommen musste, um nach 55 Jahren eine Geste meines Vaters* verstehen zu können.

(1941 war er drei Wochen nach seinem 17. Geburtstag freiwillig Fallschirmjäger geworden - Details siehe Buch „Oma. Magst du Leber. Sag nein“ Seite 18 u.f.)

Seit der Nacht weiß ich, was er mit der (damals im Herbst 1967) für mich völlig unerwartet kommenden Geste wohl tatsächlich hatte ausdrücken wollen:

Als junger Wehrdienstleistender (der nicht freiwillig hatte Soldat werden wollen) nach Hause gekommen, stand ich eines Nachts (Hose schon halb ausgezogen) im Hausflur, als er mich umarmte, sehr lange fest an sich drückte und mir sagte, dass er stolz auf mich sei.
Während ich mich innerlich dabei nur fragte:
Er wird doch nicht geglaubt haben, dass ich zu feige bin, um Soldat zu werden.

Aber erst mit der Nacht im Februar 2022 wurde mir klar, dass Umarmung und Worte völlig anders gemeint waren, wie von mir damals angenommen.

Heute (nach den Bilden aus der Ukraine) weiß ich, dass er mir sagen wollte:

„Ich habe mich einstmals freiwillig gemeldet, um für ein System zu kämpfen, das sich als Menschen verachtend, mörderisch und katastrophal für das eigene Land und die eigene Familie herausstellen sollte.

Du aber darfst ein freiheitliches System verteidigen, ein Land, das nicht nur dir, sondern vielen eine Chance bietet – und deshalb bin ich stolz auf dich."

Und so kam am 13. Dezember im Jahr 2023 (es wäre sein 100. Geburtstag gewesen) als Abendessen ein ganz einfaches Gericht auf den Tisch, eines, das (ganz ähnlich) auch 1967 schon in der Familie gegessen worden war.

Und zwar, um beim Knochen abnagen einerseits dieser Geste zu gedenken und andererseits, um Putin zu sagen, dass seine militärische Spezialoperation (trotz brutalster Gewalt gegenüber der Zivilbevölkerung in der Ukraine) kein einziges der von ihm zu Beginn ausgerufenen Kriegsziele erreicht hat und offensichtlich auch niemals wird erreichen können.

Ich hoffe, das wird auch so bleiben.

Und auch die Getränke hatten Erinnerungscharakter, kamen sie doch vom Weingut (Nachfolger Robert Schmitt) eines Kriegskameraden des Vaters.

Gericht:

Dicke Rippe aus dem Ofen

Zutaten:

2 kg Dicke Rippe vom Schwein, Rapsöl, Gemüse (Zwiebel, Möhre, Petersilienwurzel, Sellerie, Lauchstange), 1 El. Wacholderbeeren, 2 El. Salz sowie ca. 100 ml Marinade (aus Öl, Senf, Rübensirup, Paprikapulver (mild + scharf), Knoblauchzehen (fein gehackt), Tomatenketchup, Zitronensaft, Worcestersauce, Pfeffer, Salz, Zucker nach Gusto mischen)

Zubereitung:

Dicke Rippe herrichten (parieren, zerteilen) und in einen Topf legen; Gemüse putzen, grob geschnitten ums Fleisch legen, Wacholderbeeren und Salz dazu geben, mit Wasser auffüllen, aufkochen und ca. 25-30 min ganz leicht köcheln lassen;
Fleisch herausnehmen, abkühlen lassen und gut abtrocknen;
danach mit der Marinade rundherum gut einreiben und bei ca. 200 °C (Ober-/Unterhitze) auf dem mittleren Einschub zu Ende braten.

Als Beilage passen Kartoffel- und Krautsalat ganz gut.

Getränke:

Sylvaner und Frühburgunder

Weingut „Trockene Schmitts“ aus Randersacker (Franken)

Viele von euch werden es vielleicht noch nicht am eigenen Leib erfahren haben, aber diese sogenannten, manchmal auch selbst ernannten...

...Märchen - Onkel...

...werden trotz aller einsetzenden, wenn auch leider leichtfertig verschleppten Digitalisierung und der darauf aufbauenden, vermutlich doch nicht völlig Daten freien (dafür künstlichen) Intelligenz voraussichtlich immer öfter (wie aus dem Nichts) erscheinen und sich ein passendes Publikum suchen, und es mit allerlei wilden Erkenntnissen zu beglücken (und da sind die vielen Verkünder*innen von politischen Programmen aller Art inklusive der um sie herum kreisenden medialen Glühwürmch*innen noch nicht einmal berücksichtigt).

Und so gesehen, hatte es tatsächlich kein weiteres Wunder gebraucht, und es hatte auch nichts mit Hexerei oder gar Zauberei zu tun, dass selbst ein kleiner Junge namens *Jonathan* mit mindestens einem Vertreter dieser Gattung bereits hat Bekanntschaft machen dürfen (genau genommen: müssen), zum Glück (Stand gestern 14:35 UTC) ohne größere Schäden davon getragen zu haben.

Was aber tatsächlich (oder möglicherweise) einzig und allein damit zusammen hängen könnte, dass er ganz in der Nähe von Buxtehude zu Hause ist, einem großartigen kleinen Städtchen, wo Hunde mit dem Schwanz bellen und stachelige Igel sehr viel schneller als flotte Hasen *(vgl. KHM 187)* ans Ziel gelangen werden.

Leider wird auch dieser Junge im Laufe der Zeit lernen müssen, dass es sich im wahren Leben nicht bei allen leicht ergrauten und Bart tragenden Männer um fremde **Märchen-Onkel** handelt, sondern (wie gerade diese Geschichte zeigt) womöglich um einen nahen Verwandten, nämlich seinen eigenen, immer mal wieder mit beknackten Geschichten daher kommenden Großvater.
Und was uns schnurstracks zu einer weiteren Aufgabe führt, nämlich möglichst rasch herauszufinden, ob es sich bei diesem Opa um ein zufälligerweise absolut harmloses Exemplar aus der Gruppe der schrecklichen, wie aus der Zeit gefallen wirkenden älteren weißen Männer handelt - oder ausnahmsweise um einen dieser ganz gewöhnlichen männlichen Menschen, denen frau (man sagt, mit einigem Rechercheaufwand) hat nachweisen können, dass sie (die Männer) in aller Regel noch nicht einmal als Erklärer für graue Gendertheorien was taugen (obwohl einer von denen mit getwitterten politischen (Spalt) Narrativen in Amerika ein ~~**bewaffnetes**~~ begeistertes Publikum hat finden können).

Eine gewiss schreckliche Vorstellung, aber wie es der Zufall manchmal so will, lässt sich die Einstufung bzw. Zuordnung des Exemplars, um das es in diesem Abschnitt geht, glücklicherweise transparent und objektiv überprüfen, und zwar an einem unerwartet wieder aufgetauchten kurzen Frühwerk; zwar reichlich holprig im Stil, aber schon mit einer auf den ersten Blick viel sagenden, allerdings nichts versprechenden Überschrift:

„Eine Lügengeschichte"

Und wiewohl selbst weitere Blicke weder das plagiierende Schriftstück eines Möchtegern Akademikers noch eine *„besoffene Geschicht"* werden erkennen können, besteht der Schreiberling trotz allem darauf, dass das Ganze seinerzeit auch nicht in der selben alten Wohnküche zubereitet, noch im gleichen Topf zusammen gerührt worden ist, wie die im Märchen *„Der alte Großvater und der Enkel" (vgl. KHM 78)* servierte (reichlich dünne) Suppe*.

(übrigens die wichtigste Mahlzeit (trotz einer leicht bitteren Note im Abgang) für Menschen, die von Zahnzusatzversicherungen mit Zwang zur PZR Pflege nichts halten)

Wozu aber könnte die Analyse des Textes überhaupt gut sein?

Und wäre mit einem (Fakten-) Check der schnell nachgereichten Behauptung, nichts, aber absolut gar nichts mit der Erfindung einer Spritze für anstehende Impfkampagnen zu tun gehabt zu haben, eigentlich irgendwas gewonnen?

Ok, ein paar hochgezogene Augenbrauen scheinen eine leichte Verunsicherung zu signalisieren.
Aber fangt jetzt bitte nicht auch noch an, die Stirn zu runzeln; überwindet euch und lest der Einfachheit halber selber mal nach:

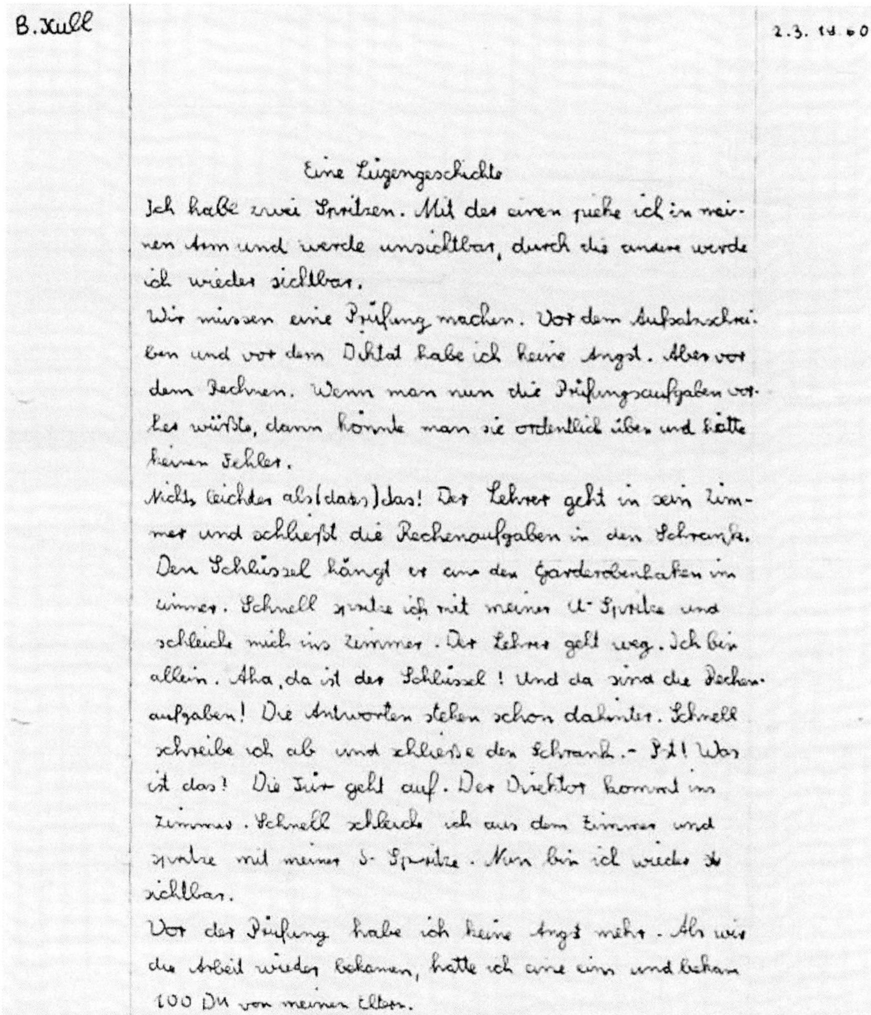

B. Kull

2.3.1960

Eine Lügengeschichte

Ich habe zwei Spritzen. Mit der einen spritze ich in meinen Arm und werde unsichtbar, durch die andere werde ich wieder sichtbar.

Wir müssen eine Prüfung machen. Vor dem Aufsatzschreiben und vor dem Diktat habe ich keine Angst. Aber vor dem Rechnen. Wenn man nun die Prüfungsaufgaben vorher wüßte, dann könnte man sie ordentlich üben und hätte keinen Fehler.

Nichts leichter als (dass) das! Der Lehrer geht in sein Zimmer und schließt die Rechenaufgaben in den Schrank. Den Schlüssel hängt er an den Garderobenhaken im Zimmer. Schnell spritze ich mit meiner U-Spritze und schleiche mich ins Zimmer. Der Lehrer geht weg. Ich bin allein. Aha, da ist der Schlüssel! Und da sind die Rechenaufgaben! Die Antworten stehen schon dahinter. Schnell schreibe ich ab und schliesse den Schrank. – Pst! Was ist das! Die Tür geht auf. Der Direktor kommt ins Zimmer. Schnell schleiche ich aus dem Zimmer und spritze mit meiner S-Spritze. Nun bin ich wieder sichtbar.

Vor der Prüfung habe ich keine Angst mehr. Als wir die Arbeit wieder bekamen, hatte ich eine eins und bekam 100 DM von meinen Eltern.

Na toll.
Aber was genau soll in dieser Geschichte eigentlich alles erfunden oder dreist gelogen sein?

- etwa dass der Schreibende gleich zwei Spritzen hatte?

- und als Junge (!) sich freiwillig und gar eigenhändig in den rechten oder linken Arm gepiekst haben könnte (egal womit)?

- er vorm Aufsatz oder Diktate schreiben keine Angst hatte, sondern allein vor dem Rechnen?

- oder dass die Arbeit dank der ergaunerten richtigen Antworten mit einer glatten Eins (1) benotet worden war?

- und er daraufhin noch 100 DM als Belohnung von seinen Eltern bekam?

Ich will es euch sagen...

Praktisch alles davon ist erstunken und erlogen (mindestens aber verdreht dargestellt worden)...

- denn üblicherweise haben Jungs keine Spritzen, und schon gar nicht pieksen sie sich damit freiwillig in den Arm

- und wenn dieser Junge vor Klassenarbeiten Angst gehabt haben sollte, dann sicher nicht im Fach Rechnen

- auch eine Eins gab es eher selten, und ergo auch keine Belohnung von den Eltern

- dagegen von der ostpreußischen Oma eine (verhandelbare) Zuwendung für praktisch alle mit „Gut" bewerteten Arbeiten
  (allerdings eher in einer Größenordnung von 2 - 5 DM - was aber beim damaligen Durchschnittslohn von ca. 500 DM/Monat ganz sicher nicht so schlecht war)

Apropos die Frage nach einer angemessener Entlohnung.

Die mag vielleicht ein äußerst wichtiges Thema für **Märchen-Erzähler*innen** sein, denn schließlich werden die meisten zu Beginn ihrer Karriere mit einer eher schlechten Bezahlung haben auskommen müssen.

Aber hier geht es doch darum, herauszufinden, welche sonstigen Erkenntnisse aus dem vorliegenden Aufsatz gezogen werden können (bzw. müssen).

Denn so kurz und einfach die vorgestellte Lügengeschichte auch angelegt sein mag, so zeigt sie doch, dass es ganz offensichtlich eine Zeit gegeben hat, in der dieser Schuljunge (und spätere **Möchtegern-Märchen-Onkel**) tatsächlich in der Lage war, etwas mit kurzen, knappen und trotzdem anschaulichen Sätzen zu beschreiben!

Aber wann, wo und warum hatte eigentlich bei diesem Schulbesuchenden eine derart wichtige Fähigkeit so mir nichts, dir nichts verschwinden können?

Oder hat er sie gar freiwillig aufgegeben, weil er geglaubt hat, dadurch besser ~~auszusehen~~ dazustehen?

Nicht ganz einfach zu beantworten, es sei denn, man hätte nachgelesen und wüsste, dass er nur etwa fünf Jahre nach der merkwürdigen „Lügengeschichte" (und der seinerzeit wichtigen „Mittleren Reife" im Gepäck*) ganz freiwillig auf ein (mathematisch-naturwissenschaftliches) Gymnasium gewechselt war.

***(Zeugnis ist gemeint, nicht der Roman „Mittlere Reife" von Willi Heinrich aus 1966)**

Ein wirklich richtungsweisender Entschluss, allerdings mit der Folge, dass aus einem eher kurze Sätze liebenden Realschüler, ein verschachtelt schreibender, nur aufs Abitur fokussierter, angehender Studierender werden sollte (mit viel weniger Zeit für Roman-Autor*innen à la Ernest Hemingway).

Aber der eigentliche Grund liegt darin, dass es seinem Lehrer *Edgar N.* gefallen hatte, die erste Klassenarbeit* im Fach „Deutsch" des *„Obersekundaners"* nicht nur mit *„Ausreichend"* zu benoten, sondern auch noch eine (vermutlich als Hilfe gemeinte) Anmerkung** hinzuzufügen.

(einen Aufsatz, der über Inhalt und Art eines frei auszuwählenden Romans eines bekannten Autors gehen sollte, woraufhin er sich Hemingways Reportage artigen Stil zu schreiben am Beispiel „Der alte Mann und das Meer" (Auszug weiter hinten) sehr positiv, fast schon enthusiastisch in kurzen Sätzen angenommen hatte)

*****(gerade noch eine Vier minus (4-) - nicht des ausgewählten Romans bzw. des Schriftstellers, sondern der zu einfachen Sprache und der zu kurzen Sätze im Aufsatz wegen – sich etwas an Thomas Mann anzulehnen, wäre zielführender gewesen)***

Zwar noch kein *„Mangelhaft"* oder gar ein *„Ungenügend"*, aber für den Schüler Grund genug, im Schreibstil *„länger"* zu werden und Sätze *„verschachtelter"* zu gestalten, d.h. den Kurs so abzusetzen, dass das Schulschiff zwei fürs Leben*** wichtige Ziele (Abitur und Studium) auch sicher würde erreichen können).

******(obwohl dieses Leben, zeitlich gesehen, noch sehr weit weg schien, und er sich etwa mit Beruf(ung)en wie „Wetterfrosch", „Nachrichtensprecher", „Fernsehkoch" oder gar Kleinwagen fahrender „Märchen-Erzähler" bzw. ähnlich anspruchsvollen Tätigkeiten noch nicht beschäftigt hatte)***

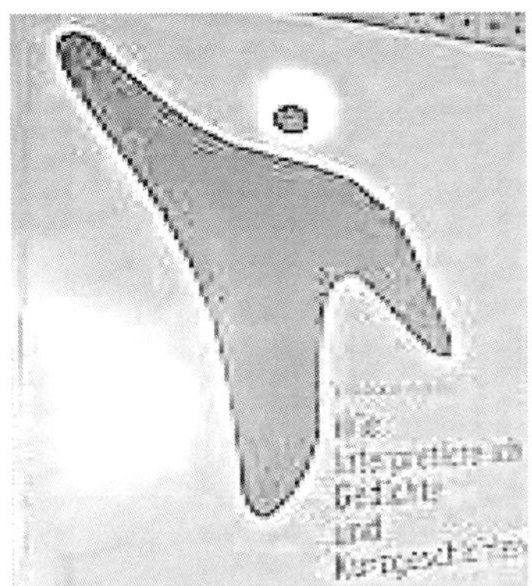

Hieß für viele Schüler, einen renommierten Buchladen wie z.B. *Morisse* (Bremerhaven-Mitte) aufzusuchen, sich dort gymnasialen Erfolg versprechende Informationen zeigen zu lassen, um diese dann im kleingedruckten Format (*Dr. Wilhelm Königs Erläuterungen* plus diverse *Reclam Heftchen)* als einzig wahre *„helping hand"* **** für Klassen-Arbeiten (im Fach Deutsch) mit nach Hause zu nehmen.

*******(immer gut, wenn man weiß, was gerade angesagt ist - hier waren es neben sehr schön langen und ausreichend verschachtelten Sätzen ein paar Erklärungen nach Dr. König - und schon reichte es fürs angesteuerte Ziel: das Abitur als wichtigste Voraussetzung fürs Studium - während die Frage nach dem eigenen Notendurchschnitt in 1967 kaum einmal gestellt worden war)***

Jetzt reicht's aber für heute.

Was gibt`s eigentlich zu essen und zu trinken?

Und vor allem - wo bleibt bloß der *Jonathan*?

Ach sieh mal an, da kommt er schon.

In seinem umweltfreundlichen Elektro-Auto, ökologisch absolut auf der Höhe der Zeit (aber leider ohne Helm).

Währenddessen vermutlich der große Zampano „Zufall" verantwortlich war, dass diese schulisch verlinkte **Märchen-Onkel-Geschichte*** (und das ist nun wirklich nicht gelogen) am 25. Februar 2021 (ein Donnerstag) und in dem Jahr doch tatsächlich der Tag des Schachtelsatzes (bzw. Tag der Hypotaxe) auf ein sattes Ende hatte zugesteuert werden können.

(in Zeiten von KI werden Schüler*innen heutzutage vermutlich Sprachbots wie ChatGPT benutzen, um sich passende Texte schreiben zu lassen; aber ob die dort genauso verkomplizierend und/oder verschachtelnd erarbeitet werden, weiß ich nicht, ist mir aber auch egal, schließlich will ich ja noch nicht einmal wissen, ob es sich dabei um gekünstelte oder einfach nur simulierte Intelligenz** handelt - und noch viel weniger, von wem bzw. ob KI bzw.SI überhaupt benotet werden sollte)

*****(ob KI bzw. SI mit „intelligent und dumm" immer Gegensätzliches zu beschreiben versuchen, weiß ich schließlich auch nicht, was ich allerdings weiß, ist, dass das Leben selbst beides zulässt: „dumme Intelligenz und intelligente Dummheit")***

Was wollte ich noch sagen – ach ja:

Glücklich ist, wer vergisst, was nicht mehr zu ändern ist.

Auszug:
(„...es war ein alter Mann, der allein in einem kleinen Boot im Golfstrom fischte, und er war jetzt vierundachtzig Tage hintereinander hinausgefahren, ohne einen Fisch zu fangen...“)

Der alte Mann fängt dann doch noch einen riesigen Schwertfisch, kann ihn zwar bezwingen, aber nicht ins Boot hieven.

Während der Alte verzweifelt versucht, es zu verhindern, wird der Fisch von Haien bis auf die Knochen abgefressen.

Verletzt und nur von ein wenig Wasser und den rohen Streifen eines kleinen Köderfisches (ein Thunfisch) am Leben erhalten, bringt er, zwar als Verlierer, aber nicht besiegt, das Gerippe des großen Fisches in den Hafen.

Ein typischer Hemingway Roman.

Aus heutiger Sicht (trotz Literatur-Nobelpreis) nicht mehr geeignet, uneingeschränkt positiv dargestellt zu werden:

zu weiß, zu männlich, zu archaisch, nicht vegan und zu frauenfeindlich*

(die einzige Frau im Roman ist Touristin und kann einen Schwertfisch nicht von einem Hai unterscheiden)

Und deshalb gibt`s ein paar **Schwert- und/oder Thunfischsteaks** vom (Kontakt) Grill, serviert mit leicht scharfer Salsa, grünem Salat und Baguette.

Schwert- bzw. Thunfischsteaks über Nacht einlegen

(in einer Marinade aus Olivenöl, Zitronensaft, kleingehackter Zwiebel/Knoblauchzehe, Lorbeerblatt, Zucker, Pfeffer,Salz)

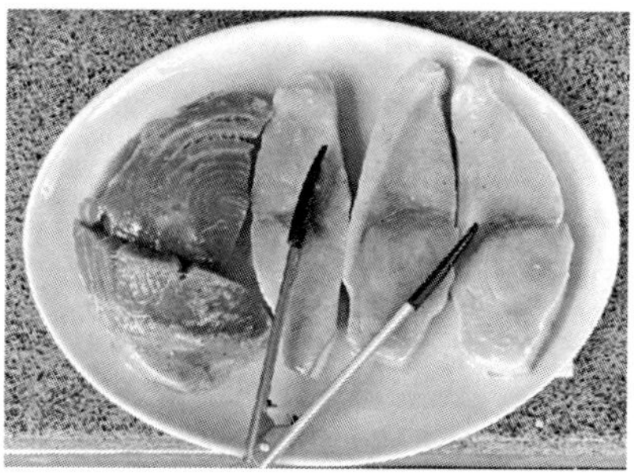

Salsa

Zwiebeln (2-4), Knoblauchzehen (1-2) und Chilischote klein hacken und in Öl anschwitzen, Tomatenmark (1 El) einrühren, gewürfelte Tomaten (Dose 400g) dazugeben, mit Zitrone, Pfeffer und Salz abschmecken, etwas köcheln lassen, abgekühlt mit Mango-Stückchen und Petersilie eine fruchtige Note geben

Dazu braucht's entweder ein gut gekühltes Bier
(und zwar egal ob Dose oder Flasche)...

...aber besser ist, wir trinken mal wieder die eine oder andere Flasche Wein, vielleicht nicht unbedingt aus der kubanischen Heimat des alten Mannes, sondern (und eigentlich nur der spanischen Sprache wegen z.B.) einen Rotwein aus der Region *Kastilien-La Mancha.*

Ein Wein, der, trotz vieler Ziffern auf dem Etikett und dem schönen Namen...
„lesegut"
...vermutlich nicht von Don Quichotte oder Sancho Pansa gekeltert wurde.

Alternativ könnten wir auch zu einem hochdeutschen...
„LESESTOFF"
...aus Württemberg greifen
(schon um nachzusehen, ob dort wirklich alles anders gemacht wird).

Immerhin haben beide Weine...
...eine schöne rote Farbe im Glas sowie
eine leicht preiswerte Note im reichlich kurzen Abgang...
...und das sollte ausreichen, um eine gute Note* ergattern zu können.

***(sofern vom derzeitigen Schulsystem zwar gebeutelte, aber noch Noten** gebende Deutschlehrer*innen und Germanist*innen es genauso beurteilen würden)**
****(falls nicht, wird einfach ~~die weiße Flagge gehisst~~ als nächstes eine Flasche Weißwein aufgemacht)**

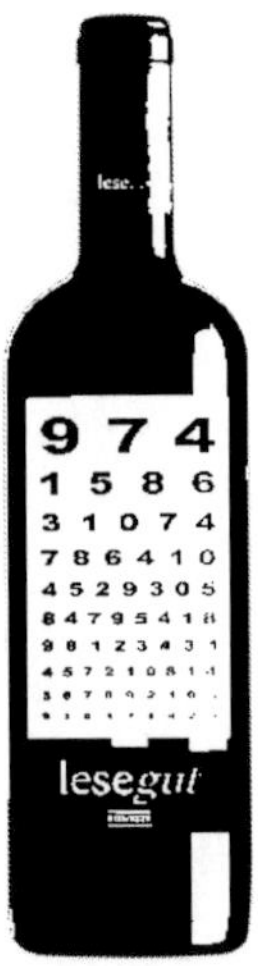

Das war´s dann aber auch für heute.

Setzen.

Sechs (6)

Trotz eines innerlichen Stoßseufzers „jetzt auch noch Blaublütige“ war er* fest davon überzeugt gewesen, dass das anstehende Thema, nämlich in einem Land der ***UEFFA***** ein (oder mehrere) königliche(s) und vorzeigbare(s)...

...Märchen - Paar(e)...

...irgendwo aufzuspüren und einzukreise(l)n, um dann darüber zu berichten, eine leicht zu lösende Aufgabe sein müsste.
Ging dann aber alles nicht ganz so einfach wie von ihm erwartet.
Denn schnell stellte sich sehr heraus, dass das zuerst eingekringelte und auf Begrüßung wartende Promipaar nicht ganz allein gekommen, sondern auch zwangsverpartnerte Kopfgeburten und andere, sogenannte *us-de-la-meng**** Paare im ~~Schlepptau~~ Gefolge hatte. Paare, die alle nur eins gemeinsam hatten, nämlich das Bedürfnis, einem staunenden Publikum, zwar reichlich gekünstelt, aber immerhin als „von Stand“ vorgestellt zu werden.
(der Autor)
****(Union Einflussreicher Frauen und anderer # royaler Familien Angehörigen)***
*****(aus der Menge derer von Möchtegern-Promis)***

Ich sprech`s nicht wirklich gerne an (und noch viel weniger gerne aus), aber was (um des Himmels willen) hatte alles angestellt werden müssen, um einen ~~Menschen~~ Mann zu finden, der sich tage- und nächte-, ja wochenlang mit derart kompliziert und komplex bzw. konfus konstruiertem Zeugs mehr oder weniger kreativ würde beschäftigen lassen?

Etwa indem ~~man~~ **frau** nach so einem Exemplar ganz gezielt gesucht hatte?

Vielleicht an von (jüngeren) Frauen verlassenen Küchen-Zeilen oder in von (älteren) Männern genutzten (früheren Party- neuerdings) Wein-Kellern?

Und weil **frau** klug genug war, auf sein fast unverständlich dahin gebrabbeltes **„lasst mich das mal machen“** einfach mit **„ok, dann mach mal“** zu antworten.

Ein glücklicher Zufall, denn ansonsten wäre diese absolut schräge Geschichte womöglich schon genau hier ~~ohne happiges End~~ zu Ende gewesen.

Inzwischen weiß man, dass „der Mann aus dem Keller“ tatsächlich nur jenen guten alten Zeiten hatte zuprosten wollen, in denen Zumutungen (nicht alle und nicht immer) wegen des Fehlens von sogenannten *deep-fake* Erzählungen sich hatten viel leichter ab- bzw. ausbremsen* lassen als heutzutage möglich.

(leider sind analoge Einrichtungen wie Kopf gesteuerte Spaß-Bremsen** (oben) oder Hand betriebene Not-Bremsen** (unten), die dafür sorgen, dass vor besonders schiefen oder irren Vergleichen rechtzeitig abgestoppt wird, nicht (mehr) lieferbar)

*****(die hätten schon längst gegen digitalisierte Not- und algorithmisch arbeitende Spaßbremsen 2.0 bis xxl.0 ausgetauscht werden sollen – sind aber immer noch nicht eingetroffen, vermutlich von gekrönten ~~Häuptern~~ Viren und blutigen ~~Anfängern~~ Kriegern in ~~imperialistischen~~ militärischen Spezialoperationen aufgehalten)***

Aber weshalb hatte sich die übernommene Aufgabe überhaupt zu einer seiner schlimmsten Stresserfahrungen entwickeln können?
Ganz richtig, einzig und allein wegen der viel zu vielen unpräzisen bzw. viel zu wenig spezifiziert aufgelisteten An- und Vorgaben im Leistungskatalog.
Fast so was wie eine absichtlich fehlerhaft programmierte Ausgangslage, um den Zeitaufwand für diesen Mann in schwindelerregende Höhen zu treiben.

So wie im vorliegenden Fall.

Weshalb es kein Versehen seinerseits ist, dass aus diesem **~~Gericht~~** Bericht auch ein paar wenig royale Familienmitglieder herauszuschmecken sein werden, die noch dazu typisierend mit vollkommen sinnlosen Kürzeln oder Kurzformen*** und ethisch zwar grad noch vertretbaren, dafür aber vollkommen sinnfreien Worthülsen*** hatten aufgepeppt werden müssen.

******(was aber im Text an vielen fetten Buchstaben und einigen schräg aneinander gereihten Wörtern oder Wortkombinationen leicht festzumachen sein sollte)***

- ***MKK*** – als Abkürzung für außergewöhnliche *__M__ärchen-__K__önige nebst __K__öniginnen* zu verwenden (die allerdings noch nie ein Schloss im *__M__ain-__K__inzig-__K__reis* in Hessen besucht haben dürfen)

- ***SM*** – hier tatsächlich als Anrede für *„__S__eine __M__ajestät"* und nicht auch für *Seemeile* **sm** oder das Land ***.sm*** *San Marino* zu verstehen
(wer allerdings noch mehr ***SM*** braucht, kann gerne Inhaber geführte Fachgeschäfte aufsuchen, die ***SM*** (plus Pfeil **>**) nutzen, um auf ganz neu eingerichtete ***MS***-Bereiche (**M**ode: Pornchic, **S**til: züchtig(end)er *__S__ado-__M__aso*) hinzuweisen)

- ***HM*** – über 70 Jahre von *„**H**er **M**ajesty (dat Lisbeth)“* besetzt gewesen; leider (oder zum Glück) kein Alleinstellungsmerkmal, denn es wurden auch noch andere (gegensätzliche bzw. passend gemachte) Paare damit ausgezeichnet
(wie ein neuer ***H**is **M**ajesty, aber auch **H**arold and **M**aude* bzw. ***H**arry and **M**eghan* oder (in Schweden) ***H**ennes & **M**auritz – nur* beim forschen ***HM*** DS – ***H**alts **M**aul Du Sam* hat`s nicht funktioniert – kein Netz)

- ***GG*** – was früher gerne für ***G**roße **G**eschlechter* genutzt und später gut genug für`s ***G**RUND**G**ESETZ* war (ist), dieses ***GG*** wird ja wohl auch für abgefüllte ***G**roße **G**ewächse* oder ***G**roße **G**egensätze* (wie *Heiß und Kalt, Arm und Reich*, die helfen, mit dem Leben und uns selbst zurecht zu kommen) gut genug sein (wer anderer Meinung ist, kann´s ja aus **X**´n)

- ***USW** - **U**nd **S**o **W**eiter* ließe sich fortfahren bis nach ***U**nd **S**onst **W**ohin*

Glücklicherweise werden fast alle an Märchen interessierte oder intensiver damit befasste Menschen wissen (und manche sogar verstanden haben), dass viele Be- oder Zuschreibungen tatsächlich nur im Kontext* mit der inhaltlichen Botschaft zu verstehen sind.

(so sind z.B. „König“ + „Königin“ immer auch „Teil einer Sippschaft“ – ähnliches gilt für „Zwerg“ + „Nase“)

Was aber allen in dieser Geschichte auftauchenden ***MKK*** Paaren ganz und gar egal sein wird (wie vielen anderen vermutlich ebenfalls), weil ihnen klar ist, dass sie sich die schrecklichsten Behauptungen vor oder an den Kopf werfen könnten, aber selbst die talentiertesten unter allen Erzähler*innen keinerlei Chancen hätten, was anderes daraus zu spinnen** als so etwas wie *„Die zwölf Brüder“ (vgl. KHM 9)* oder *„Dornröschen“ (vgl. KHM 50***)*.

*****(und indessen fleißig neue Wolle gesponnen ~~ward~~ wird, stehen PWC ****-Erzähler*innen Nadel bei Fuß, um mit herrlich bunten Wollknäueln sehr viel schaurigere und auch noch schrecklich bebilderte Geschichten zu stricken)***

******(obschon ich finde, dass bei emanzipierten Erzählerinnen das dornige Rös´chen schon mal schnarchen dürfen sollte – aber möglichst leise, um all die wahren und wahrhaftigen Rosis nicht zu früh auf zu wecken)***

*******(PWC = people with or without colour)***

Ich kann mich gut erinnern (als wär´s erst vorvorgestern gewesen), dass es an einem regnerischen Morgen im November war, wo (wenn nicht im Kopf) örtlich verstrickte (wegen stark vorgefilzter Schafschurwolle und wenig kreativer bzw. innovativer Webtechnik, aber leider ohne Bezug zu irgendeiner *KHM*-Nummer) **Beziehungs-Märchen*** hatten entstehen können.

****(die mir vor vielen Jahren während der langen Rückfahrten (auf der A 74 (M) vom schottischen Glasgow runter nach Cardiff in Wales nahe der englischen Grenze zwar schon aufgefallen waren, ich mich damals den da drin versteckten Botschaften aus Zeitgründen aber noch nicht hatte zuwenden können)***

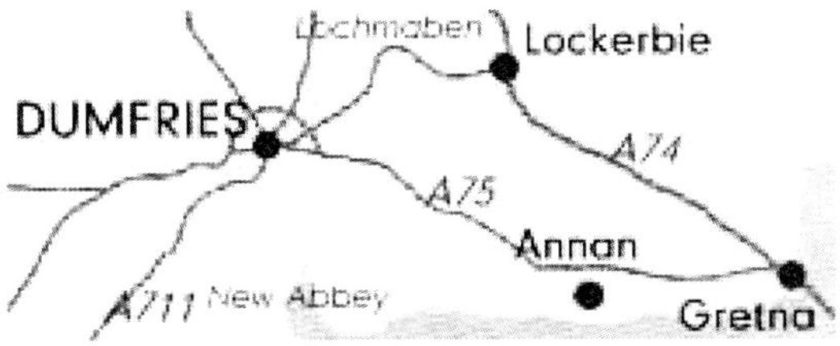

- *MKK* – hätte schon damals als *„**M**ach **K**urzerhand **K**ehrt oder **M**ach **K**leine **K**urve"* ums Städtchen Lockerbie verstanden werden können (denn immerhin lebten am Ende das 2. Weltkriegs 450 ukrainische Kriegsgefangene (Mitglieder der 14. Grenadier-Division der Waffen-SS) in der Stadt und 40 Jahre später, am 21. Dezember 1988, stürzten nach einem (von Libyern geplanten) terroristischen Sprengstoffanschlag die Trümmer einer PanAm Boeing 747-121 (Flug 103) auf diese kleine (und zuvor weithin unbekannte) Stadt (270 Tote - 243 Passagiere, 16 Crew und 11 Einwohner).

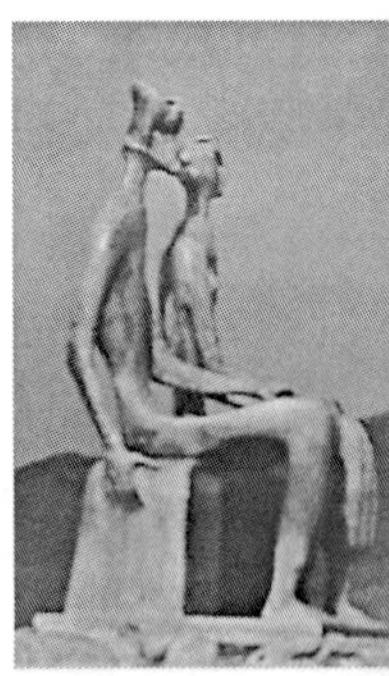

- ***HM*** (im Quadrat) – hätte danach verstanden werden können (ja müssen) als:
  Wenn`s irgend geht, besichtige ***HM²*** den König und die Königin von ***HM¹*** *Henry Moore*** in *Dumfries* auf dem Anwesen*** *Shawhead* des Sammlers *Keswick*
- *****(Henry Moore: „wie mir die Idee zu der Plastik kam, weiß ich nicht; es mag eine Rolle gespielt haben, dass ich in den letzten 2 Jahren meiner Tochter Märchen vorgelesen habe, in denen Könige und Königinnen vorkamen…")***
- ******(allerdings sind die Großplastiken später wohl entfernt worden)***

während

- ***GG*** – damals (und vermutlich auch heute noch) eine im Kern durch und durch positiv gemeinte Botschaft auszusenden scheint:
  Wenn ihr jung und wild (oder beides) und entschlossen mutig seid, so macht`s wie viele andere Verliebte seit 200 Jahren, fahrt zum Örtchen ***GG*** ***G****retna* ***G****reen* und heiratet dort (wen oder was immer ihr wollt) in einer recht kleinen und sehr alten Schmiede (selbstredend ohne die Erlaubnis von Eltern bzw. Erziehungsberechtigten) - aber leider auch ohne Garantie auf eine dauerhafte Beziehung (etwas, was ein deutscher grüner Politiker und ehemaliger Außenminister seit 1967 gesucht und mit dem fünften Versuch hoffentlich auch gefunden haben wird).

Zwar alles ganz interessant zu wissen, aber leider immer noch keine Ahnung, warum man Leser*innen unbedingt mit diesen Paaren konfrontieren muss(te) (wenn selbst Liebhaber von exotischen Märchen - ausgenommen die entnervt eingeschlafenen - nichts mehr vom ***ESK*** *des* ***E****tiketten-****S****chwindel-****K****arussells* oder von ***E****cht* ***S****onderbaren* ***K****önigs-Paaren* hören wollen).
Obwohl mit genau solchen Figur*innen (inklusive der britischen Royals) gezeigt werden könnte (kann), dass die willens und fähig wären, in alle angesagten Charaktere und Rollen zu schlüpfen (hingegen eine (ein) hundsgewöhnliche(r) Darsteller*in viel zu häufig am fehlenden Adel* scheitern würde (oder an viel zu hohen Gagenforderungen).

(früher wurden Adelsrollen professionell mit blaublütigen Darsteller*innen besetzt – heutzutage geht´s zwar schon mal in Richtung von ~~PWC PriceWaterhouseCoopers~~ PWC PeopleWithColour, aber nicht allen am ~~Set~~ Hof gefällt das auch)

Und nein, die Schauspieler*innen müssten noch nicht einmal verheiratet sein.

Und ja, vermutlich würden sie alle (inklusive der noch zu engagierenden) selbst die von sehr alten (weißen) Männern ausgedachten Charaktere überzeugend** darstellen können.

****(vor allem, wenn Indizien wie am Set herum liegende Pappteller und Flaschen mit schalen Flüssigkeitsresten als überzeugende Beweisstücke gewertet werden dürfen)***

Woraus man folgern könnte, dass praktisch alles (darunter auch **~~exklusiv~~** inklusiv zubereitete Gerichte und Getränke) jeder/m einzelnen von uns irgendwie, irgendwo und irgendwann hätten aufgefallen oder über den Weg gelaufen sein können (oder sogar direkt vor uns gestanden haben).

Vielleicht nicht immer in einem durch und durch menschlichen, aber sicherlich in einem dem Menschen nahe kommenden Format (zwar manchmal einsam und alleine, dafür ein anderes Mal in mehr oder weniger netter Begleitung):

- *und dann standen sie auf einmal nebeneinander vor uns aufgereiht*
- *gewissermaßen als märchengleiche Beweise für die eigene Existenz*
- *sehr gegensätzliche und möglicherweise auch (ver)queere Paare*
- *vielleicht nicht immer zu 100 % überzeugt* vom zugeteilten Partner*

(aber stets bemüht, einen möglichst nachhaltigen Eindruck zu hinterlassen)

Und hier kommen sie, die (rechtlich nicht) verpartnerten ~~Pärchen~~ **Schätzchen:**

JJ

JABUGO* und JABEKO*

der König der Schinken
und
ein König aus Korn

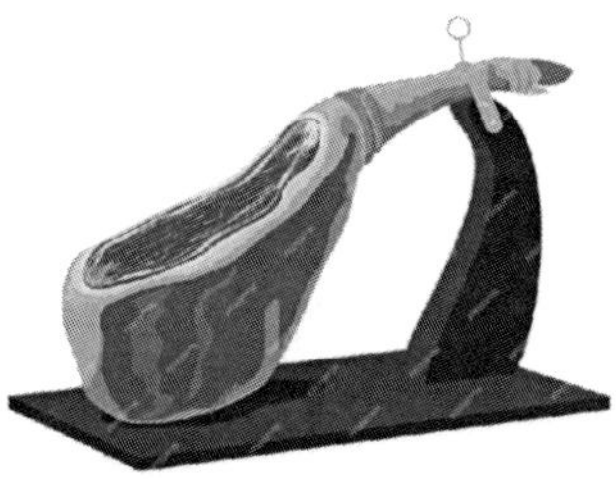

BB**

eine (frühere) Königin der Leinwand kommt leider nicht, aber dafür

BRIE* und BURGUNDER*******

der König der Käse
und
die Königin der Trauben

Doch während die ungezählten Noch-Nicht- oder Nicht-Mehr-König*innen mit einem...

MKKK

MEIN (WENIG) KÖNIGLICHER KASTEN - KUCHEN****

...werden vorlieb nehmen müssen, sollte die Verköstigung von noch nicht be- oder gekrönter Prinzen und Prinzessinnen (sogenannte PrinzEssInnEn) mit der (bisher nur Eingeweihten) bekannten...

VEVEPP

VEGETARISCH-VEGANE-PrinzEssInnEn-PASTETE*****

...sicher zu stellen sein.

Übrigens sind diese Leckerlis keineswegs nur für ein paar royale, sondern tatsächlich für alle anderen ~~Erdmännchen~~ Erdenmenschen bestimmt.

***(JABUGO – der vermutlich beste Schinken der Welt)**

Aus Jabugo in der Region Huelva kommt einer der besten Schinken der Welt „Pata Negra Bellota", Reifezeit 36+ Monate, von iberischen Freiland-Schweinen, die sich von Gräsern und im Spätsommer bzw. Herbst ausschließlich von Eicheln ernähren (und dabei ihr Gewicht von ca. 80 kg auf ca. 150-160 kg steigern).

***(JABEKO TM BK – ein janz besonderer Korn von Welt)**

Einige mögen zwar „JABIKO“ (janz billiger Korn im Rheinland) kennen, kaum einer aber den JABEKO aus der (oder einer der) ältesten Brennerei(en) in Deutschland (und darüber hinaus). Dabei stellt diese seit dem Jahr 1585 im 5-Burgen-Städtchen Schlitz im Vogelsberg-Kreis (Hessen) allerlei Kornbrände (und anderes) her. Die allerdings nicht unter dem erstmals hier verwendeten Namen JABEKO, sondern als BURGEN KORN (38 Vol. %, gelagert in Fässern aus französischem Limousin-Eichen- und deutschem Akazien-Holz) und EDELKORN No. 03 (42 Vol. %, gelagert in Gräflichen Eichen-Fässern, limitierte Auflage) (über) regional bekannt geworden sind. Klare Körner, die (schlückchenweise getrunken) ausgesprochen gut mit ein paar geschickt abgehobelten Scheiben vom JABUGO Schinken harmonieren.

****(Brigitte Bardot kommt leider immer noch nicht)**

Vielleicht später, wenn ein Tiere liebender und rechts wählender Veganer sie ganz, ganz herzlich darum bittet.

*****(BRIE DE MEAUX – der beste Käse der Welt)**

Bereits auf dem Wiener Kongress (1815) zum „König aller Käse“ ausgerufen. Kommt aus einigen wenigen Gemeinden in Lothringen in Frankreich. Wer mehr wissen möchte, sollte sich an die Vereinigung der Milcherzeuger, Hofkäsereien, Verarbeitungsbetriebe und Reifereien des „Brie de Meaux“ in F-77000 Melun, France wenden.

********(BURGUNDER – eine Traubenfamilie von Welt)***

*Burgunder (Pinot)-Rebsorten (inkl. Burgunder typische Mutationen bzw. Kreuzungen) bilden eine der wichtigsten und berühmtesten Traubenfamilien für Wein erzeugende Betriebe (und viele Trinker*innen). Und das nicht nur im Burgund (dem Ursprung) in Frankreich. Wer möchte sie missen, die aus Spätburgunder bzw. Schwarzriesling mutierten roten „Blau- oder Spätburgunder", „Frühburgunder" und „Sankt Laurent" und weißen „Weißburgunder", „Grauburgunder (Ruländer)", „Chardonnay (Morillon)" und „Auxerrois". Ich bestimmt nicht (und viele andere vermutlich auch nicht).*

*********(Mein (wenig) Königlicher Kasten-Kuchen - „us de la meng")***

Als Idee „us de la meng" von der Insel eines Verunsicherten Königreichs mitgebracht.

Und zwar ohne kulinarische Vorbehalte und auch nicht, um den durch einen Kanal (bzw. Channel) getrennt bzw. einen harten Brexit entfernt von uns EU-Europäern lebenden Inselbewohner etwas wegzunehmen oder ökonomisch eins auszuwischen.

*Dabei ist Kuchen backen nun wirklich nichts für mich
(zu schwierig - wie für viele andere kochende ~~Anfänger~~ Männer).*

**********(VEVEPP´S - für Prinzen und Prinzessinnen)***

Wusstet ihr eigentlich, dass man in Melton Mowbray (Leicestershire, Großbritannien) nicht nur exzellenten Stilton (ein Blauschimmel-Käse) kaufen kann, sondern auch bei der alljährlichen Vergabe des „British Pie Award" hätte dabei sein können?

*Nein? Wirklich nicht?
Obwohl erst letztes Jahr ein gewisser Joe Thorner nicht nur für seine vegane Pastete (Pie), sondern überdies als Gesamtsieger des Wettbewerbs ausgezeichnet wurde?*

*Macht aber nichts,
bringt einfach euer eigenes VEVEPP* auf den Tisch des Hauses.*

****(VEgan-VEgetarian Prime Pie for VEry Very Emotional Princes and Princesses)***

Wobei alle, die ein Rezept brauchen, ein paar Geschichten weiter bei den...

...Märchen - PrinzEssInnEn...

...nachlesen können, ob ihnen die dort vorgestellte Version gefällt).

Mein (wenig) Königlicher Kasten-Kuchen

*Rezept (modifiziert) wurde praktischerweise von einer Rosi umgesetzt ((**H**H – (m)einer blondgelockten **H**arzer **H**ex)).*

Zutaten:

250 g weiche Butter, 250 g brauner Zucker, 4-6 Eier, 50 g Schlagsahne, 500 g Mehl (Dinkel), 1 Pck. Backpulver, 100 g Zitronat, 200 g Mandeln, 3-6 El Kornbrand 03,
1 Bio-Zitrone (Abrieb, Saft)

Zubereitung:

Mandeln u. Zitronat im Blitzhacker zerkleinern (nicht zu klein), Zitrone u. Korn zugeben und > 3 h ziehen lassen; Eier mit Sahne aufschlagen; Butter mit Zucker schaumig rühren und die Eiersahne zugießen; Mehl mit Backpulver vermischen und zugeben, dann alles zu einem glatten Teig mixen; Mandel/Zitronenmischung einrühren; eine Kastenform ausbuttern und den Teig einfüllen;
Ofen vorheizen und den Kuchen bei 180°C Umluft ca. 50 min backen.

Getränk:

Auf gar keinen Fall wollen wir eine weitere Flasche Burgunder öffnen,
werden uns aber trotzdem was Besonderes gönnen,
und zwar einen *Pommerner Zeisel*,
eine edelsüße Riesling Auslese,
genannt
DIE AUSSERGEWÖHNLICHE

Auf los ging's los und bei ~~fertig~~ fix hatten wir endlich fertig.

Obwohl beim ersten Versuch, Informationen über kleinere und größere...

...Märchen - PrinzEssInnEn...

...zusammen zu stellen, ein recht lästiger Kater zugegen war, hatte sich bis zum Abend doch genug Material angesammelt, um es in getexteter Form ~~ins wahre Leben zu entlassen~~ auf geduldiges Papier ausdrucken zu lassen.
Und obwohl es aus gleich mehreren (vorwiegend ~~ökologischen~~ ökonomischen) Gründen vernünftiger gewesen wäre, den zwar noch holprigen, aber kreativ durchaus ansprechenden Erstentwurf (trotz vollkommener Unvollkommenheit) an dieser Stelle vorzustellen, so ist dies leider nicht (mehr) möglich, denn es war zensurtechnisch* eingegriffen worden.

(moniert** worden war Falschbeladung mit zu viel heißer ~~Lust~~ Luft, außerdem fehlende Frachtpapiere für´s mitgebrachte, nicht trocken geschleuderte Mitgefühl)

****(egal ob moniert oder zensiert, genauso gut hätten das viel zu tief hängende Stimmungsbild oder die nicht angekündigten Überflüge in vielen der wie immer ~~konzeptlos~~ rezeptlos runter geschriebenen, noch dazu mit blödsinnigen, weil sinnfrei bzw. sinnlos gegenderten Wortspielereien gespickten Zeilen angeführt werden können)***

Üblicherweise werden ja Fußnoten (ähnlich wie Kopfmassagen) immer dann angewendet, wenn etwas schnell erklärt (bzw. bewirkt) werden soll.

Nicht so in dieser Geschichte, denn hier geht´s nicht um Schnelligkeit, sondern um den gewissenhaften Umgang mit einigen wenigen aus der großen Gruppe der auf Krone bzw. Kronjuwelen versessenen Personen (weshalb entschieden wurde, diesbezügliche Informationen vorm Verwenden kurz zu blanchieren).

Was einerseits zwar schade ist, andererseits aber sehr geholfen hat, (jüngere) Männern vom Makel zu befreien, nur als aufgepfropfte Äste an den knorrigen Stämmen von adeligen Familien wahrgenommen zu werden.

Wohingegen die nach Höherem strebenden (jungen) Frauen sich nur (mehr oder weniger geplant) einen Prinzen zu angeln brauchen, um, überaus attraktiv ausstaffiert, als Prinzessinnen medial vermarktet werden zu können (wenn auch in einer Art Reservat lebend und nur aus der Ferne anzuhimmeln).

Wie dem auch sei - um beim gemeinen Volk (Märchen konform oder nach Treu und Glauben*) als großartigster aller Triebe in Familien mit Namen *„derer von Sippschaft"* anzukommen, werden selbst solch eher scheue Wesen immer erst (vielleicht nicht alle) heiraten müssen.

Allerdings (1) ist nicht zu leugnen, dass bei jeder neu zu kürenden Prinzessin im **~~Ernst~~** Einzelfall ein gewisses Restrisiko besteht - was da hieße **~~aufs ganz falsche Pferd~~** auf die absolut falsche Person gesetzt zu haben.

Weshalb in früheren (den sog. höllischen) **Märchen-Zeiten** eine einfache Regel galt, nämlich die für familiäre Verbindungen ausschlaggebenden inneren Werte an Hand von ein paar wichtigen und äußerlich feststellbaren Merkmalen**/*** früh- bzw. rechtzeitig (womit nicht unbedingt eine unbefleckte Hochzeitsnacht gemeint ist) für alle sichtbar zu überprüfen.

****(Wertvorstellungen, die heutzutage bei sehr vielen schottischen und anderen Clans sowie sonstigen, mehr oder weniger royalen Großfamilien immer noch (oder schon wieder) eine entscheidende Rolle zu spielen scheinen)***

*****(man sagt, dass Kleider Leute machen sollen – das heißt aber nicht, dass alle Mädchen (vgl. KHM 21 „Aschenputtel") dieselbe Schuhgröße haben)***

******(u.a. mit zündfähigen Gemischen wie Pech und Schwefel - vgl. KHM 24 „Frau Holle" Pechmarie und Goldmarie)***

Allerdings (2) würde man so was in zukünftigen Zeiten (***Letzte Generation + X***) deutlich anders, vermutlich etwas kreativer, nachhaltiger und in digitalisierter Form ablaufen lassen (wenn der/die Drehbuchschreiber/in es denn will):

„Jeder (selbst auswählende) Prinz hätte sich noch vor der Proklamation (bzw. vorm ersten offiziellen Ausritt) das Lied *„Märchenprinz"* von der Band *Erste Allgemeine Verunsicherung* aus dem Album *„Geld oder Leben" von 1985* anzuhören (sollte sich allerdings mit einem eigens für ihn kreierten Aperitif vorher den nötigen Mut angetrunken haben)."

Derweil alle Gewehr bei Fuß dastehende Kandidatinnen (und zwar ohne jede Ausnahme) gut beraten sind, einen von diesen neumodischen Tests im Netz zu absolvieren, um früh- bzw. rechtzeitig zu erkennen, ob Form(at) und Gewicht ausreichen, in überzeugender Weise (also glaubhaft) in die Rolle einer Palast-Bewohnerin zu schlüpfen.

Schließlich sollte es in der heutigen Zeit eine Selbstverständlichkeit sein, dass auch Prinzessinnen einer einträglichen Betätigung (wie beispielsweise gut dotierten Auftritten* in einer Yellow-Press) nachzugehen haben.

Auch muss das ruchlose Verschwinden der vielen r(l)oyalen Geister (angeblich wegen fehlender Wärme im schlecht gedämmten Schloss) ja irgendwie kompensiert werden.

Weshalb alle Kandidat*innen gut beraten sind, sich rechtzeitig (d.h. vorher) so gut wie möglich über diese besonderen Arbeitsplätze informieren zu lassen.

Außerdem wird man im großartigen Netz, da weitflächig aufgespannt und kleinräumig zugänglich, immer ein paar erfolgversprechende Vorbilder finden, um zu einer Job Description (~~**indeed**~~ eine Stellenbeschreibung) zu gelangen.

Beispielsweise könnten Interessent*innen sich von einer *Franchise-Nehmerin* aus einem *Line-Up bei Disney* mit so hübschen Namen wie...

Arielle, Aschenputtel, Aurora, Belle, Jasmin, Merida, Mula, Pocahontas, Rapunzel, Schneewittchen, Tiana, zukünftig wohl auch Yesss

...inspirieren und (vielleicht sogar) anleiten lassen.

(ob für diese Auftritte eine EÜR (Ergebnis-Überschuss-Rechnung) beim Finanzamt eingereicht werden muss, weiß ich nicht; ob HARTZ IV zum einfachen Bürger*innen-Geld wird oder doch auch zum PrinzEssInnEn-Geld, weiß ich leider ebenfalls nicht)

Und damit das Ganze nicht gar zu theoretisch rüber kommt, habe ich mich tatsächlich persönlich bemüht und bin ins Netz gegangen, um mich bei...

„www.testedich..de/persönlichkeitstests/stars-figuren/maerchen“

...als Person prüfen bzw. zuordnen** zu lassen, allerdings bei der Frage (nach gewissenhaftem Ankreuzen von ca. 10 Punkten)...

Welche Märchen-Figur bin ich?

...als Antwort...

Sie sind eine Hexe!***

...auf dem Bildschirm zu sehen bekam.

*****(obwohl mir „König Drosselbart“ allein am liebsten wäre, heißt es detailliert aufgeschlüsselt, dass mein Platz zu 36% bei Aschenputtel (Brüder Grimm), zu 29% beim Däumelinchen (H.C.Andersen), zu 29% als Tochter bei König Drosselbart***

(Brüder Grimm) und zu 7% bei der Meerjungfrau (H.C.Andersen) zu finden sein soll – okay, die benutzen offensichtlich einen ähnlich simpel aufgebauten und von daher genauso doof antwortenden Algorithmus wie dieser Wahl-O-Mat in Berlin)

******(da es zum Zeitpunkt des Tests noch nicht möglich war, ganz einfach mal das (eigene) Geschlecht zu wechseln, habe ich (und zwar bewusst) entschieden, als (erste?) männliche Hexe weiter zu schreiben)***

Test am 07.07.22

Persönlichkeitstests -» Stars / Figuren -» Märchen / Disney -» Märchen

Welche Märchenfigur bin ich? - Die Auswertung

Welche Märchenfigur bin ich?

Sie sind eine Hexe! Sie sind lieber alleine, als in großen Gruppen, da Sie sich so besser auf Ihre Arbeit konzentrieren können. Mit Ihrer pfiffigen Art können Sie so manchen leicht austricksen. Sie sind klug und bilden sich gerne weiter. Genauso wie die Hexen im Märchenwald brauen Sie gerne magische Tränke, welche sie an andere verkaufen oder damit handeln.

Dieses Profil hatten 23% der 899 Quizteilnehmer!

Ein ausgesprochen widersprüchliches Ergebnis eines Online-Tests, das in seiner Wirkung auf´s spätere Leben zunächst nicht leicht abgeschätzt werden konnte. Denn es ist eine Zuordnung, die selbst bei mutigeren männlichen Hexen (als ich es jemals sein werde) zu großen Versagensängsten**** führen könnte.

*******(denn immer, wenn man sie mal braucht, dann sind sie nicht startklar, die 3-7 x vermaledeiten und mittels Speedlink geführten Aufklärungs- bzw. Kampf-Drohnen)***

Gut möglich aber, dass es ohne Helfer*innen nicht gelingen wird, rechtzeitig ein paar kleinere Gläser mit köstlichen Getränken und ein paar größere Teller mit einer Kostbarkeit an Speise fürs Abendessen herbei zu zaubern*****.

********(denn (fast) nichts ist so wichtig, wie ohne Schaden an Leib und Seele ins Bett zu kommen)***

Oder anders gesagt: **Lasst euch ein weiteres Mal überraschen.**

Als Auftakt gibt`s einen (selbst kreierten)...

PrinzEssInnen - Drink

...dafür Eiswürfel in ein Glas geben,
50 ml ***Prince of Paradise*** (Apfelwein/Kelterei Stier) zugießen,
dann 1 Tl Kandis (weiß, in Rum), 1 Spr. + 1 Sch. Zitrone hinzufügen,
das Ganze gut durchmischen (gerührt oder geschüttelt ist sch` egal),
um das Kaltgetränk anwesenden Gästen stilvoll servieren zu können
(Knicks bei Prinzen und Prinzessinnen nicht vergessen)

Selbstverständlich kann es hier kein weiteres (besseres) Rezept als Antwort auf die britisch-monarchistische Coronation-Quiche (gegen den kleinen Hunger) geben, trotzdem was englisch angehauchtes, und zwar ein eigens entwickeltes und erst neulich ausprobiertes, sogenanntes...

VEVEPP Rezept

Vegetarisch - Vegane - PrinzEssInnEn - Pastete

Zutaten:

250 g Dinkelmehl, 250 g Zucchini (klein geraspelt), 400 g Möhren (klein geraspelt), 1 rote Zwiebel (fein gehackt), 100 ml Pflanzenöl, 50 g schwarze Chia-Samen (in 100 ml Wasser eingeweicht), ca. 20-25 g Ei-Ersatz in 100 ml Wasser angerührt), 200 g Tofu (geräuchert, klein gewürfelt), 200 g Pinien-Kerne (geröstet, klein gehackt), 1 Tl *Kala Namak*, 1 El Salz, 1 Tl Pfeffer, 1 Pck. Blätterteig zum Auskleiden der Pasteten-Form

Zubereitung:

Ofen auf 180 °C (Umluft) vorheizen, Pasteten-Form mit Öl einpinseln und mit dem Blätterteig auskleiden, die Zutaten nacheinander im Mixer zu einer teigartigen Masse verkneten, gut abschmecken, in die Form füllen und das Ganze ca. 40-45 min backen (gfls. „Veganen Reibegenuss“ drauf streuen und mit Grillfunktion ca. 10 min gratinieren), etwas abkühlen lassen und lau warm mit einem Löffel Creme Vegan (bzw. veganem Schmand) servieren.

Auf gar keinen Fall (und schon gar nicht aus gegebenem Anlass) sollte zu dieser ganz besonderen (weil auf einen Ritterschlag hoffenden) Pastete ein möglicherweise irgendwann von irgendwem...

verhexter* Wein

...besorgt bzw. bereit gestellt werden
(bloß um irgendetwas zum Runterspülen zu haben).

Daher diese von Herzen kommende Bitte:

Nehmt (oder besorgt) für dieses (denkwürdige) Gericht bloß keinen Wein, der einem Adelshof entstammt oder der nach Adel riecht.

(Selbst wenn einer davon irgendwo im Land bereits zur Verkostung angestanden und womöglich mit ´ner Krone (gar einem Sternchen) ausgezeichnet worden sein sollte.)

Überlasst ihm seine Sterne,
besorgt stattdessen eine besser ans Klima angepasste Alternative,
beispielsweise einen PiWi-Wein wie den...

Souvignier Gris

...vom *Weingut Daniel Theisen* aus *56820 Nehren (Mosel)...*

...weil der nicht nur Pilzen sondern auch PrinzEssInnEn widerstehen soll.

Oder nehmt ´nen Naturwein vom *Gut Steyerberg (Nahe),* wie den...

SOFREI Cabernet Blanc

***(obschon von (m)einer Hexe ausgesucht)**

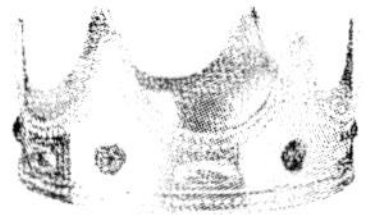

„Bekanntmachung"

„To Whom It May Concern"

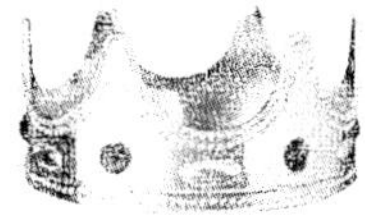

„An alle lieben gekrönten und ungekrönten Virenfamilien in China, Italien, Ischgl und sonst wo auf der Welt, zögert nicht länger, verlasst die überfüllten Märkte, Markthallen und Kneipen dortzulande, nehmt euch eine/n ganz gemeine/n Träger/in und macht euch mit/in diesen in einem Flugzeug, mit dem Schiff, im Automobil oder mit der Bahn auf den Weg in dieses schöne Land
- und das möglichst schnell und zahlreich -
denn ganz egal, wann oder wo ihr eintreffen werdet, hier steht ~~***man/frau***~~ *eine Regierung (die Hände in Sterilium® gewaschen) bereit, um allen plakativ zu demonstrieren, in was für ein über alle Maßen reinliches und komplett durch organisiertes...*

...Märchen - Reich...

...ihr einwandern dürft.
Und dann solltet ihr noch wissen, dass einige von uns geradezu sehnsüchtig darauf aus sind, einer staunenden Welt einmal mehr vorzuführen, ~~***zu was wir fähig sind***~~ *dass wir bestens vorbereitet sind, um nicht nur die ansässige Bevölkerung vor euch zu schützen, sondern auch allen anderen Fremdlingen zu zeigen, wie ein Barthel* seinen Most holt."*

****(weil nur dieser als einziger in Berlin weiß, wo es in Krisenzeiten lang zu gehen hat)***

Kein Zweifel mehr, genau diesen oder doch einen sehr ähnlich skizzierten Plot müssen die um sich selbst kreiselnden und nach ~~**Aufmerksamkeit**~~ Zuständigkeit lechzenden Politiker*innen im Regierenden Viertel** in Berlin im Februar/März 2020 aus irgendeiner der vielen mit **KRISENFALL** beschrifteten Schubladen trotz der föderal anstehenden Osterferien heraus gekramt haben.

*****(wo nicht mehr als ein Vierzigstel, vielleicht auch nur ein Vierhundertstel oder gar Viertausendstel zu wissen scheinen, was unter „regieren" zu verstehen ist)***

Und auch wenn fast alle der Bewohner*draußen mit den *„vom und im Veedel"* getroffenen Entscheidungen zunächst ganz gut leben konnten, so hatten viele insgeheim erwartet, noch vor den Herbstferien 2020 von einem realistisch angelegten Plan mit sinnvollen kurz-, mittel- und langfristig wirkenden Maßnahmen gegen eine sich dynamisch weiter entwickelnde Pandemie zu hören.

An alle lieben Merkelianer im Veedel:

*Die von euch zur Hausarbeit abgestellten und Pressekonferenzen verfolgenden Bürger*innen stellen hiermit den Antrag, nicht nur über heldenhafte Abwehrkämpfe während der Pandemie, sondern auch über Kriegs entscheidende Zwischenziele (und zwar noch vor einem natürlichen Ende ~~mit Schrecken~~ der Pandemie als Endemie) Nachvollziehbares erzählt zu bekommen.*

Tatsächlich hätte ein Plot* für die zuständigen Stellen in Bund, Ländern und Kreisen bzw. Kommunen wie ein wichtiger Teil eines Drehbuchs fürs schnelle Umsetzen sein können - wie nach einem ersten, kurzen Blick auf Fallzahlen, Krankheitsverläufe, Belegung von Intensivbetten und Mortalität in der Anfangs-Zeit der Pandemie anzunehmen gewesen war.

(der Plot = ein Handlungsgerüst einer sich episch oder dramatisch entwickelnden Geschichte – jedenfalls in Filmen)

Denn tatsächlich schienen die meisten der unsere Gesellschaft tragenden Säulenheilig*innen (im Kanzleramt, in Ministerien und Institutionen sowie Kommissionen, in Gesundheitsämtern, Krankenhäusern und Arztpraxen bzw. medizinischen Versorgungszentren) in der Lage zu sein, einigermaßen schnell und erfolgreich mit dieser besonderen Herausforderung klar zu kommen.

Vor allem auch die medial geballt rüberkommenden Kompetenzen unserer Virologen, Epidemiologen, Intensivmediziner, Forscher und Entwickler und nicht zuletzt die Informationen aus den öffentlich-rechtlichen Medien in Form von Sondersendungen, Specials und Talkshows gaben vielen BürgerInnen die Zuversicht, dass es gelingen könnte, mit den von praktisch überall hinzu und herein strömenden Viren fertig zu werden.

Deshalb (wenigstens) einen großen Hut ab und eine kleine Verbeugung in Richtung der Teilnehmer*innen an den viel beachteten ***MPKs*** (Minister*innen Präsident*innen Konferenz*drinnen) in Berlin.

Was für eine kommunikativ genial angelegte Plattform, um unpopuläre Schritte zu besprechen, föderal umzusetzende Maßnahmen zentral zu verabschieden und ein paar zufällige Ergebnisse (solange erfolgreich) zu feiern.

Eine absolut großartige Einrichtung, darauf musste erst mal eine/r kommen.

Mein ganz persönlicher Eindruck in den ersten Wochen:
Die mit einem ~~Plot~~ Plopp ins kalte Wasser geworfenen Staatsdiener*innen schienen tatsächlich gut genug geschult und bewaffnet worden zu sein, um an einer unübersichtlich verlaufenden Virenfront mit föderal-lokal verbundenen Kräften eine zur Abwehr geeignete Igelstellung einnehmen zu können.

Vielleicht waren deshalb (bis zum Sommer 2020) auch nur relativ wenige, nicht selten ~~orientierungs~~ hemmungslos wirkende Q-Leute unterwegs, um lautstark zu bekunden, dass sie das Grundgesetz nicht nur von vorn bis hinten gelesen, sondern inhaltlich auch so verstanden hatten, dass es dazu aufruft, vorhandene Ängste in der Pandemie weiter zu schüren.

Während nebenan eine gut und sicher weggesperrte Mehrheit tapfer weiter auf die Lernfähigkeit der von ihnen gewählten Frauen und Männer vertraute, z.B. annahm, dass diese die in einer Krise wichtigsten Maßnahmen sowie deren Umsetzung rasch würden erkennen und konsequent auf den Weg bringen können.

Na gut, einige kleinere Zwischenfälle und (Zuständigkeits-) Hakeleien waren auch am Anfang schon mal (wenn man denn genauer hinsehen bzw. zuhören wollte) aufgetreten, aber was sollten ein paar erst als unnötig bezeichnete, dann fehlende Masken oder unklare bzw. unpräzise Verhaltensregeln und eine erratisch wirkende Verfolgung von Ansteckungsverläufen und Infektionsketten (mit Hilfe einer Daten, d.h. Sinn frei konzipierten Corona-App) oder etwa eine nicht vorhandene digitale Vernetzung von Behörden untereinander denn schon groß aus- bzw. anrichten können - wenn es möglich war, den unweigerlich aufkommenden Gefechtslärm durch Verhängen von (bereits aus dem frühen Mittelalter bekannten) Lockdowns (die Stadttore werden auch heute Abend wieder dichtgemacht) für fast alle Bürger unter einen Grenzwert von 50 Dezibel (bzw. Infizierte pro 100.000 Einwohner) drücken zu können.

Und nicht wenige von uns werden wohl ein gerüttelt Maß an Verständnis dafür aufgebracht haben, dass die Chef-Köchin in ihrer Berliner

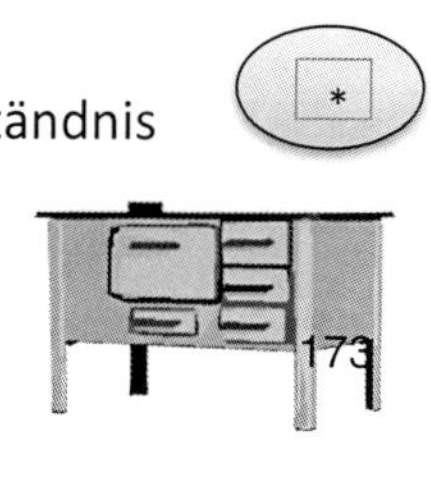

Küche* eine gewisse Vorbereitungszeit zu benötigen schien, um beim nächsten Kochevent deutlich besser schmeckende landes- und europaweit wirkende Verteidigungs- und Erfolg versprechende Vorwärtsstrategien gegen bekrönte Viren auftischen zu können.

***(mit dem Spruch „zu viele Köche verderben den Brei" über dem Herd)**

Und als märchengleiche Überraschung mussten noch nicht einmal ältere, etwas aus der Mode gekommene Küchengeräte (wie z.B. eine dicke Berta oder ein gepanzerter *Thermomix*) in Stellung gebracht werden, weil man zum Glück auf ein bereits bewährtes Universalgerät gegen alles und für jeden zurückgreifen konnte.
Und zwar auf eine großartige, leider (Bauart bedingt) finanziell anspruchsvolle (und schon vor einigen Jahren vom *EZB Draghi* unter ihrem ~~Märchen~~ Mädchen-Namen *Bazooka* Spekulanten Angst und Schrecken einjagende) ~~Gemüse~~ Geldschleuder – hier mit der zusätzlichen Funktion, auch vielen kleinteiligen Gewächsen durch möglichst großflächiges Ausbringen kontrolliert durchs Leben helfen zu können.

Einfach toll, einmal als indirekt Betroffener miterleben zu dürfen, wie das Hervorkramen einer überholt geglaubten deutschen Tugend, nämlich Regeln einzuhalten, kombiniert mit scheinbar alttestamentarischem bzw. Altberliner Krisenmanagement zu einem erfolgversprechenden Traumpaar im Ringen ~~um die goldene Ananas~~ mit mutierenden Viren avancieren konnte.

Halten wir also die Regeln weiter schön ein und hoffen, dass sich in Berlin eine sinnvoller zusammengesetzte **Task Force** finden lässt, die im Stande ist, unter Rückgriff auf altdeutsche Tu-Wörter (organisieren, informieren, nachverfolgen, testen, isolieren, (Vulnerable) schützen, impfen, (Zahlen) zählen, begründen) die bis dato (bevorzugt) angewendete ToDo-Liste (keinesfalls priorisieren, dafür ankündigen, weglassen, ablenken, moralisieren, (Daten) schützen, andere(s) schlechtreden, relativieren, schönfärben) Beratungshonorar-frei zu entsorgen und durch eine gegen das Virus gerichtete, mittel- und langfristig durchhaltbare Strategie zu ersetzen (und zwar ohne groß abzuwarten, ob und was Talkshows davon halten).

Läuft aber irgendwie noch nicht richtig rund.

Vielleicht weil man sich nicht eingestehen will, dass die anfänglichen Erfolge nichts mit der Kompetenz und dem Umsetzungsvermögen der handelnden Politiker*innen zu tun hatten, sondern einzig und allein...

- auf Glück (nicht das erste betroffene Land gewesen zu sein)
- dem Können von Experten (früh einen PZR-Test entwickelt)
- einer belastbaren Grundstruktur (im Gesundheitswesen)
- den höheren Temperaturen im Sommer
  sowie
- der Disziplin der Bevölkerung (!!!)

...zurückzuführen waren.

Mit anderen Worten:

Als es nach einigen Monaten darauf ankam, war und hatte die Politik praktisch nichts vorbereitet, um es im Land (der Dichter und Denker, Ingenieure und Lenker) bei der zweiten und dritten Welle erfolgversprechend einsetzen zu können.

Und deshalb möchte ich allen Politikern in unserem Land zwar zurufen...

Willkommen im (Corona) Märchen-Reich

...aber nicht gleichzeitig, wie in einigen der viel gesehenen Talkshows immer häufiger zu hören ist, auch noch von Staatsversagen sprechen.

Doch folgenden Vergleich mit anderen Ländern kann ich euch nicht ersparen:

Deutschland:
Ø Alter 46 Jahre / von allen getesteten Personen 3 Tote / pro 100000 Einwohner 87 Tote / bei ca. 83 Mio Einw. ca. 2,5 Mio Infizierte und ca. 70.000 Todesfälle

(Stand: 09.03.2021 (JHU), Ø Alter aus 2013)

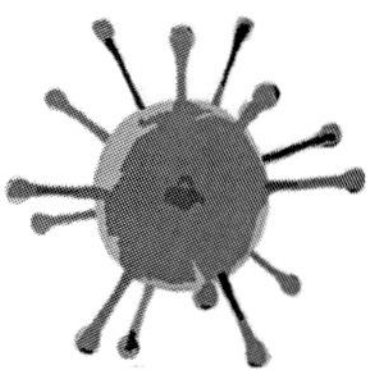
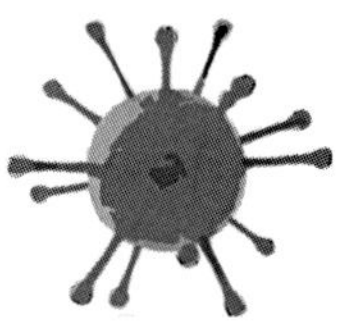
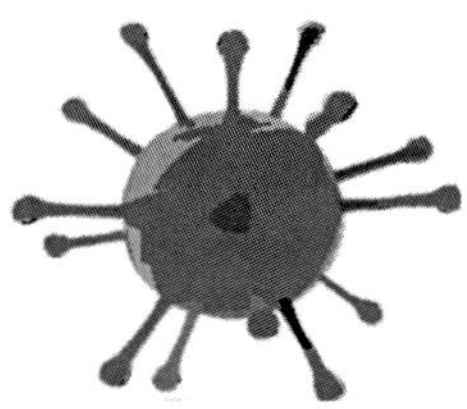

Keine besonders schlechte, aber auch keine außerordentlich beeindruckende Erfolgsbilanz (wie beim genaueren Hinsehen auszumachen ist):

Nachbarländer	**D 46/3/87** **Skandinavien**	**Europa / USA**	**Asien / Australien**
A /43/2/99 CH /42/2/118 L /42/1/107 B /42/3/195 NL /2/1,5/93 CZ /40/2/205 PL /39/2,5/119	***DK /41/1/41*** SF /42/1/14 S /41/2/128 N /39/1/12 ISL /35,5/0,5/8	I /44/3/165 E /41/2/152 F /41/2/133 GB /40/3/188 USA /37,5/2/161	Japan /46/2/7 Südk. /39,5/2/3 Taiwan /38/1/<<1 China /37,5/5/0,5 Singap. /38/0/0,5 Austr. /37/3/4 Neuseel./37/1/0,5

Beispielsweise für den Zeitraum von März bis zum Ende des Sommers 2020 im Vergleich mit skandinavischen Ländern (Ausnahme Schweden, die anfänglich auf Herden-Immunität gesetzt hatten) und dem heutigen **Stand (09.03.2021)** im benachbarten Dänemark:

Todesfälle pro 100.000 Einwohner seit Sept. 2020:
Dänemark = verdoppelt
Deutschland = vervierfacht!

(wobei die Schere noch weiter aufgehen könnte)
(aufgegangen ist - wie Vergleichsdaten aus 2023 zeigen)

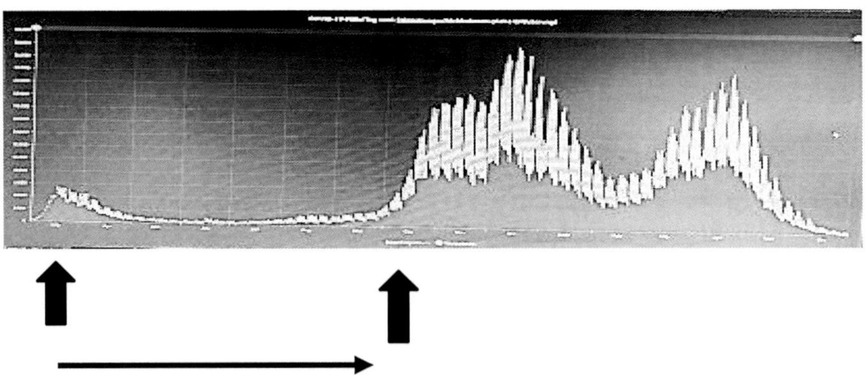

„die Zeit des deutschen Corona Märchen-Reichs (04 – 09 2020)"

Kein Zweifel, dieser schön föderalen Berliner (ständig mit dem Grundgesetz wedelnden) Republik, die sich bestens gegen einfallende Viren aufgestellt und gewappnet gefühlt hatte, musste ich tatsächlich (und gegen meinen Willen) die eigentlich positiv gemeinte Einstufung als mustergültiges **Corona-Märchen-Reich** nach nur sechs (6) Monaten des Bestehens (wie der Screenshot vom RKI zeigt) schon wieder entziehen, um sie ohne externe Beratung als Fehlgeburt zu ihren bereits verblichenen Geschwistern zu legen (schlechten Gewissens, aber in der guten Absicht die allgemeine Aufmerksamkeit auf nun mehr vier (4) vergangene (groß) deutsche Reiche zu lenken), und zwar auf...

- die Nummern 1 und 2 (die beide in der Schule intensiv durchgenommen worden waren)
- eine Nummer 3 (mit der die älteren von uns erst um 1960/61 als Staffel im Fernsehen nähere Bekanntschaft machen durften)
- sowie eine neue Nummer 4 (wenn ein kurzlebiges (Corona) Märchen-Reich denn dazu gezählt werden darf)

Tatsächlich alles Reiche mit einer nicht immer märchenhaften Vergangenheit, aber doch einigen interessanten Entwicklungen:

- wie z.B. die aus dem 1. Reich (bis Anfang des 19. Jahrhunderts) stammenden und bewährten Maßnahmen „Lockdown und Quarantäne"
- oder die im 2. Reich (bis 1919) in der Charité (von 1710) gewonnenen Erkenntnisse zur Hygiene und Abwehr von Infektionskrankheiten (z.B. die Pocken-Impfung), das Robert-Koch-Institut (von 1891) sowie das Paul-Ehrlich-Institut (von 1896) – nicht zu vergessen *Chr. Drostens Corona* PZR-Test aus der Charité als Zugabe 2019/20)
- während aus dem 3. Reich möglicherweise so was wie das Unvermögen, reale Krisenlagen politisch anerkennen zu wollen sowie eine Spezies namens „Reichsbürger" überlebt haben könnten (ohne die Erinnerung an Mord und Totschlag, Kriegstreiberei und die Ausrottung von Millionen (insbesondere jüdischer) Mitmenschen klein oder weg reden zu wollen)

Vielleicht mit ein Grund, weshalb in allen öffentlich zugänglichen (Medien) Landschaften dieses von mir frei erfundenen ***Märchen-Reiches*** *(℗BK)* derzeit so außergewöhnlich viele (Corona) **Märchen-Erzähler*innen** unterwegs sind.

Aber sicher nur, um während der viel beschworenen Lockdown-Phasen die genervten Einwohner*innen zu beruhigen und mit „was wärt ihr lieber" Gegenüberstellungen und Kombinationen wie...

- Organisations- oder noch lieber Bürokratie-Weltmeister?
- großer Freund riesiger Logistikzentren oder beste Freundin eines kleinen Fahrradkuriers?
- Reise-Weltmeister/in mit oder ohne Impf-Pass oder Waldläufer*in mit ökologischem Zertifikat?
- engagierte/r Teilnehmer*in beim frühen Bedenken suchen oder erst beim späten Verhältnismäßigkeit finden?
- Weltmeister*in der guten Ideen oder doch des allerkleinsten gemeinsamen Nenners?
- Champion*ike lieber beim Mitmach-Klein-Klein oder beim protzigen Nichtstun?
- Großmeister im ungefähren Durchplanen und besser nicht im beherzten Durch- und Umsetzen?

...im Kopf funny frisch, körperlich topfit und bei guter Laune zu halten.

Ganz egal, vor allem wenn man (wie ich) absolut keine Vorstellung davon hat, wen oder was sie, er oder es damit eigentlich hatten erreichen wollen.

Von daher für mich kein Wunder, dass unsere zahlungswilligen Politiker*innen* die Bedeutung von recht früh aufgetretenen Botschaftern des Todes (wie Ebola, Sars, Mers, etc.) nicht hatten verstehen können (oder wollen).

(also sich ganz ähnlich verhalten wie der Riesen bezwingende Jüngling in dem Märchen „Die Boten des Todes (KHM 177)")

Da fällt es vielen deutlich leichter, das eigene Land und das eigene Handeln vorzugsweise mit den noch schlechter dastehenden Ländern zu vergleichen.

Sich stattdessen von besseren Zahlen und Lösungen anderswo inspirieren und anspornen zu lassen, würde ja auch nur Streber*innen in den Sinn kommen.

Und überhaupt, wozu bräuchte es sonst einen allumfassenden einheimischen Datenschutz, wenn nicht als die einzige, alles erklären könnende Antwort (mit dem Vorteil, nicht auf Nachfragen zu weiteren Details eingehen zu müssen).

Allerdings stellte in diesen Tagen eine Teilnehmerin an einer Gesprächsrunde (in der es über wachsende Probleme bzgl. Diversität, Teilhabe, Rechte und Schutz von Minderheiten und Benachteiligten im gesellschaftlichen Miteinander ging) gegen Ende der Diskussion fest, dass das RKI (Robert-Koch-Institut) nach eigener Aussage nicht in der Lage ist, belastbare Informationen (Daten!) zu Ursachen bzw. Auswirkungen der Pandemie auf Minderheiten oder andere Randgruppen zur Verfügung stellen zu können.
Dabei müsste man doch inzwischen wissen (oder wissen wollen), warum so viele Menschen aus diesem Umfeld in den Krankenhäusern zu finden sind.

Ich wollte ihr fast schon zustimmen, da fiel mir ein, dass das RKI ja noch nicht einmal digital verfolgen darf, wann und wo sich Menschen anstecken, vom sinnvollen Verfolgen von Hot Spots und Clusterbildungen gar nicht zu reden.

Bloß gut, dass es dieses märchenähnliche Reich nicht wirklich gegeben hat; und vielleicht ganz besonders gut, dass es dieses auch zukünftig nicht geben wird.

Leider kann nicht völlig ausgeschlossen werden, dass demnächst alle hier lebenden Bürger*******innen* einen Aufruf wie diesen lesen dürfen:

„Bekanntmachung“

„Das Virus ist da, es sind sehr viele Viren und sie werden wahrscheinlich bleiben; sie sind geschlechtslos, scheren sich weder ums Gendern noch um alte weiße Männern; leider halten sich viele von ihnen auch nicht von black, coloured or other ethnic minority communities fern, und leider, leider verbreiten sie sich immer noch nicht nach Quoten; dabei sind sie Teil einer unvergleichlich großen Schöpfungsgeschichte, wandern und mutieren sehr gerne, noch dazu ohne erkennbaren religiösen Eifer; es ist zwar nicht sicher, ob sie von Anfang und Ende wissen, allerdings dürften sie ohne eigenes Zutun von der seit langem unter uns Menschen grassierenden politischen Naivität profitieren können.“

***(die sieben Sternchen sollen alle (wirklich alle) des Lesens kundige Menschen repräsentieren - bestimmt wird ein * darunter sein, welches auch euch gefällt)**

~~Henkers~~ Mahlzeit im Corona Märchen-Reich

Muss zugeben, selten eine blödere Märchengeschichte geschrieben zu haben. Fast wäre mir dabei der Appetit vergangen. Aber (noch) ist die Resilienz hoch. Rosi wurde bereits 1x geimpft *(am 11.3.21 in einer medizinischen Einrichtung),* hat vom Land seitdem sieben (7) Briefe (in Summe 56 Seiten) erhalten und parallel ihren Mann (also mich) angemeldet. Kurz vor Ablauf des 72 h Fensters habe ich mich registrieren lassen, durfte aber lesen, dass ich noch nicht dran sei, dafür am gleichen Tag einen Brief mit der Aufforderung erhielt, mich registrieren zu lassen. Ich weiß nicht recht, ob ich das noch will. Als Mitglied in der *DBG (Deutsch-Britische-Gesellschaft)* käme für mich eigentlich nur der als Oxford-Jab bezeichnete Impfstoff von *AZ (Astra-Zeneca)* in Frage. Doch der wird derzeit nicht verimpft. Vermutlich, um mich zu ärgern.

Linsen - ~~Gericht~~ Eintopf

Zutaten:

500 g Linsen (Beluga), 4-6 Stangen Staudensellerie, 1 Bd. Frühlingszwiebeln, 2 Chilischoten, Knoblauchzehen, 1 Stück Ingwer (ganz), 400 ml Gemüsefond, 500 g passierte Tomaten, ca. 500-750 ml heißes Wasser, Pfeffer, Zucker, Salz, Zitronensaft, Petersilie, guter Schuss Öl

Zubereitung:

Linsen über Nacht einweichen, Gemüse (außer Ingwer) sehr klein hacken, Öl im großen Topf erhitzen, Gemüse glasig anbraten, passierte Tomaten, Fond und Linsen zugeben und erhitzen, würzen und ca. 50 min köcheln lassen, zwischendurch heißes Wasser nachgießen (Konsistenz), zum Schluss gut abschmecken; mit gebratenen Scampi oder Veggy-Wurst* servieren.

(Patent für Sojawurst bereits 1918 von Konrad Adenauer ! eingereicht)

Getränke

Tatsächlich nichts Halbes und nichts Ganzes, am besten wir holen einige Flaschen ***Halbstück*** (Weiß- und/oder Grauburgunder) vom *Weingut Jakob Schneider in Niederhausen, Nahe* aus dem Keller und beginnen vorsichtig, unseren doppelt starken Frust (über die derzeitige Politik und die Tatsache, dass 1966 ein Beluga-Wal im Rhein nur bis Bonn geschwommen war, weshalb im Eintopf die bis Breisig fehlenden Meter durch Beluga-Linsen ersetzt wurden) nach und nach im Wein zu ertränken.

(1ste Impfung mit AZ !!! am 22.4.21 erhalten)

~~Es war einmal ein*~~

Wenn mich die Erinnerung nicht trügt, dann war's ein besonders heißer Tag im Frühsommer 2019 gewesen, als bei der 20. Drehung der kleine schwarze Strich auf dem händisch zu bedienenden, analog arbeitenden Zufallsgenerator (ein kleiner Holzkreisel mit aufgemalten Augen) eine weitere Herausforderung in Gestalt einer nach ganz viel Meer schmeckenden Wort-Kombination...

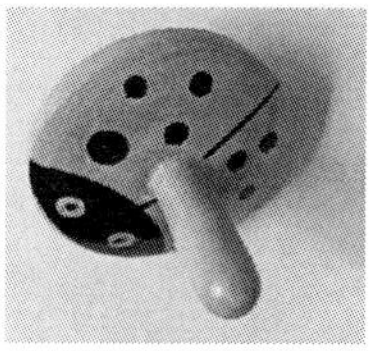

...Märchen - Schiff...

...angezeigt hatte.

Wie schön, endlich einmal eine passende Aufgabe (so ein erster Gedanke) für einen auf dem platten Land geborenen Wassermann** - leider aber auch nicht viel leichter zu bearbeiten als trockenere Themen.
Immerhin hatten für das Thema keine Sterne vom Himmel (oder sonst woher) geholt, stattdessen Märchen und Schiffe so miteinander verbandelt werden müssen, dass es (und zwar besser früher als später) zu lesenswerten Details reichen würde (von „dürfen" war nie die Rede, auch nicht, ob in einer zwar „ökologisch korrekten, dafür aber sinnlos umeinand` gendernden Sprache").

(gecancelt – unzulässige Auftaktzeile)
****(der Autor ist gemeint; und es ist kein Meer, sondern eine Mär, dass, wäre er eine Autorin, er tatsächlich auch als Jungfrau hätte geboren werden müssen)***

Bloß gut, dass im selben Moment ein wahrhaft wahrer Geistesblitz dazu riet, besser bis zum November/Dezember 2021 zu warten, dann mit dem Enkel Jonathan (bis dahin stolze 3 ½ Jahre alt) schnurstracks in die Freie und Hanse-Stadt Hamburg an die Binnenalster zu fahren, um eines (von gleich mehreren) am Ufer fest vertäut liegenden **Märchen-Schiffen** aufzusuchen.
Aber leider wurde nichts aus der Begegnung mit höchst dekorativ (kindgerecht) gekleideten **Märchen-Wesen**.
Es war nämlich (außer von Bill Gates) unerwarteter und wenig märchenhafter Besuch gekommen, und zwar ~~Tanten~~ Varianten vom Stamm der COVID*innen...

- und die wollten bzw. sollten viel länger bleiben als angekündigt bzw. zunächst angenommen

- mit der Nebenwirkung, dass 2021, 2022 + 2023 kein **Märchen-Schiff** an der Alster* besucht wurde (einfach keine Aufführungen)

(ob`s mit einem Besuch in 2024 oder 2025 was werden wird, bleibt abzuwarten)

Immerhin wurde die Zeit nicht verplempert, sondern dazu genutzt, um in der maritimen und auf Mehr ausgerichteten Titelzeile nach emotional ähnlich stark fordernden Alternativen zu suchen:

- kann es denn sein, dass weder Binnenländer noch Küstenbewohner bisher auf die Idee gekommen sind (vielleicht hab ich es aber auch nur überlesen), den Titel **„Märchen-Schiff"** zu kapern, um diesen dann als Wortmarke für rein kommerzielle Zwecke rechtlich schützen zu lassen?

- ich kann´s euch leider nicht sagen

Aber während der Schreiber noch nicht einmal über so was wie einen blassen Schimmer verfügt, soll dessen siebenmal klügeres Spiegelbild einer dunklen Ahnung vertrauen, die besagt:

- vielleicht weil wir (egal ob als natürliche, juristische bzw. sonstige Person) uns gefühlsmäßig verdammt schwer tun, eine ziemlich sicher nicht ganz freiwillig verpartnerte 2-Wort-Verbindung (wie „Märchen" und „Schiff") außer als nett anzusehendes Zufallspaar auch als **die** beste Gelegenheit zu begreifen, **~~einigen~~** anderen, nicht so sehr finanziell, aber psychisch stark belasteten und deshalb auf Ablenkung angewiesenen Mitbürger*innen mit einem überzeugenden Angebot (auf gar keinen Fall ein weiteres Kreuzfahrt-Schiff) kreativ weiterhelfen zu können

Ok, möglicherweise nicht die intelligenteste (aber auch nicht die schlechteste) aller Ideen, im großen Ozean der Spaß versprechenden Unterhaltungs-Industrie mit einem **Märchen-Schiff** auf die Jagd nach passenden **~~Rentnern~~** Renditen gehen zu wollen...

- ...aber wie (um Himmelswillen) müsste so ein Wasserfahrzeug aussehen bzw. ausgestattet sein, um eine qualifizierende Bewertung zu schaffen?

Ok, sicherheitstechnische Überlegungen sollten eigentlich dazu führen, in einer so sensiblen Angelegenheit nicht unbedingt einen Schreiberling um Rat fragen zu wollen, aber falls doch, dann wäre ich dafür, dass auf allen (druckfrisch zu verteilenden) Werbe-Broschüren bzw. Zetteln...

„Märchen-Schiff legt demnächst ab“

...aus Gründen des Klimaschutzes sowieso nur so etwas wie die folgenden zwei, zwar auf den ersten Blick alt und grau wirkenden, aber, rein technisch gesehen, überaus vielversprechenden (Schiffs-) Typen fürs ~~Auf~~ Ankreuzen abgebildet sein sollten...

- ...erstens ein halbwegs ausgewachsener Frachtsegler (ähnlich dem *FreePik* rechts), der allerdings freiwillig und eigenhändig aus wild gewachsenem und zertifiziertem Eichenholz nachgebaut und zusätzlich mit biologisch abbaubaren Segeltüchern, Planen sowie Persennigen ausgerüstet werden müsste

- ...zweitens ein CO^2 -arm/-frei gebauter eiserner Kahn (mal sehen, wo der Stahl dann herkommt) mit hybridem Antrieb aus Flettner-Rotoren, möglichst viel Photovoltaik inklusive Akkus von hoher Leistung und einem E-Motor plus einem kleinen Hilfsdiesel für erwartbar flaue Zeiten und deshalb schon mit E-Fuels im Tank (*V. Wissing´s FDP* sei Dank)

Da die technischen Grundlagen für Bau und Ausrüstung glücklicherweise schon seit vielen Jahrzehnten bekannt (und wir bekanntlich für neue Technologien offen) sind, hätte man annehmen dürfen, dass die zukünftigen Eigner*innen unverzüglich mit der Projektplanung losgelegt hätten (öffentlich-transparente Bauvergabe, festlich umrahmte Kiellegung*, feierlicher Stapellauf inklusive Champagner-Dusche), und das für gleich zwei Prototypen und ohne zeitliche Verzögerungen zuzulassen.

****(die Kiellegung = eine unabdingbare Voraussetzung, um an Bord ein Kielschwein halten und etwas später auch noch einen Klabautermann begrüßen zu dürfen)***

Was aber leider nicht geschehen ist, und das nur aus einem einzigen Grund...

- weil nämlich die für den Betrieb der Schiffe neu gegründete Reederei meinte, unbedingt noch einen von ihren „sogenannten" Beratern (mit ein paar Extrawürsten im Seesack) vorbei schicken zu müssen

...und dieser (vermutlich noch nicht einmal selbsternannte) Experte darauf bestanden hatte...

- erstens die größeren (jedoch keinesfalls überdimensionierten) ~~**Vorrats**~~ Laderäume sowie die Kombüsen (inklusive 4 auszuhängender Rezepte**!**) auf der Stelle und ausführlich erklärt zu bekommen

- zweitens eine Vereinbarung mit der Bedingung gegenzeichnen ließ, dass exakt 24 h vorm allerersten Ablegen (er nannte es „Jungfernfahrt") ausreichende Mengen an Reiseproviant (er selbst sprach allerdings von „Viktualien"*) in fester wie in flüssiger Konsistenz angeliefert werden

- wohl um später zeigen zu können, wie sich aus absolut hanebüchenem Wortgeklimper und sehr einfachen Viktualien selbst in einer eher karg ausgestatteten Pantry wohlschmeckende Gastmähler zaubern lassen

(mit Viktualien (lateinisch: victualia) werden seit alters her Nahrungs** ~~ergänzungs~~ **bzw. Lebensmittel bezeichnet - daher der Name Viktualien-Markt in München, nicht zu verwechseln mit Vitalien-Brüdern wie Klaus Störtebeker und Godeke Michels)

Jede Geschichte (egal ob sie nun von Märchen und/oder Schiffen handelt) wird einmal ein Ende finden, so auch diese. Und wie sie ausgehen wird, ist wirklich noch offen.
Aber bis dahin gilt (wie eigentlich für alle Märchen), dass die Hoffnung (auf ein gutes Ende) immer ganz zuletzt sterben wird.
Und so werden sich (wohl oder übel) alle ~~**neu**~~ wissbegierigen und geschätzten Leser*innen damit zufrieden geben müssen, dass auf den nachfolgenden Seiten lediglich ein paar Details zu den ausgehängten vier (4) Rezepten bzw. den daraus entstandenen Gerichten** zu finden sind.

*****(darunter ein Fischeintopf - zubereitet mit TK-Meeresfrüchte vom Discounter - weil (vermutlich wegen eines Familiendramas wie in KHM 19 „Vom Fischer und seiner Frau") der Fischer nicht in der Lage war, Frischware pünktlich anzuliefern)***

Demgegenüber (und glücklicherweise) lässt sich die aktuelle Situation bei den Getränken deutlich entspannter beschreiben, denn...

- ein (vorgeblicher) Ur-Ur-Ur-Großneffe vom ***Störtebeker*** war mit einer ausreichend großen Ladung an Bier (hell und dunkel) vorbei gekommen (um beim Einsetzen erster Durstattacken löschend eingreifen zu können)
- während nach dem Besuch* eines Weingutes ***(Hof Steyert an der Nahe)*** ausreichend Flaschen Wein bereit standen, um ein Trockenfallen (nicht nur des Schiffes!) sicher zu verhindern
- denn selbstverständlich haben Gerichte und Getränke bereitzustehen, wenn ein vormals sehr beliebter (allerdings nur noch älteren Seglern bekannter) Ruf **„Backen und Banken“** wieder mal erschallen soll

(inkl. Wanderung „Baumgeister-Tour“ bei Bingen und nach geglückter Passage durch Koblenz - trotz erster Klebeaktion einer selbsternannten Letzten Generation)

Eine Pastete als Vorgericht

Zutaten:

250 g Dinkelmehl, 250 g Zucchini (klein geraspelt), 400 g Möhren (klein geraspelt), 1 rote Zwiebel (fein gehackt), 50 g schwarze Chia-Samen, 2-3 Eier, 200 g Hirtenkäse, 100 ml Pflanzenöl, 100 g Nuss/Pinienkern-Mischung (geröstet, gehackt), Zitronenabrieb, 1 Tl Pfeffer, 1 El Salz

Zubereitung:

Die zerkleinerten bzw. alle genannten Zutaten in einer Schüssel zu einer weichen Masse verkneten; eine Kastenform (30 cm) zuerst mit Backpapier und dann mit dem ausgerollten Teig auslegen; die Pastetenmasse einfüllen und mit dem überstehenden Teig abdecken, Oberfläche mit etwas Eigelb einpinseln und Löcher einstechen; Ofen auf 180 °C (Umluft) vorheizen, Pastete ca. 50-55 min backen, herausnehmen, abkühlen lassen und noch lauwarm mit etwas Salat oder eingelegtem Gemüse servieren.
(vom Rest später Scheiben abschneiden, in einer Pfanne kurz anbraten, dann mit Gratin-Käse bestreuen und übergrillen)

Für die **Vegane Version der Pastete** einfach den Käse durch Tofu bzw. *veganen Reibegenuss* sowie Eier durch Ei-Ersatz (+ 1 Tl Kala Namak) ersetzen.

Kartoffeln mit Seefisch und Gurken vereint in einem ausreichend großen Topf

Zutaten:

1000 g festkochende Kartoffeln, 1 große Salatgurke, 250 g Eismeer-Garnelen, 750-1000 g festes Fischfilet (z.B. Schwertfisch, Kabeljau bzw. Skrei, Rotbarsch), 4-5 Zwiebeln, 2 Knoblauchzehen, 400 g Kalbsfond, 400 g Fischfond, 100 ml Portwein (weiß), 4 El Zitronensaft, 1 El Senf (scharf), Butterschmalz, Creme Fraiche, Pfeffer, Salz, Zucker, 3 Bund Dill (gehackt)

Zubereitung:

Kartoffeln schälen, ca. 10 min vorkochen und dann würfeln (vorher 3 Kartoffeln beiseite stellen, werden gfls. zum Schluss für eine bessere Bindung gebraucht);
Gurke schälen, halbieren, das weiche Innere herauskratzen und würfeln;
den Fisch bzw. Teile säubern, in Würfel schneiden, leicht salzen und mit Zitrone beträufelt beiseite stellen;
fein gehackte Zwiebeln und Knoblauchzehen in einem großen Topf in Butterschmalz anschwitzen, mit Wein ablöschen, den Fond angießen und wieder erhitzen;
die Kartoffel-, Gurken- und Fisch-Würfel sowie die aufgetauten, abgespülten Garnelen hinzu geben und ca. 15-20 min ziehen lassen;
Senf und Creme Fraiche einrühren, dann mit Pfeffer (evtl. etwas Salz und Zucker) abschmecken und erst zum Schluss den Dill unterrühren (für die bevorzugte Konsistenz gfls. beiseite gestellte, weich gekochte Kartoffeln zerstampfen oder mit einer Spätzle-Presse rein drücken);
dann nochmals alles umrühren und sofort servieren

Wurzel- und Knollen-Gemüse aus dem Ofen

Zutaten:

ca. 1-1,5 kg Kartoffeln, je ca. 5 Möhren, Pastinaken und Petersilienwurzeln, Knoblauch nach Gusto, frische Rosmarin- und Thymian-Zweige, Pfeffer, Salz, Olivenöl

Zubereitung:

Gemüse putzen und (nicht zu) klein schneiden, dann ca. 5-10 min in kochendem Wasser blanchieren, abgießen und auskühlen lassen; Olivenöl in eine ausreichend große Schüssel füllen, die abgetrockneten Gemüsestücke hinein geben, pfeffern, salzen und dann im Öl schwenken bis alles gut bedeckt ist;
danach das Wurzelgemüse in einem großen Bräter oder auf mit Alufolie bedecktem Ofenblech verteilen (nur 1 Lage) und Knoblauchzehen sowie Rosmarin- und Thymian-Zweige dazu tun;
Ofen auf 200 °C vorheizen, Blech auf mittlere Schiene stellen und das Gemüse ca. 60 min goldgelb und schön knusprig backen lassen

Dessert

Hinten im Laderaum lagen noch ein paar leicht verschrumpelte Boskoop-Äpfel (aus dem Alten Land), gerade noch gut für ein paar **warme Apfelringe** als Nachtisch.

Zutaten:

4 Boskoop (geschält, entkernt), 120 g Mehl, 100 ml Milch, 2 El Zucker, 1 Tl Backpulver, 1 Pr. Salz, etwas Zimt, 2 Eier, 1 El Puderzucker, Butterschmalz

Zubereitung:

Mehl, Zucker, Backpulver, Zimt u. Salz gut vermengen, Milch und Eier zugeben und zu einem glatten Teig rühren; Butterschmalz erhitzen; Äpfel in 1 cm Scheiben schneiden, durch den Teig ziehen, abtropfen lassen und im Schmalz goldbraun ausbacken (2 x 4 min), auf Küchenkrepp geben und mit Puderzucker bestäubt servieren.

Getränkeliste

Biere (und Bild) von der ***Störtebeker Braumanufaktur*** in Stralsund,

Die **Weine** stammen alle vom ***Weingut Hof Steyert*** an der Nahe

(früher Fuchs-Jacobus) BIO DYN seit´89, und zwar...

...begleitete eine weiße ***Jublläums-Cuvée*** (2019) die Pastete

...zum Kartoffel-Seefisch-Gurken-Topf gab´s einen
Cabernet Blanc „Sofrei" (2021)

...während ein ***Spätburgunder Rosé „Steyert"*** (2021)
das Wurzel- und Knollen-Gemüse aus dem Ofen so lange begleiten durfte

...bis tatsächlich noch etwas Wind aufkam, zwar nicht der angekündigte
Seewind, stattdessen ein gehaltvoller ***„Bergwind"***

Na dann mal Prost!

Ein auf einem Berg (rücken) thronendes, imponierend aussehendes...

...Märchen - Schloss...

...sollte jeder von uns (Frauen und Kinder selbstverständlich eingeschlossen) wenigstens einmal (1x) in seinem (bzw. ihrem) Leben zu Gesicht bekommen (bei schlechterem Wetter vielleicht sogar dessen prachtvolle Innenräume mit dem Unisex-Donnerbalken in einem der hinteren Winkel – sofern man nicht vergessen hat, einen Impfausweis mitzunehmen).

Und falls so ein Besuch, einem inneren Schweinehund (oder wem auch immer) zuliebe, noch nicht geschehen sein sollte, dann aber bitte nichts wie ab damit auf eure ganz persönliche *„bucket-list"** zu all den anderen Aufgaben, die in den kommenden Tagen, Wochen, Monaten, Jahren und Jahrzehnten noch abgearbeitet (manchmal auch vergessen) werden müssen.

(und bitte verwechselt diese „bucket-list" bloß nicht mit einer „todo-list" bzw. einer „helping-list" (obwohl erstere fürs Befüllen einer Schultüte mit vollwertiger Süßkost, zweitere für alte Leute im Ruhestand durchaus sinnvoll sein könnte) und schon gar nicht mit einer sinnlos angelegten „nudging-list")

Langeweile soll ja für die Gesundheit genauso schädlich sein wie das Rauchen (ganz egal in welchem Lebensabschnitt man vor hat, damit aufzuhören oder aber anzufangen). Und deshalb machte auch ich mich kurz entschlossen auf die Suche nach einem nicht allzu weit entfernt gelegenen **Märchen-Schloss**, um die Herausforderung trotz Corona möglichst rasch zu einem guten Ende zu bringen.

Man meint aber gar nicht, wie mühsam sich so was gestalten kann.

Es beginnt schon damit, einigermaßen überrascht akzeptieren zu müssen, dass es (rein rechtlich gesehen) keine allgemein verbindlichen Vorschriften gibt, was alles unter „Schloss" eingeordnet werden darf.
Man dadurch praktisch gezwungen wird, sich immer auch mit anderen Anlagen ähnlicher Größe und Funktion bzw. mit Bezeichnungen wie Burg, Herrenhaus, Ansitz oder Gut zu befassen.

Allerdings könnte man auch den (kolportierten) Hinweisen vormaliger (weil ehemals österreichischer) Adeliger vertrauen, die da gesagt haben sollen:

„Ein Schloss ist das, was die Leute in der Gegend Schloss nennen."

und

„Ein Gebäude ist ein Schloss, wenn es mehr als ein (1) Treppenhaus hat."

Von daher tut man gut daran, zunächst einmal zu *googlen*, um zu überprüfen, ob es neben dem bekannten und häufig besuchten *Neuschwanstein* tatsächlich noch weitere Schlösser gibt, die ebenfalls darauf aus sind, neu -/+ wissbegierige Besucher*innen drinnen im Haus oder draußen im Park (gegen einen geringen Obolus) zu empfangen.

Und versucht auch gar nicht erst, die euch interessierenden Infos per *Copy-and-Paste* ein- oder mehrfach herunter zu laden, um diese (angeblich ebenso interessierten) Dritten zur Verfügung zu stellen (ihr könntet euch gezwungen sehen, die Leute später auch mitzunehmen).

Versucht lieber zu verstehen, wie ein Film aus der vom Adel befreiten anderen deutschen Republik *(DEFA - „Das Märchenschloss")* auf die ziemlich googelige Liste an Vorschlägen geraten konnte - ich kann und werde dazu nichts sagen*.

***(nicht, weil sich in so ´nem Märchen-Schloss Jungpionier*innen auch mental vom körperlich anstrengenden Einsatz in volkseigenen Betrieben zur Erntezeit hatten regenerieren dürfen, sondern einfach, weil ich den Streifen nie gesehen habe)**

Mir reichte am Ende tatsächlich ein recht kurzer Blick auf eine tagesaktuelle Aufstellung mit den (angeblich) 15 märchenhaftesten Burgen und Schlösser in Deutschland, um (wenig) motiviert los zu legen:

- an Nummer 1 (wie vorauszusehen) Schloss Neuschwanstein
- an Nummer 15 die Löwenburg in Kassel
- und kurz davor mit der Nummer 13 das ***Schloss Braunfels***, gelegen zwischen Wetzlar und Weilburg an der Lahn in Hessen (siehe Bild).

Dieses Schloss schien genau die richtige Adresse für mich zu sein.

Nicht allzu weit zu fahren und glücklicherweise doch weit genug weg von Rheinland-Pfalz, d.h. den Schlössern und Burgen an Rhein und Mosel, die (Corona-bedingt) ganze Heerscharen an Kurzbesuchern zu ertragen haben).

Was allerdings nicht hieß, auch das eigene Lebensumfeld mit den unzähligen (Trillionen, Quadrillionen, ????????) Sars-Cov 2 Viren und fast ebenso vielen (getesteten, nicht getesteten oder bereits geimpften - Sch**ss Datenschutz) Viren (Über) Träger*innen* hinter sich zurück lassen zu können.

(alles ganz reizende Mitmenschen (obwohl überwiegend Rentner*innen), die es, der besonderen Umstände wegen, leider nicht mehr (oder noch nicht wieder) in die wärmeren Gefilde einer Insel geschafft haben)

Zwar nicht jedermanns Geschmack, sich mit der Eifel, dem Hunsrück oder dem Westerwald anfreunden zu müssen, aber eine wichtige Schonzeit für weiter südlich gelegene Regionen und deren Bewohner.

Leider kann ich auf die Frage, ob dies auch die Einheimischen auf den Balearen (inkl. Ballermänner und -frauen) oder den Kanaren (obschon weiter entfernt im Atlantik liegend und von Vögeln gleichen Namens bevölkert) so sehen, nicht zuletzt aus Gründen des Datenschutzes keine alles erklärende Auskunft geben.

Was ich dagegen aber sagen kann, ist, dass sich die Informationen über das Schloss der *Grafen von Solms* allesamt ausgesprochen interessant angehört hatten:

- Gebäudekomplex von hoher überregionaler Bedeutung infolge Lage und diverser Aus- und Umbauten (dazu gut sichtbar auf einer Basaltkuppe gelegen, neugotischer Stil, besondere (Fürsten- und Altenberger) Räume, eigene Kirche und Museum, etc.)
- hohe geschichtliche Relevanz als Adelssitz und Teil von politischen Umwälzungen, u.a. die fürstliche Familie betroffen vom viel genannten *„Reichsdeputationshauptschluss"* (ein tolles deutsches Wort, überdies Gender neutral)
- soll in einigen bekannten **Märchen-Filmen** mitgespielt haben und als *„Das Schloss der bösen Schwiegermutter"* bzw. als das schlafende Schloss aus *„Dornröschen" (vgl. KHM 50)* bekannt geworden sein
- daher werden **Märchen-Führungen** nicht nur angeboten, sondern auch gerne angenommen
- und war Drehort des Films *„Max und die wilde **7**" (2019)*
- ist eines der wenigen Schlösser, die erst später zu einer Burg umgebaut wurden (und nicht umgekehrt - vielleicht weil immer weniger böse Ritter Einlass begehrten)
- und so weiter und noch weiter fort

Keine Frage, es galt keine Zeit mehr zu verlieren, ein Besuch musste unbedingt noch im Frühsommer 2021 durchgeführt werden.

Leider hatte ich vergessen, mich über (tatsächlich) bestehende Unterschiede bei den Corona-Regeln zwischen Rheinland-Pfalz und Hessen zu informieren.

Restaurants, Cafés und diverse andere „Locations“ konnte man nur unter Vorlage eines Impfausweises oder eines aktuellen Tests betreten.

Aber kein Problem, denn Garten und Umgebung des Schlosses durften (oben angekommen ohne alles) besichtigt werden.

Und vom *„ausgezeichneten Café Vogel“* hatte ich dann (mit einer Schachtel Macarons und einem Cappuccino-to-go in den Händen) von einer in der Sonne liegenden Bank einen ganz entspannten (weil Corona freien) Blick hinauf zu meinem persönlich ausgerufenen...

Märchen-Schloss

...mit dem guten Gefühl, eine selbst verschuldete Herausforderung mit großem Geschick gemeistert zu haben.

Einfach toll, gibt sehr wahrscheinlich die volle Zahl an Bewertungs-Punkten.

Blieb nur noch, eine weitere wichtige Aufgabe zu erledigen, nämlich vor bzw. auf der Rückfahrt über ein geeignetes Abendessen und die dazu passenden Getränke nachzudenken.

Was schlussendlich dazu geführt hatte, für mich...

- neben einem passenden Stück Fleisch vom Weiderind
- mehrere Flaschen Bier von der *Hausbrauerei Obermühle* in Braunfels
- auch noch ein paar Feldhasen *(als Trollinger verkleidet und* vom *Wg. Aldinger stammend)*

...und (m)eine trotz Corona tapfer weiter arbeitende Rosi besorgen zu dürfen.

Ein Sattmacher für (hungrige) Rittersleut`

Der Blick auf das Schloss hatte mich daran erinnert, bei einem früheren Aufenthalt in Hessen (im Rahmen einer studentischen Exkursion) ein Gericht namens *„Bellschuh"* (oder so ähnlich) gegessen zu haben (eine Art oval geformter „Viertelpfünder", der zwar nicht im Brötchen, dafür mit Sättigungsbeilage auf den Tisch gekommen war).
Wie auch immer, mit einem ähnlich simplen Gericht sollte wohl auch der müdeste **Märchen-Schloss** Besucher (*innen können ja was anderes essen) satt zu bekommen sein:

Gericht

Zutaten:

1-1,2 kg Hack (Hals oder Schulter vom Rind, selbst geschreddert), 100 g Panko, 2-3 Eier, 200 g Creme Fraiche, Löwensenf, Salz, Pfeffer, Muskat, Chilisauce, Kräuter (Tk für grüne Sauce), 1,5-2 kg Kartoffeln, 200 g (Koch-) Sahne, Butterschmalz, 1 Stück (200 g) Feta-Käse (oder Handkäs für mutige Hessen)

Zubereitung:

Fleisch durchdrehen, Panko, Creme Fraiche und Eier zugeben, mit Senf (ca. 1 Tl), Pfeffer, Salz, Spritzer Chili und den Kräutern würzen und sehr gut vermengen, dann den Fleischteig in eine Schuh-ähnliche Form bringen und den Käse mittig einrollen; eine ausreichend große Keramikform einfetten und den Fleischteig einsetzen; Kartoffeln schälen und in Scheiben schneiden, um den Teig herum in die Form schichten, mit Pfeffer, Salz, Muskat würzen und zum Schluss die Sahne angießen und bei 180 °C (Umluft) ca. 60-70 min backen. (mit Grillfunktion, wenn Kruste gewünscht und Kräuter bzw. Käse weglassen, wenn kleine Kinder am Tisch erwartet werden)

Getränke

Ursprünglich war ja - mit einem großen Glas Wein in der linken und einem Krampf (vom arg kleinen Kreisel) in der rechten Hand - beim Auskungeln der **Märchen-Themen** alternativ-demokratisch verfügt worden, dass der (nicht selten zu) viel versprechende **Märchen-(Auf) Sch~~n~~reiber** immer mal wieder (d.h. von Zeit zu Zeit) mit zwar wenig spektakulären, trotzdem nicht einfacher zu bearbeitenden Aufgaben ~~**kontrolliert**~~ konfrontiert werden sollte (eigentlich eine gute Idee, wenn wohl mit dem Nachteil, dass vorsichtshalber-weise auch zwischen den Zeilen gelesen werden sollte).
Schließlich stand als erstes der Umgang mit einem allseits bekannten Geschöpf aus der großen weiten Welt der (Prim-) Zahlen auf dem Programm, und zwar sollte der äußerst attraktiven „**7**" (sieben) näher gekommen werden.

Hat er dann auch brav gemacht, allerdings noch während der Arbeit klar stellen müssen, dass selbst besonders treue Leser*innen niemals etwas über seine sieben intimsten Momente mit der neuen Bekanntschaft* erfahren werden.

***(mit der Begründung, dass (unbestätigten Meldungen zufolge) dazu einzig und allein „Das tapfere Schneiderlein" (vgl. KHM 20) befugt** wäre)**
****(weil es diesem in der wirklich guten alten, von der Postkutsche bestimmten Zeit ganz offensichtlich gelungen war, mit einer analogen Patsche gleich 7 Stück (was oder wen auch immer) niederzustrecken - und sich diese vermaledeite Tat auch noch urheberrechtlich hat schützen lassen können)***

Ein genialer Coup eines kleinen (Auf) Schneiders, weswegen als Erfolg gewertet werden muss, dass querdenkende **Märchen-Welt-Bewohner*innen** zwar nichts von 7 (oder mehr) mutierten Winzlingen zu hören bekommen werden, dafür sehr viel von ein paar kleinen Großtaten, die nach einem akkurat ausgeführten Rundumschlag unter den folgenden drei (3) Überschriften...

...Märchen - Schlucht...

(die auch noch in der Nähe einer unbekannten)

...Märchen - Schule...

(und nicht weit weg von einem mäßig interessanten)

...Märchen - See...

(zu finden sein sollen)

...in einfachster Sprache (trotz einiger schrecklich verschachtelter Sätze) für die Nachwelt niedergeschrieben wurden, erfahren werden.
So viel an einleitendem Text muss aber ausreichen.
Noch eine kleine Stärkung und dann nichts wie ran an die Arbeit.
Am besten direkt zum Startplatz.
Mit einer virtuellen Nummer ***„7“*** in der Hand.

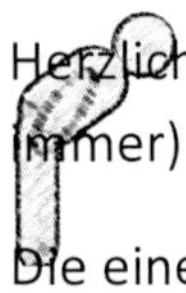

Herzlichen Dank für den nochmaligen und motivierenden Hinweis auf eine (fast immer) aufrecht stehende Ziffer ~~**mit 7 Sternchen**~~ in Anführungszeichen.

Die eine wirklich wichtige und dennoch oftmals unterschätzte Zahl im Leben von über sieben Milliarden (exakt 7.777.777.777) Bürger*innen* auf der Erde ist.
****(darunter vermutlich auch laut Vorlesende - die hiermit gebeten werden, möglichst viele der generisch (meinetwegen auch sexistisch) vorgeschriebenen Sprechpausen abzustottern – denn selbst der kleinste „Stern“ hat richtig großen Respekt verdient)***

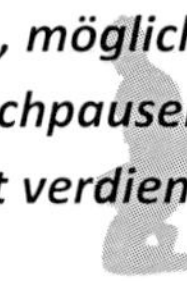

Erinnert sich noch jemand?
Mit 7 Monaten wird ein (kleiner) Mensch krabbeln und mit 7 Jahren zur Schule gehen können (auch wenn viele im Bus oder im SUV gefahren, einige zu Hause bleiben, andere schon mitarbeiten werden), mit 17 werden viele noch Träume (gehabt) haben, während sie mit 77 Jahren (rein statistisch gesehen „er“ eher nicht mehr) unbedingt vermeiden sollten, sehr nette Trickbetrüger/innen und freundlich falsche PolizistInnen oder COVID-19 Viren zur Haustür reinzulassen.

Was aber ist das Fazit aus diesen nebeneinander, wenn auch nicht gemeinsam durch- und miterlebten Primärerfahrungen:
Es führt wohl ein direkter Trampelpfad von einem schnuckeligen Suckling hin zu einem ausgesprochen vulnerablen Smoothoniker (und das trotz früherer und in Einzelfällen mehrfach nachgewiesener Systemrelevanz).

Doch zurück zur Aufgabenstellung und zur ursprünglichen (Dezember 2019) REHA-unterstützten und Gender-konform ausbalancierten Planung um die „**7**“ (soll heißen: mit genau +/- 7 Teilnehmenden und los geht’s um 7:00 st bzw. ct):

- KW 17 – eine kleine Wanderung durch eine ganz besonders pittoreske **Märchen-Schlucht** bei Lengfurt am Main
- KW 27 - Ausbildung zu Geschichtenerzähler/innen in einer alternativen **Märchen-Schule** in Willingrade bei Neumünster

- KW 37 – unangemeldet zu Besuch bei quakenden Geburtshelferkröten in einem **Märchen-See** bei Wendelstein im Landkreis Tübingen

Zwar zeichnete sich bereits zu Beginn des Jahres in Umrissen ab, dass Mann (einmal vor vor Ort) neben dem Klimawandel auch das vom Regisseur Trump viel beworbene Drama *(„Corona with Love from China")* würde erleben können. Aber Frau schien gut vorbereitet zu sein.
Denn einer von den potentiellen Teilnehmern wartete bereits ungeduldig* mit dem Smartphone und der darauf installierten weltbesten Corona-Kontakt-Tracing-App in einem dem Klima geschuldeten Kleinwagen.

(nicht im Bild** zu sehen war allerdings, wie er sich vorher angstgetrieben noch einen fast alttestamentarisch zu nennenden Mut angetrunken hatte)
*****(vermutlich aus rein ästhetischen Gründen und nicht etwa, um dummen Fragen nach seiner Fahrtüchtigkeit aus dem Weg zu gehen)***

Zwar hatte man vergessen, alle zuständigen klein- bzw. großdeutschen und zentraleuropäischen Datenschützer zu kontaktieren bzw. zu informieren, aber glücklicherweise waren die schon da.
Und mit ihnen die Erkenntnis, dass der Hinweis auf dem Smartphone „7 Begegnungen mit niedrigem Risiko" zu absolut nichts und für niemanden gut ist, weder für das RKI oder das nächste Gesundheitsamt, noch nicht einmal für die JHU oder gar die WHO und für unseren Mobiltelefonierer (wenn man von der *Allgemeinen Verunsicherung* mal absieht) erst recht nicht.
Aber vermutlich handelt es sich bei Verlautbarungen aus dem Allerheiligsten *„der Datenschutz-sei-bei-uns"* sowieso um höchst professionell gestreamte Märchen für eine inzwischen alt-weiß-gekalkte Kundschaft aus rührseligeren (Vor) Twitter-, Facebook-, Instagram-, Pinterest- und sonstigen 6~~7~~8er-Tagen.

Weshalb sogar viele aus der Gruppe der kleineren Mitbewohner im großen Haus des Grundgesetzes lange warten mussten, bis Datenschützer überhaupt ein Interesse an ihnen zeigten. Na ja, sind ja auch bloß Kinder.
Aber warum eigentlich?
Weil es offensichtlich nicht bis zu den Schützer*innen vorgedrungen war, dass selbst in Kirchen, Schulen, Campingplätzen, Sportvereinen, etc. Mitglieder ein- und ausgehen, die in unbeobachteten, dafür datengeschützten Momenten Aktivitäten betreiben, die in keiner Satzung (so weit bekannt) vorgesehen sind .

So weit, aber leider nicht so gut.
Denn, Corona-bedingt, wurde es nichts mit den zuvor genannten, so schön ausgedachten Exkursionen zu besonders interessanten und dezidiert an ein Märchen erinnernde Ziele in ~~**groß**~~ kleindeutschen Gefilden.
Da traf es sich (für den Berichterstatter) wirklich gut, nicht allzu weit weg von einem richtigen Siebengebirge zu leben und dessen 7 Erhebungen (Großer Ölberg, Löwenburg, Lohrberg, Nonnenstromberg, Petersberg, Wolkenburg, Drachenfels) nicht nur nicht schon gesehen, sondern einige bereits bestiegen zu haben.
Denn genau dort, im nördlichen Bereich der sagenhaften 7er-Reihe rechts des Rheins, würde es mit ein wenig Abstand, bereitliegender Alltags-Maske ohne größeren Aufwand möglich sein, eine (fast vergessene) **Märchen-Schlucht**, eine (selbsternannte) **Märchen-Schule** und einen (verschwundenen) **Märchen-See** zu besuchen (und sich gleichzeitig auch noch zu sieben (7) besonders kleinen kulinarischen Köstlichkeiten inspirieren zu lassen).

Und so hat sich das Ganze an einem regnerischen Samstag dann abgespielt:

Eine Anzahl (selbsternannter) Harz-Biber* fährt mit Autos rüber auf die *„Schäl Sick"* und weiter auf der B 42 rheinabwärts zur Ausfahrt Holtorf, um dort einen Wanderparkplatz am Teilstück *„Ennert"* des Siebengebirges anzusteuern.
Oberhalb von Ramersdorf/Oberkassel und der Steilkante eines ehemaligen Basaltsteinbruchs (Aussichtskanzel ausgeschildert) konnte das beeindruckende Panorama eines Abschnitts des Rheintals erlebt werden.
Ein Wanderweg (Teil des Rheinsteigs/Rheinhöhenwegs) führte schließlich zum verlandeten See (wie schrieb ein Besucher so schön: *„es ist ein Märchen, dass es hier einen **Märchen-See** gibt"*) und dann weiter zu einer verschwundenen **Märchen-Schlucht**.

(Erklärung siehe unter Märchen-Monat)

Aber statt auf der Rückfahrt noch in Oberkassel bei der *Gottfried-Kinkel-Schule (AGS)* nachzufragen, ob dort modernere Märchen wie das von der für angeblich alle geltenden Chancengleichheit im und durch das deutsche Bildungswesen nicht nur vorgelesen und durchgesprochen werden, sondern tatsächlich auch erlebt werden können, wurde kurzfristig entschieden, auch noch beim Erzeuger der fürs Menü vorgesehen Weine in Königswinter vorbeizuschauen.

Denn Getränke sind wichtig. Und dann ist es auch ganz egal wie das Scoring der Schule beim letzten PISA-Test ausgefallen sein mag.

Immerhin ist zu hoffen, dass die Absolvent*innen alle einen Job finden werden.

Vielleicht in eher analogen Bereichen wie Handwerksbetrieben, auf Land- und Weingütern oder im allgemeinen Dienstleistungsgewerbe.
Die Nachfrage soll ja hoch sein (und lukrative Aufträge müssten auch ohne besonderen Schulabschluss bei entsprechender Eigeninitiative lukriert* werden können.

(österreichisch für: gewinnen, akquirieren)

(siehe Zettel an einer Aussichtskanzel oberhalb des Märchen-Sees)

7er Mitmach-Menü für 7 Harz-Biber

mindestens 7 Gänge

7x7 Gemüsesticks zum Dippen
7x7 gratinierte Muscheln
7x Thunfisch im Wirsingblatt gegart
7x Brokkoli-Süppchen
7x Scheibchen Rinderfilet auf Kartoffelscheiben im Ofen gegart
7x7 Käse-Variation mit Baguette
7x Pralinen als Dessert (von *Coppeneur*, Bad Honnef)

wenigstens 7 Getränke

Pink Brut
Grüner Veltliner oder weiße Cuvée *7G*
Riesling *Septimontium*
Gewürztraminer & Riesling
Chardonnay Barrique
Cuvée rot *Trachyt*
Sauvignon Blanc (Orange Wein) *Alia Via*

(allesamt vom Weingut Pieper, Königswinter)

ganz viel Wasser (ca. 7 l)
7 l kühles Bier (wenn man *Kölsch* dazu zählen möchte)
7 Obstbrände (die weg müssen - nur wer will bzw. noch kann)

heißer Espresso *Siebengebirge*
(von Kaffeekontor Bongusta, Bad Honnef)

Vor einiger Zeit, ich weiß nicht mehr genau wann, wo oder von wem, kam im Laufe eines (runden) Geburtstagstreffens die Frage auf, was davon zu halten wäre, wenn (üblicherweise auswärts essende) nette Mitmenschen ihre ganz persönliche...

...Märchen - Speise...

...vorzustellen beginnen (selbstverständlich emotional gut begründet).
Gar nichts, wollte ich schon antworten, als mir einfiel, dass es in der heutigen Zeit vielleicht besser wäre, selbst einen eigenen Vorschläge bei irgendeiner der bestimmt irgendwo anstehenden Wahl* zu einer lokalen (aber europäisch ausgeschriebenen) Miss bzw. Mister **Märchen-Speise** einzureichen.

Im wirklichen Leben hätte ~~man~~ ich es sofort (und um die Sache schnell vom Herd zu kriegen) mit dem sogenannten *„Tischlein-Deck-Dich" (vgl. KHM 36)* Ansatz versuchen können.
Und vielleicht wäre die Sache damit für mich auch schon gegessen gewesen.

Aber so was Simples, geradezu Altbackenes passt üblicherweise nicht mehr in unsere nach (= vor) moderne Zeiten.

Genauso wenig wie einfach mal eine von den eigenen Lieblings-Speisen bei der Wahl zur **Märchen-Speise** einzureichen, in der leicht naiven Hoffnung, damit was gewinnen zu können.

Schließlich sind wir alle (ob wir wollen oder auch nicht) aufgerufen, uns viel intensiver und deutlich nachhaltiger mit den Vorprodukten (insbesondere) für „märchenhafte bzw. märchengleiche Speisen aller Art" (und egal in welcher Verpackung) auseinander zu setzen.

(in der Ausschreibung stand allerdings der Hinweis, dass nur solche Gerichte zur Abstimmung kommen würden, die einerseits schnell und unkompliziert zuzubereiten sind und andererseits möglichst viele, sehr verschiedene Personen nachhaltig, d.h. zufrieden satt machen werden)

Und auch wenn nicht alle der vielen, durchaus unterschiedlichen (Fr) Esstypen im Wahlmänner- (davon 1 Quotenfrau) Gremium vertreten sein werden, so wollen wir wenigstens im Ansatz dem nachstehenden Dreigestirn an erhellenden Hinweisen (küchengerecht) huldigen:

S^3

Super Bio
Super Gesund
Super Bowl

L^3

Leicht zu besorgen
Leicht zu machen
Leicht bekömmlich

P^3

Pizza Piccolo
Pizza Grande
Pizza Pizza Forte

oder doch besser

Pasta Heil
Pasta Basta
Pasta Pasta über alles

Direkt ins Auge fällt, dass beim Auswählen bzw. beim Zubereiten die **L´s** und auch die **gesunde Bio Bowl** von den **S´ens** vermutlich die wenigsten Probleme verursachen werden.

Allerdings muss beim Griff zur Kombination **„Super"** und **„Leicht"** unbedingt berücksichtigt werden, dass nicht auszuschließen ist, in der Küche außer auf den Autor auch auf mit ***Ipods*** bewaffnete Influencer*innen zu treffen (zwar nicht alle Hackebeil schwingend oder Nährwerttabellen rezitierend, aber auf Kriegs-Pfaden erzieherisch unterwegs).

Weshalb ich mich einer leicht gerundeten **Super Bowl** (einem an immer mehr Orten anzutreffenden Auffangbecken für selbstgewiss daher kommende Superfood Ingredienzien wie Afa-Algen, Acai- oder Goji-Beeren, Chia-Samen, Hafer-Milch oder Oolong-Tee Mischungen) nach derzeitigem Stand noch nicht einmal mit frisch gestärkter Kochmütze nähern werde.

Denn wer immer was hinein füllt, sollte bedenken, dass es Mischungen mit sehr explosivem Charakter gibt, die sich (sobald gepostet) in veritablen Shitstürmen (auf unvorbereiteten, überforderten Geschmacksknospen) entladen werden.

Doch genau davor möge ein gütiges Schicksal die in frisch gestärkten Schürzen (egal ob rosa oder blau) konzentriert vor sich hin kochenden Küchenjungen und -mädchen bewahren.

Und deshalb werden wir auf eine innere Stimme hören, die unbedingt dafür ist, nur mit den **P`s** als Unterstützung ~~in eine neue Küchenschlacht~~ in die weitere Küchenarbeit zu ziehen.

Tatsächlich nicht nur ein guter Plan, sondern auch ein sehr vernünftiger Ansatz, denn immerhin konnte mit einer Pizza ja auch bisher nicht allzu viel falsch gemacht werden (vor allem dann nicht, wenn ein paar ausgehungerte Kinder erwartet werden).

Doch unglücklicherweise hört sich der Vorschlag, ein manchmal mit krimineller (Koch) Energie im Ofen gebackenes, meist runden Teigstückes zur Wahl stellen zu wollen, geradezu altbacken, ja wie vollkommen abgenudelt an.
Auch kann eine Pizza nicht mit dem schmatzenden Geräusch konkurrieren, dass sich mit einfachen, ordinär lang ausgezogenen Nudeln erzeugen lässt.

Also ran an ein Nahrungsmittel, das auf der ganzen Welt (wie auch bei uns im halbwegs vereinten Deutschland) vor allem unter dem Allerwelts- oder auch Künstlernamen **Pasta** bekannt geworden ist.
Und von vielen als wichtigstes Synonym für die märchenhaften italienischen Momente im Leben angesehen wird (auf die wir in herausfordernden und schweren Zeiten ganz besonders angewiesen sind).
Allerdings auch nicht verschwiegen werden darf, dass Nudeln (wie mancherlei anderes auch) von China aus den Weg (eher eine lange, seidene Straße) in die weite Welt gefunden haben, um sich dort mit anderen (Nudeln) zu messen
- bis die entweder aufgeben oder es einem trampelnden Präsident zu viel wird.

Gut so, denn damit ist der Wahlvorgang beendet und der Sieger steht fest:

Und wie von mir erwartet, hat sich ein einfaches **Pasta Gericht** bei der Wahl zur Misses **Märchen-Speise** durchsetzen können.

Was alles dazu hat beitragen dürfen?

Nun, zuallererst die wohl mutig zu nennende Entscheidung, noch vor Abgabe und Auszählung der Stimmen, über das Verhältnis zwischen der Pasta und politischen (Nicht) Essern aus überwunden geglaubten Zeiten zu berichten.

Keine wirklich schöne Aufgabe, aber was soll man machen, wenn die Zeit wieder reif zu sein scheint für autoritäre Herrscher und Diktatoren.

Und so wird selbst der Müll trennende Mensch damit leben müssen, dass ein faschierter italienischer Politiker namens *Benito M.* (der selber keine Pasta aß) vergeblich versucht hatte, seine Untertanen davon abzubringen, besonders viel davon zu essen (allerdings nicht wegen der Sorge um deren BMI´s, sondern weil in den 30er Jahren der zur Herstellung notwendige Hartweizen sehr teuer hatte importiert werden müssen).

Andererseits waren im weiter nördlich gelegenen Berlin tatsächlich Nudeln (ohne Hurra, d.h. mit sparsam gewürzter Tomatensauce - laut seiner Köchin) das ~~jüngste~~ letzte Gericht des führenden großreichdeutschen ~~Obergefreiten~~ Obernarzissten *Adolf H.* gewesen.

Denn (obwohl ganz frisch verheiratet mit *Eva, geb. Braun~~hemd~~)* hatte dieser am Samstag, den 30. April 1945 einem letzten Bissen Pasta etwas Zyankali zugefügt und sich (wohl um sicher zu gehen) dann auch noch in den Kopf geschossen (ob mit oder ohne Waffenschein muss leider offen bleiben).

Außerdem hatte er verfügt, dass die Leichen des frisch ~~verliebten~~ getrauten Paares noch in derselben Nacht zu Asche werden sollten (soviel ist sicher, nur dreimal sicher ist Nazi sicher).

Und so lässt sich das Leben der beiden Liebhaber von Hunden und sehr viel jüngeren Frauen (mit allen diktatorischen und menschenverachtenden Noten) vorm Abgang kulinarisch kurz und knapp so zusammenfassen:

Während unser dünner Gröfaz Adolf wohl ganz gerne Nudeln gegessen hat, aber tatsächlich keine noch so roten Lippen mochte, sollen unsere Freunde südlich der Alpen es offensichtlich genau anders herum bei ihrem dicklichen Benito gesehen bzw. erlebt haben.

Und von daher ist es mir eine späte Genugtuung, an dieser Stelle ein scharfes...

Pasta-Gericht als moderne ~~Höllen~~ **Märchen-Speise**

...zum ganz einfachen Nachkochen vorzustellen.

Vorsichtshalber aber nicht in den drei u. a. vom Fußball bekannten italienischen Farben, d.h. für dieses eine Mal keine Nudeln mit roter Sauce, weißem Burratta und grünem Basilikum, sondern stattdessen zwar einfach zu machende, dafür aber höllisch scharfe und deshalb im Mund brennende...

Penne all Arrabiata al Forno

Und obwohl (viel zu) spät Geborene (die wir nun mal sind), wird uns tatsächlich ein dazu passender norditalienischer Wein begleiten müssen – und zwar ein Rubin roter, körperreicher und fruchtbetonter...

Amarone Della Valpolicella

...aus dem Veneto.

Eine Region östlich am Gardasee gelegen, d.h. nicht weit weg von Mussolinis am Westufer gelegenem Aufenthaltsort (1943 bis 1945) Salo, von wo aus er in die Schweiz zu gelangen versuchte, auf der Flucht jedoch gefangen genommen und am 28. April 1945 (ein Donnerstag) zusammen mit seiner letzten Liebe, *Clara Petacci,* erschossen und kurze Zeit später in Mailand kopfüber auf- bzw ausgehängt wurde (so viel demonstrativ zur Schau gestellte Verachtung musste damals wohl sein).

Sollte es tatsächlich Leser*innen geben, die von mir wissen wollen, warum es heute, ca. 80 Jahre später, schon wieder (oder immer noch) Befürworter und Anhänger der Ideologien von Gewaltherrschern gibt (gleichzeitig populistisch auftretende Nachfolger es schaffen, vielerorts gewählt zu werden), so sehe ich mich außerstande, darauf eine wirklich erhellende Antwort zu geben.

Aber vielleicht reicht euch ja der Hinweis auf folgendes Zitat (welches immerhin von *Albert Einstein* stammen soll):

„Zwei Dinge sind unendlich, das Universum und die menschliche Dummheit, aber bei dem Universum bin ich mir noch nicht ganz sicher."

Jetzt reicht´s aber.

Märchen ohne Happy End sind nichts für mich.

Und so wollen wir wieder in die Küche gehen, um ganz schnell noch ein paar von diesen ganz besonders scharfen Nudeln (al dente) zuzubereiten (und nicht vergessen, die herausgesuchte Flasche Wein früh genug zu öffnen).

„Die Hoffnung stirbt bekanntlich immer ganz zuletzt."

Besonders wütende Pasta in aufgelaufener Form

Zutaten:

500 g Pasta (Penne), 500 g Hackfleisch (Rind), 400 g (Dose) Bohnen (Kidney oder Borlotti, abgetropft), 400 ml (Glas) Kalbsfond, 4 Schalotten (gehackt), 4 Knoblauchzehen (zerdrückt), 3-4 rote Spitzpaprika (grob gewürfelt), 3-4 Chilischoten (feine Ringe), Pfeffer, Salz, Kreuzkümmel, Limette, (Chilisauce), ca. 150 g Grana Padano (gerieben), Joghurt

Zubereitung:

Hackfleisch scharf anbraten; Schalotte, Knoblauch, Paprika und Chili zugeben und mit weniger Hitze weiter braten, mit Kreuzkümmel, Pfeffer, Salz und Limette abschmecken; Fond angießen und aufkochen, Bohnen zugeben und ca. 10 min mitköcheln lassen, (ggf. mit Chilisauce nachschärfen); parallel Pasta in Salzwasser garen, abgegossen in Auflaufform füllen, die Sauce darüber verteilen, mit dem Käse bestreuen und im Ofen (Grillstufe) bis zur bevorzugten (braunen) Farbe gratinieren.

In der Form auf den Tisch bringen, zur Bewältigung der Schärfe Joghurt bereitstellen.

Vor der Beschäftigung mit dem eigenständig und eigenhändig ausgekreiselten Arbeitsthema...

...Märchen - Sprache...

...hatte ich überlegt, ob es nicht sinnvoller wäre, erst noch die Alltagssprache fürs Alltagsleben, und zwar von „Alte Zeiten über Nonsens (No Sense) Zeiten oder Wahnsinns-Zeiten bis hin zu Wende-Zeiten" ganz kurz vorzustellen.
Aber Pustekuchen, daraus wurde nichts, denn eine neue Anweisung (allerdings weiß ich nicht mehr, woher die kam) lautete, dass vorher unbedingt etwas über die Verwendung der uns rund um die Uhr (24/7) fast kostenlos zur Verfügung stehenden (gerne sprachgesteuerten) ***Suchmaschinen*** gesagt werden müsste.

Ganz offensichtlich war auch noch anderen (als dem Autor) aufgefallen, dass diese Einrichtungen aus unserem immer komplexer werdenden Alltagsleben nicht mehr wegzudenken (d.h. zu virtuellen Alltags-Prothesen geworden) sind.

Früher ähnlich wichtigen Helfer*innen (wie dem dicken Lexikon oder dem kiloschweren Bildatlas) ergeht´s dagegen genau andersrum (was mir egal ist, schließlich ist´s mit dem analog faxenden Jahrhundert auch aus und vorbei).

Ganz und gar nicht egal ist aber, ob davon auch andere Hilfswillige, wie nervös zuckende Wünsch-Dir-Was-Ruten und mal mehr, mal weniger laut knarrende Metall-Detektoren oder (schlimmer noch, weil kulinarisch wichtig) schnüffelnd über Wurzelreiche wuselnde ~~Kampf~~ Suchhunde bzw. gar eifrig tief wühlende Trüffelschweine ebenfalls betroffen sein werden?
Zum Glück nicht. Und zwar weil es diesen Drang (für einige fast schon ein Zwang), nämlich Sachen zu suchen bzw. zu finden, wohl immer zugegen war (und vermutlich auf absehbare Zeit auch bleiben wird).

Fazit1 (vorläufiges):
Kleinere Flurstücke für Ausgrabungen und große Felder für mehr oder weniger seriöse Recherchen wird es auch zukünftig reichlich geben (leider nicht für den dicken Brockhaus oder den schlankeren Duden, da die als Daten sammelnde Kraken von schneller und preiswerter arbeitenden Kolleg*innen* verdrängt wurden).

(weil wir uns haben einreden lassen, dass richtig harte Fakten (gfls. auch weiche falsche) in virtuellen Netzen viel einfacher und billiger aufgespürt werden können)

Fazit 2 (endgültiges):
Egal in welcher Sprache, diese ~~**Such**~~ Fangmethode hat viele Fans, und zwar weil immer was am Haken hängen bleiben wird, das sich in dunklen Nächten oder an freundlich hellen Tagen als ~~**dumme**~~ kurze Antwort auf ~~**intelligente**~~ lange Fragen posten lässt.
Weshalb tatsächlich was dran sein wird an der Erkenntnis, dass diese Schnüffler (samt ihren mehr oder weniger klug konzipierten Algorithmen) zu einer großen Hilfe werden können, sollten wir uns mal wieder gezwungen sehen, von jetzt auf gleich eine äußerst wichtige Suche* zu starten.

(nicht gemeint ist die Suche nach verrosteter Weltkriegs-Munition,** ~~*fremd*~~ **blind gegangenen Minen oder verloren geglaubten Eheringen – und schon gar nicht das Aufspüren von unscheinbar aussehenden Knollen als Zutat für duftende Gerichte oder anderen Pilzen als Basis für auf einfältigste Märchen-Geschichten wie Botox wirkende Infusionen)

Und dieser tief wurzelnde Schnüffelreflex muss es wohl gewesen sein, der mir den entscheidenden Schubser gegeben hatte, um unaufgefordert mit der Suche nach den wichtigsten Merkmalen einer richtig gehenden, weltweit anerkannten **Märchen-Sprache**, zwar schon ein bisschen müde geworden, dafür aber um so engagierter loszulegen.
Aber warum denn bloß sofort, und warum zu so später Stunde noch?

Vielleicht weil mir wieder eingefallen war, kurz zuvor gelesen zu haben, dass praktisch alle Sprachen, die für bzw. mit Märchen gerühmt werden (inklusive der neuen deutschen), große Lücken hinsichtlich nachvollziehbarer Logik in Aufbau und Anwendung aufweisen und sich damit in ernster Gefahr befinden sollen, ***„von nur bedingt auf nicht zukunftsfähig“*** herab geratet zu werden (schöne Grüße an alle Taxonomie-Befürworter).

Eine reichlich beklemmende Vorstellung, aber immerhin eine, die sich sofort und relativ leicht mit Hilfe von einer dieser digitalen Suchmaschinen würde überprüfen lassen (so mein Gedanke an einem spät gewordenen Abend).

Beispielsweise mit freundlicher Unterstützung durch *Google*, diesem Tempo versprechenden Marktführer unter den digital lauernden Suchmaschinen.
Und es stimmte, denn kaum hatte ich den Suchbegriff ***„Märchen-Sprache“*** vollständig und korrekt eingegeben, da standen in *„ca. 0,5 Sekunden fast 30.000 Ergebnisse“* auf dem Bildschirm zu meiner (fast) freien Verfügung!

Wow, was für ein Erfolg so kurz vorm Schlafengehen!

Leider nur beim ersten Hinsehen.

Nach einem zweiten, deutlich längeren Blick auf die vielen Hinweiszeilen dann die schnelle Ernüchterung:
Diese/r hochspezialisierte, professionell recherchierende, hoch qualifizierte Mitarbeiter/in wollte bzw. konnte auf eine ziemlich simple Frage einfach keine eindeutige und befriedigende Antwort geben (hatte vielleicht die Frage auch gar nicht verstanden - aber nicht zugeben dürfen).

Doch wie dem auch sei, sehen wir das Ganze einfach mal positiv und überlegen, was für ein Maßstab an eine völlig frei zu wählende **Märchen-Sprache** angelegt werden müsste.
Und weil rund um den Globus Märchen in recht vielen Sprachen auch heute noch erzählt werden (sollen, und die schönsten wahrscheinlich erst kurz vorm Schlafengehen), lag es nahe, ein paar Kriterien zu formulieren, um nach einer Antwort in (a)sozialen Medien suchen zu können.

Kennt man doch inzwischen, einfach(e) Frage stellen, Antwort abwarten und später dann die Klicks der Follower zählen.

Und sicher befinden sich unter uns ein paar (wage) mutige Menschen, die mit mir der Meinung sind, dass insbesondere die (Groß) Deutsche (Hoch) Sprache bei der Wahl zur (Miss) **Märchen-Sprache** die allerbesten Siegeschancen haben müsste.
Immerhin kann sie mit ein paar Merkmalen auftrumpfen, die andere Sprachen so ausgeprägt nicht kennen, also bestens geeignet sein sollte, um viele Wahl-Männer bzw. Frauen zu überzeugen, für genau diesen Vorschlag zu stimmen:

- eine außergewöhnlich komplexe (um nicht zu sagen: viel zu komplizierte) Grammatik – alle Schüler und selbst viele Lehrer*innen wissen darum

- unvergleichlich viele Möglichkeiten, durch kreatives Aneinanderreihen von eindeutig kurzen Worten immer neue und längere Wörter (Begriffe) zu bilden – und was besonders Verwaltungen zu nutzen wissen:

„Grundstücksverkehrsgenehmigungszuständigkeitsübertragungsverordnung“
(oder ganz neu von mir)
„Gentrifizierungsverhinderungsausschusseinsetzungsverfügung“

- Sinn bzw. Inhalt einer Aussage erschließt sich häufig erst am Ende bzw. mit dem allerletzten Wort im Satz (manchmal auch gar nicht)...

„Bester Schatz, ich liebe dich...........nicht“ (sagt er)
„Eigentum verpflichtet“..........(zu nichts - denken einige)
„Privat-Eigentum verpflichtet“..........(zu allem - glauben andere zu wissen)

- Deutsch ist nicht nur die Muttersprache von einigen ewig Gestrigen, sondern hat es auch für alle hier bleibenden Hinzugekommenen zu sein - wie aber werden verlassene Länder mit ihren Vatergefühlen umgehen?

- der deutsche Wortschatz kann (im Prinzip) unendlich groß werden - glücklicherweise hat Mutter Natur rechtzeitig vorgesorgt und ihren Kindern (leider nicht allen) die Vergesslichkeit geschenkt

- für viele Sprachen auf der Welt geht's nur noch ums nackte Überleben - hingegen das linksrheinisch gesprochene Französisch ebenso lebendig daherkommt (weil *Asterix* und *Obelix* römischen Verträgen nicht trauen wollten) wie das rechtsrheinisch vorherrschende Deutsch (obwohl dort immer noch nicht alle mit *Asterisk* und *Glottisschlag* als Streitschlichter einverstanden sein sollen)

- denn was wäre die deutsche Sprache ohne ihre *Generischen* ***...inas?*** Weiß man wenigstens, was seinerzeit (bzw. in ihrer Zeit) Erfinder*innen dazu gebracht haben könnte, sich so etwas „unerhört Unverständliches“ *(frei nach Mark Twain)* einfallen zu lassen?

- könnte andererseits die deutsche Sprache nicht dabei helfen, (s)ein altes Geschlecht abzuschaffen - ohne (s)ein neues körperlich beeinträchtigen lassen zu müssen?

- was passiert* mit allen Deutsch sprechenden Influencer*innen auf *TikTok, Instagram, etc.* - werden die Posts von denen vollautomatisch gelöscht, wenn Deutsch nicht zur **Märchen-Sprache** erklärt werden (und *Elon Musk* nicht länger Eigentümer von ~~*Twi*~~ ***X*** bleiben) sollte?

***(eine erste Vermutung geht in Richtung: vermutlich wenig bis überhaupt nichts)**

Aber das Aller-Aller-Allerwichtigste ist (wie eigentlich immer), überhaupt eine Bewertung zu bekommen - und die hat es glücklicherweise bereits gegeben:

„Das Erzählen von Märchen ist bei unseren Verwandten in Österreich bereits 2010 und bei uns in Deutschland 2016 von dafür zuständigen UNESCO – Kommissionen als immaterielles Kulturerbe* anerkannt worden!“

****(derzeit gibt es in der Liste für Deutschland 126 Einträge, mit so netten Traditionen wie „Skat spielen, Rheinischen Karneval feiern, Finkenmanöver im Harz abhalten, Biikefeuer am Deich abbrennen, etc. - einfach ganz großes Kino, was will man mehr)***

Gebt zu, zwei davon hattet ihr nicht auf dem Schirm?
Macht aber gar nichts.
Denn glücklicherweise wird in den beiden o.g. Ländern immer noch (wenn auch nur ein sehr ähnliches) Deutsch gesprochen und deshalb muss der Rückschluss zulässig sein, dass dieses in die Jahre gekommene und leicht lädiert anmutende Kommunikationsmittel den Pokal mit der Gravur... **Märchen-Sprache** ...bereits 2x hat entgegennehmen dürfen (möglicherweise aber nur als Trostpreis, weil es ~~zum Unwort~~ zur **Unsprache des Jahres** einmal mehr nicht ganz gereicht hatte).

Was allerdings (jedenfalls für meinen Teil) eine schnellere Ausnüchterung und die Erkenntnis gebracht hatte, dass man diesen Teil der Geschichte besser nur queer lesen sollte, um den Rücken frei zu haben fürs ausgesprochen laute Wort (egal, ob an einem gedeckten Tisch oder in (s)ein abgedecktes Smartphone).

Bevor es aber ernst wird mit den Vorbereitungen für irgendwas in Richtung **~~Sauf- und Fress~~** Trink- und Essgelage, muss die Frage erlaubt sein, ob wirklich alle Männer und Frauen mit einer an der Sache vorbei gehenden Entscheidung einverstanden sein werden.
Denn kaum etwas ist so schlimm, wie zwar talentierte, doch wenig motivierte Sprachbenutzer*innen auf einen nahegelegen Markt schicken zu wollen und vorher nicht abgeschätzt zu haben, ob und wann sie mit der bestellten Ware wieder zurückkommen werden.
Fehlte nur noch eine befriedigende Antwort auf die berechtigte Frage, ob jemand da ist, der/die sich zutraut, den vollen Einkaufskorb zu übernehmen, damit in die Küche zu gehen, um aus dem Mitgebrachten was anständig Boden-ständiges zu kochen (und das Ganze auch noch Appetit anregend anzurichten).

Tatsächlich konnte das nicht mehr geklärt werden, denn andere (sehr liebe Mitmenschen) waren mit etwas zurückgekehrt, das sofort zu einem Narrativ (über menschelnde Spürnasen) hatte verarbeitet werden müssen.

Denn die hatten sich offensichtlich kurz vorher einigermaßen zielstrebig (d.h. ohne an anderen Themen zu schnüffeln) auf den Weg gemacht, um vergessene Hinweisschilder aufzuspüren und dabei einen (offenbar mutierten) Wendezeit* Spruch in **Märchen-Sprache** eigenhändig ausgegraben (um den Fund dann *stolz wie Bolle* überall herum zu zeigen):

- ein Sperrholz-Brettchen mit dem eingebrannten Spruch...

Büffetmentalität Isch Over**

...und der beiliegenden Erklärung, dass in aufgeregten Zeiten (wie diesen) viele Menschen (darunter fast alle wichtigen Politiker*innen) ihr Wissen um den Sinn einer Reihenfolge in bzw. bei abgesprochenen Prioritäten schnell aufpolieren sollten, um mental vorbereitet zu sein, wenn wegen plötzlich aufploppender Wende-Zeiten üppige Buffets nicht mehr angeboten werden, stattdessen (wie zu Omas Zeiten) gegessen werden muss, was auf den Tisch kommt.

(Wende-Zeiten (aufploppende) politisch geprägt: nie wieder „Buffet ist bestellt, Buffet wird geliefert", stattdessen: „Werte, Pflichten, Regeln sind einzeln zu bestellen", allerdings klingen die Ansagen, wann was auf den Tisch kommt und in welcher Reihenfolge konsumiert werden darf, doch stark nach Zeiten-Wende)

*****(Buffet-Mentalität (unbewiesene) =/≠ jahrelang antrainierter Glaube, dass die in Grundgesetzen, Verfassungen, Vereinbarungen und Programmen festgehaltenen Werte, Rechte und Pflichten alle kleine Schildchen tragen mit der bezahlten Ansage: „all inclusive, take what you want" – klingt zwar gut, wäre auch hilfreich, wenn sich denn alle absehbaren Auseinandersetzungen rein mit dem kreativen Benutzen von unordentlichen Phrasen bzw. mit einem Gang vor ordentliche Gerichte lösen ließen)***

Ob sich allerdings alle an bzw. mit Buffets geschulten und groß gewordenen Spaziergänger, Querdenker, piks freie bzw. rechts feine Bürger*innen damit zufrieden geben werden, wird man wohl viel später erst feststellen können.

Genauso wenig wie schon feststeht, ob bzw. wann ~~ein~~ aufmarschierende Besucher auf benachbarten Grundstücken zu beobachten sein werden.

Weshalb gegebenenfalls zu überdenken wäre, ob Face-to-Face Treffen von Politiker*innen am See (statt nur schlecht ~~gelaunte~~ ausgeleuchtete Gesichter im Homeoffice zu sehen) wirklich geeignet*** sind, um Maßnahmen durch verwaltend denkende Arbeitsebenen auch zeitnah umgesetzt zu bekommen.

(keinen Schimmer, schließlich habe ich noch nicht einmal gewagt, mir dazu so etwas ähnliches wie eine (eigene) Meinung zu bilden)

Was ich aber weiß, ist, dass die Brüder Grimm nicht nur als **Märchen-Sammler**, sondern auch noch als Begründer eines, und zwar ***„des“*** Wörterbuches der deutschen Sprache (*DWB ab 1852*) bekannt geworden sind.

Und dass die ostpreußische Großmutter manchmal von einem ***„Pomuchel“*** sprach, wenn Freitags mal wieder Fisch auf dem Speisezettel stand.

Und auch gut, dass wir nicht in Bayern lebten, denn sonst wäre die Gefahr zu groß gewesen, diesen Speisefisch mit einem ***„Pumuckl“*** zu verwechseln.

Und dann wäre es bestimmt nichts geworden mit einem leckeren Fischgericht, dessen simple Machart manch einen sprachlos zurücklassen könnte.

Und genau deshalb werden in den ersten 3 Monaten eines jeden Jahres immer mal wieder Filets (Loins) vom Skrei (Winter-Kabeljau) eingekauft, um diese nach einem überaus einfachen Rezept im Ofen zuzubereiten.

Und selbstverständlich muss(te) ein bestens dazu passender Wein ausgesucht und besorgt bzw. aus dem Keller geholt werden.

Und wenn das geschehen ist, dann ist´s aber wirklich genug mit den vielen...

„**und´s**“

Doch bevor´s zu Tisch geht, muss und werde ich bei der
(Groß) Deutschen Sprache um Entschuldigung bitten.

Vermutlich empfindet sie mein generisches Herumgehampel als nervtötend und sinnlos (genauso wie viele, die diese Sprache lernen wollen oder müssen), also...

„´tschuldigung“

Kabeljau-Filets mit Haut aus dem Ofen

Zutaten:

1,5-2 kg Kabeljau-Filet (bzw. Skrei-Loins) mit Haut, ca. 30-50 ml Fischfond, 2-3 El Butterschmalz, 2 Zitronen, Mehl, Sahne, Senf (scharf), Pfeffer, Salz

Zubereitung:

Ofen auf 160°C vorheizen; Filets herrichten und gut mit Zitronensaft beträufeln; Butterschmalz in Keramikgefäß (Größe vom Fisch berücksichtigen) geben und in den Ofen stellen; Fisch mit Pfeffer und Salz würzen und mit der Hautseite nach oben in das Keramikgefäß legen; den Fond angießen, die Haut melieren und die Scheiben einer Zitrone um die Filets verteilen; dann für ca. 15-25 min (je nach Dicke) in den Ofen stellen; vorm Herausnehmen kurz übergrillen (die Haut soll schön knusprig braun aussehen) und mit Petersilie garniert servieren.

Bei uns kommt der Fisch meistens mit Ofenkartoffeln auf den Tisch:

Dazu einfach ca. 1,5-2 kg vorwiegend festkochende Kartoffeln schälen, halbieren bzw. vierteln und auf ein eingeöltes (bzw. mit Backpapier ausgelegtes) Blech geben; ca. 30 min bei 180 °C im Ofen auf der mittleren Schiene für garen; Temperatur auf 160 °C reduzieren und die Keramikform mit dem Fisch auf die obere Schiene stellen und alles zusammen) zu Ende garen.

Aus der Flüssigkeit in der Form lässt sich eine schnelle Sauce mixen indem man (frau auch) in einem Topf etwas Butter anschwitzt, Schuss Sahne und 1 El Senf einrührt, dann etwas Flüssigkeit aus der Form dazu gießt, mit Pfeffer, Zucker und Salz gut abschmeckt und nochmals verrührt bzw. aufschlägt.

Getränk:

Vieles wandelt sich im Laufe der Zeit, selbstverständlich auch unsere Sprache. Doch egal, ob sie nur fürs blöd´ Daherreden oder auch fürs Aneinanderreihen von (viel zu) langen Sätzen benutzt wird, sie hat´s verdient, mit einem anderen ***Wandel*** (*einer Cuvée aus Chardonnay, Auxerrois und Grauburgunder „Wandel" vom Weingut Fürst, Mosel resp. Sauer)* verabschiedet zu werden.

Eigentlich hatte ich mir vorgenommen, an dieser Stelle den überregional (zu) wenig bekannten Geburtsort der Brüder Grimm, das hessische **Hanau**, als die aussichtsreichste Anwärterin (von mehreren) auf den Titel einer...

...Märchen - Stadt...

...allen Leser*innen bzw. Freunden von spannenden Geschichten, Sagen und Legenden etwas ausführlicher vorzustellen.

Aber leider hatte es kurz nach einem ersten Besuch dort (im Mai 2019 - rechts abgebildet die Skulpturen von ***Rotkäppchen*** und ***Schneewittchen***) in der Stadt eine fremdenfeindliche Tat mit so vielen Toten gegeben, dass viele bei dem Namen nicht an eine **Märchen-Stadt**, sondern eher an eine des Terrors denken müssen.

Dabei schien mit Hanau eine wirklich gute erste Kandidatin gefunden worden zu sein – noch dazu entfernungsmäßig nicht allzu weit weg gelegen, d.h. auch leicht und schnell erreichbar.

Zwar ist der innerstädtische Bereich nach dem Krieg eher funktional, d.h. ziemlich gesichtslos wieder aufgebaut worden, aber das Zentrum von Hanau ist nun mal ein wichtiger (weil Ausgangs-) Punkt an der seit 1975 existierenden Deutschen...

...Märchen - Straße...

...die von dort ihren stark mäandernden Verlauf durch oder vorbei an touristisch vielfach beworbenen Naturparks und mittelalterlichen Städtchen hinauf zu überregional sehr bekannt gewordenen ~~Straßen~~ Stadtmusikanten und zu einem hervorragend bestückten Weinkeller im Rathaus von Bremen nimmt.

Diese Überlegung war auch der wichtigste Grund für mich gewesen, sofort **JA** zu sagen, als Rosi mich fragte, ob ich Lust hätte, sie zu einer Fortbildungsveranstaltung des *DTV* an einem Samstag nach Frankfurt* zu begleiten.

(schließlich würde es von dort nicht mehr allzu weit bis zum Denkmal der Grimms am Marktplatz in Hanau zu fahren sein; noch dazu an einem Samstag mit viel Sonne und der Aussicht auf ein nettes Essen auf oder nach der Rückfahrt am Abend als Belohnung für die selbstlose Begleitung)

Und so saß ich dann in der warmen Frühlingssonne, Zeitung lesend und Zigarillo rauchend in einem Café neben den Marktständen mit Blick auf das Denkmal der berühmtesten Söhne der Stadt.
Wegen nicht anwesender Begleitung (kein Kind, kein ~~Kegel~~ Enkel) hatte ich zwar frühzeitig entschieden, nicht auch noch das im Schloss Philippsruhe neu eröffnete Familien- und Kindermuseum ***„GrimmsMärchenReich"*** aufzusuchen, aber trotzdem etwas Informationsmaterial über die Räumlichkeiten sowie zur konzeptionellen Ausrichtung des Museums als Lesestoff besorgt (u. a. diverse Presseartikel, darunter ein kurzer Auszug aus *...literaturkritik.de - literatur- und kulturwissenschaftliche Einordnung* des Bestsellers* ***Kinder- und Hausmärchen der Brüder Grimm****...:*
„...diese Leser sehen die Geschichten als doppelgesichtig an, als Dokumente der Selbsttäuschung und Fiktion, und bewerten sie im Ergebnis, obschon mit dem Modernisierungsschub des 18./19. Jahrhunderts entstanden, als Hinführung zu neuen Zwängen und individueller Orientierungslosigkeit...

****(eine Ausstellung zur Märchensammlung hessischer Brüder aus Hanau ohne jede kritische Anmerkung wäre wohl auch nur sehr schwer zu vermitteln gewesen)***

Wie dem auch sei, nach einem Gang über den Wochenmarkt war mir klar, dass Hanau das passende Framing gehabt hätte, um als **Märchen-Stadt** auserwählt zu werden, denn die geballte Vielfalt an frischem Grünzeug, Lebensmitteln und lokalen alt- und neu-hessischen Speisen und Getränken auf dem Markt, wohl Folge der vielen aus allen möglichen Himmelsrichtungen hinzugekommenen Bürger*innen, war nicht zu übersehen (oder gar weg zu schmecken) - indessen ein italienischer Kaffee für die notwendige Zeit sorgte, damit sich bei mir eine kleine Irritation (wegen 20 € für exakt 1 Wochenzeitung sowie 1 Zigarillo**) in Rauch auflösen konnte.
*****(wer besorgt so was auch an einem Kiosk in einer Markt-Passage, ohne sich vorher wenigstens 1x drin umzusehen - denn in dem winzig erscheinenden Laden arbeitete etwas weiter hinten nicht nur ein gut bestückter Klimaschrank, sondern auch ein junges Mädchen, das (nach kurzem Blickkontakt mit ~~seinem~~ ihrem Vater) mir freundlich lächelnd zwei Dinge überreichte - eine Zeitung (Jüdische Allgemeine) und eine Cohiba Exquisitos***)***
******(übrigens eine ausgesprochen angenehme kleine Zigarre, sehr leicht und etwas aromatischer als eine Griffins`s Privilege (mit einem Märchen-Vogel Kandidaten auf der Schutzhülle) oder als eine Blue Mustique Slim Panatella (die ich beide schon mal rauche, aber leider vergessen hatte, mitzunehmen)***

Blieb nur noch, in der benachbarten Wallonisch-Niederländischen Doppelkirche (allerdings nur die niederländisch sprechende Hälfte nach dem Krieg wieder aufgebaut) einem samstäglichen Orgelkonzert zu lauschen, um dann am Main entlang zurück nach Frankfurt zu fahren, und zwar mit dem festen Vorsatz, in den wettermäßig weniger begünstigten Jahreszeiten Herbst bzw. Winter alles sonst noch Wissenswertes zu diesem **Märchen-Städtchen** einem ungeduldig wartenden Computer anzuvertrauen.
Doch Pustekuchen. Alles kam ganz anders:
Erst eine Hüftoperation (notwendig, um nicht angeleinten Kleinkindern schnell genug hinterherlaufen zu können), dann ein terroristisch-rassistisch motivierter Anschlag mitten in Hanau und als Krönung noch ein pandemisches Ereignis (als SARS-COV 2 bzw. Covid-19 bekanntgeworden).
Zwar alles nicht die Schuld der **Märchen-Stadt-Anwärterin**, aber leider auch nicht geeignet, die bereits vor dem allgemeinen Lock-down festgestellte leichte Schreibblockade weg zu therapieren.
Da blieb tatsächlich nichts weiteres übrig, als sich einer ganz anderen Stadt zuzuwenden, um später so was wie eine alternativlose Alternativ-Kandidatin für die ausgerufene Wahl vorschlagen zu können.
Doch ehe wir uns dieser Kandidatin näher zuwenden werden, sollten wir besser noch kurz einen neugierigen Blick auf die zuvor genannte, sich durch deutsche Mittelgebirgs-Landschaften windende und seit nunmehr 30 Jahren viel und gern beworbene...

Märchen - Straße

...werfen (wozu auch einige Fakten gehören):
Länge ca. 600 km, enthält 2 Routen bzw. Abstecher, berührt 5 Bundesländer (Hessen, Nordrhein-Westfalen, Thüringen, Niedersachsen, Bremen) inklusive mehrerer Universitätsstädte und Weltkulturerbe-Stätte sowie 8 Naturparks.

Allerdings gibt`s nicht einen Ort mit nachgewiesener Höchstnoten-Küche (reines Künstlerpech für Besucher, die losfahren, ohne vorher die App von bekannten Gourmet-Führern konsultiert zu haben).

Ach ja, außer der Geschäftsstelle der **Märchen-Straße** gibt´s eine GRIMMWELT in Kassel (ob allerdings die Kurator*innen der jeweiligen ***documentas*** diese vor Ausstellungsbeginn besuchen müssen, weiß ich nicht).

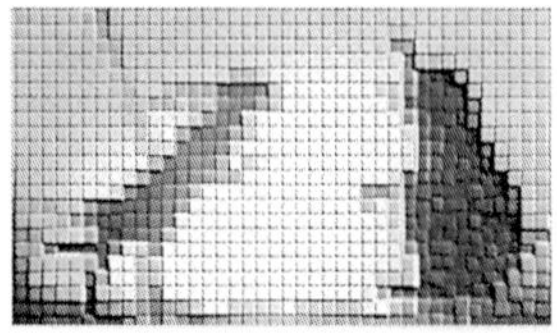

Und dann wäre da noch das Städtchen **Buxtehude*** nahe Hamburg, ein abseits der Straße liegender Austragungsort eines sportlichen Wettkampfes zwischen Hase und Igel(n).

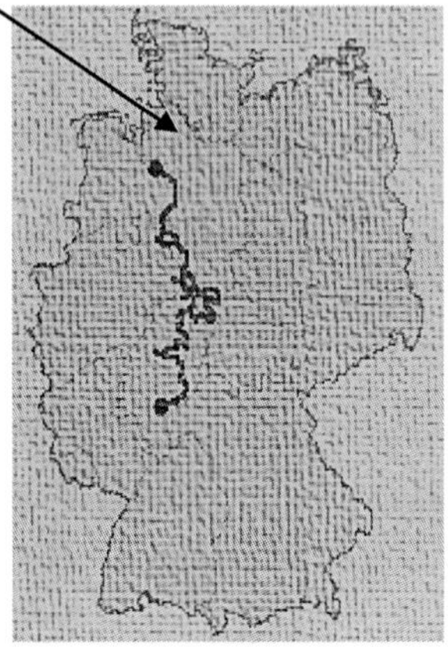

Doch zurück zu einer Straße, die ich (nicht nur Corona wegen) nicht in ganzer Länge werde abfahren wollen, bloß um alle der mit ihr verbandelten *KHM*-Nummern nach und nach (und wenig zielgerichtet) aufzudröseln.
Aber glücklicherweise hatte ich mich in früheren Zeiten in einigen der märchenhaften Orte bereits umsehen bzw. vorstellen dürfen.
Den allermeisten auf Klassenfahrten (von Ende der 50er bis in die 60er Jahre des vorigen Jahrhunderts als Schüler aus Bremerhaven) und dem deutlich kleineren Rest dann in einer Art von Stau bedingtem Kollateralschaden auf diversen Rückfahrten nach (früher durchaus üblichen) Gesprächen bei und mit wichtigen Kunden vor Ort.
Denn nur so wird nachvollziehbar, weshalb eine Verkehrsmeldung im Radio einen müden Geschäftsreisenden dazu bringen konnte, von der Autobahn A 5 abzufahren, um in einem kleinen Städtchen wie dem beschaulichen **Alsfeld** neben einem weithin sichtbaren Kirchturm eine von den (quasi halb gesetzlich) vorgeschriebenen **~~Ruhe~~** Kaffeepausen einzulegen.

Ein wirklich empfehlenswertes Ausflugsziel** für Liebhaber*innen von alten Volksmärchen, regionalen Trachten (Rotkäppchens Kopfbedeckung soll aus dem Schwelmer Land stammen) und mit von sehr viel Fachwerk geprägter Innen- und seit 1975 europäischen Modellstadt.

***(trotz räumlicher Entfernung zur Märchen-Straße wichtig, weil mit/vom Enkel Jonathan per Fahrrad zu erreichen)**
****(außerdem eine gute Gelegenheit, während der Anreise (auf mäandernden hessischen Landstraßen im offen dahin rollenden Kleinstwagen) über die ~~italienischsten~~ märchenhaftesten Momente im Leben nachzudenken)***

Bild

Märchen-Straßen-Stadt

Alsfeld

Hinfahrt Samstag, 18. Juni 2022

- erster Stopp in Schlitz

  ((bekannt als 5-Burgen-Stadt, Drehort von Märchen-Filmen („Tischlein-Deck-Dich" 1921, „Das Märchen vom Schlaraffenland" 2016) sowie eines Katastrophenfilms („Die Wolke" 2006, für Teenager nach einem Buch von Gudrun Pausewang über einen AKW-Störfall)

- *und Besuch einer der ältesten Brennereien* in Deutschland (Schlitzer Destillerie von 1585))*
  **(siehe auch „Märchen-König)*

- zweiter Stopp in Alsfeld

- Stadtrundgang (u.a. Marktplatz, Pranger am Weinhaus, Märchenhaus)

- Übernachtung im Hotel Villa Raab
  Restaurant Mathilde

Sonntag, 19. Juni 2022

- Kräuter- und Märchen-Tag mit Mittelaltermarkt

- Schulkinder versuchen die „Alsfelder Hexennacht (von 1633)" trotz überforderter Mikrofon-Technik (von 2022) allen Besucher*innen nahe zu bringen

- als Belohnung ein großes Eis in Runkel an der Lahn auf der Rückfahrt

Vermutlich werden sich nur ganz wenige von euch dran erinnern* können, dass eigentlich vorgesehen war, wenigstens einen konsensfähigen Vorschlag für eine noch oder neu zu wählende **Märchen-Stadt** vorzustellen.

(egal ob ihr´s noch wisst oder auch nicht - das Älterwerden trifft jede/n)

Aber in welcher Gegend liegt sie und was zeichnet sie aus, um in diesem sehr speziellen Wettbewerb antreten zu dürfen?
Und hoffentlich müssten nicht auch bei ihr (zu) viele Kompromisse eingegangen oder gar Kröten geschluckt werden, um sie wählbar zu machen.
Denn stellt euch vor, sie liegt tatsächlich in den neuen Bundesländern und dazu auch noch in Sachsen.
Und damit eigentlich ganz schön weit weg von der zuvor beschriebenen, ganz und gar **~~klein~~** westdeutschen Straße.
Aber egal, denn immerhin handelt es sich nicht nur um die richtig große Stadt...

Leipzig

...sondern auch um unseren Aufenthaltsort am Wochenende vor dem ersten Corona bedingten Lock-down in 2020.
Meine Aufgabe hatte sich gegenüber dem Besuch in Hanau im Jahr vorher praktischerweise kaum geändert. Allerdings war aus einem Tagesausflug ein Wochenendtrip geworden. Die Ehefrau bildete sich wieder einmal einen ganzen Tag lang fort, die Begleitung war derweil „allein aber nicht einsam“ an einem (wieder) angesagten Ort unterwegs. Soll heißen, in einer Stadt, die auf einen **Märchen-Titel** nun wirklich nicht angewiesen ist, um auch überregional wahrgenommen zu werden.
Dafür sorgen schon die vielen jungen und häufig aus Berlin zugezogenen Bewohner sowie das zwischenzeitlich fast vergessene, mitunter sogar verdrängte Erbe als weltoffene Universitäts-, Sport-, Handels- und Messestadt.

Sollte der Berichterstatter (und selbsternannte **Märchen-Jäger**) allerdings erwartet haben, gut beschilderte und Rollator geeignete Spazierwege hin zu innerstädtischen **Märchen-Motiven** in dieser ansonsten der Zukunft zugewandten Stadt vorzufinden, so lag er (mal wieder) komplett daneben.

Und deshalb (und bevor es was zu essen gibt) hier noch ein paar ergänzende Anmerkungen, warum es trotz der widrigen Umstände zu dem (wie aus der Zeit gefallen wirkenden) Vorschlag als mögliche **Märchen-Stadt** kommen konnte:

- erstens - weil eine Überlieferung besagt, dass die Sachsen mit ihrem ersten König Askanius aus den Harzfelsen mitten im Wald aus süßen Springbrunnen herausgewachsen sein sollen

- zweitens - weil ein schöner Jüngling auf kräftigem Rosse einst die Tochter des Herrschers vor einem Lindwurm rettete, und er nichts als ein neues Hufeisen für sein tapferes Pferd verlangte
  (und das jetzt an der Ostseite der Nikolaikirche zu finden ist)

- drittens - weil exakt diese Kirche als Ort demokratischen Aufbegehrens (und wunderbarer Orgelkonzerte) in der Tat weltbekannt geworden ist

- viertens - weil sich die (jetzt wieder gesamt) Deutsche Nationalbibliothek (mit schöner Fassade, siehe unten) in dieser Stadt befindet

- fünftens – weil sich, wenn man mit derselben S-Bahn eine Haltestelle weiter fährt, schnell und bequem einer der angesagtesten Stadtteile von Leipzig erreichen lässt: ***Connewitz*** - links-alternativ-urbaner, fast schon rein veganer Lebensstil, das es mit ausufernden Feierlichkeiten um den Jahreswechsel herum geschafft hat, sogar international Beachtung bei einem größeren Publikum zu finden.
  Und mit einem Café (siehe unten) nahe der Haltestelle, wo einem herein

geschneiten (Pseudo-) 68er der bestellte Cappuccino nicht (statt wie dort üblich) mit Hafermilch, sondern ausnahmsweise mit Kuhmilch zubereitet worden war (was keineswegs bedeutet, dass nicht auch Veganer*innen Gefallen am Kuh-Kuscheln finden könnten)

- sechstens - weil es noch sehr viel mehr Interessantes über und aus dieser Stadt zu berichten gäbe (wenn man wollte) als nur über ein besonderes (virtuelles) **Märchen-Spiel**, in dem verlangt wird, dass alle beim Sanieren einer im real existierenden Sozialismus herunter gewirtschafteten Stadt beteiligten Immobilien-Entwickler bzw. Investoren entweder in ein gutes Töpfchen oder in ein böses Kröpfchen *(vgl. KHM 21 Aschenputtel)* ein- oder auszusortieren* sind

(also wohin denn nun mit dem kriminellen (tapferen) Schneiderlein und den ~~Erbsen~~ Erdnüsschen zählenden Leuten von der deutschesten aller Banken)

und

- siebtens - weil viele (überwiegend westdeutsche) Fußballfans einfach nicht akzeptieren können (oder wollen), dass ein neu gegründeter Verein wie ***RB Leipzig*** (durch einen aufbrausenden Investor und der Hilfe vom *SSV Markranstädt*) es geschafft hat, in nur gut 10 Jahren von der 5. Liga in ein Champions League Halbfinale** (Saison 2019/20) zu gelangen

*****(viele Anhänger*innen von Traditionsclubs (ohne Zertifikat) können mit dem Schneebullchen*** ganz und gar nichts anfangen - vielleicht, weil sie am Ende der Saison vom unteren Ende der Tabelle zusehen müssen, wie deren Anhänger hoch entwickelte Pyrotechnik einfach in den Himmel über Leipzig ballern)***
******(welches allerdings nie mit gewöhnlichen 7 Zwergen, sondern immer nur mit 11 Ball-fertigen Riesen aufgelaufen sein soll)***

Einerlei...

...ob folgendes Rezept als Kochanleitung wirklich überzeugen kann, viel wichtiger sind zwei konkrete Vorgaben, die es einzuhalten galt/gilt:

- das Gericht soll, ja muss ausreichend satt machen
- die Getränke sollten irgendwann, irgendwo zwischen der Metropolregion Frankfurt/Main (inkl. Hanau) sowie der „frisch gekürten" **Märchen-Stadt** besorgt werden oder sonst-wie an Leipzig erinnern

Auf den ersten Blick keine ganz einfach zu lösende Aufgabe, aber letztlich in jeder noch so kleinen Einbauküche zu bewältigen, und am leichtesten mit einer vorurteilsfreien Annäherung ans...

Leipziger Allerlei

Zutaten:

im Sommer
750-1000 g weißer Spargel, 300-400 g junge Erbsen und 200 g kleine Karotten
bzw.
im Winter
800-1000 g Schwarzwurzeln und 550-700 g grüne Bohnenkerne aus 800-1000 g dicken Bohnen (TK oder im Sommer eingefroren),
dazu
ca. 250-300 g kleine Champignons, ca. 450 g Garnelen (geschält, entdarmt) oder 1-2 kleine Hummer (beides TK vorgekocht, aufgetaut), 4-6 Schalotten (fein gehackt), ca. 150-200 g Butter, ca. 50 ml Portwein (weiß), 200-400 ml Sahne,
frische Gartenkräuter (fein gehackt wie für grüne Sauce, im Winter TK), Muskatnuss, Pfeffer, Salz, Zitrone, (gfls. Krebspaste und/oder Trüffel-Öl)

Zubereitung:

Hälfte der Butter in großer Pfanne aufschäumen lassen, Schalotten darin andünsten, mit Portwein ablöschen und köchelnd gut einreduzieren lassen; durch Sieb in einen Topf umfüllen, 1/2 der Sahne zugeben, erhitzen, mit Muskat, Pfeffer, Salz, Zitrone und (nach Gusto) Krebspaste oder Trüffel-Öl abschmecken, die Kräuter einrühren, dann alles schön schaumig aufschlagen (gfls. Menge mit der restlichen Sahne korrigieren) und warm halten.

Parallel Spargel bzw. Schwarzwurzeln schälen, in ca. 2 cm Stücke schneiden und wie die Erbsen bzw. Bohnenkerne separat bissfest garen bzw. erhitzen, die Pilze in Butter kurz anschwitzen,
aufgetaute Garnelen nach Geschmack (wie ausgelöstes Hummerfleisch in der sommerlichen Variante) erhitzen oder kurz anbraten;
zum Anrichten je 1 großen Löffel der aufgeschäumten Sauce in tiefe Teller füllen, Gemüse und Garnelen darauf geben und sofort servieren.

Genauigkeitsfanatikern...

...steht es selbstverständlich frei, nach einem alten Rezept* (wie dem unten abgebildeten) zu arbeiten.

(Praktisches Kochbuch für die gewöhnliche und feinere Küche von Henriette Davidis, 22. Auflage 1877, Verlag von Belhagen & Klasing Bielefeld und Leipzig)

Allerdings dürfte es heutzutage deutlich schwieriger bzw. aufwändiger sein, um an frische Morcheln und eine genügend große Anzahl an Krebsen aus heimischen, ökologisch unbelasteten Gewässern zu kommen.

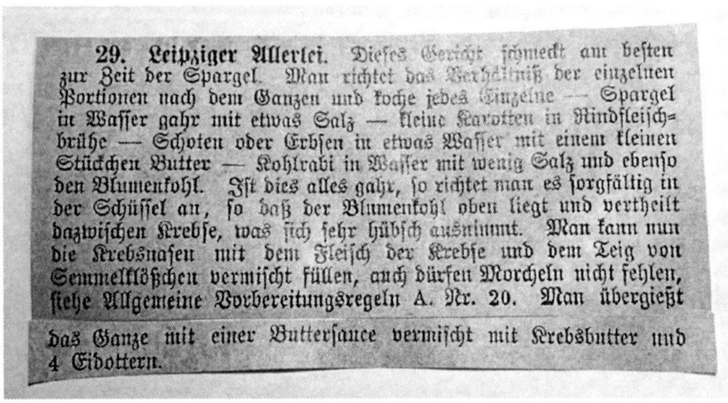

29. Leipziger Allerlei. Dieses Gericht schmeckt am besten zur Zeit der Spargel. Man richtet das Verhältniß der einzelnen Portionen nach dem Ganzen und koche jedes Einzelne — Spargel in Wasser gahr mit etwas Salz — kleine Karotten in Rindfleischbrühe — Schoten oder Erbsen in etwas Wasser mit einem kleinen Stückchen Butter — Kohlrabi in Wasser mit wenig Salz und ebenso den Blumenkohl. Ist dies alles gahr, so richtet man es sorgfältig in der Schüssel an, so daß der Blumenkohl oben liegt und vertheilt dazwischen Krebse, was sich sehr hübsch ausnimmt. Man kann nun die Krebsnasen mit dem Fleisch der Krebse und dem Teig von Semmelklößchen vermischt füllen, auch dürfen Morcheln nicht fehlen, siehe Allgemeine Vorbereitungsregeln A. Nr. 20. Man übergießt das Ganze mit einer Buttersauce vermischt mit Krebsbutter und 4 Eidottern.

Getränk(e)

Bleibt nur noch, einen passenden Wein zu besorgen, z.B.
auf einer Hin- bzw. Rückfahrt in Nordheim beim Wg. *Glaser-Himmelstoss*
einen Sylvaner *„Sommeracher Katzenkopf"* oder
alternativ im *Frische Paradies* in Leipzig die Cuvée *White Leipzig* von der *Leipzig Winery* (Nuy Valley) in Südafrika

Meine Güte, wie schnell doch bloß die Zeit vergeht.

Kaum hatte ich mich an den Gedanken gewöhnen dürfen (bzw. müssen), dass tatsächlich zwei für unbezwing- bzw. unverzichtbar gehaltene Politiker*innen (wie ein Narzissen liebender *Donald* oder eine seit Jahren als Mutti agierende *Angela*) ~~leider~~ nicht mehr für uns da sein, sondern sich (egal, ob abgewählt oder weil abgetreten) wieder eigenen Problemzonen werden zuwenden müssen...

- beispielsweise indem **ER** noch häufiger an seinem Handicap beim Golf (und nicht am Äußeren einer neben ihm verblühenden ***FLOTussi***) feilen und noch mehr Score Cards wird faken dürfen
- während eine politisch hoch angesehene Wunder-Frau wie **SIE** endlich Zeit genug haben müsste, um bei einem sauren Rentner (oder wem auch immer) um persönliches 24/7 Asyl zu bitten

...da fordert ein innerer Schweinehund mich tatsächlich auf, allen verbliebenen Leser*innen umgehend mitzuteilen, dass es auch für sie Zeit wird, von weiteren Touren auf windungs- und geschichtsreichen bundesdeutschen Straßen zu mal sehr schön, mal sehr schön schaurig hergerichteten Stadtzentren die Finger zu lassen, um beide Hände für neue Herausforderungen frei zu haben.

Und was wäre besser geeignet, die neu gewonnene Freiheit zu demonstrieren, als bei der Einladung zu einer außerordentlich einberufenen...

...Märchen - Stunde...

...mit beiden Armen zuzupacken und beherzt zuzusagen (und zwar trotz des Aufflackerns einer schwarzen Null beim Thema Versorgung und der Zusage (QR-Code Check **√** geprüft), keinesfalls eine/n dieser berüchtigten, weil von der Pest geprägten Epidemiolog*innen oder gar VirologInnen als schmückendes Accessoire mitzubringen - also ausnahmsweise einmal nichts und niemanden, mit anderen Worten: überhaupt nichts und schon gar nicht eines dieser klein gewachsenen COVID 19 Virus`chen oder eine der gegenderten MuTant*innen bzw. deren transgendernden MaOnkel anzuschleppen*.

***(aber keine Angst, sehr viel mehr Einschränkungen an individuellen Freiheiten wird es nicht geben)**

Doch daraus mittels Rück- oder Umkehrschluss oder gar schluckreflexartig zu folgern, dass Interessierte gut daran täten, sich besser gleich mit so was wie einer ***„Märchenstunde für Manager"**** (für dieses oder jenes managende Zeitgenoss♂ ♀en) zu befassen, wird aber definitiv nicht notwendig sein.

Schließlich sollen noch nicht einmal Erfolgsmeldungen von Personen verbreitet werden dürfen, die in einer ganz besonders stillen Stunde das neuere Buch ***„Künstliche Intelligenz ist der Hammer, aber wo sind die Nägel"**** nicht nur bis zur letzten Seite durchgelesen, sondern sogar schon praktisch angewendet haben wollen.

(beide von Wolfgang Hölker, Coppenrath 2003 bzw. 2020)

Aber damit wollen wir's auch gut sein lassen mit weiteren Kleinbildschirm tauglichen Aufwärmübungen für Lesekreis bildende oder auch Buchclubs gründende Teilnehmerinnen (und zwar unabhängig davon, was ein paar nicht eingeladene, aber überraschend zu Besuch gekommene Querdenker*innen dazu zu sagen haben).

Erfreulicherweise haben es tatsächlich einige System relevante Kleinigkeiten geschafft, auf die Minute pünktlich zu erscheinen (an der Spitze ein trockener *Winzersekt,* gefolgt von zahlreichen (sog.) *Amuse-Gueule* bzw. *Amuse-Bouche*).

Also dann gleich mal das große Maul zugeklappt, dafür ein kleines Mündchen ganz weit aufgesperrt, und schon stehen wir offen und bereit da, uns in der mit fetten Lettern angekündigten ***Stunde der Märchen*** ein paar vermeintlich leicht verdauliche Häppchen* servieren zu lassen.

****(also „nichts" im Vergleich zu einem politischen Aschermittwoch – wenn man die zahlreichen schwarzen, roten, gelben, grünen und blauen ~~Flaschen~~ Humpen voller Bier auf und die vielen heiß gemachten Würstchen (in Bioqualität) an den Tischen vor Augen hat)***

Der Mensch ist, was er isst.*
(1493 – 1541 Theophrastus Bombast von Hohenheim, genannt Paracelsus)

****(wie aus alten Fleischfressern ganz neue Menschen werden könnten)***

und

Von Luft und Liebe kann man nicht leben.
(altes, verkürztes Zitat unbekannter Herkunft, neuere Version** vorhanden)

(*in frischer Luft und mit Liebe zubereitetes Essen - dann isst der Mensch dort, wo es gut ist)***

Gesellen sich dann aber, sozusagen aus dem Nichts, eine oder gar mehrere Smalltalker/innen zu euch an euer hart erkämpftes Stehtischchen, um (mit einem leicht vorwurfsvollen Unterton in der Stimme) über das Für und Wider von Investitionen in (bisher nur wenigen vertraute) Wirtschaftsunternehmen, wie z.B. diesen...

HDI (Haftpflichtverband der Deutschen Industrie)

... zu referieren beginnen, bleibt ruhig und gelassen.

Weil es viel schrecklicher wäre, wenn sie anschließend (hoffentlich erst nach dem dritten Glas Sekt und knapp vorm fünften oder sechsten Löffel mit der Lachs-Forellen-Kaviar-Creme) tatsächlich noch über die Einflussnahme von (fast) demokratisch gewählten EU Spitzenkandidat*innen auf die lokale und regionale oder sogar globale Aussagekraft des neuesten...

hdi (human developement index)

...mit euch diskutieren wollten.
Denn sich zusammen zu reißen, ihn/sie nicht wegzuschicken, sondern ihm/ihr immer mal wieder aufmunternd und motivierend mit dem Kopf zu zu nicken, fällt nämlich richtig schwer, und deshalb freut euch lieber wie seinerzeit Bolle, nicht auch noch über die anstehenden Entwicklungsschritte der Menschheit auf dem Weg vom Bärtierchen zu einem hybriden Individuum belehrt zu werden:

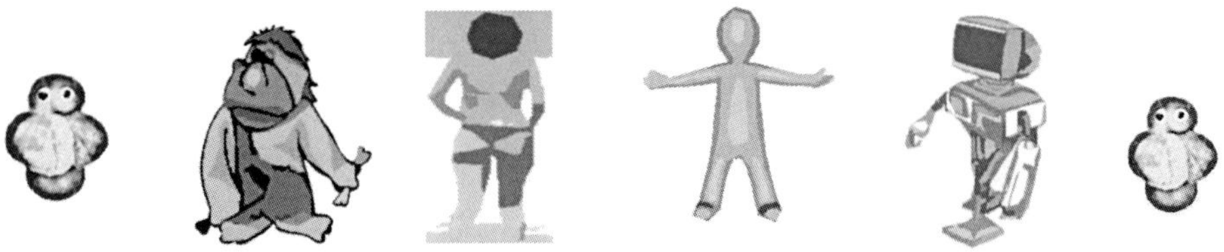

NoHuman → PreGender → Gender → TransGender → TransHuman → InHuman

Verständlicherweise werden wir deshalb auch nicht nach heiligen Kühen, die irgendwo noch unterwegs sein sollen, Ausschau halten, um diese (wie früher auf dem Land) im nächst gelegenen Dorfgatter sicher wegzusperren.

Und wir müssen das auch nicht, denn ein inmitten einer Herde von schwarz-weißen (alternativ auch rot-braunen) Rindviechern stehender „Tierschützer" hat mitgehört und von sich aus vorgeschlagen, die in dieser **Märchen-Stunde** für ungenießbar gehaltenen Kleinigkeiten in (s)einem Pansen wider zu käuen und so für alle verdaubar zu machen:

„Alles in allem eine Märchen-rechtlich irrelevante Veranstaltung, schon allein wegen der nicht zufällig ausgewählten Zielgruppe der älter und kräftiger gewordenen Kinder aus den frühen bzw. späten 60er Jahren.
Leider (bzw. wie zu erwarten) im gleichen politisch unterirdischen Format (bzw. pseudo kritischen Rahmen) wie noch aus der damaligen Zeit bekannt.

Und somit leider nur ein weiteres dieser vielen, sehr aggressiv beworbenen...
Neudeutschen Märchen-Stunden Specials,

...die ohne augenzwinkernde Vorwarnungen an mitgeführte bzw. anwesende Kleinkinder erst gar nicht hätten beginnen dürfen.
Weil den Behörden nämlich schon längst hätte bekannt sein müssen, dass in solchen Stunden zwar alles Mögliche, aber äußerst selten als Kinder- und Hausmärchen einzustufende Reden geschwungen werden."

Und was sagt der vierte Affe dazu?

Keine Ahnung, er weigert sich zu twittern!

Nach so viel politisch dominiertem **Märchen-Gedöns** braucht's Vernunft und einen richtungsweisenden Knüppel gegen die schlimmsten Heimsuchungen in dieser (unser aller neuen) Welt *(vgl. KHM 210 „Die Haselrute").*

Denn damit ließen sich wohl nicht nur diverse Schlangen, sondern womöglich auch einige der ziemlich kleinen, dafür reichlich vorhandenen Viren vertreiben.

Währenddessen der Weg frei wäre, um sich mal wieder völlig unbeschwert um ein einfaches, aber einfach märchenhaftes Abendessen zu kümmern.
Und dies nach einem noch einfacheren Rezept, welches außerdem den großen Vorteil hat, schon einige Stunden vor irgendeiner Teilnahme an irgendwelchen aufgezwungenen **Märchen-Stunden** vorbereitet werden zu können.

Denn wenn am Ende eines Märchens wem auch immer die (oder gar eine andere) Stunde schlägt, dann ist´s aus und vorbei mit all den kleinen „Löffel-Häppchen" und es wird Zeit für ein etwas größeres und einfach nur saugut schmeckendes Gericht.

6 h Ragout vom Rind (oder Kalb)
mit Bandnudeln

Zutaten:

2-2,5 kg Rind/Kalbfleisch zum Schmoren (Wade, Beinscheiben, Ochsenschwanz, Gulasch), Olivenöl, 3-4 rote Zwiebeln, 1 Stück vom Knollensellerie, 600 g passierte Tomaten, 400 g Tomaten-Fruchtfleisch (Dose), ca. 200 ml Portwein (rot), je 1 El Paprika- und Tomatenmark, je 1-2 Tl Paprikapulver süß und scharf, Chilisauce,
Pfeffer, Zucker, Salz, 1-2 Rosmarinzweige, 3 Lorbeerblätter
sowie (je nach Esser) 500-1000 g Bandnudeln (kürzere und mit Ei gemacht)

Zubereitung:

Fleisch würfeln und in der Pfanne in Olivenöl scharf anbraten, Paprika- sowie Tomatenmark einrühren und mit Portwein ablöschen; in einem ausreichend großen Topf klein gehackte Zwiebeln, Knoblauch und Sellerie anschwitzen; dazu die passierten Tomaten, Paprikapulver, die Fleischwürfel samt Sud sowie die Kräuter hinzu tun; den Eintopf für 6 h bei 120 °C (Umluft) in den Herd stellen; erst kurz vorm Servieren abschmecken (Pfeffer, Salz, evtl. Prise Zucker, Spritzer Chilisauce;
parallel dazu die Nudeln nach Angabe kochen

Sollten allerdings ***„Die drei Männlein im Walde"*** *(vgl. KHM 13)* sehr frische Erdbeeren vorbeibringen, so bräuchten tatsächlich nur noch Mascarpone und Schlagsahne zu einer Art von „Clotted Cream" aufgeschlagen werden, um ein
Dessert
servieren zu können.

Getränke:

2018 Sekt Spätburgunder Blanc de Noir ***„Illusion"***
Wg. Meyer-Näkel, Ahr

2020 Cuvée (Cabernet Sauvignon, Merlot, Portugieser) ***„Ursprung"***
Wg. Markus Schneider, Pfalz

2018 Riesling Auslese *(Pommerner Zeisel)* ***„Die Außergewöhnliche"***
Wg. Leo Fuchs, Mosel

Eigentlich kaum zu glauben, was man von (vorgeblich) in sich ruhenden Säulen einer älter werdenden Gesellschaft so alles an klaren Erkenntnissen über die weitere Entwicklung in unserer Gesellschaft zu hören bekommen kann.

Neulich kam ich durch Zufall am Tisch neben zwei Kaffee trinkenden Frauen zu sitzen, von denen die jüngere allerbeste Chancen* auf den Titel einer...

...Märchen - Tante**...

...haben müsste, denn am Ende eines längeren Wortwechsels meinte sie zu ihrer Nachbarin, dass Schreckensgeschichten nicht mehr nur in Märchen, sondern immer häufiger auch im wahren Leben*** vorkommen würden.

****(vorausgesetzt frau würde mich mitwählen lassen)***
*****(umfassender, d.h. inklusiv zu verstehender Begriff für alle weiblichen bzw. sich weiblich fühlenden Personen (inklusive aller Hexen), die allzeit bereit sind, (über) Märchen (ab) artiges zu erzählen oder (vor) zu lesen und sich vor allem trauen (trotz Tischnachbar) ungeniert darüber zu tuscheln - selbst wenn der mithören könnte)***
******(und zwar im Leben einer ihrer Freundinnen, die als allein stehende Witwe in einem älteren Haus wohnt und nach einer Person Ausschau hält, die sich vielleicht nicht nur um sie, sondern auch um ihre alte Heizungsanlage kümmern möchte)***

Ganz offensichtlich spielte die Frau darauf an, dass in aufgeregten und nach Orientierung verlangenden Zeiten (wie diesen), selbst **Märchen-Tanten** zu überlegen (oder gar intensiv darüber nachzudenken) beginnen, ob es nicht viel einfacher wäre, wenn ~~man~~ frau in einer Beziehung mit (wenigstens) einem achtsamen Mann oder (mindestens) einer (gfls. auch mehr als einer) starken Frau mit- bzw. nebeneinander her leben würde...

- in einem Hexen-Haus, das dank der vielen Zimmer zwar räumlich getrenntes Schnarchen ermöglicht, überdies mit einem stattlichen, sehr viel Kohle (bzw. noch mehr Holz) verschlingenden gusseisernen Herd in einer sehr großen (Hexen-) Küche aufwarten kann, leider im Keller immer noch eine sehr viel fossile Energie fressende Heizung für die angenehm kuscheligen Temperaturen zu sorgen hat
- während das Hexen-Haus (im Bild hinten) bestimmt kein Ort zum Wohlfühlen für die Spezies ***„Harz-Hexe"*** (vorne) darstellt (vielleicht weil´s am Unterlauf der Mosel liegt?)

In der Tat eine wirklich gruselige **Märchen-Geschichte** (so ein erster Gedanke), wenn sogar doppelt gemoppelte Hexen-Haushalte ihre einsam (nicht verlassen) im lichten Wald stehenden Hexenhäuschen wegen geänderter ökologischer und ökonomischer Randbedingungen nicht nur verkaufen, sondern tatsächlich auch verlassen müssten...

- weil sich in von Borkenkäfern kahl gefressenen Wäldern einfach keine handwerklich begabten jüngeren Menschen mehr zu ihnen ans Haus verirren werden (und die nur eine Essenseinladung bräuchten, um mit dringenden Sanierungsarbeiten sofort und umsonst zu beginnen)

Folgen des Klimawandels, die selbstverständlich auch in unserem zu gut einem Drittel mit Wald bedeckten Land von Märchen erzählenden Tanten (oder den darin vorkommenden Hexen) zu spüren sein werden. Andererseits...

- sollte deren fast vom Winde verwehtes (von absterbenden Bäumen nicht mehr geschütztes Häuschen) dereinst tatsächlich auch von nur einem/r einzigen Denkmalschützer*in entdeckt

...und als...

- so wie es ist und bisher war, so soll und muss es auf immer und ewig auch bleiben

...eingestuft werden...

- dann dürfte es selbst ausgewiesenen **Märchen-Tanten** (resp. Hexen-) Haushalten verdammt schwer fallen, den Verbrauch an fossiler Energie durch die rückstandslose Verbrennung von nachwachsenden ~~Jungen~~ Kindern und Jugendlichen auf (anteilig) < 35% zu senken, d.h. auch ein solches WEG-Format könnte sich gezwungen sehen, ihr klein Häuschen (obwohl im Wald gelegen) mit chinesischer Photovoltaik und asiatisch-amerikanischer Wärmepumpen-Technik aufzurüsten (oder wegen zu hoher Nachrüstkosten unter Wert zu verkaufen)

So im Nachhinein fällt es mir äußerst schwer, die mitangehörten Informationen entweder als gut und schön oder eher als schlecht und hässlich einzuordnen.

Allerdings hatte ich mich (~~un~~ voreingenommen wie ich nun mal bin) kurze Zeit später schon gefragt, weshalb eine ältere, am Nachbartisch sitzende und Kaffee trinkende Frau in den Genuss kam, von mir zu einer richtigen **Märchen-Tante** hochstilisiert bzw. hochgestuft zu werden?

Sicherlich nicht, weil sie vorhatte, ihrer Begleitung mit diesen Geschichten eine Freude zu machen oder gar imponieren zu wollen (und deshalb tatsächlich andere - u.a. mich am Nebentisch - einfach mal hatte mithören lassen).

Oder weil sie annehmen durfte, dass unter den Zuhörer*innen jemand wäre, der/die dafür sorgen könnte, dass alle von (zu) Hause aus hart (und sehr häufig auch schwarz) arbeitenden **Märchen-Tanten** bei den Kosten für energetische Sanierung (wie alle anderen) finanziell entlastet werden.

Und vermutlich auch nicht, weil sie gehofft hatte, auf diese Weise einen Fiskal-Vertreter kennenzulernen, um von dem Mann dann (steuer technisch) ähnlich wohlwollend behandelt zu werden, wie bei Vertreterinnen eines ganz anderen, aber (vermutlich) ähnlich alten Traumgewerbes bisweilen zu sehen ist.

Vielleicht aber hatte sie nur verhindern wollen, dass der Gesetzgeber auf diese Spezies der neu bzw. wieder entdeckten **Märchen-Tanten** (weil allesamt neu- oder wenigstens wiedergeborene Hexen) nicht (vorausschauenderweise) mit einem parlamentarisch abgesegneten Änderungsgesetz zur Neuausgestaltung eines früher durchaus üblichen Verfahren reagieren sollte, und zwar...

- mit der (Wieder-) Einführung von zwar rücksichtslosen (obschon selbst von nur wenigen alten weißen Männern als alternativlos angesehenen), doch mittlerweile komplett CO^2- neutralen und NO x/Feinstaub-freien Verbrennungsprozessen

Doch egal, was letztendlich auch der Anlass bzw. der Grund gewesen sein mag, besser ein (~~**wohl**~~ unverdientes) Ende mit Schrecken (für ein paar Tanten) als ein Schrecken ohne Ende für alle vollkommen unvollkommen daher kommenden und (hoffentlich nur) mental am Limit lebenden weißen alten Männer.

Aber ebenso egal wäre es auch, die genaue Anzahl jener Männer (mit Glatze) festzustellen, die sich einfach nicht zwischen einem Leben mit oder ohne Bart oder/und mit oder ohne Hut entscheiden können (oder wollen).

Und das wäre selbst dann egal, wenn auch nur ein einziger dieser alten weißen Männer (weil er möglicherweise viele Märchen schon einmal selbst aufgetischt und andere erzählt bekommen hat) allen weismachen wollte, dass es auch in ferner Zukunft **Märchen-Tanten** wie die „Trude“ *(aus KHM 43 „Frau Trude“)* geben wird, die trotz ihres Vornamens glücklich und zufrieden in (mehr oder weniger lichten) Wäldern alleine vor sich hin leben möchten.

Leider ist nicht völlig auszuschließen, dass diese Art von Leben (bzw. Lektüre) mitverantwortlich ist, wenn irgendwann und irgendwo ein irgendwer hilflose menschliche Wesen (bei ***Frau Trude*** trifft es ein eigensinniges und vorwitziges Mädchen) in grobe Holzklötze zu verwandeln versucht, um die dann ins offene Feuer zu werfen (schließlich werden nicht nur ältere Hexen es schön warm um ihre nackten Beine haben wollen).

So gesehen (aber nur für den Fall, dass die Verbrennung von gesellschaftlich als wenig fortschrittlich eingestuften Hexen in **Märchen-Tanten-**Gestalt doch nicht wieder eingeführt werden sollte) ist zu überlegen, was „rechtzeitig“ bedeutet, wenn frühzeitig die Verbrennung von diskriminierenden Büchern unterbunden werden soll.

Ich kann mich erinnern, als Student in den 70er Jahren einen Roman mit dem Titel ***„Märchentante“*** *(Jürg Federspiel, Piper-Verlag)* in den Händen* gehalten zu haben.

****(ein farbig gestempeltes Reste-Exemplar von einem Grabbeltisch im Kaufhof, wo seinerzeit vor anstehenden Klausuren vor allem nach Kriminalromanen im RoRoRo-Format als sichere und vor allem Alkohol-freie Einschlafhilfe gesucht worden war)***

Gelesen hab ich das Buch damals (und auch später) zwar nicht, allerdings die Zusammenfassung auf der Innenseite, aber schon das hatte ausgereicht, um sich total verunsichert zu fühlen, denn...

- eine **Märchen-Tante** erzählt ein Märchen, ein Ehemann wird ermordet, Leute essen Spargel, jemand liest Krimis von einem Georges Simenon mit einem Kommissar Maigret, eine Atombombe wird abgeworfen und als am Ende die **Märchen-Tante** die Kneipe verlässt, erstarrt sie zur Salzsäule

Doch während das Buch seinerzeit einfach zurück auf den Grabbeltisch** kam, mag ich mir gar nicht vorstellen, was im digitalen Heute alles passieren könnte:

*****(möglicherweise mit ein Grund, weshalb ich Kaufhäusern in der Innenstadt nicht nachweine und mich auch an Grabbeltischen in Buchhandlungen nicht sicher fühle)***

- vielleicht das Smartphone genommen, ein Bild (trotz Datenschutz) von der **Märchen-Tante** gemacht und ungefragt ins grenzenlose Netz gestellt
- mit dem Risiko, damit einen veritablen Shitstorm ~~**loszupusten**~~ auszulösen
- und der Gefahr, dass Leute mit Zugang zum Netz, die außerdem über einen alten Kaminofen verfügen, tatsächlich anfangen, darin die (von ihnen) als (ver)störend empfundenen Bücher (z.B. *„Die Märchentante“*) beiseite zu schaffen

Aber ganz egal, ob es eher unter falsch verstandener politischer Korrektheit einzuordnen oder besser als angeborene ~~**Klugheit**~~ Dummheit anzusehen ist, in (gefühlt) gefährlichen Zeiten (wie diesen) sollte automatisch (nicht unbedingt voll elektrisch, aber fast schon autonom) einer jener Zuflucht verheißenden Orte aufgesucht werden, die anderenorts gerne als *Safe Spaces** bezeichnet und von grün blinkenden Ampel-Männern und Frauen bewacht werden.

(und das ist für mich ein Platz in einer nahe gelegenen Küche - um dort solche Speisen vorzubereiten, die sogar von eventuellen Mitesser*innen aus der Gruppe der emotional besonders hart gefrorenen Snow Flakes** (selbstverständlich rein) geschmacklich toleriert werden könnten)
*****(während die Natur-nahen Schneeflocken als geklärtes Wasser Richtung Meer fließen dürfen, werden die Mensch-gewordenen Snow Flakes nicht auf ewig mit wässrigen Augen weiter in Frauenmagazinen blättern, sondern sich vermutlich in aufgeklärte „Snow Whites“*** zu verwandeln suchen)***
******(ob unsere Märchen-Tante darunter sein wird, kann ich allerdings nicht sagen)***

Und deshalb gilt einerseits das feste Versprechen (Märchen hin oder her), dass nur ganz leichte und alle Seelen tröstende Speisen auf dem Tisch zu finden sein werden, bei den Getränken allerdings alles toleriert werden muss, womit bzw. worin sich emotional stark belastende Gefühle möglichst leicht (und vor allem sicher) ertränken lassen.
Allererste Vorschläge (gehört und sofort geleakt) gehen wohl in Richtung:

„Wenn schon grün, dann mit einem Symbol für ~~furchtbare~~ **fruchtbare Zeiten“**

und

„Wem Rotes und Grünes nicht reicht, der/die soll was ~~Gelbes~~ **Weißes dazu tun“**

Eine Art
Guacamole* mit grünem Spargel

(zum Dippen)

(Guacamole steht in der mexikanischen Küche für Avocado-Dip bzw. Sauce, stammt aus der Nahuatl-Sprache und stand ursprünglich für „Hoden-Gebräu")

Zutaten:

2-3 Avocado, ca. 400 g grüner Spargel, ca. 150 g eingelegter gegrillter roter Paprika, 1 Tomate, 1-2 Zwiebeln (rot), 1 Zitrone (bzw. 1-2 Limetten), 1-2 Knoblauchzehen, 1 Bund Koriander, Pfeffer, Zucker, Salz, Tomatenmark, Chilisauce

Zubereitung:

Spargel putzen und mit Salz und Zucker knapp bissfest garen, abkühlen lassen; Zwiebel und Knoblauch putzen und sehr fein würfeln; Fruchtfleisch von Avocado, Tomate sowie Paprika (gut abgetropft) und Spargel (nur die Köpfe, die restlichen Abschnitte für Salat o. ä. verwenden) grob zerdrücken; Koriander (ein paar Stängel zurückhalten), Zitronensaft, 1 El Tomatenmark, Pfeffer, Salz und 1 Spritzer Chilisauce zugeben, zu einem Dip pürieren, nochmals gut abschmecken und kalt stellen
(gfls. grob gehackten Koriander kurz vorm Servieren drüber streuen)

Dazu gibt`s ein ofenfrisches Baguette
(meinetwegen auch eine Tüte Tortilla-Chips)
sowie für alle anwesenden Tanten (aber nicht nur für die) ein prickelnd-perlendes...

Kult - Getränk

...wie diesen Sylvaner-Sekt *„CULT"*
von der *Winzergemeinschaft Franken, Kitzingen*

Lachsfilet mit weißem Spargel (in Alufolie) aus dem Ofen

Zutaten:

pro Person ca. 250-300 g Lachsfilet und ca. 500-750 g Spargel,
1 Bund Frühlingszwiebeln,
1 Zitrone, Olivenöl, Butter, Pfeffer (weiß), Salz, Zucker,
dazu Pesto (Bärlauch oder ?)

Zubereitung:

Haut vom Lachs entfernen und den Spargel schälen;
dazu 2x ausreichend große Alufolie für 2 Ofenbleche bereitlegen;
1x mit Olivenöl bepinseln und die Lachsfilets drauflegen, Frühlingszwiebel putzen, in Röllchen schneiden und über bzw. neben die Filets verteilen, alles mit Pfeffer, Salz und Zitronensaft würzen und die Folie gut verschließen;
ca. 150g Butter schmelzen, die Hälfte auf 2te Alufolie streichen und die Spargelstangen drauflegen; Prise Zucker, Pfeffer und 1 El Zitronensaft in die restliche heiße Butter rühren und über den Spargel gießen;
auch diese Folie gut verschließen und beide Bleche in den auf 180°C (Umluft) vorgeheizten Herd stellen;
die Lachsfilets ca. 20 min und den Spargel ca. 30 min garen;
dann beides auf schönen großen Tellern portionieren;
über die Lachsfilets noch etwas Pesto (kann gerne auch ein Rest von der Guacamole sein) geben;
den Sud vom Spargel in einen Topf gießen, einen Schuss Sahne und 1 Tl Saucenbinder einrühren, kurz aufkochen und über den Spargel verteilen;
dazu passen Ofenkartoffeln oder einfach nur ein Baguette

Getränke:

Vorurteile gilt es zu hegen und zu pflegen, damit sie wirklich helfen können.

Eigentlich schien es unmöglich, aber bei einem britischen **Harry*** war zu lernen, dass in einer Welt voller Zauberer und Muggel** Getränke mit der Bezeichnung ***„Wein"*** tatsächlich die beliebtesten Genussmittel sein sollen.

***(hier ist einmal nicht Harry der Prinz, sondern Harry der Töpfer (alias „Harry Potter" von J.K. Rowlings) gemeint)**

****(keine Ahnung wie man das genau schreibt (Muggel oder Muggle), jedenfalls soll es sich dabei um Personen handeln, die ohne magische Fähigkeiten mit den praktischen Dingen im Leben zurecht kommen müssen (d.h. um solche wie mich), weshalb ~~ausnahmsweise~~ vernünftigerweise entschieden wurde, besser eine mir persönlich seit längerem bekannte Harzer-Hex in einer ~~teuflich~~ höllisch schönen Umgebung nach einem passenden und dem Anlass gerecht werdenden Wein suchen zu lassen)**

Und was so´n kleiner Harry kann, das sollten wir allemal können.
Aber das ist nicht der wahre Grund, weshalb der Wein aus dem Rheingau kommt, sondern weil wir (schon 2x) bei der Lese von Riesling-Trauben in der Hölle von Johannisberg haben mithelfen dürfen.

Riesling GG Johannisberger Mittelhölle vom Weingut Trenz

Bei dieser Geschichte hatte am Ende (wie so oft) nur ein glücklicher Umstand geholfen, dass das Aufstellen* eines (oder mehrerer) Kandidaten für einen (in einem ganz neuen Format) zu kürenden...

...Märchen - Vogel...

(des Jahres)

...sich deutlich einfacher gestaltete, als ursprünglich angenommen worden war. Denn es war zwar allen am Wettbewerb Interessierten gesagt worden, dass nur die Vögel eine Chance auf den Titel bekämen, die ehemaligen (und nur noch in senkrecht, waagerecht bzw. diagonal verlaufenden Reihen in Kreuzworträtseln zu findenden) früheren Topacts würden Paroli bieten können. Also Altstars, die zwar kaum einer mehr kennt, aber schon noch geeignet sind, um als Vorlagen für individuelle Vorschläge zu taugen:

- wozu als erstes *Der Vogel Greif (vgl. KHM 165)* gehört, weil dieser (dank der Mithilfe von Frau Greif) einem dummen ~~**August**~~ *Hans* geholfen haben soll, erst an ein paar von seinen Federn und später an ein ganzes Königreich zu kommen
- zweitens ein riesiger (vermutlich aus Arabien stammender) Vogel namens *Roch* (manchmal auch Rok bzw. Rock geschrieben), weil dieser (für manch einen Vegetarier und Veganer schwer zu ertragen) als ewig hungriger Flexitarier nicht selten nach einem kleineren asiatischen noch einen von diesen groß ~~**artigen**~~ ohrigen afrikanischen Elefanten ~~**vernascht**~~ verspeist haben soll
- und drittens zwei ganz besondere Vögel, bekannt geworden unter ihren Künstlernamen *Balthasar* (ohne Neumann) und *Edelschwarz* (in Rosarot), die anfänglich wohl ein karges Leben als schlecht entlohnte dichterische Freigeister hatten, später eines als wahrhaftige Kreuzwort-Rätsel-Ritter führen durften, weshalb es schade ist, die Trink- und Fressgewohnheiten nicht in einer ~~**BILD**~~ Geschichte nachlesen zu können – wie auch immer, es dürfte sich schon um zwei besonders schräge Vögel gehandelt haben

(jedoch keineswegs heißen soll, im Sport beim Aufspüren von Talenten ganz auf´s sog. „Scouting" zu verzichten und auf fußballerisch begabte Zufälle zu warten)

Und weil in einem wirklichen Leben Glück und Zufall immer eine sehr wichtige

Rolle spielen, warteten in meinem bereits gleich drei äußerst interessante, dabei völlig unterschiedliche und fast schon schräg zu nennende Vögel in drei schön bunt bebilderten Geschichten ungeduldig darauf, von mir als Aspiranten auf den Titel vorgestellt zu werden.

Ob allerdings gerade diese ~~glorreichen sieben~~ drei eher zufällig entdeckten Vögel das nötige Format besitzen, um den vorgestellten Altvögeln sowohl äußerlich als auch inhaltlich Paroli bieten zu können - das werde nicht ich, sondern andere zu entscheiden haben.

Beginnen wir mit dem ersten Kandidaten, einem Vogel mit einer Hauptrolle im neuesten Abenteuer eines kleinen gallischen Kriegers mit dem Titel:

Asterix und der Greif

Tatsächlich nach über 60 Jahren (Band 39 - Text: *Jean-Yves Ferri*, Zeichnungen: *Didier Conrad*) das erste Heft einer äußerst populären Reihe, die informativ und (fast) neutral über gallisch-römische Auseinandersetzungen berichtet, welches nicht (mehr) von einem der beiden Erfinder *R. Goscinny* und/oder *A. Uderzo* herausgegeben wurde (und für mich der wichtigste Grund war, nach langer Zeit mal wieder ein Heft zu besorgen und durch zu blättern).

Was soll ich zu dem Vogel auf der Umschlagseite anderes sagen, als dass dieses vor Zähnen strotzende, adleräugige und löwinnenstarke Totemtier, vermutlich ein sogenanntes Beute-Greifer-Mischlings-Wesen als Titelbild einigermaßen rätselhaft rüberkommt.
Dabei wird es (bzw. er) vermutlich nur eine einzige Aufgabe gehabt haben, nämlich durch sein holzschnittartig zugespitztes Aussehen allen eventuellen Eindringlingen so große Angst einzujagen, dass die sich nicht trauen, so was wie eine frühe Ausgabe von ***Terra Y*** zu betreten.
Ob dieser Vogel allerdings dazu immer mal wieder (einer modernen Drohne gleich) über weitgehend unbekannte Gegenden hat fliegen müssen, ist bisher (jedenfalls soweit ich weiß) noch nicht gesehen und schon gar nicht gesendet worden.
Mein Urteil stand dann auch sehr schnell fest:
Wer den ersten James-Bond-Film *„007 jagt Dr. No“* mit Sean Connery in der Hauptrolle besser findet als das jüngste Werk *„Keine Zeit zu sterben“* mit Daniel Craig, der greift höchstwahrscheinlich auch eher bei *„Asterix der Gallier“* zu, als *„Asterix und der Greif“* ein zweites Mal* zu lesen.

****(was aber mit an Sicherheit grenzender Wahrscheinlichkeit nicht am Aussehen oder den Auftritten der jeweiligen Hauptdarsteller*innen gelegen haben wird)***

Der zweite Aspirant auf den prestigeträchtigen Titel...

Märchen-Vogel (des Jahres)

...ist genau genommen eine ***SIE***, noch dazu eine zwar bodenständige, auf dem Land lebende Bewerberin, aber definitiv keine Quoten-Kandidatin.

Denn bei ihr handelt es sich um nichts Großartigeres (für Hühnerdiebe) als um...

Das kleine weiße Huhn

...aus einer (fast wahren) Kinder-Geschichte von *Ingrid S.* (ganz zufälligerweise eine Großcousine) mit Illustrationen von *Susanne H.* (Selbstverlag, kein ISBN).

Ein recht neugieriges Huhn, das von einer unglaublich interessanten Reise von einem Hof in MeckPomm nach Zoppot und Danzig (als Sopot und Gdansk an der Ostsee in Polen zu finden) zu berichten weiß.

Aber der haushohe (und für mich einzig wahre) Favorit auf den (anderenorts durchaus umstrittenen) doppelten Ehrentitel als...

„Märchen-Vogel“
sowie
„Vogel des Jahres*“

...ist eine anfänglich traurig-komische Hauptfigur aus einem Vorlesebuch** für kleine (möglicherweise auch ein paar große) Kinder.

(übrigens liest sich die Reihe der „offiziellen“ Vögel des Jahres“ wie folgt: 2020-Turteltaube, 2021-Rotkehlchen, 2022-Wiedehopf, 2023-Braunkehlchen (aha, schon wieder was braunes, wenn auch nur am Hals) sowie 2024-Kiebitz)

*****(gedruckt bei Brandenburgische Universitätsdruckerei und Verlagsgesellschaft Potsdam mbH, Potsdam, ISBN: 978-3-948581-02-2)***

Erfunden und aufgeschrieben hat diese schöne Geschichte um einen ganz besonderen Vogel *Anne-Kristin Kastens* (dieses Mal ganz zufälligerweise eine Nichte).

Mit vielen, bunten Bildern und sehr schönen Illustrationen von *Arabell Watzlawik,* die damit all die komischen Figuren und Szenen visuell hat greifbarer, fast lebendig werden lassen.
Erschienen ist das Buch im Jahr 2021 unter dem geradezu reißerischen Titel...

Herr Manfried und der Papadu

...d.h. mit einer Überschrift, die, obschon an Kinder gerichtet, besonders bei den *zu früh alt und zu spät weise** gewordenen Nachwuchsrentner*innen ein Gefühl ausgelöst haben soll (jedenfalls so weit mir berichtet wurde), welches früher nur beim Anblick einer kross gebratenen Ente einzusetzen pflegte.

(„ZU FRÜH ALT** UND **ZU SPÄT WEISE“ von Gordon Livingston, Verlagsgruppe Random House GmbH 2006)

Mehr wird an dieser Stelle nicht verraten, denn wir alle sollten gelernt haben:

Das Beste kommt zum Schluss – im Buch und auf den Tisch.

Großer Vogel flieg - oder man wird dich fressen

(ein **Märchen-Vogel-** ~~Gedicht~~ **Gericht** zum Genießen)

Zutaten:

1000 g Straußenfleisch (Straußenfarm *Gemarkenhof*, Remagen), 1,5-2 kg Kartoffeln, ca. 400 g Zwiebeln, ca. 350 g rote Spitzpaprika, 1-2 Chilis, 2 Knoblauchzehen, 500 g Skyr, 200 ml Creme Fraiche, 2-3 Eier, ca. 75 g Panko, Pflanzenöl, Pfeffer, Salz, Muskatnuss, Zitrone, 150 g Käse (gerieben)

Zubereitung:

Fleisch grob durch Wolf drehen; Kartoffeln schälen, in Scheiben schneiden und im Ofen bei 120 °C 30 min leicht anrösten; Fleisch und gewürfelte Zwiebeln in Öl kurz anbraten und in eine ausreichend große Schüssel füllen; klein geschnittene Paprika und Chilis ebenfalls anbraten; die Eier mit Skyr, Creme Fraiche und Panko verrühren und mit den Paprika zur Fleischmasse geben; mit Pfeffer, Salz, Spritzer Zitrone abschmecken und gut vermengen;
eine Auflaufform einölen, ½ der Kartoffeln einlegen, Muskatnuss drüber reiben; die Fleischmasse drauf verteilen, mit den restlichen Kartoffelscheiben abdecken und ca. 30-35 min bei 180 °C (Umluft) backen; den geriebenen Käse drüber streuen und mit Grillfunktion überbacken

Getränke* zum Vogel kommen auch von einem Vogel

...und zwar zum Abflug ein Riesling-Sekt und/oder ein Glas **Kalte Ente****

...wenn´s heißt „Kartoffel-Vogel-Auflauf raus“, dann werden ein Chardonnay und/oder eine rosafarbene Cuvée ***Let`s Fetz*** startbereit da stehen

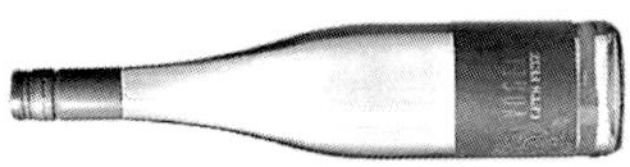

(alle vom Weingut Vogel in Frei-Laubersheim)

******(Kalte Ente: 1 Fl. Weißburgunder mit 3 Bio-Zitronen (Saft, Abrieb) plus 50 g Zucker als Bowle ansetzen und nach 2-3 h mit 1 Fl. Sekt, 1 Fl. Mineralwasser auffüllen, 1 Zweig Minze dazu und mit Eiswürfeln schön kalt servieren)***

Und noch´n Gericht...

...aber eins mit Teilen von Vertretern einer sehr viel kleineren Vogelart, und eins, das sich sehr gut vorbereiten und noch leichter fertigstellen lässt, und noch dazu bestens geeignet ist, um Reste zu verwerten.

Hähnchen-Unterschenkel auf Gemüse aus dem Ofen

Zutaten:

ca. 600-800 g Hähnchen-Unterschenkel, ca. 1,5-2 kg Kartoffeln (keine festkochenden), ca. 1,5-2 kg Wurzelgemüse (Möhren, Pastinaken, Petersilienwurzeln oder was sonst noch da ist), 1-2 Zwiebeln, 250 g Kochsahne, Gratinier-Käse, Rapsöl, Pfeffer, Salz, (+ Senf, Honig/Sirup, Essig/Aceto, Chilisauce, Worcestersauce für Marinade)

Zubereitung:

Marinade (bitte nicht mit „RUB“ verwechseln) nach Gusto entweder scharf, süß-sauer oder neutral anrühren und die parierten Hähnchenkeulen mindestens 3 h (besser über Nacht) darin einlegen; Kartoffeln und Gemüse schälen und in mundgerechte Stücke schneiden, Zwiebeln hacken; eine große Ofenform mit Öl einstreichen, alles Gemüse darin verteilen und mit Pfeffer und Salz würzen, darauf die Keulen verteilen, Kochsahne in die restliche Marinade rühren und gleichmäßig über Hähnchen und Gemüse gießen; das Gericht ca. 60 min bei 180 °C (Umluft) im Ofen garen, nach ca. 45 min die Keulen wenden und den Gratinier-Käse darüber streuen, die letzten ca. 3-5 min die Grillstufe zuschalten

...während das dritte Gericht...

größere oder kleinere Bratklopse in einer Art von Vogel-Nest

...als Versuch zu sehen ist, vegan lebenden Liebhaber*innen von kleinen und großen Vögeln (egal ob jung oder alt) rein kulinarisch einen Schritt ~~zuvor~~ entgegen zu kommen

Zutaten:

140 g vegane Bratwurst aus Seitan, 250 g vegane Soja-Würstchen, 1-2 El Leinsamen (geschrotet, eingeweicht), 1-2 rote Zwiebeln (klein gehackt), je 1 El Senf, Ketchup und Tomatenmark, veganer Ei-Ersatz, *Veggifresh* natur, Panko, Wasser, Pfeffer, Salz, Öl zum Braten
plus Möhren, Kartoffeln oder Süßkartoffeln fürs Nest

Zubereitung:

Würstchen getrennt im Blitzhacker *(swizzzprozzz©)* zerkleinern; danach in 2 Schüsseln mit Zwiebeln, Senf, Ketchup, Tomatenmark, Leinsamen, Ei-Ersatz, *Veggifresh*, Pfeffer und Salz sowie Panko (Konsistenz einstellen) gut vermischen; aus der Masse mit den Händen kleinere (siehe Bild) oder auch größere (Doppel-Wumms artige) Klopse formen, in wenig Öl und außen leicht kross braten;
die Möhren (bzw. Süß-/Kartoffeln) schälen, in dicke Stifte schneiden, mit *GEFU Spirelli* feine Streifen herausdrehen und dann frittieren;
restliches *Veggifresh* würzen und als Sauce reichen

In dieser Geschichte geht es um nichts weniger (aber auch nicht um mehr) als um die wichtigsten Disziplinen, die es zu beherrschen gilt, wenn man/frau zu den potentiellen Gewinner*innen in einem (vielleicht nicht mehr olympischen) „Modern(er)en Fünfkampf" gezählt werden möchte.
Bis zur Sommer-Olympiade (Tokio 21) hatten Schießen, Fechten, Schwimmen, Reiten sowie Laufen intensiv und ausdauernd trainiert werden müssen, um ganz weit vorn dabei sein zu können. Allerdings konnte man immer häufiger beobachten, dass es Teilnehmer*innen (die sogenannten Nicht-Pferdeflüsterer) gab, die nach vier Disziplinen (plus einer roten Karte von einem Schiedsgericht) frustriert* hatten aufhören müssen.

(weil nicht allen Mensch-Tier-Beziehungen, und zwar egal ob als One-Day-Stand gedacht oder eher auf Dauer angelegt, ein glückliches Ende beschieden sein wird)

Blöd nur, dass Funktionäre das Problem allein auf dem Rücken der Vierbeiner austragen wollten (allerdings ohne preiszugeben, welche Pferde später beim traditionellen „Rheinischen Sauerbraten" an den Start zu gehen hätten).

Interessanterweise war hingegen bisher wenig bis gar nichts davon zu hören und zu lesen gewesen, ob ein rund-erneuerter Fünfkampf neben dem Tierwohl auch eine bessere Vermarktung des Wettbewerbs (durch zum Beispiel für Familien geeignete Disziplinen** bzw. familienfreundlicherer Übungszeiten) als Ziel haben könnte.

****(wie (Wald) Baden, (Weg) Gehen oder (Rad) Wandern, (viel Natur) Sehen und (guten Wein) Trinken - ok, wären für manch eine/n auch nur vier Disziplinen, aber irgendwo und bei irgendwem wird sich das mit dem „Wein" ja austragen lassen)***

Allerdings hätte man/frau wohl auch beim „Moderneren Fünfkampf" überaus zielgerichtet zu trainieren, denn (rein hypothetisch) könnte ein durchaus herausfordernder Parcours wie dieser hier auf die Teilnehmenden warten:

Zum ~~Aufgalopp~~ Start in den Wettkampf hätte man sich ins Rheintal zu einem

Märchen - Wald

...zu begeben, um von dort aus zu einer Kräfte zehrenden (weil etwa 23-24 km langen, gegebenenfalls auch häppchenweise zu absolvierenden)...

Märchen - Wanderung

...aufzubrechen.
Und weil die Teilnehmenden auf den ersten Kilometern „nur" einem recht nett beschilderten...

Märchen - Weg

...zu folgen hätten (eher so was wie ein Pfad, der sogar von Kindern akzeptiert werden könnte), werden einige den Parcours vielleicht für viel zu leicht halten, wenn frau nicht um dessen wahre Herausforderung wüsste, die zweifellos darin besteht, in kürzeren oder längeren Schritte das eigentliche Ziel, und zwar ein (persönlich ausgesuchtes) immer noch ca. 20 km entfernt liegendes (und bei genügend Ausdauer tatsächlich noch am selben Tag kurz vorm Dunkelwerden auftauchendes)...

Märchen - Weingut

...zu erreichen, um dort (im Örtchen **Dernau**) angekommen, mit einer Flasche...

Märchen - Wein

...überrascht bzw. belohnt zu werden.

Doch es hilft wohl alles nichts.
Bis es dazu kommt, werden wir bei diesen neuen (und nicht objektiv zusammen gestellten) Disziplinen eines alten Klassikers mit Namen „Moderner Fünfkampf" wohl ins Detail gehen müssen, um vergleichen zu können, wie wenig kreativ „Funktionärsvorschläge" aussehen, die vorhaben, eine wie aus der Zeit gefallen wirkende Kombination (bestehend aus fast vergessenen Schulsport-Übungen wie´s Schwimmen und Laufen sowie Freizeitvorlieben einer einst privilegierten Klasse wie´s Reiten, Fechten und Schießen) dadurch retten zu wollen, dass in Zukunft statt nur einmal entweder gleich zweimal gelaufen oder (und fast noch schlimmer) tatsächlich auch noch geradelt werden muss (in bzw. nach Paris 2024).

Und ich seh´s schon vor mir, wie Olympionik*innen in einem vom Tier befreiten „Modernen Fünfkampf" in fünf sich altbacken anfühlenden Disziplinen, wie´s (Pistole) Schießen, (Degen) Fechten, (Schwimmbecken) Treten, (Querfeldein) Laufen sowie (über Hindernisse) Springen bzw. (Rad) Radeln körperlich alles geben, bloß um zu gewinnen, während in (m)einer neu kreierten Variante sowohl der Körper als auch Geist gefragt sind, um einen Parcours mit gleich **5 märchenhaften W´s** (unten ganz grob skizziert) erfolgreich zu absolvieren:

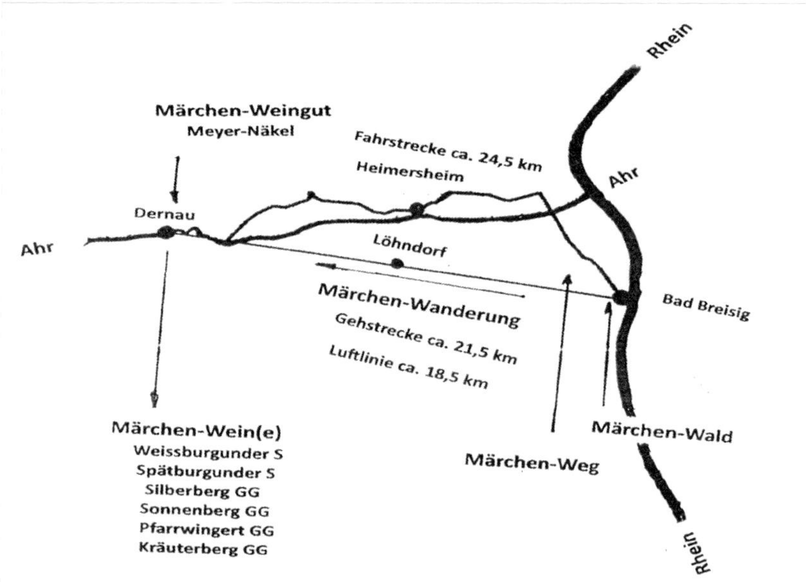

Und was die folgenden Eindrücke vom Parcours mit an Sicherheit grenzender Wahrscheinlichkeit beweisen werden:

Start an einem…

Märchen - Wald

…am Breisiger Kesselberg

(1934 erschaffen, nach wechselvoller Geschichte mit 12 Themen (11x KHM, 1x Max und Moritz), ergänzt um einen Lehrpfad, seit einiger Zeit wieder für Besucher geöffnet und außerdem als gemeinnützig anerkannt)

...um einem

Märchen - Weg

...auf einigen an der Strecke liegenden Stationen zu folgen...

...mit dem Ziel, am Ende der Wanderung in Dernau ein...

Märchen* - Weingut

...kennen zu lernen ...

***(viel mehr als ein Märchen, eher schon ein Wunder, waren bei der katastrophalen Ahrflut 2021 nicht nur fast alle Gebäude, Hallen und Kellerei-Anlagen zerstört, sondern beinahe auch die beiden Winzerinnen mit in den Tod gerissen worden)**

...um nach einer Verkostung* von (mindestens) einem...

Märchen - Wein

...aus 7 ganz verschiedenen Fässern oder Flaschen berichten zu können

Weissburgunder S
Frühburgunder
Spätburgunder S
Silberberg GG
Sonnenberg GG
Pfarrwingert GG
Kräuterberg GG

(Jahrgangs-Proben finden in der Klosterruine Marienthal im späten Frühling statt)

Fazit (und Schluss) einer ganz besonderen

Märchen - Wanderung

Ein sehr schöner Wettkampf (resp. Ausflug), aber nur weil erfolgreich verhindert wurde, auch noch nach anderen Highlights wie z.B. einem

Märchen-Haus oder einem **Märchen-Café**

Ausschau halten zu müssen.

Und da zu vermuten steht, dass bei diesem...

Moderneren Fünfkampf der besonderen W´s

...fast alle der Teilgenommenhabenwerdenden sich als Gewinner*innen fühlen (und sehr viele sehr wahrscheinlich dazu sehr hungrig und sehr durstig sein) werden, ist es unerlässlich, diesen Wald-, Wander- und Weinfreunden am Ende wenigstens einen einfach zu findenden Ort zu nennen, wo sie als Familie oder mit der Gruppe gfls. ihr ganz eigenes Sieges- bzw. Festmahl feiern könnten.

Da trifft es sich ausgezeichnet, dass man/frau im beschaulichen Dernau nicht nur ausgezeichnete Weingüter, sondern auch sehr nette Winzerstuben oder alternativ ein paar sehr einladend wirkende Weinlokale besuchen kann.

Eins davon gehört zum familiären Umfeld des v.g. Weinguts...

Meyer-Näkel*

...wo es nicht schwer ist, die Weine gleich mal auf Kompatibilität zu den eigenen bzw. familiären Lieblingsspeisen aus- bzw. durchzuprobieren.

(mehr übers Weingut und zur Winzerfamilie** wird es hier nicht zu lesen geben - jene, die noch mehr wissen wollen, sollten einfach das Smartphone in die Hand nehmen und nach weiteren Infos googlen - in überregionalen Magazinen, regionalen Zeitungen und lokalen Blättchen ist alles Wichtige zu finden)

*****(z.B. von Beate Au, Rheinzeitung vom 10.05.2023 „Werner Näkel und die Zeit des Loslassens")***

Wiewohl anzunehmen ist, dass es kein einziges Individuum bisher geschafft haben dürfte (und jemals schaffen wird), allen Teilladungen an kosmischer Vernunft zu entgehen (weil es spätestens in der (Gesamt-) Schule auch kleine Köpfe erwischen wird), so könnte(n) sie (oder wer immer) doch versucht sein, in einer merklich aufgeheizten und immer voller werdenden...

...Märchen - Welt...

...jedwedes Geschehen im Verlauf eines Lebens auf eine irgendwie passende...

...Märchen - Zahl...

... zurück führen zu wollen (allerdings unter Verwendung von sich neutral gebenden Ziffern).

Ein auf den ersten Blick durchaus nachvollziehbarer Ansatz, warten doch glücklicherweise (vielleicht auch leider) auf jeden von uns sehr viel mehr Zahlen* als es (bewohnbare) Welten für alle geben kann (was aber keine Entschuldigung dafür ist, weiterhin bevorzugt Personen zu wählen, die glauben, dass außer ihnen niemand in der Lage wäre, weiter als bis drei zählen zu können).

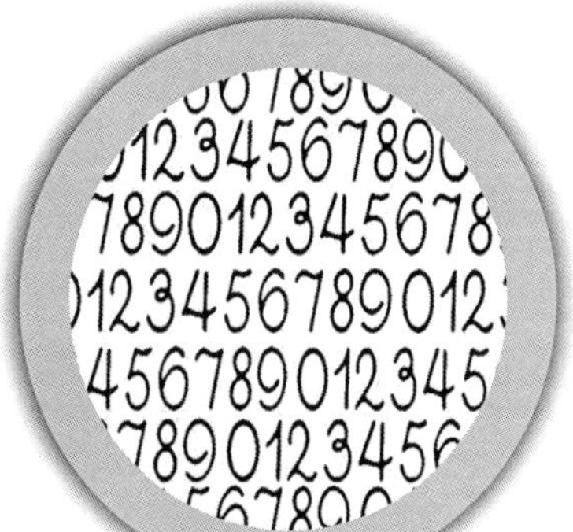

Und das ~~könnte~~ möglicherweise sogar auf die immer zahlreicher in Erscheinung tretenden Menschen zutreffen, die vorgeben (oder schon gewohnt sind), nur in einer für sie gemachten Welt** leben zu können (oder zu wollen).

***(gemeint sind alle Zahlen, von den Grund- oder natürlichen bis hin zu allen anderen, einschließlich der mit Märchen verbandelten Zahlen)**

****(Welt im Sinne von: unsere aus dem All schön anzuschauende, blau leuchtende Erdkugel mit allen auf ihr herum trampelnden Bewohner*innen - besser bzw. anders gesagt: leider nur eine Knutschkugel für alle oder auch nichts und niemanden)**

Selbstverständlich war vorm Schreiben der ersten Zeile eine Art Kriegsziel ausgegeben worden, und das lautete, möglichst viele (am besten alle) der vermutlich unvorbereitet erscheinenden Leser*innen bei der Stange* zu halten.

Weshalb beim zweifingrigen Eintippen der vielen Buchstaben gut aufzupassen war, damit Lesende gar nicht erst mit allzu tief schürfenden Informationen über unglaubliche bzw. märchenhafte Verbindungen zwischen Welten und Zahlen frühzeitig ermüdet oder gar zu Tode gelangweilt werden.

Und was selbstredend auch solche Nichtweiterleser*innen mit einzuschließen hatte, die bei besonders langen Textpassagen dazu neigen, sich alternativen Beschäftigungen** zuzuwenden (z.B. ein im Nebenzimmer befindliches großes, d.h. ausreichend dimensioniertes Lotterbett zu einer **~~Schnarch Bei~~** Schlaforgie aufzusuchen).

***(ist keinesfalls sexistisch gemeint, sondern eher wie: „bloß keine/n von der Fahne und/oder niemals ohne Fahne" gehen zu lassen)**
****(denn zweifellos herrscht auch in Märchenkreisen der alt (und grau) gewordene Grundsatz, dass sanftere Vergnügungen immer häufiger Gefahr laufen, von der schärferen Verwandtschaft verdrängt zu werden)***

So leid es mir tut, aber in dieser Erzählung ist mit „Welt" einzig und allein ein mittelgroßer, in einem beeindruckenden Blau (wie mehrfach von ganz weit oben berichtet wurde) schimmernder Himmelskörper gemeint.

Wer speziellere bzw. individuellere Welten näher kennenlernen möchte, also beispielsweise eine „Berg-, Insel- oder Wasser-Welt", dem bleibt tatsächlich nichts anderes übrig, als unverzüglich aufzustehen und anzufangen, sich einen eigenen Weg dorthin zu suchen.

Wem es dagegen gefallen würde, mit einer (geografisch bzw. thematisch) viel näher gelegenen **Märchen-Welt** anzubandeln, dem/der sei empfohlen, sich zu *„Märchenwelten – Anderswelten"* nach Bad Hönnigen durchzufragen, um bei bzw. mit *Griseldis* erfahren zu dürfen, dass sich in **Märchen-Welten** auch so was wie *Zauber, Wunder, Weisheit, Wahrheit und/oder Wirklichkeit* erleben und bestaunen lassen können.

Viel Spaß auf der anderen Rheinseite, einer in märchenhaften Zahlen-Welten leider reichlich unbekannten, sogenannten „Schäl Sick".

Bloß gut, dass erst einmal Schluss ist mit dem nervenden Gerede von einer heilen **Märchen-Welt**, denn immerhin wartet noch eine **Märchen-Zahl** auf ein Feedback.

Ihr erinnert euch doch hoffentlich noch?

Tatsächlich hatten (außer mir) noch sehr viel mehr Menschen in diesem 21. Jahr des 21. Jahrhunderts vorgehabt, in der heißen Wachstumsphase von Digitalisierung, smarten Homes und Phones, künstlicher Intelligenz, forciertem Breitbandausbau, bei bester Laune und in freudiger Erwartung nach langer Zeit mal wieder zusammen zu kommen (und vorher das Versprechen abgegeben, sich auf gar keinen Fall von Climate Change, Cancel Culture, Co-Worken und -Woken oder gar von mutierenden CoVid 19 Vir`chen ärgern zu lassen).

Und außerdem sollte ein und für alle Mal geklärt werden, ob das Tragen von ökologisch korrekterer Arbeitskleidung (z.B. ungebügelter Hemden) dabei helfen könnte, ein Problem schneller zu lösen - ist wohl tatsächlich möglich, jedoch nur, wenn vorher ein paar einfache bzw. leichte Aufwärmübungen ins Arbeitsprogramm aufgenomm werden.

Weshalb als nächstes am bereit liegenden Hemd alle Knöpfe (und zwar wirklich alle und in großer Hektik) abgezählt, das Shirt dann zwar noch übergeworfen, leider nicht mehr zugeknöpft werden konnte.

Erst dann schien alles bereit (und das ~~**kostbare**~~ restliche Brusthaar soweit versteckt), um in voller Montur und bester Absicht in die schöne, neue Welt der Zahlen einzutauchen (und zwar ohne zu vergessen, ans spätere Essen und Trinken zu denken).

Bild: ungebügelte Phantasie

Ein sehr schönes, obschon nachdenklich machendes Erlebnis, einmal ganz allein und dazu völlig ungestört ins Einmaleins der Zahlenwelt einzutauchen, mit dem alleinigen Ziel, ein erstes und letztes Mal bei den Ziffern* von 0, 1, 2, 3, 4, 5, 6, 7, 8 bis 9 nachzuschauen, ob dort irgendwas Vernünftiges oder gar Brauchbares an märchenhaften Verbindungen zu finden sein würde.

(eine Ziffer (was im arabischen „Null" bedeutet) bzw. ein Zahlzeichen sind Schrift-Zeichen, denen als Wert eine Zahl, der Ziffernwert, zugewiesen ist, weshalb sie sich in Zahlensystemen (wie dem Dual- oder dem Dezimalsystem) für die Darstellung von Zahlen nutzen lassen; mit einem oder mehreren Zahlzeichen (und ggf. weiteren Symbolen wie Trenn- oder Vorzeichen) werden sich dann alle Zahlen auf der Welt darstellen lassen)

Und damit kommen wir zu der ersten, leider immer noch nicht ausgewerteten und deshalb nutzlos erscheinenden Zahlenreihe von Null bis Neun (trotz erster, zum größten Teil frei erfundener Erklärungsversuche):

- (**0**) ein absolutes Nichts, ein ausgesprochenes NoGo und gleichzeitig doch unverzichtbar für Zahlensysteme - egal ob in einem Märchen oder sonst wo versteckt

- (**1**) diese Eins markiert einen (erhabenen oder göttlichen) Punkt, als Mensch, Mann, Frau, Kind oder sonst was - kaum vorstellbar, dass früher Märchen ohne jede Beachtung der Eins vorgelesen werden durften

- (**2**) Ying und Yang, *„Hänsel und Gretel" (vgl. KHM 15)*, Tom und Jerry, Meghan and Harry, *„Jorinde und Joringel" (vgl. KHM 69)*, Romulus und

Remus, Armin und Markus, Annalena und Robert oder Dieser und Jene - der **Märchen-Kandidat*innen** gibt es (leider wieder mal viel zu) viele

- (**3**) wäre fast meine **Lieblings-Märchen-Zahl** geworden - allein an ihrer bzw. seiner Dreifaltigkeit und an *„Drei Federn“ (vgl. KHM 63)* gescheitert

- (**4**) vielleicht keine besonders herausragende **Märchen-Zahl**, aber ziemlich sicher eine von Gewicht – wie die vier Himmelsrichtungen, die vier Jahreszeiten und vier aufeinander stehende Tiere ((als *„Bremer Stadtmusikanten“ (vgl. KHM 27)* überregional bekannt geworden)) zeigen

- (**5**) jeder Mensch sollte seine fünf Sinne (Sehen, Hören, Riechen, Schmecken und Tasten) schön beisammen halten und nicht allzu oft versuchen, alle Fünfe gerade sein zu lassen - bloß weil er kein ~~**Märchen**~~ Mädchen ist

- (**6**) bei einer Sechs ist tatsächlich auch `ne Harzer Hex` perplex, denn 1+2+3 und 1x2x3 ergeben beides eine (6) - und deshalb hätte sicher auch die (6) das Zeug zu einer perfekten **Märchen-Zahl** (wenn ihr nicht eine ungeklärte Beziehung mit dem Sex zum Verhängnis geworden wäre)

- *(**7**)* **(m)eine ganz besondere Märchen-Zahl**
  ...fast schon alternativlos...
  ...weil (7) mal (7) und (19 vorne) an Grundgesetz und Geburtsjahr erinnern und Rosis Geburtstag minus Geburtsmonat ebenfalls eine (7) ergibt
  ...und weil sie (trotz dieser Ausführungen) spielerisch leicht daher kommen kann (wie man weiter vorn in der merkwürdigen Siebener-Geschichte *„Märchen-Schlucht-Schule-See“* schon hat lesen können.

Von daher werden selbst bei bekennenden Royalisten keinesfalls die Milchzähne aus der Krone gefallen sein, als sie gefragt wurden:

...hat es *„Schneewittchen" (vgl. KHM 53)* ein himmlisches Vergnügen bereitet, als sich gleich sieben Zwerge um sie kümmern mussten?
...oder könnte es genau anders rum oder ganz anders gewesen sein?
...wer könnte das wissen (wenn´s Livestream noch nicht gegeben hat)?
...und hieß es nicht, dass an mindestens sieben Wochentagen im siebten Monat eines jeden Jahres (auch dem des chinesischen Hundes) gleich sieben neue Weltverbesserer auftauchen werden?
...dürften eigentlich (alte weiße) Männer, die sie sich zwar an die Zahl der von 007 (*Sean Connery*) in seinen sieben Bond-Filmen ~~**verschlissenen**~~ verführten Blondinen erinnern können, aber nicht mehr wissen, wie viel goc`s (girls of colour) in den Streifen mitgespielt haben, kleine Rassisten genannt werden?
...währenddessen Sindbad (ein heimgekehrter Seefahrer) scheinbar unbehelligt seinem Namensvetter aus dem Niedriglohnsektor (Sindbad der Lastträger) *in 1001 Nacht* von seinen sieben Reisen erzählen und beide sich nach jeder Geschichte bei Speis´und Trank ihres Lebens erfreuen durften (wobei sich erst ganz am Ende der siebten ~~**Staffel**~~ Reise herausgestellt haben soll, dass „sie" als Freunde und Gefährten mit Lust und Genuss am Leben für immer zusammen bleiben wollten, aber vergessen hatten, dem Beschließer aller Wonnen und Überbringer eines bis zum Rand gefüllten Becher des Todes beizeiten zuzurufen:

„Ruhm sei dem Lebendigen, der niemals stirbt"*

****(und genau deshalb gilt mein Respekt und Dank all jenen, die unverdrossen versuchen, auch in allerschwersten Coronazahlenweltenzeiten wie diesen, positiv zu (über) leben und Speis` und Trank mit vielen anderen zu teilen)***

- (**8**) und dann wäre da noch eine reichlich verschlungene Acht, bei der passt gut auf, gebt auf euch Acht und habt auch Acht oder fahrt einfach mal hin zu dieser achten **Märchen-~~Zahl~~ Bahn**

- (**9**) bleiben am Ende immer noch alle Neune, das Neunauge, die Neunte oder der Neunmalkluge - in jedem Fall wird´s auch diesmal nichts mit der Neun als meiner neu~~nt~~en **Märchen-Zahl**

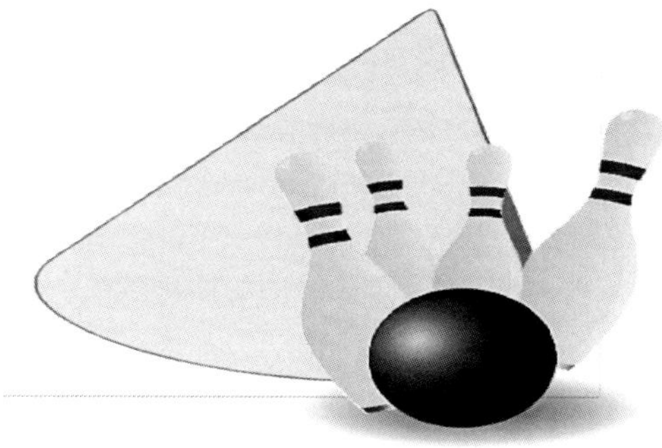

Obduktionsbericht
(versehentlich geleakte Kurzfassung):

Vermutete Zusammenhänge zwischen Welten bzw. Zahlen und Märchen können inhaltlich weder bestätigt noch ausgeschlossen werden.

Es spricht nichts dagegen, auch weiterhin vorsichtig zu bleiben und auf eine gute und ausgewogene Grundversorgung zu achten.

Weshalb heute auf der hauseigenen Schiefertafel die folgenden Empfehlungen* zu lesen sind:

Märchen - Salat
(siebenteilig)

Zutaten:
je 1 Tasse (ca. 150 – 200 g) Apfel, Mango, Fenchel, Frühlingszwiebel, Cashewnüsse (geröstet, ungesalzen), Thunfisch (im eig. Saft), Sahnejoghurt (o. ä.); je ca. 1 Tl Löwen-Senf, Sojasauce, Aceto + Limettensaft; mit Pfeffer, Zucker und Salz abschmecken

Zubereitung:
Obst und Gemüse putzen, schälen, würfeln und in eine Schüssel füllen, Joghurt mit den Gewürzen verrühren, über die anderen Zutaten geben und vorsichtig vermischen, kühlstellen.

Dazu passen knusprig-frisches Baguette sowie ein Stück von einem jungen Käse.

Beim Wein halten wir uns an die Welt der Zahlen, daher gibt's...
*...einen Sylvaner **777** vom Weinwerk in Bad Kissingen, Franken)*

(PS: Koch und Sommelier in Personalunion)

Auch wenn mein Kopf mir lange Zeit hatte weismachen wollen, dass die immer öfter vorkommenden Überraschungsmomente durch immer schräger werdende News über bzw. von tollen Menschen aller Couleur lediglich dem Älterwerden in einer...

stinknormalen Lebens-Zeit*

...geschuldet wären, so warnte zeitgleich ein Bauchgefühl davor, diese immer mehr werdenden und noch dazu immer häufiger aggressiv auftretenden...

Märchen - ZeitZeichen
(die auch noch Viren ähnlich ständig zu mutieren scheinen)

...bloß nicht zu unterschätzen, da mit ihrem Erscheinen womöglich einige der sonst als ausgesprochen stabil geltenden Gefühlslagen verschwinden könnten (sozusagen vom Winde verweht werden durch medial erklärte ~~Wende-Zeiten~~ Sende-Zeichen).

Allerdings stand das Gefühl noch nicht im Widerspruch zur Stinknormalität, weil sehr viele von den **ZeitZeichen** zwar aus einem großen Nichts zu kommen, aber bereits nach sehr kurzer Zeit auch genau dorthin wieder zu verschwinden schienen.

Weshalb es nicht verwunderlich ist, dass sie bevorzugt in Gestalt von Schlagzeilen und/oder in Form von Kurzmeldungen ein- bzw. aufzutreten pflegten bzw. pflegen.

Auch ist zu konstatieren, dass viele der immer mehr werdenden **Zeichen der Zeit** (allesamt invasiv unterwegs) selbst vor bereits einigermaßen virtuell und digital angelegten Lebensformen nicht zurückschrecken, d.h. sie intellektuell nicht besser aussehen lassen als jene, die in rein analogen Zeiten eingerichtet worden waren.

Dabei hatten die fürs real existierende Alltagsleben politisch Verantwortlichen für alle sie möglicherweise Wählenden extra ein paar zahlungspflichtige, inzwischen ziemlich teuer gewordene Institutionen einrichten lassen (vermutlich um sicher zu verhindern, dass ein VielZuWenig** an rein sachlich ausgerichteten Informationen bzw. Erläuterungen entstehen könnte).

(bitte nicht mit der „Lebens-Zeit" aus KHM 176 verwechseln – darin soll Gott ein Menschenleben mit 30 geschenkten Jahren (18 arbeitsame vom Esel, 12 zahnlose vom Hund und 10 mürrisch-lustige vom Affen) auf Ø 70 Jahre verlängert haben)

****(weil öffentlich-rechtlich organisierte, für unabhängig erklärte Medien und großem politischen Abstand zwischen Geldbewilliger*innen und Geldverwender*innen sowie etwas Anstand bei den ganz gut bezahlten Akteur*innen dies gewährleisten würden)***

Aber vielleicht wäre es sowieso vernünftiger, sozusagen als Zeichen einer neuen Zeit, sich zukünftig dazu zu zwingen, wenigstens die aller-aller-schlimmsten Schlagzeilen wie besonders teure und mit Naturkork verschlossene (mit einem Drahtkörbchen gesicherte, sog. Agraffen) Champagner/Sekt-Flaschen zu behandeln, nämlich...

- ...alle Flaschen immer und überall nur ganz vorsichtig aufzumachen und vorsichtshalber besser auch nicht ganz alleine auszutrinken
- ...bzw. beim Köpfen (bitte immer nur mit Säbel) der Schlagzeilen trächtigen Flaschen stets die nicht zu verhindernden ~~Shit~~ Zisch-Geräusche entweder mit „Aufploppen"* oder aber mit „Aufpoppen"** (beides eher schwache Verben) allen ev. Mittrinker*innen vorher anzukündigen – vor allem um (zu) lautes Aufstoßen wegen eines zu prickelnden Inhalts sicher zu verhindern

(unvermittelt links oder rechts unten aufploppende Einblendungen, die (obschon ungenießbar) durch große Flachbildschirme leichter zu konsumieren sein sollen)

*****(so wie nicht jede freie Fläche mit aufgespritzter Pop-Art künstlerisch veredelt werden kann, genauso wenig werden sich viele der noch offenen Menschheitsfragen allein durch genderkonformes Poppen beantworten lassen)***

Immerhin, soviel scheint glücklicherweise festzustehen:

Wahrscheinlich werden es nur sehr, sehr wenige von den aufploppenden oder auch aufpoppenden...

Märchen - ZeitZeichen

(im Unterschied zur wahr gewordenen **Märchen-ZZeit** im nächsten Kapitel)

...schaffen, sehr viel heller und länger aufzublitzen als es die Leuchtzeiger einer alten analogen Zeit-Schalt-Uhr (einmal aufgezogen) haben schaffen können.

Stellen wir uns also drauf ein, immer öfter mit Mut- bzw. Wutproben konfrontiert zu werden, die (sehr wahrscheinlich) von unter uns lebenden Zeitgeister*innen gewollt wie ungewollt in die Welt gesetzt wurden und weiterhin werden.

Vielleicht muss man aber auch all jenen Weltverbesser*innen recht geben, die uns davon zu überzeugen versuchen, dass es sich nur um gefühlte Irritationen handelt, die durch individuell unterschiedliche Wahrnehmung von Vergangenheit, Gegenwart und Zukunft bzw. dadurch angestoßener und/oder beeinflusster Prozesse hervor gerufen werden oder (möglicher- bzw. zufälligerweise) nur wegen der unvollständig ablaufenden ~~Verbrennung~~ Digitalisierung von wenig bis nicht verständlichen und dazu unvollkommen gesicherten Datensammlungen hatten entstehen können.

Sei`s drum (oder auch nicht).

Was aber sollten Herbstzeitlose (wie wir) aus dem göttlichen Geschenk...

Märchen - ZeitZeichen

...schon groß mitnehmen wollen?

- glasklar, Schlagzeilen müssen aufgeregt und laut serviert werden, sonst hätte man ja gleich sachlich ruhige Berichterstattung bestellen können?

- ganz genau, Meinungen in Moral* zu ertränken fällt dann deutlich leichter, wenn von Verstand und Vernunft geprägtes Wissen frühzeitig an einen alten Pranger hatte gestellt werden können

  ***(Wokeness oder Wahrheit, das ist hier trotz allem nicht die Frage)**

- mit der heutigen Politik zu leben wäre um ein Vielfaches einfacher, wenn in den aufgeführten Stücken die großen Rollen nicht immer von Politiker*innen gespielt werden

- immerhin, Veganer, die zu gendern beginnen, haben eine andere Wegstrecke zurück zu legen, als beispielsweise quer denkende Spaziergänger, die glauben, Gewehr bei Fuß einen mobilen Ochsen-Grill überholen zu müssen

- übrigens, Komasaufen ähnliche Trinkgelage (wie z.B. Sangria aus Plastikeimern am Ballermann) wurden vermutlich bereits vor über 5500 Jahren in den Bergen des Kaukasus von den ***Sumerern*** abgehalten (allerdings sollen die damals Trinkhalme aus Gold und Silber in ihre Tongefäße mit vergorenem Gerstensaft gesteckt haben)

- andererseits sollen im sibirischen Permafrost immer öfter ***„große Löcher aufploppen“*** - schlimm genug für den, der mitten drauf steht, aber viel schlimmer ist, dass diese auftauenden Böden den Klimawandel befördern (weil die riesigen Mengen an entweichendem Gas die Erderwärmung weiter anheizen werden, denn das Methan (CH4 – Anteil am Anstieg derzeit ca. 15-20 %) ist nun mal ca. 80 x klimaschädlicher als Kohlendioxid (CO2))

- tatsächlich werden selbst im öffentlich-rechtlichen Fernsehen immer häufiger sogenannte ***„Specials aufpoppen“*** müssen - allerdings wohl nicht, weil einige ältere Zuseher die Nachrichten (auf dem Klo sitzend) verpasst haben, sondern um mit ausgewählten Meldungen die Menschen soweit zu verunsichern bis die gar nicht anders können, als sie (mit Emojis garniert) weiter zu posten

- neulich am Valentinstag hatte ich mal wieder* kein Geschenk, nicht schlimm, doch dieses Jahr setzte so was wie ein schlechtes Gewissen** ein, und zwar bei mir; und eigentlich auch nur, weil ich an einer Aktion des ***Belvedere*** in Wien hätte teilnehmen und für ca. 1850 € ein winziges Schnipselchen*** von ***Gustav Klimts Gemälde „Der Kuss"*** als Liebesgabe zum Valentinstag hätte erwerben können.

***(„immer" korrigiert meine Frau – allerdings hält sie nichts von Zeit-Zeichen, dafür viel von den Zeichen & Zeiten bei Hubert von Goisern)**

****(kein Grund für andere Menschen zu glauben, dass sie auf ein eigenes schlechtes Gewissen guten Gewissens verzichten dürfen)**

*****(und zwar als digitales Einzelteil (von 10.000 Stück) in Form eines NFT (Non-Fungible Token) – also ein digitales Echtheitszertifikat, vor Fälschungen geschützt mittels der Blockchain-Datenkette der Krypto-Währung Ethereum)**

Aber vielleicht hätten an dem Tag mit dem Vorlesen eines Märchens *(vgl. KHM 30 „Läus`chen und Flöh`chen")* oder mit dem Servieren eines selbst gebrauten Getränks viel bessere und geeignetere **Zeit-Zeichen** in die Welt gesetzt werden können.

Wenn es denn dem viel schreibenden, aber nicht viel sagenden Bernd`chen als geeignetes Geschenk für (s)ein besonders arbeitsames Rös`chen rechtzeitig eingefallen wäre.

Denn schließlich hatte sich der Schreiberling dieser Zeilen vor geraumer Zeit dazu hinreißen lassen, in einer kleinen Küche eigenhändig ein paar Flaschen Bier**** zu brauen.

******(mit Vorprodukten und Anleitung aus einem Geschenkkarton aus Harsefeld)**

Zwar mit einigermaßen brauchbarem Ergebnis (wie die Bilder zeigen sollen)...
...aber leider ohne jede Rückmeldung, ob der Schreiber die zuvor genannten bzw. beschriebenen...

Märchen - ZeitZeichen

...vor, während oder erst nach dem Trinken als besondere Zeichen unserer Zeit hat erkennen können (egal, vermutlich weiß er´s eh nicht mehr).

Fazit:

Wenn schon keine großen Erfolgsaussichten als Zeichen setzender...

Bier-Brauer

...dann wenigstens einen kleinen Erfolg als zeitweise reimender...

Bier-Trinker

...aber mit hoffentlich einem etwas glücklicheren Ausgang als es die beiden weiter oben genannten ´**CHENS** in dem Märchen ***KHM 30*** hatten erleben müssen...

...alles verbrannt
eine/r weint
etwas knarrt
eine/r kehrt
oder rennt
weil es brennt
während alles sich schüttelt...

...wobei nur die Hoffnung auf ~~**bessere Zeiten**~~ besseres Essen alle am Leben hält.

Weshalb man einem verpassten digitalen...

S**chnipsel aus Wien**

...nicht zu lange nachweinen, sondern sich besser ein analoges...

Wiener Schnitzel

...schmecken lassen sollte.

Aber bitte dieses eine Mal mit einer Beilage, die sogar vielen...

Nicht-Fleisch-Esser*innen

...gefallen müsste (und einigen vielleicht sogar schmecken könnte).

Wiener Schnitzel

Zutaten:
Schnitzel vom Kalb, Dinkel-Vollkornmehl, 2 Eier (verquirlt), Panko, Butterschmalz, Pfeffer, Salz, Zitrone

Zubereitung:
Schnitzel sehr dünn klopfen, mit Pfeffer und Salz würzen, In Mehl wenden, abklopfen, durch die Eier ziehen, in Panko wälzen und in einer großen Pfanne in viel heißem Butterschmalz ca. 4-6 min schwimmend ausbacken, auf Küchenpapier abtropfen lassen und mit Zitronenscheibe servieren

Chicorée aus dem Ofen mit Walnüssen

Zutaten:
4x Chicorée (ca. 1000 g), 1 Bund Frühlingszwiebeln, 400 ml Gemüsefond, 250 ml Kochsahne, 200 g Schmand, 125 g Bergkäse (geraspelt), Walnussöl, Currypulver, Pfeffer, Salz, Walnüsse (grob gehackt), Zitrone, glatte Petersilie

Zubereitung:
Ofen auf 180 °C Umluft vorheizen; Auflaufform mit Walnussöl einpinseln; Chicorée putzen, vierteln, in die Form legen; Frühlingszwiebeln in feine Ringe schneiden, in einer Pfanne mit Walnussöl anschwitzen, Currypulver zugeben, Fond, Sahne und Schmand einrühren, kurz aufkochen und einige min köcheln lassen, mit Zitrone, Pfeffer und Salz abschmecken; die Mischung über den Chicorée gießen, dann den Käse darüber streuen; den Auflauf ca. 30-35 min im vorgeheizten Ofen garen, gegen Ende mit Grillfunktion für eine schöne Farbe sorgen; vorm Servieren mit gehackten Walnüssen und Petersilie bestreuen

Und weil so viele **Märchen-ZeitZeichen** nicht trügen können, war der Einfachheit halber weitestgehend auf im Keller vorhandene Vorräte zurückgegriffen worden (verunsicherte Zeitgenossen sind eine Sache, Zeitgenossinnen mit traumatischen Ess- und Trinkerlebnissen eine ganz andere).

Worauf wird Frau als Leser sich wohl einstellen müssen, wenn Mann von einer fast schon unwirklichen und ganz und gar persönlich geprägten und dazu noch (aus welchen Gründen auch immer) mit äußerlich zwar attraktiven, aber kaum lesbaren *Showcard Gothic* Lettern* überschriebenen…

MÄRCHEN - ZZEIT

(VORAUSSICHTLICH NOCH NICHT EINMAL DIE LETZTE IN EURER GENERATION)

…ohne jede Vorwarnung zu berichten beginnt?

Auf nichts. Vielleicht verdreht sie aber auch die Augen, weil sie weiß:

DAS SCHLIMMSTE KOMMT (BEI IHM) ZUM SCHLUSS

Und hätte ein Mann** bei diesem merkwürdigen Aufgalopp nicht vorsichtshalber mit einer gendermäßig durchgecheckten Gegenfrage reagieren sollen?

Um vielleicht zu erfahren, dass es tatsächlich Frauen gibt, die nur zu gerne Näheres aus bzw. über eine märchenhafte Zeit hören, vielleicht aber auch nur wissen wollen, was es mit dem zweiten **Z** in der Titelzeile und dem daneben stehenden Fragezeichen auf sich hat.

(Jim Parkinson 1993, der sich beim Entwurf angeblich von Tafeln tragenden jungen Frauen aus den 1920/30er Jahren hat inspirieren lassen)
****(bitte diesen nicht mit „Herr Fix und Fertig" KHM 16 verwechseln)***

Oder ist das Zusammenführen einer heutzutage eher selten genutzten Schrift mit einem simplen Fragezeichen ein (eher verzweifelter als tauglicher) Versuch, beim (bei der) Leser(in) so was wie ein erwartungsvoll neugieriges Kribbeln auf eine spannende oder gar intime Lektüre vor der allabendlichen Auszieh- bzw. Zubettgeh-Zeit hervorzurufen?
Es sei euch gegönnt, wenn`s mal wieder kribbelt, auch wenn´s nur wegen einer Schrift ist.
Dagegen war/ist das zweite **Z** für die alphabetische Reihung der Geschichten unerlässlich. Denn es wäre (aus Sicht des Autors) wenig sinnvoll gewesen, zuerst mit einer wahr geworden **Märchen-Zeit** punkten zu wollen und dann (ev. verbliebene Leser) mit sinnfreien Betrachtungen über individuell sehr unterschiedlich wahr genommene **Zeit-Zeichen** zu konfrontieren.

Leider heißt das aber auch, dass in der heutigen Zeit ständig mit irgendwelchen Ereignissen bzw. Anrufen zu rechnen ist, und zwar zu jeder (Tages- und Nacht-) Zeit, sodass häufig die Zeit fehlt, um ausgewogen darauf eingehen zu können.

Aber selbst wenn man (weil Smartwatch oder Smartphone vibrierten oder ein leises Summen zu hören war) zeitnah geantwortet hätte, selbst dann sollte man den Zeitpunkt, an dem die Nachricht eingegangen war, notieren:

- vielleicht vor einem wichtigen geschäftlichen Termin
- oder dem ersten Date mit einer neuen Internet-Bekanntschaft
- zur absolut falschen Zeit (auf der teuren Vintage-Uhr abgelesen)
- ob auf einem billigen Smartphone mit chinesischem Zeit-Zeichen
- oder bei bzw. nach einem x - beliebigen (individuellen) Zeitvertreib
- und am besten mit einem leisen „Ach du liebe Zeit" zu quittieren

Letztendlich aber auch völlig egal, denn die hier beispielhaft aufgeführten Ereignisse können nicht nur, nein sie müssen allesamt einer noch recht jungen, leider wahren...

MÄRCHEN - ZZEIT

...zugeordnet werden:

- einerseits, weil genau diese Überschrift zufälligerweise gleich beim allerersten Drehen des kleinen Spielgerät ausgekreiselt worden war (der Text jedoch auf Grund einer zweifellos unsinnigen, dafür aber unbedingt einzuhaltenden alphabetischen Reihenfolge ganz ans Ende hatte gestellt werden müssen)
- und andererseits, weil vom ungeübtesten ~~Zauber~~-Schreiber(lehr)ling aller Zeiten trotzdem eine, selbst von absolut Politik fernen Kreisen begeistert gefeierte, einzig wahre, weil alles erklärende und damit fast schon märchengleiche Erkenntnis...

HÄTTE, HÄTTE, FAHRRADKETTE

... im abzuliefernden Textbeitrag* hatte untergebracht werden müssen.

(und um nicht entscheiden zu müssen, ob ein/e potentielle/r Leser/in eher erwarten würde, darin über märchenhafte Zeiten aus einer ihm/ihr fremden, verblassenden oder gar gestörten Vergangenheit vorgelesen oder wieder einmal nur über allzu gewöhnliche, entfernt an Märchen erinnernde Ereignisse mit verstecktem Bezug zur heutigen Zeit** berichtet zu bekommen)

****(also viel mehr von einem im Mainstream einer verunsicherten Gesellschaft umher torkelnden Zeitgeist und eher weniger von einem lehrreichen Märchen wie z.B. „Herr Fix und Fertig" KHM 16 bzw. 16a lesen zu dürfen)***

Mit anderen Worten:

Diese Zeit ist all jenen Mitbürger*innen gewidmet, die glauben, bis dato allgemein akzeptierte Reihen- oder Abfolgen bei Zusammenstellungen, Beurteilungen und Entscheidungen in gesellschaftlich (politisch, ökonomisch, gesundheitlich und/oder technisch) wichtigen Dingen ignorieren zu dürfen bzw. unentwegt neu sortieren zu müssen.

Ihr versteht noch nicht so ganz, was damit gemeint sein könnte?

Nun, ein simples Beispiel aus der realen Welt der Dinge bekamen wir ungewollt in einer Magazinsendung der ARD Anfang August 2019 (und noch vor den neuesten Tweets des amerikanischen Präsidenten zu Todesschüssen in Texas und Ohio) zu sehen und zu hören:

„Wieder einmal hatte sich in Europa in einer Straße ein größeres Loch aufgetan und zu einem Zwischenfall geführt. Eigentlich keine Meldung wert (sollte man meinen), aber dieses Mal war ein unvorsichtiges Fahrzeug aus dem Fuhrpark der Stadt Neapel in dem Loch verschwunden.

Ein weiblicher (mutmaßlich lokaler), lediglich mit einem Mikrofon bewaffneter Reporter hatte nicht gezögert, trotz latent vorhandener Gefahren (man denke bloß an Mafia, Migranten und Matteo S.) genau dorthin zu fahren, um außer den wütenden Reaktionen von einigen überraschten, verärgert bis verängstigt wirkenden Anwohnerinnen tatsächlich als Ursache herauszufinden, dass bei einem Hausbau der Aushub zu Baumaterial werden sollte, „man" allerdings dabei nicht nur den Sand vom Unterbau der angrenzenden Straße, sondern zusätzlich mit einem größeren Loch in derselben belohnt worden war)."

Tatsächlich hätte das ein entscheidender Tag im Leben einer jungen Reporterin werden können.
Wurde aber nichts draus, denn leider hatte sie vergessen, dem Stadtoberhaupt ihr Mikrofon vor den Mund zu halten, um die Reportage mit einem politischen Statement zur Wichtigkeit von Fundamenten zu beenden:

NIEMAND HATTE DIE ABSICHT, EIN WENIG SOLIDES FUNDAMENT ZU ERRICHTEN

Trotzdem haben wir keine Angst, und Bange muss uns auch nicht werden, denn derartige Nachrichten am späten Abend wird uns in unserem Europa (der noch 28) nicht um einen ruhigen Schlaf bringen.

Denn diese EU kann vieles besser (wenn man sie denn vorher üben ließe).

Und so wollen wir diesen klitzekleinen Kollateralschaden im Italien mit den vielen Stern*chen einfach unter...

MÄRCHEN-ZZEIT *(DIE JÜNGERE)*

...abheften.

Leider müssen sich zur gleichen Zeit Vertreter aus Politik und Gesellschaft, medial begleitet, wieder einmal (oder immer noch) mit Themen beschäftigen, bei denen Fragen zur Reihenfolge eine gewisse Rolle zu spielen scheinen:

- war beispielsweise die Fußball-WM im Sommer 2006 in Deutschland tatsächlich ein spannendes Public Viewing Gratis-Märchen gewesen - oder muss doch noch dafür bezahlt werden?
- und war die DDR 1989 ökonomisch wirklich am Ende (und die Sowjet-Union ebenfalls, allerdings nicht bereit, einen real abgewirtschafteten Sozialismus mit mehr eigenen Rohstoffen und auch Waffengewalt zu verteidigen) - oder haben einzig und allein sehr mutige und sehr viele (Leipziger) Bürger(rechtler*innen) als eifrige Kirchgänger (mutmaßlich inklusive einiger nachmaliger AFD-Wähler*innen) das System wie in einem Märchen zum Einsturz gebracht?

- gibt es in Deutschland eigentlich so wenig Organspender weil nur sehr wenige Menschen im Fall des Falles ein Organ transplantiert bekommen möchten
- oder gibt es, anders als im Märchen, einfach nur zu viele Vertreter ethisch argumentierender Eliten, die meinen, eine Reihenfolge für die anzukreuzenden Kästchen „Empfänger" und „Spender" im Ausweis nicht vorsehen zu müssen?

Aber genug davon, denn es warten doch tatsächlich Begebenheiten* aus einer noch viel spannenderen und noch etwas jüngeren...

MÄRCHEN-ZZEIT

...darauf, als interessante Episoden aus dem glücklich vereinigten Deutschland, dem größeren Europa und aus der restlichen Welt zu uns zu kommen.

(wegen des leichten Horror-Charakters für sensiblere Gemüter nicht geeignet)

Und gleich vorweg:
Die von Menschen verursachte und die Zivilisation bedrohende Erderwärmung und auch nicht die bevorstehende und entbehrungsreiche Segelreise unserer aller ***Greta T.*** ** in eine (alt gewordene) Neue Welt werden darin vorkommen.

(„Extinction Rebellion" und „Letzte Generation" legen nicht ab, sondern kleben sich fest)

Denn (wie selbst der Autor weiß) sind der reale Klimawandel und die damit verbundenen aktuellen Herausforderungen einfach viel zu wichtig, um sie in irgendwelchen neuen Märchen zu verstecken oder als gelöst zu entdecken.

Aber in einer dermaßen aufgeregten Zeit, die (wie es scheint) vielen (öffentlich-rechtlichen) Medien, Zeitungen und Zeitschriften nicht nur nicht erlaubt, sondern geradezu aufzwingen will, praktisch alle Themen in den täglichen Berichten und Meldungen zuvörderst unter dem Aspekt „Climate Change" zu betrachten bzw. darauf zu verweisen, werden in den Geschichten märchenähnliche Bezüge einfach nicht zu vermeiden sein.

Und tatsächlich konnte man neulich in einem unserer lokalen Werbeblättchen (zwischen Kinoprogramm und Angeboten für Gebrauchtwagen) lesen, dass fast 50 Kommunen* in Deutschland inzwischen ihren eigenen Klimanotstand erklärt haben.

***(selbstverständlich auch Gemeinden aus unserer überaus schönen Region der vielen Weinberge und traumhaften Wanderwege)**

Gratulation an das **pfälzische Landau**, das dank einer Mehrheitsentscheidung ihrer Ratsherren und -frauen diesen medial anerkannten, überregionalen und sogar global werbewirksamen Zusatztitel als erste Stadt** in Rheinland-Pfalz hat einheimsen können.

*****(und anschließend anschaulich und öffentlich erklärt hat, ihn im Laufe der Zeit mit Verbesserungen beim Ausbau des Personennahverkehrs, der Fahrrad-Infrastruktur sowie mit dem Pflanzen von Bäumen und Begrünen von Dächern rechtfertigen zu wollen)***

Und tatsächlich sehe ich mit dem einen Auge schon eine dunkle, fast schwarze Wetterfront mit sintflutartigen Regenfällen und Sturmböen in Orkanstärke auf die Stadt zustürmen, während sich das andere Auge verzweifelt bemüht, einige brave Feuerwehr-~~Männer~~ Leute im Blick zu behalten, die (rechtzeitig gewarnt) mit E-Bike und E-Bus wohl zur Einsatzzentrale*** unterwegs sein werden.

******(wo sie vermutlich einen vorgeglühten und nur leise vor sich hin dieselnden Einsatzwagen unterm begrünten Dach des Spritzenhauses hervorholen müssen, um (vorbildlich ausgerüstet) zu versuchen, einen lokalen, Wetter bedingten Notfall nicht auch noch zu einer aus dem Ruder laufenden Klima-Katastrophe werden zu lassen)***

Gibt es eigentlich schon so etwas wie ein allseits anerkanntes Rating für Städte mit Klimanotstand?

Vielleicht verbunden mit einer EU weiten Genehmigung, dies werbewirksam mit Sternchen (*/**/***) oder Buchstaben (wie beim Nutri-Score Label) auf dem Ortseingangsschild aufmalen zu lassen?

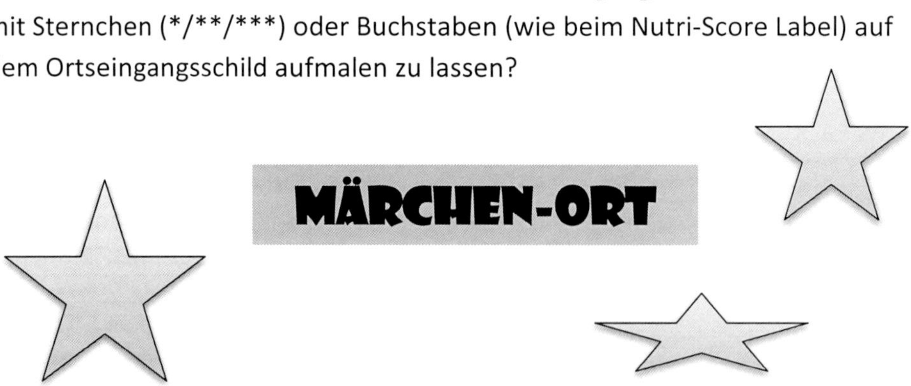

Oder hat jemand eine intelligentere Idee, wie wir tagesaktuelle Listen mit höchst sinnvollen Arbeitsprogrammen in und für Kommunen unseren Kindern und Enkeln verständlich und nachvollziehbar erklären könnten?

Wirklich nicht?

Macht aber nichts, und ärgert euch bloß nicht.

Denn ab sofort dreht sich eh alles nur noch um eine weitere, sehr konkrete Gefahr für uns Menschen.

Ein unsichtbares Virus (als Sars-CoV-2 bekannt geworden) hat Anfang 2020 die Bühne unseres Lebens betreten.

Und mit ihm eine pandemische, höchst ansteckende Krankheit mit Grippe ähnlichen Symptomen und dem schönen Namen COVID-19, die nicht selten schwer verlaufen und sogar, trotz künstlicher Beatmung, zum Tod führen kann.

Ein bereits seit längerer Zeit angekündigter und eigentlich erwarteter Besucher aus der großen Virenfamilie **„derer von *Corona*“**.

Ein kleines Virus, das es hoffentlich schaffen wird, auch in hoch entwickelten Gesellschaftssystemen (besonders die sie tragenden Politiker, Medien- und sonstigen Interessen-Vertreter) nachhaltig daran zu erinnern, dass womöglich etwas dran sein könnte an fast vergessenen Erkenntnissen bzw. jüngst oder längst verdrängten guten Vorsätzen wie:

WEHRET DEN ANFÄNGEN

oder

VORBEUGEN IST LEICHTER ALS HEILEN

und

NIE WIEDER

Aber wie auch immer; der diese Zeilen* schreibende Märchenerzähler weiß es tatsächlich nicht, und vermutlich einige andere auch nicht.

(bereits im Jahr vor der Flutkatastrophe an Ahr und anderen Orten geschrieben)

Doch damit genug kostbare (Lebens) Zeit mit märchengleich daherkommenden Sprüchen verplempert.

Auf der Stelle ab in eine Küche und ganz schnell noch eine Klima schonende und Viren freie Kleinigkeit zubereitet.

Geht aber bitte, bitte ganz, ganz vorsichtig vor.

Sprecht ein lautes „AHA", setzt vorsichtshalber die selbstgenähten MuNaMa`s auf und zieht sicherheitshalber ein Paar frische Küchenhandschuhe an.

Dann müsste alles bereit sein für ein selbstbestimmtes Basic Cooking**.

Verdrängt einfach mal alle munter umher mutierenden Viren, bemüht euch um einen klimafreundlichen Fußabdruck und kümmert euch lieber um vergessene Vorräte in dem alten Kühlschrank im Keller.

Achtet dabei bitte nicht aufs Mindesthaltbarkeitsdatum, vergesst auch nicht, alle übrig gebliebenen, leicht angeschimmelten Kartoffeln aus der hintersten Kellerecke mitzunehmen und rettet alles*** zusammen vor der Restmüll- bzw. Bio-Tonne neben der Garage vorm Haus.

*****(allerdings ohne Gewähr, einen Platz in einer neuen Küchenschlacht zu erhalten)***

******(eine Win-Win Beziehung trotz leerer Geldbörse und schlechtem Klimagewissen)***

Damit bliebe zum Schluss eigentlich nur noch eine Herausforderung, nämlich mit diesen alten, aber noch verzehrbaren Zutaten eine...

MÄRCHEN - ZZEIT

...gemäße und Corona berücksichtigende, möglichst einfache Variante einer Kartoffelspeise unter verschärften Quarantäne-Bedingungen zu kreieren.

Versucht beispielsweise mal, in einer beschichteten Pfanne einen krossen Puffer oder eine Art von Rösti hinzubekommen, um so einen Flachmann dann mit Saurer Sahne oder Schmand, nicht mehr ganz so billigem Lachsersatz und einem falschen Kaviar zu einem wahrlich neuen Endzeitgericht aufzublasen:

GRETE

(**gre**at **t**o **e**at)

WEIL ICH WILL, DASS IHR ANGST BEKOMMT.

Den Wein aber haben wir dann doch (aus reiner Vorsicht) lieber in ausreichend großer und sicherer Distanz zu Landau in der Pfalz (und aus Solidarität mit der von COVID schwer getroffenen Stadt Bergamo) von einem dort beheimateten Weingut kommen lassen.

Und deshalb konnte das Abendessen...

MÄRCHEN-ZZEIT

...gemäß COn VIno Da Bergamo, 19

...Gläsern eines ***Valcalepio DOC Bianco***
(*serviert* in Gläsern aus der Serie *„Bergamo"* von *Villeroy &Boch*)
verbracht werden.

Na dann Prost und guten Appetit!

Und irgendwann im Verlauf dieser äußerst gewöhnungsbedürftigen...

MÄRCHEN-ZZEIT

...hatten wir trotz der von uns so nicht erwarteter Ereignisse Zeit gefunden, nicht nur den Wein aus Bergamo zu trinken, sondern tatsächlich auch noch so was wie ein klitzekleines...

Kartoffel-Märchen

...zuzubereiten:

Zutaten:
3-5 Kartoffeln, 2-3 Zwiebeln, 1 Ei, 50 g Deutscher Kaviar, 100 g Lachsersatz in Scheiben, ca. 100 g Schmand, 1 Tl Limettensaft, Muskat, Pfeffer, (ev. Salz)

Zubereitung:
Kartoffeln und Zwiebeln schälen, Hälfte der Kartoffeln stifteln, die andere Hälfte mit den Zwiebeln im Blitzhacker zerkleinern, dann zur Masse das Ei mischen, mit Muskat, Pfeffer und Salz abschmecken; den Schmand mit Limettensaft verrühren und abschmecken; eine Pfanne leicht einölen und die Kartoffelmasse darin portionsweise schön knusprig braten; die warmen Puffer auf Teller geben und mit Schmand bestreichen; mit abgetropften Scheiben Lachsersatz belegen, darüber den Kaviarersatz verteilen und sofort servieren.

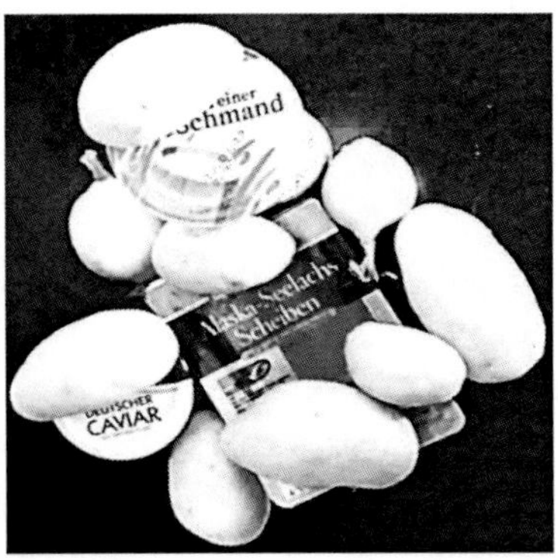

Schwein gehabt,
einfach nur Schwein gehabt...

...und das nicht nur im (bisherigen) Leben, sondern tatsächlich auch auf den einigermaßen wunderlich und windungsreich angelegten Etappen einer mit diesem Kapitel zu Ende gebrachten...

Märchen - Rundreise*

Mit diesem Schweine-Statement als Überschrift (und sich als Quintessenz** lesen lässt) möchte ich all den Leser*innen, die es (hoffentlich nicht einsam und allein) mit eiserner Disziplin und nie versiegendem Enthusiasmus tatsächlich geschafft haben, bis hierher durchzuhalten, ein großes Lob aussprechen (zumal sie nicht wissen können, was für Gefühle diese Reise bei mir hervorgerufen hat).
Aber dann fiel mir (zwar siedend heiß, dafür rechtzeitig vorm Überkochen) ein, dass in Zeiten unzähliger und ~~**Völlegefühl**~~ Mitgefühl hervorrufender Kochevents (Prüfsiegel ***DEI****** beantragt) eine derart schlichte und noch dazu einseitig werbende Aussage im abschließenden Kapitel nicht nur kein gutes Licht auf einen am Schreibtisch sitzenden und lustvoll (manchmal auch lustlos) vor sich hin schreibenden Köcherling, sondern auch auf dessen Alter Ego, einen in einer Küche vor sich hin köchelnden Schreiberling werfen würde.

****(obwohl ursprünglich als ~~un~~ bezahlbar schöner, weil völlig entspannt zu lesender Vergnügungs-Reise-Bericht konzipiert, müssten selbst divers denkende Leser*innen bemerkt haben, dass sich nicht alle Themen und Ziele auf der Reise ganz easy hatten absolvieren lassen, denn es waren tatsächlich Streckenabschnitte dabei, die entweder in einem höllischen Galopp oder in ermüdend langen Schreckensfahrten bewältigt werden mussten – nicht unbedingt besonders schön, aber keine wirkliche Überraschung bei so viel Schweinerei auf und in unserer Welt)***

*****(gemeint ist die „fünfte Essenz, d.h. das Endergebnis" und nicht flüssiges Konzentrat wie z.B. Essig-Essenz)***

******(steht für mehr Diversity (Vielfalt), Equity (Gleichheit), Inclusion (Inklusion) in den Küchen dieser Welt)***

Weshalb es mir wichtig ist, darauf hin zu weisen, dass die Geschichten zwar mit einem kleinen Punkt beendet wurden, aber alle (nachgekochten) Gerichte erst mit dem Erreichen des richtigen Gar-Punktes serviert werden dürfen.

Punktum:

Am Ende einer Kochgeschichte heißt´s deshalb immer ***Aus*** *~~die Maus~~* ***der Herd***.

Was aber zum Glück nicht zugleich bedeutet, dass alles bis zu dem bzw. auf den Punkt Entstandene oder Gekochte von völlig unvorbereitet vorbei schauenden Konsumenten tatsächlich auch immer in Gänze zu verstehen sein wird oder (noch schlimmer) gar aufgegessen werden muss.

Denn wenn es etwas gibt, was vielen Lesern und Leserinnen nicht schmecken oder bekommen dürfte, dann sind es übrig gebliebene und kalt gewordene Reste **~~undefinierbarer Fleischstückchen~~** unbeantwortet gebliebener Fragen.

Wie beispielsweise diese hier:

Warum hat dieser (unsäglich) schreibende Köcherling von allen Tieren gerade den der menschlichen Natur sehr nahe stehenden echten Schweinen aus der Gattung der Wild- bzw. Hausschweine (Sus scrofa / domesticus / Ordnung der Paarhufer) das Recht auf einen Gastauftritt in einer fetten Titelzeile einräumen müssen?

Immerhin halten die sich meistens in viel zu engen Ställen auf, fressen viel zu viel und häufig auch zu schnell, suhlen sich ausgesprochen gerne und häufig in schlammigen Gewässern - und das auch noch, ohne sich vorher abzuduschen oder sich wenigstens hinterher zu waschen und die Borsten trocken zu föhnen.

Denn selbst wenn man (vorsichtshalber oder vorzugsweise an Spießen) sie so oft drehen und wenden würde (wie es kostbare Zeit gäbe) - selbst dann blieben sie immer noch echte Schweine (darunter vermutlich viele, die es unbedingt* auch bleiben wollen).

(vielleicht der Hauptgrund, weshalb sie in nicht wenigen Portalen von streng ~~gläubigen~~ urteilenden Mitbürger*innen als viel zu „unrein“ (igitt igitt) für die feine Küche bewertet werden – während andere Konsument*innen von zarten und fein marmorierten Koteletts oder fettreichen Schwartenstücken (kross gebraten) gar nicht genug bekommen können)

Und deshalb gilt:

- verdrängen wir doch einfach, dass einige unter uns mit von ihnen (sicher ohne schriftliche Einwilligung) gespendeten Herzklappen* herum laufen müssen bzw. dürfen
- vergessen wir aber auch nicht ihre Hilfe (wenn mal kein Hund mit extrem gut ausgebildeter Schnüffelnase zur Hand ist) beim Suchen von Trüffeln
- freuen wir uns lieber mit ihnen, dass sie ihr wässriges und blässliches Fleisch (reichlich und sehr) billig, dafür in großen Mengen (wenn auch nicht immer aus ökologisch korrekter Haltung) mit uns teilen dürfen
- und vor allem sollten wir daran denken, auch ihren dunkleren, wild lebenden Verwandten mit dem nötigen Respekt**/*** zu begegnen

****(darunter ein Mann in den USA sogar ~~von~~ mit einem ganzen Herzen – wenn auch nur für kurze Zeit)***

*****(obwohl von den Sauen keine einzige bereit sein wird, anders als benachbarte Halter von Schafen und Rindern, ihre ~~Zög~~ Frischlinge mit ein paar zugewanderten, hungrig heulenden Wolfsrudeln zu teilen)***

******(und bitte verwechselt diese nicht mit dem Wildschwein aus KHM 28 „Der singende Knochen")***

Schließlich kann nicht völlig und für immer ausgeschlossen werden, dass nicht doch eines schönen, fernen Tages in dunstiger Morgendämmerung beim Blick auf´s benachbarte Maisfeld nicht nur eine von einer durchsetzungsstarken Sau angeführte, hungrige Rotte beim Frühstücken zu sehen sein, sondern auch noch eine aller-aller-allerletzte Frage auf Antwort warten könnte (vielleicht nicht unbedingt von der Generation der ***Vor-Baby-Boomer****, bestimmt aber von vielen der unter uns lebenden ***Z´s****), d.h. so was wie:

- hätte diese ganze schöne ~~**Sauerei**~~ Schweinerei** nicht transparenter und viel nachvollziehbarer zusammengestellt oder (eigentlich noch wichtiger) in einer viel einfacheren und verständlicheren oder (wenigstens) in einer Mitgefühl suggerierenden Sprache*** aufgeschrieben werden müssen?

(keine Ahnung, wen oder was der Autor damit meint)

****(wobei unter Hochdruck daran gearbeitet wird, diese (un) schönen Zustände durch absolut saubere Zellkulturen zu ersetzen)***

*****(eigentlich schon, wären da nicht Konkurrent*innen aufgetaucht, die zu wissen glauben, dass eine richtig versaute Sprache nichts mit einer falsch verstandenen Schweinerei zu tun haben könnte)***

Mag ja alles sein, aber auch dieses Mal kann und werde ich darauf nicht antworten.

Was ich aber mit euch teilen möchte, ist eine teils selbst verursachte und auch noch selbst durchlebte Schweinerei (in Form einer sehr stark einreduzierten Essenz aus einem einfachen Küchenleben):

Kaum tröpfelte mal ein wenig Pech von oben,

dann verdampfte es wie auf einer heißen Platte ganz von alleine;

und so blieb auf dem Feld daneben

ausreichend Platz für sehr viel Glück im großen Topf des Lebens.

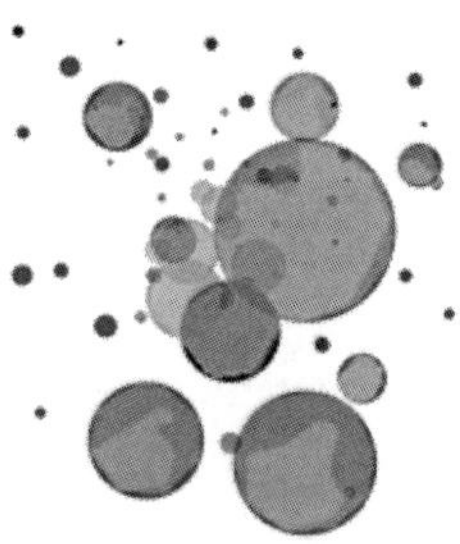

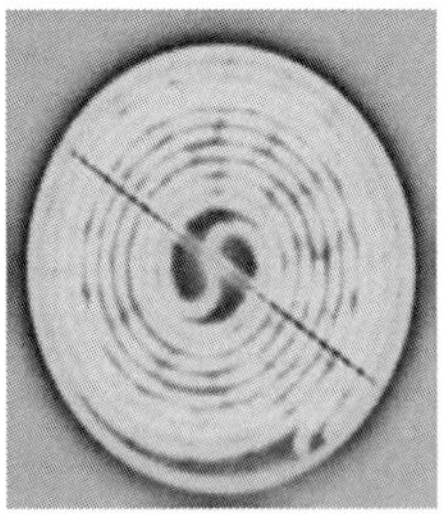

Damit sollte (fast) alles gesagt sein.

Bleibt zum Glück noch Zeit für ein einfaches 3-Gänge-Menü.

Also dann:

Vielen Dank fürs aufmerksame Lesen,

weiterhin einen guten Appetit und dann mal Prost.

Die Getränke kommen vom ***Weingut Metzger*** *aus Grünstadt in der Pfalz* (allerdings mit Namen, die wohl eher nichts sind für VeVeL´s*).

„Flying Pig“ (roséfarbener Perlwein), ***„Grand Hog“*** (trockener Rosé), ***„Saumagen“*** (trockener Riesling), ***„Filet Noir“*** (dunkler Roter)

(VeVeL´s steht für Vegetarisch-Vegane Leser*innen)

Fischterrine

Zutaten:

250 g Lachsfilet (ohne Haut), 250 g Kabeljaufilet (ohne Haut), 250 g Räucherlachs, 200 g Creme Fraiche, 2-4 Schalotten, 4 x Eiweiß, 1 Tl Kapern, 1 Tl eingelegter grüner Pfeffer, Pfeffer, Salz, Petersilie

Zubereitung:

Kabeljau und Lachsfilet getrennt jeweils mit der Hälfte Creme Fraiche, sehr fein zerkleinerten Schalotten, Kapern, grünem Pfeffer und gehackter Petersilie zusammen mixen; eine Terrinenform mit Frischhaltefolie bedecken, mit dem Räucherlachs auslegen, die Kabeljau-Mischung und dann den Lachs einfüllen; die Form in ein Wasserbad stellen und im Backofen bei 120-130 °C Umluft ca. 45 min garen; gut gekühlt mit einem kleinen Quark-Joghurt-Dip sowie etwas Salat servieren.

Schweinekarree (glasiert) aus dem Ofen

Zutaten:

ca. 1000 g Schweinekarree (Duroc oder Schwäbisch-Hällisch), für die Glasur Limette, brauner Zucker, Pfeffer, Salz, Honig, Worcestersauce

Zubereitung:

Karree gut parieren, mit der Glasur einpinseln und bei 180 °C Ober-/ Unterhitze ca. 2 h garen

(dazu passt ein lauwarmer, mit Essig und Öl angemachter Kartoffelsalat)

Kalter Hund

Zutaten:

400 g Callebaut Milk Callets, 200 g Dark Callets, 150 g Kokosfett (Palmin), 200 g Schlagsahne, 2 Pck. Vanillin-Zucker, ca. 250 g Butter/Dinkelkekse

Zubereitung:

Eine Kastenform (ca. 10 x 25 cm) einfetten und mit Backpapier auslegen.

Schokostückchen grob hacken, Kokosfett zerkleinern und beides zusammen in einem Topf schmelzen lassen; dann alles gut verrühren und Vanillin-Zucker einrühren; die Form mit einer Schicht Kekse auslegen, Schokoladenmasse darauf verteilen und diesen Vorgang ca. 7-8 mal wiederholen.

Form über Nacht (> 6 h) kalt stellen, damit die Masse fest wird. Den Kuchen aus der Form lösen und auf eine Platte stürzen.

Den Kalten Hund* eiskalt in Scheiben schneiden und gut gekühlt mit ein paar Erdbeeren und etwas geschlagener Sahne servieren.

(mancherorts auch Kalte Schnauze genannt)

Zu guter Letzt...

...gibt`s als erstes einen Hinweis in Sachen „Kreiselspiel".

Zwar lassen sich von **Märchen-Wort-Kombinationen** sehr leicht sehr viele bilden, allerdings nicht ohne ein viel zu viel an kostbarer Zeit in Anspruch zu nehmen. Und deshalb auch nur **70** Titel (u.a. das **Märchen von der Chancengleichheit**) zur Wahl gestellt wurden (und der Kreisel nur 35 Mal gedreht werden durfte).

„Weshalb im Buch auch nur genau so viele Märchen-Geschichten zu finden sind."
*Also merke: zunächst **35** Titel ausgekreiselt und danach noch **7** davon eingekreist.*

Interessanterweise haben sich von den Titeln, die der Kreiselstrich nicht gezeigt hat, viele in den Geschichten verstecken können, vielleicht nicht schön, aber womöglich für alle ernsthaft Suchenden eine kleine zusätzliche Herausforderung beim Lesen.

Für den (eher unwahrscheinlichen) Fall, dass bereits alles ~~**aufgegessen**~~ durchgelesen wurde (oder noch gelesen werden soll), ist es vielleicht gut zu wissen, dass:

- ...alle im Text verwendeten bzw. zitierten Quellen an den Hinweisen oder Fußnoten bzw. Anführungszeichen direkt zu erkennen sein müssten

- ...eingefügte (schon mal verfremdete) Bilder und Illustrationen dem eigenen Fundus, dem Smartphone bzw. ähnlichen Geräten entstammen oder (als Vektor-Grafik) bei ***freepik.com*** runter geladen wurden

- ...tatsächlich viel zu viel und überdies auch noch sinnlos gegendert wurde - was aber am Autor lag, konnte er damit wenigstens ein paar der sich umher windenden ~~**Bandwürmer**~~ Textpassagen rein optisch etwas aufpeppen

- ...die Geschichten auf sehr viel Toleranz und noch mehr Gelassenheit bei den Lesenden setzen - so was wie individuelle Vorverurteilungen oder nicht zu kontrollierende Gewaltausbrüche gibt`s eh´schon an jeder Ecke (und mehr als den meisten von uns gut tut)

- ...unter ***Nachweis Ladegut*** zu finden ist, was wo auf der Kogge verstaut wurde

- ...bei ***Register (Rezepte)*** nachgeschaut werden kann, wenn mal ein Gericht nachgekocht werden soll (was nicht bedeutet, sich allen (Mengen) Angaben sklavisch unterzuordnen)

- ...im ***Register (Kontakte)*** jene Weingüter, Produzenten, Restaurants, etc. zu finden sind, die ein sattes Ende der Geschichten erst ermöglicht haben

- ...als Schreibprogramm (nach Beratung und anders als in den beiden Büchern vorher) ***ODF*** *OASIS Open Document Format* verwendet wurde

- ...einerseits ***ChatGPT*** zwar an keiner einzigen Stelle eingesetzt wurde (deren Schreibstil vielleicht intelligent, aber diesem Autor nicht gekünstelt genug) ...andererseits der Text zum guten Schluss wie folgt hätte lauten können (hat Jan-Niklas von *ChatGPT* schreiben lassen):

> ###
>
> Jan-Niklas:
> Schreib mir bitte ein schönes, charmantes und liebenswürdiges Schlusswort für das Buch meines Vaters. Es ist der dritte Teil und die Bücher handeln von der Familie, Rezepten und Gerichten sowie allgemeinen Themen.
>
> ChatGPT:
>
> Mit einem Augenzwinkern und dem Geschmack von Familiengeschichten, Rezepten und den süßen Melodien des Alltags, schließt dieses Buch, so wie das Leben selbst, sein Kapitel. Möge jede Seite in den Herzen seiner Leser weiterleben und die köstlichen Erinnerungen an gemeinsame Mahlzeiten und geteilte Momente für immer bewahren. In der Wärme dieser Geschichten und dem Duft der liebevoll zubereiteten Rezepte finden wir den wahren Reichtum – die kostbaren Bindungen, die durch die Seiten dieses Buches gewoben wurden. Grazie mille für diese gemeinsame Reise durch die Welt der Familie, des Geschmacks und der Liebe. Arrivederci!
>
> 09.01.24
>
> ###

Bleibt zu guter Letzt dem Vertreter der sog. Nachkriegsgeneration nur noch, sich bei allen...
...ganz besonders aber bei **Rosi** (hier nachdenklich vorm Emil Nolde Museum in Seebüll sitzend) zu bedanken,...
...dass eine derart **hanebüchene Märchen-Geschichten-Sammlung** nicht nur zusammengetragen, sondern tatsächlich auch noch in dem Laderaum einer reichlich altersschwachen Kogge hatte verstaut werden können – und das über eine ziemlich lange Zeit.

Danke

Nachweis Ladegut

Kull´s Hanebüchene Märchen-Sammlung		Querverweis zu KHM der Brüder Grimm	Bewirtung
Trilogie			
Inhalt/Reihenfolge			
Natürlich könnt ihr es nicht wissen...			
Auch das noch...			Schwarzbrot-Stulle // Holunder-Wermut-Aperitif
Märchen-Abend	1	KHM 164 „Der faule Heinz“	Schnittchen / Kartoffel-Möhren-Süppchen / Milchreis // Spätb. Rosé „Turmalin“
Märchen-Baum	2	KHM 15 „Hänsel und Gretel“	Feige-Mozzarella-Salami // „Hokus Pokus“ / „Hensel und Gretel“
Märchen-Berg	3	KHM 92 „Der König vom goldenen Berg“	Eisberg-Salat // Sauvignon Blanc
Märchen-Bild	4	KHM 184 „Der Nagel“ KHM 197 „Die Kristallkugel“	Schnibbeltopf // Bier / Wein
Märchen-Braut	5	KHM 57 „Der goldene Vogel“	Brathuhn // „Wild Wedding w/r“
Märchen-Buch	6	KHM 12 „Rapunzel“ KHM 98 „Dr. Allwissend“	Kartoffel-Gulasch // Sekt „Esprit“ / Wein / Bier
Märchen-Film	**7**	KHM 21 „Aschenputtel“ KHM 50 „Dornröschen“ KHM 53 „Schneewittchen“	Gefüllte Kalmare // 8 Bagatella (Zinfandel) / Primitivo di Manduria
Märchen-Formel(n)	**8**	KHM 135 „Die weiße und die schwarze Braut“	Grain, Green and a Bean-Salat // Weine w/r Pfalz

Märchen-Frosch	9	KHM 99 „Der Froschprinz“	Froschschenkel // Edelzwicker (Elsaß)
Märchen-Hochzeit	10	KHM 84 „Hans heiratet“	Champagner
Märchen-Jagd	11	KHM 67 „Die zwölf Jäger“ KHM 111 „Der gelernte Jäger KHM 53 „Schneewittchen“	Rehleber / Rehkeule // Riesling / Spätburgunder
Märchen-Küche	12	KHM 103 „Der süße Brei“	Eintopf (vom Leben) // Cuvée „Mahlzeit“ w/r
Märchen-LaLaLand	13	KHM 158 „Schlaraffenland“	Pellkartoffeln mit Quark // Wein „Albus“
Märchen-Lampe/Licht	14	KHM 116 „Das blaue Licht“	Lila Gute Laune Teller // Lisas Lila Rot
Märchen-Lieder/Songs	15	KHM 28 „Der singende Knochen“ KHM 88 „Löweneckerchen“	Menü // Weinbegleitung
Märchen-Menü	16	Kein KHM „Bechstein-Märchen“	Menü in Meiningen // Wein weiß
Märchen-Monat	17	Kein KHM	Nichts gegessen // „JABIKO“
Märchen-Nacht	18	Kein KHM „Märchen aus 1001 Nacht“	Dicke Rippe // Sylvaner / Frühburgunder
Märchen-Onkel	**19**	KHM 187 „Hase und Igel“	Schwert- und Thunfisch-Steaks // Rotweine „Lesegut“ und „Lesestoff“
Märchen-Paar(e)	**20**	KHM 9 „Zwölf Brüder“ KHM 50 „Dornröschen“	JABUGO / Brie de Meaux / Pastete // JABEKO / Burgunder / Riesling
Märchen-PrinzEssInnEn	21	KHM 21 „Aschenputtel“ KHM 24 „Frau Holle“	Vegetarisch-Vegane Pastete // Souvignier Gris / Cabernet Blanc

Märchen-Reich	**22**	KHM 177 „Die Boten des Todes“	Linsen-Eintopf // Weiß-/Grauburgunder „Halbstück“
Märchen-Schiff	23	KHM 19 „Der Fischer und seine Frau“	Pastete / Fischeintopf / Ofen-Knollen / Apfelringe // Bier „Störtebeker“ / Weine
Märchen-Schloss	24	KHM 50 „Dornröschen“	Rinder-Hackbraten // Craft-Bier / Trollinger
Märchen-Schlucht/ Schule/See	25	KHM 20 „Das tapfere Schneiderlein“	Sieben-Gänge-Menü // Sieben Getränke
Märchen-Speise	26	KHM 36 „Tischlein-Deck-Dich“	Pasta All Arabiata“ / Amarone
Märchen-Sprache	27	Kein KHM „DWB J.+W. Grimm“	Kabeljau aus dem Ofen // Cuvée weiß „Wandel“
Märchen-Stadt/ Straße	**28**	Kein KHM „Brüder Grimm“	Leipziger Allerlei // Sylvaner
Märchen-Stunde	29	KHM 13 „Die drei Männlein im Walde“ KHM 210 „Die Haselrute“	6H Ragout / Erdbeeren // Sekt „Illusion“ / Rotwein „Ursprung“ / Riesling
Märchen-Tante	30	KHM 43 „Frau Trude“	Guacamole / Lachs mit Spargel // Sekt „Cult“ / Riesling
Märchen-Vogel	**31**	KHM 165 „Der Vogel Greif“	Straußenfleisch-Auflauf / Hähnchen-Keulen / Vegane Bratklopse // Kalte Ente / Rosé „Let´s Fetz“
Märchen-Wald/ Wanderung/Weg/ Weingut/Wein	32	Weg mit Märchen-Bildern „11x KHM , 1x Max und Moritz“	Weinstube „Hofgarten“ // Weine „Meyer-Näkel“

Märchen-Welt/Zahl	33	KHM 15 „Hänsel und Gretel“ / KHM 27 „Bremer Stadtmusikanten“ / KHM 53 „Schneewittchen“ / KHM 63 „Drei Federn“ / 69 „Jorinde und Joringel“	Salat + Baguette // Sylvaner „ZZZ“
Märchen-ZeitZeichen	34	KHM 176 „Die Lebenszeit“ KHM 30 „Läuschen und Flöhchen“	Wiener Schnitzel / Chicorée // Bier „selbst gebraut“ / Weine aus dem Keller
Märchen-ZZeit	35	KHM 16/16a „Herr Fix und Fertig“	Kartoffel-Märchen mit Kaviar // Valcalepio Bianco
Schwein gehabt		KHM 28 „Der singende Knochen“	Fisch-Terrine / Kotelett / Kalter Hund // Rotwein „flying pig“
Zu guter Letzt			
Nachweis Ladegut			
Register (Rezepte)			
Register (Kontakte)			
Also so was...			

Register (Rezepte)

Gericht	Im Kapitel	Bemerkung /Bewertung (los, traut euch)
Apfelringe (gebacken)	Märchen-Schiff	
Beete-Apfel-Käse-Salat	Märchen-Lampe/Licht	
Bohnen-Salat (körnig-grüner)	Märchen-Formel(n)	
Brathuhn	Märchen-Braut	
Chicorée mit Walnüssen (aus dem Ofen)	Märchen-ZeitZeichen	
Dicke Rippe aus dem Ofen	Märchen-Nacht	
Dip aus rotem Gemüse	Märchen-Lampe/Licht	
Eier (gekochte) sitzen auf einem Zwiebel-Beete-Wildlachs-Nest	Märchen-Lampe/Licht	
Eintopf vom Leben	Märchen-Küche	
Eisberg-Salat	Märchen-Berg	
Feige-Mozzarella-Salami	Märchen-Baum	
Fingerfood (als Mitmach-Menü)	Märchen-Schlucht/ Schule/See	
Fisch-Eintopf	Märchen-Schiff	
Fisch-Terrine	Schwein gehabt...	
Froschkeulen (gebacken)	Märchen-Frosch	
Gemüse (Wurzeln, Knollen) aus dem Ofen	Märchen-Schiff	
Guacamole (aus grünem Spargel)	Märchen-Tante	
Hackfleisch-Auflauf	Märchen-Schoss	
Kabeljau-Filet (mit Haut aus dem Ofen)	Märchen-Speise	
Kalter Hund	Schwein gehabt...	
Kartoffel-Märchen	Märchen-ZZeit	

Gericht	**Im Kapitel**	**Bemerkung /Bewertung (los, traut euch)**
Kartoffel-Möhren-Suppe	Märchen-Abend	
Kartoffelgulasch	Märchen-Buch	
Kasten_Kuchen (mein wenig königlicher)	Märchen-Paar(e)	
Kohl und Konsorten	Also so was...	
Lachs-Filet (mit wei0em Spargel)	Märchen-Tante	
Leipziger Allerlei	Märchen-Stadt/Straße	
Linsen-Eintopf	Märchen-Reich	
Märchen-Salat (7teiliger)	Märchen-Welt/Zahl	
Milchreis	Märchen-Abend	
Pastete (Gemüse, Käse)	Märchen-Schiff	
Pastete (vegetarisch-vegan)	Märchen-PrinzEssInnEn	
Pellkartoffeln mit Kräuterquark	Märchen-LaLaLand	
Ragout (6 h)	Märchen-Stunde	
Rehkeule	Märchen-Jagd	
Rehleber	Märchen-Jagd	
Schnibbeltopf	Märchen-Bild	
Schnittchen (belegt / 1x Kaviar, 1x Sardine)	Märchen-Hochzeit	
Schnittchen mit dreierlei Aufstrich	Märchen-Abend	
Schwarzbrot-Stulle	Auch das noch...	
Schweins-Karrée (glasiert) aus dem Ofen	Schwein gehabt...	
Schwert- und Thunfisch-Steaks	Märchen-Onkel	
Tintenfischtuben (gefüllt)	Märchen-Film	
Wiener Schnitzel	Märchen-ZeitZeichen	

Register (Kontakte)

Kontakt	Name	Seite	Postcode	Ort	Region
Weingut	Aldinger	193	D-70734	Fellbach	Württemberg
	Bunn Strebel	52, 120	D-55283	Nierstein	Rheinhessen
	C. V. Del Primitivo	66	I-74024	Manduria/TA	Apulien
	C. V. Cléebourg	90	F-67160	Cléebourg	Elsass
	Fuchs, Leo	164, 230	D-56829	Pommern	Mosel
	Fürst	44, 214	D-54308	Metzdorf	Mosel/Sauer
	Glaser-Himmelst.	224	D-57334	Nordheim	Franken
	Hensel, Thomas	32,83	D-67098	Bad Dürkheim	Pfalz
	Hof Steyert	188	D-55444	Schweppenh.	Nahe
	Jorche (Masseria)	66	I-74020	Torricella/TA	Apulien
	Klumpp	100, 102	D-76848	Bruchsal	Baden
	Korrell	108	D-55545	Bosenheim	Nahe
	Lämmlin-Schindler	13, 17	D-79418	Schliengen-M.	Baden
	Lauffener (Lesestoff)	154	D-74348	Lauffen	Württemberg
	Leipzig Winery	224	ZA-6849	Worcester (Nuy)	Südafrika
	Marques De Grinon (Lesegut)	154	E-45692	Malpica Del Tajo	Madrid
	Medolago Albani (Valcalepia)	275	I-24069	Trescore	Bergamo
	Metzger, U.	281	D-67269	Grünstadt	Pfalz
	Meyer-Näkel	226, 251	D-53507	Dernau	Ahr
	Nelles	113	D-53474	Heimersheim	Ahr
	Pieper	200	D-53639	Königswinter	Mittelrhein
	Schell, O.	58	D-53506	Rech	Ahr
	Schneider, Jakob	180	D-55585	Niederhausen	Nahe
	Schneider, Markus	83, 230	D-67158	Ellerstadt	Pfalz
	Schneider, Roman	28	D-97334	Nordheim	Franken
	Theisen	170	D-56820	Nehren	Mosel
	Trenz	101, 238	D-65366	Johannisberg	Rheingau
	Trockene Schmitts	143	D-97236	Randersacker	Franken
	Villa A. (Amarone)	205	I-37029	San Pietro	Verona

	Vogel	244	D-55546	Frei-Laubersh.	Pfalz
	Vollmayer	38	D-78274	Hilzingen	BW Bodensee
	Weinwerk	260	D-97688	Bad Kissingen	Franken
	WG Franken	236	D-97307	Kitzingen	Franken
	Wolf	32	D-67098	Ungstein	Pfalz
	Zahn	128	D-99518	Großheringen	Saale-Unstrut
Restaurant	CHER´S	125	D-53332	Bornheim	NR
	Eiserne Hand	98	A-6391	Fieberbrunn	Tirol
	Henneberger Haus	130	D-98617	Meiningen	Thüringen
	HofGarten	252	D-53507	Dernau	Ahr
	Lila´s Bistro	118	D-21682	Stade	Niedersachsen
	Purs	9	D-56626	Andernach	RP
	Sinnfony	125	D-53424	Oberwinter	RP
Auberge	Stephan	89	F-67480	Roppenheim	Elsass
Café	Vogel	193	D-35619	Braunfels	Hessen
Produzent	Cinco Jotas	161, 162	E-21290	Jabugo	Huelva
	Conf. Coppeneur	200	D-53604	Bad Honnef	NR
	Fromagerie Dongé	160,162	F-55500	Cousances	Meuse
Metzgerei	Mannheims	43	D-07318	Saalfeld	Thüringen
	Windolf (D. Welch)	46	D-53489	Sinzig	RP
Kelterei	Stier	169	D-63477	Maintal	Hessen
Kaffee R.	Bongusto	290	D-53604	Bad Honnef	NR
(Hof) Laden	Frische Paradies	224	D-04129	Leipzig	Sachsen
	Gemarkenhof	244	D-53424	Remagen	RP
	Mosenmühle	14	D-56656	Brohl-Lützing	RP
	Schneiders Scheune	43	D-53343	Wachtberg-B.	NR
	Schopphof	43	D-53501	Grafschaft-Esch	RP
Biermarke	Clausthaler	44			D
Brennerei	Schlitzer	160, 162	D-36110	Schlitz	Hessen
Braubox	Hopfen & Mehr	264	D-88099	Neukirch	BW
Brauhaus	Obermühle	193	D-35619	Braunfels	Hessen
Braugruppe	Radeberger	44			D
Brasserie	Simon	44	L-9550	Wiltz	Luxemburg
Brauquartier	Störtebeker	188	D-18439	Stralsund	MV

Also so was...

...da sollte es nach über 290 Seiten (mit viel Text in stark mäandernden Sätzen) mit einer als **„Auch das noch..."** vorgestellten **Märchen-Sachen-Sammlung** aus und vorbei sein (und zwar für immer) - doch dann musste noch so was wie ein kleiner ~~Nachtisch~~ Nachschlag serviert werden.
Quasi bestellt von einer Person, die gefragt hatte, ob auch dieses Buch (wie die 2 Vorgänger) wieder ein typischer **K • U • L (• L)** wäre.
Und (ihr glaubt es nicht), genau so war (bzw. ist) es gedacht: als eine Cuvée aus Mahlzeit und Freizeit, und damit so etwas wie die kreative Verpartnerung von...

Kochbuch Und **Logbuch**

...was dieser kleine Nachschlag (hoffentlich) zeigen wird:

Nachschlag (A) Kochbuch (Rezept 28.02.2024 Wintereintopf)

Kohl und Konsorten

Zutaten:

800 g Hähnchenfilet (würfeln), 800 g Spitzkohl (achteln), 400 g Kichererbsen (Dose), 500 g Sauerkraut, 2x 400 ml Gemüsefond (Glas), 2x 4 El (Erdnuss) Öl, 4-5 Knoblauch, 2 Tl Kümmel (gem.), 4x Lorbeerblatt, ½ Tl Kurkuma(gem.), 1-2 El Zitronensaft, (gfls. heißes Wasser für Konsistenz)
(ganz zum Schluss mit Butter, Creme Fraiche und Petersilie abschmecken)

Zubereitung:

Hähnchenfilets im Schmortopf in Öl anbraten, herausnehmen und beiseite stellen; Kohlspalten mit 4 El Öl in den Topf geben, mit Pfeffer und Salz würzen und im Ofen bei 220°C Umluft ca. 30 min leicht braun schmoren; Hähnchen, abgetropfte Kichererbsen, das Sauerkraut, die Knoblauchzehen sowie übrige Gewürze hinzufügen und abgedeckt etwa 45 min schmoren, dann ohne Deckel mit Obergrill eine schöne Konsistenz und Farbe annehmen lassen

(Veganer werden wissen, was wegzulassen bzw. zu ersetzen ist)

Nachschlag (B) Logbuch (Freitag, 19.08.1988 nördl. Adria)

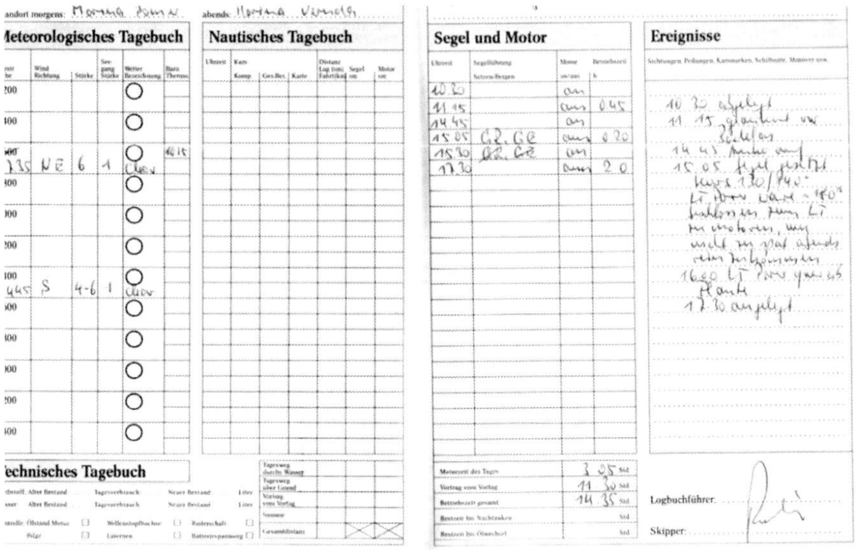

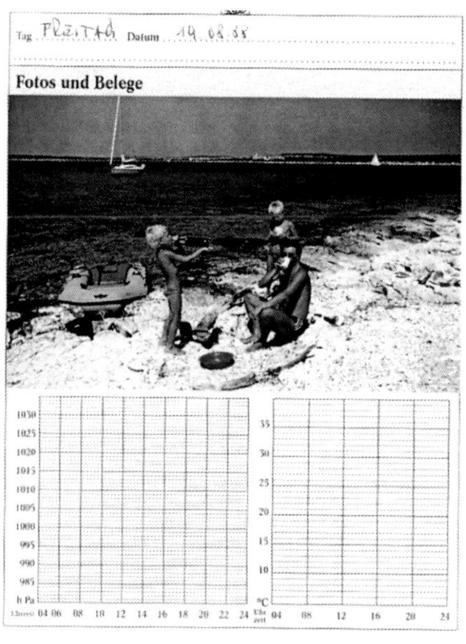